Chosen

Dieses Werk wurde vermittelt durch die Agentur Brauer

Fischer, Rena:
Chosen – Die Bestimmte
ISBN 978 3 522 50510 9

Gesamtausstattung: Rose Dobmeier, Favoritbüro, München
Innentypografie: Kadja Gericke
Reproduktion: Digitalprint GmbH, Stuttgart
Druck und Bindung: GGP Media GmbH, Pößneck

© 2017 Planet!
in der Thienemann-Esslinger Verlag GmbH, Stuttgart
Printed in Germany. Alle Rechte vorbehalten.
2. Auflage 2017

Mehr über unsere Bücher, Autoren und Illustratoren auf:
www.planet-verlag.de

Rena Fischer

CHOSEN
DIE BESTIMMTE

PLANET!

Für Sarah,
die immer an Emz geglaubt hat.

FEUER

»Du hast versprochen, daran zu arbeiten«, sagt er vorwurfsvoll.

Und ich verspreche ihm erneut, sie wegzusperren: meine Erinnerungen.

Aber sie sind wie Schatten. Kann man sich einen Körper ohne Schatten vorstellen? Ein Leben ohne Erinnerungen?

Morgens ist es am leichtesten. Da denke ich, heute schaff' ich es. Und dann kommen sie doch. Am Nachmittag. Wenn es still wird, ich allein in der Bibliothek sitze und über den Hausaufgaben brüte oder die Bahnen betrachte, in denen der Regen über das Fenster läuft. Früher habe ich Regentage gehasst. Jetzt haucht jeder einzelne Tropfen seinen Namen an das beschlagene Glas und das trommelnde Nass eines Gewitters klingt wie eine Melodie. Deshalb ist es an Regentagen besonders schwer. Nicht dass es in Irland selten regnen würde.

Ich versuche immer, mich abzulenken. Doch jede Faser in mir wartet auf den Augenblick, in dem ich plötzlich seine Gegenwart spüre. Anfangs ist es ganz zart, als würde jemand heiß hinter meinem Nacken atmen. Dann fühle ich seine Fingerspitzen auf meiner Haut. Sie kreisen über meinen Hals und malen glühende Muster hinauf zu meinen Wangen. Spätestens jetzt sind die Schatten so nah, dass ihre gierigen Blicke nach mir lecken. Aber sie schlagen erst zu, wenn seine weichen Lippen die meinen berühren. Dann jagt sein Feuer durch mich wie ein Stromschlag, sein Gesicht flackert vor meinen Augen und ich strecke die Arme aus, um ihn zu berühren, festzuhalten. Während meine Hände ins Leere greifen, treiben die Schatten ihre Fänge in die dünne Haut über meinem Herzen, reißen sie entzwei und befreien den Schmerz.

Aber am schlimmsten ist es nachts. Dann starre ich in die Finsternis, die sich zu einer riesigen Schlange verdichtet. Sie kriecht geschmeidig über das weiße Laken, schlingt sich um meinen Hals, würgt mir den Atem ab. Ihre Zähne vergiften mein Blut mit Sehnsucht, bis der Schmerz so groß wird, dass er mich in seine dunklen Träume streichelt.

Um seine schmale Gestalt vibriert ein Meer von Farben, doch der Blick seiner Augen ist metallisch grau.

»Du wirst ihn vergessen«, sagt er leise.

Teil 1
ABSCHIED

*Und der Rabe weichet nimmer – sitzt noch immer, sitzt noch immer
auf der bleichen Büste überm Türsims wie vorher;
und in seinen Augenhöhlen eines Dämons Träume schwelen,
und das Licht wirft seinen Schatten auf den Boden schwarz und schwer;
und es hebt sich aus dem Schatten, den er breitet um mich her,
meine Seele –
nimmermehr!*

(E. A. Poe: The Raven)

VERDACHT

Ich weiß, dass etwas nicht stimmt, als Liz mir die Karten zeigt. Lächelnd streicht sie sich eine blonde Haarsträhne hinter das Ohr und sieht mich mit dem bettelnden Blick eines Kleinkindes vor der Süßigkeitentheke an.

»Ach, komm schon, Emz. Was soll daran faul sein?«

»Alles.«

Sie lacht und gibt mir einen Knuff in die Seite. »Hey, nur weil du keinen an dich ranlässt und lieber ›Schneewittchen unerreichbar schön im gläsernen Sarg‹ spielst ...«

»Hör auf damit!« Ein Schauer läuft mir über den Rücken.

Ich hasse es, wenn sie mich so nennt. Vor allem, weil sie nicht die Einzige ist. Die Haut, so weiß wie Schnee, und Haare schwarz wie Ebenholz. Ich wünschte, ich wäre hellblond mit sonnengebräunter Haut und endlos langen Beinen – wie Liz. Oder zumindest goldblond wie Mama. Aber das Einzige, worin ich meiner Mutter ähnlich sehe, ist ihre kleine, zierliche Figur. Selbst die eisblauen Augen habe ich von einem Vater, dessen Namen ich noch nicht einmal kenne. Er ist genauso ein Tabuthema wie der Rest der Vergangenheit meiner Mutter.

»Kein normaler Junge schenkt einem Mädchen, das er erst seit ein paar Stunden kennt, zwei Tickets für ein seit Monaten ausverkauftes Musical! Noch dazu Plätze in der zweiten Reihe!«, sage ich und versuche den Haken an der Sache zu finden.

»Nick ist auch nicht *normal*. Er tanzt wie ein Halbgott, ist umwerfend männlich, süß, mit so einem Hauch von Gefahr ...«

»Süß mit einem Hauch von Gefahr?« Ich lache und weiß im selben Moment, dass ich verloren habe.

Meine Neugier auf Liz' neueste Errungenschaft ist viel zu groß, als dass ich mir diesen Abend entgehen lassen würde. Was kann schon passieren? Vielleicht hat er wirklich zwei Karten übrig und ist gestern im Club »Willenlos« Liz' Charme verfallen. Nomen est omen. Außerdem möchte er vor dem Theater auf uns warten und nicht in einer finsteren Ecke im Stadtpark. Ich sollte wirklich nicht immer so misstrauisch sein. Aber wie könnte jemand, der von Katharina Meyer erzogen wurde, jemals so fröhlich und offenherzig sein wie meine beste Freundin?

Nimm nie etwas von einem anderen Menschen an, ohne dich zu fragen, wie er dir schlimmstenfalls damit schaden könnte. Und dann überlege, ob du bereit bist, diese Gefahr einzugehen.

Ich war erst sechs, als meine Mutter mir diesen Satz eingebläut hat. Seither habe ich ihn immer wieder von ihr gehört.

Als ich die Augen schließe, sehe ich den Spielplatz vor mir. Mein Ball ist unter eine grün getünchte Holzbank gerollt und als ich mich bücke, um ihn darunter hervorzuziehen, ist da diese Hand: elfenbeinweiß und knöchrig. Kleine blaue Äderchen spinnen ein Netz zwischen den Falten über dem Handrücken. Aber in ihren Fingern glitzert verheißungsvoll etwas Goldenes. Ich schaue auf die roten Buchstaben, die ich noch nicht entziffern kann, aber ich weiß trotzdem ganz genau, welche Köstlichkeit das Papier umhüllt. Deshalb ignoriere ich auch Mamas warnenden Ruf. Blitzschnell entziehe ich den Schatz den Fingern, reiße das Papier auf und stopfe mir seinen süßen Inhalt in den Mund. Als Mama vor mir steht, ist ihr Gesicht so bleich wie der ausgewaschene Sand zu unseren

Füßen und ihre Unterlippe bebt. Wir verlassen den Spielplatz sofort. Die Wohnungstür ist kaum ins Schloss gefallen, da packt sie mich an den Schultern, schüttelt mich heftig und lässt mich schwören, nie wieder unbedacht etwas von fremden Menschen anzunehmen. Aber die Frau war wirklich nett. Weiße Haare, ein freundliches Lächeln in dem faltigen Gesicht: eine Bilderbuch-Oma. Ich schaue in die goldbraunen Augen meiner Mutter und versuche zu begreifen, warum in aller Welt sie so aufgebracht ist.

Und da passiert es.

Ihre Stimme klingt auf einmal dumpf und unklar, wie unter Wasser. Meine Kehle schnürt sich zu und ich bekomme keine Luft mehr. Zusammengekrümmt sacke ich zu Boden. Etwas Feuchtes fließt über meine Wangen. Ich öffne den Mund, um zu schreien, aber schaffe es nicht, auch nur einen Laut von mir zu geben. Angst! So viel Angst! Mein Bauch schmerzt, als hätte ich glühende Kohle verschluckt, und ich sehe Mamas Gesicht nur noch verschwommen vor mir. Ihre Augen weiten sich vor Entsetzen. Sie bewegt ihren Mund, doch ich verstehe kein Wort. Hände greifen nach mir und dann liege ich in ihren Armen und plötzlich konzentrieren sich all meine Gefühle auf einen einzigen Wunsch, drängend, geradezu übermächtig: dem brennenden Verlangen zu beschützen. Noch nie habe ich das so intensiv empfunden.

Kann ich eigentlich auch nicht.

Denn das, was ich als Sechsjährige in diesem Moment fühle, ist die Liebe einer Mutter für ihr Kind.

Aber das Kind bin ich selbst.

Erzähl niemandem davon. Sie würden mit uns experimentieren oder uns in die Irrenanstalt stecken.

Ich schlucke den bitteren Geschmack in meinem Mund hinunter und sehe Liz entschlossen an. »Okay, ich komme mit.«

»Ehrlich?«

Liz' überraschte Stimme verrät mir, wie wenig sie mit dieser spontanen Entscheidung gerechnet hat. Es ärgert mich.

»Musst du nicht erst deine Mutter fragen?«, hakt sie dann auch sofort nach.

»Ich sag ihr einfach, du hast die Karten von deinen Eltern bekommen, dann hat sie bestimmt nichts dagegen. Sie fährt am Wochenende eh zu Hannah und Elias.«

Meine Stimme zittert leicht, aber Liz fällt es nicht auf.

Ich muss dir vertrauen können, Emma. Zwischen uns darf es keine Lügen geben. Es ist zu gefährlich. Für dich, für uns beide. Versprich es mir.

Aber ich halte mich ebenso wenig an mein Versprechen wie der Junge und erst viel später begreife ich, warum er nicht vor dem Theater auf uns gewartet hat.

GEWISSHEIT

Acht Nachrichten.

Die Ziffern blinken rot auf dem Anrufbeantworter und zählen von acht bis eins rückwärts, als ich die Wiedergabetaste drücke. Liz summt im Hintergrund ein Lied aus dem Musical, während sie ihre nasse Jacke auszieht und über einen Stuhl hängt. Aus den Spitzen meiner Haare tropft Wasser auf das Display. Verdammter Regen! Sämtliche Nachrichten sind von Hannah und mit jeder einzelnen wird ihre Stimme schriller.

Mama ist nicht bei ihnen angekommen.

Jeder andere Teenager mit sechzehn Jahren hätte das als hysterische Überreaktion seiner Großmutter abgetan. Aber leider ist Hannah nicht meine Großmutter und ich bin kein normaler Teenager.

Was ist passiert? Mama ist doch immer pünktlich. Und wenn nicht, ruft sie an.

»Jetzt beruhige dich mal!« Liz legt ihre Hand auf meine Schulter. »Wahrscheinlich ist nur der Handyakku leer!«

Meine Gedanken rasen. Sie hat ein Ladegerät im Auto. Und zur Not lassen sie einen an der Tankstelle telefonieren.

Ich rufe Hannah an. Als ich ihre Stimme höre, sehe ich sie vor mir: die weißen Haare zu einem Zopf geflochten, aus dem sich die widerspenstigen Locken ihren Weg ins Freie bahnen, warme hellbraune Augen in einem Gesicht voller Lachfältchen. Mama hat einmal schmunzelnd gemeint, sie habe für mich die beiden als Großeltern adoptiert. Aber ich kenne ihren Stolz gut genug, um zu wissen, dass der erste Schritt von Hannah ausgegangen sein muss, als Mama, gerade mal neunzehn, hochschwanger und ohne Familienangehörige, in ihrer Nachbarschaft auftauchte.

Hannah sagt, Elias will den Weg abfahren. Meine Hand zittert, als ich wieder auflege. Fragend sieht Liz mich an. Sie kennt natürlich nicht den Plan:

1. *Notfall ist, wenn ich mich um mehr als zwei Stunden verspäte, ohne mich bei dir zu melden.*

2. *Dann sperr sofort deine Emotionen weg.*

3. *Schließ dich nicht in der Wohnung ein. Sie könnten sie aufbrechen.*

4. *Pack ein paar Klamotten, Ausweise, Handy und das Notfallgeld und geh zu einer Freundin.*

5. *Ruf von dort Hannah an.*

6. *Wenn sie dir eigenartig vorkommt, leg auf. Dann haust du ab. London wäre keine schlechte Wahl. Auf jeden Fall eine Großstadt. Benutz den Pass mit dem falschen Namen NUR in diesem Notfall. Wenn Hannah normal klingt, lass dich abholen, aber beobachte, ob euch jemand folgt.*

7. *Vergiss niemals, dass ich dich liebe. Deswegen pass auf dich auf.*

Mamas Sieben-Punkte-Plan.

Mein Blick wandert zur Uhr. Drei Stunden. Sie hätte vor verdammten DREI Stunden bei Hannah und Elias sein müssen! Mein Atem geht schneller. Okay, Gefühle wegsperren, sofort! Ich schließe die Augen und konzentriere mich.

»Emz! Was ist denn los? Du siehst aus, als hättest du gerade *Jack the Ripper* gesehen.« Ihre Stimme klingt dumpf und weit entfernt.

»Können wir heute Nacht bei dir übernachten?«, frage ich leise.

Siebenundzwanzig, achtundzwanzig, neunundzwanzig, dreißig.

Ich weiß nicht mehr, wie oft ich diese bescheuerten Leuchtsterne über Liz' Bett gezählt habe, als es klingelt. Mit einem Satz springe ich auf und schaue auf den Wecker. Erst kurz vor fünf. Liz zieht sich stöhnend die Decke über den Kopf, aber ich haste zur Eingangstür, bevor ihre Eltern aufwachen.

Draußen steht Elias. Mit einem Polizisten.

Bei seinem Anblick weiche ich einen Schritt zurück. Elias' hageres, faltiges Gesicht ist bleich wie ein Totenschädel.

»Emma ...«, flüstert er heiser. Dann presst er die schmalen Lippen fest aufeinander. Tränen laufen über seine Wangen und tropfen auf den dunklen, altmodischen Trenchcoat. Ich kann mich nicht erinnern, Elias jemals weinen gesehen zu haben. Der Ausdruck seiner tränennassen Augen warnt mich. Trotzdem tue ich es.

Ich tauche. Mitten hinein in seinen Schmerz. Gewaltig und unstillbar. Meine Schulter schlägt gegen den Türstock und ich klammere meine Finger an das Holz. Ich muss atmen. Langsam. Ein und wieder aus. Aber da ist dieser Sog. Er reißt mich tiefer und ich stemme mich dagegen, versuche, mich nach oben zu strampeln. Raus! Hier ist es so finster, so still, so vollkommen leblos. Ich verliere mich in dem Abgrund seiner Verzweiflung. Elias ist mir viel zu vertraut, um mich schnell von ihm zu lösen. Aber dann schaffe ich es doch, schließe meine Augen und sinke erschöpft gegen seine Brust. Er legt den Arm um mich. Seine Hand zittert.

Bevor der Polizist noch zu sprechen beginnt, weiß ich, was er sagen wird.

Mama ist tot.

BEERDIGUNG

Fünfunddreißig.

Wie Blüten aus Schnee wachsen die weißen Pfingstrosen aus dem dunklen Sarg und jede einzelne von ihnen steht für ein Lebensjahr. Während der Priester von Abschied und Tod spricht, klammere ich mich an ihren frühlingshaft zitronigen Duft, ein Versprechen auf ein Wiedersehen, unterdrücke krampfhaft die Tränen und grüble unentwegt darüber nach, wie Mama von der Fahrbahn abkommen konnte. Nässe und hohe Geschwindigkeit, sagt die Polizei. Aber sie ist immer vorsichtig gefahren.

Zu meinem Entsetzen hat Elias ungefragt eine Todesanzeige in der Regionalzeitung aufgegeben. Ich weiß, dass sie das niemals gutgeheißen hätte.

Wir müssen unauffällig bleiben.

Die Tage bis zur Beerdigung sind wie ein nicht endender Albtraum gewesen. Die Momente in Hannahs und Elias' kleinem Haus auf dem Land, das Mama und ich immer so geliebt haben, brennen in meinem Inneren wie Salz auf einer offenen Wunde. Ich sehe sie einfach überall. Wie sie die Rosen im Garten schneidet, der verwitterten Gartenbank einen neuen Anstrich verpasst und mit mir Himbeeren in blauen Emailleschüsseln sammelt.

Als wir die Aussegnungshalle verlassen, blinzele ich in die Sonne, während in meinem Inneren ein Sturm tobt. Das knirschende Geräusch meiner Schuhe auf den Kieselsteinen verfolgt mich noch Tage später in meinen Träumen. Es sind nicht viele Leute gekommen. Lediglich ein paar Nachbarn.

Ich wünschte, ich wäre nicht mit Liz ins Theater gegangen. Vielleicht hätte ich es verhindern können. Vielleicht ... Elias tippt mich an und raunt: »Emma, wer ist das?«

Er steht etwa zehn Meter entfernt mitten auf dem Weg. Zu weit, um richtig zu unserer Gesellschaft zu gehören, und zu nah, um zu vermuten, dass er ein anderes Grab besucht. Etwa vierzig Jahre alt, groß, schlank und aufrecht. Ganz in Schwarz gekleidet. Auch sein Haar ist schwarz und fällt ihm glatt ins Gesicht. Er hebt die Hand und streicht eine Haarsträhne nach hinten. Ich bemerke eine kleine Narbe an seiner rechten Wange. Seine Augen sind direkt auf mich gerichtet. Vorsichtig tauche ich in ihr eisiges Blau.

Und schnappe nach Luft.

Ich bin in einem Raum voller Türen. Jede verschließt sorgsam ein Gefühl. Und hinter jeder einzelnen verbirgt sich etwas Neues. Gefangene Emotionen. Trauer und Schmerz, aber zugleich Hass, Zorn, Angst und Liebe. Wie kann er das alles nur gleichzeitig empfinden und dabei seinem Gesicht diese regungslose Maske geben? Ich konzentriere mich auf das Liebesgefühl. Gilt es meiner Mutter? Es schmeckt wie bitterer Honig und inmitten der herben Süße entdecke ich etwas Eigenartiges. Klein und zart regt sich etwas, wie ein Keimling, der sich langsam dem Sonnenlicht entgegenstreckt. Eine Zuneigung, die sich gerade erst entwickelt. Doch plötzlich schlagen die Türen zu und hinterlassen eine einzige Empfindung: unbändige Wut.

Ein Schlag auf meinen Kopf reißt mich abrupt aus ihm heraus. Ich starre nach unten und reibe mir die schmerzende Stelle. Auf dem Boden liegt ein großer Tannenzapfen. Er muss sich aus dem Baum hinter mir gelöst haben.

Der Pfarrer ist endlich fertig. Ich schütte eine Schaufel

dunkler Erde in das Grab und beiße mir auf die Unterlippe, aber ich weine nicht.

Und auf einmal steht der Fremde neben mir und nimmt sie mir aus der Hand. Ich zucke zusammen, als mich seine Hände berühren. Mit einem kräftigen Schwung befördert er die Erde auf den Sarg, bevor er die Schaufel stumm an Elias weiterreicht. Dann beugt er sich blitzschnell hinunter, bis seine Wange fast die meine berührt, und flüstert mir ins Ohr: »Mach das NIE WIEDER ohne meine Einwilligung, Emma!«

Mit kräftigen, geschmeidigen Schritten verschwindet er hinter den Tannen und Birken, die ihre dunklen Schatten auf die Gräber werfen. Während ich ihm nachsehe, verschwimmen ihre Stämme und das dichte Laub zu undeutlichen Klecksen aus Grün und Braun und Panik nimmt mir den Atem.

Er kennt meinen Namen.

Und meine Gabe.

FLUCHT

Wir sind wieder in Hannahs und Elias' kleinem Haus, aber ich muss weg. Das ist ein Notfall. Also muss ich den Plan ausführen. Fieberhaft packe ich ein paar Klamotten und eine Taschenlampe in den Rucksack, stecke mein Handy ein und zähle Mamas Geld. Wenn ich sparsam bin, reicht es für zwei Monate. Auf Zehenspitzen schleiche ich mich am Wohnzimmer vorbei in die Küche und hole mir ein paar Lebensmittel und eine Flasche Wasser. Auf dem Rückweg zur Treppe klingelt es bereits.

Mir bleibt keine Zeit mehr. Mit Rucksack und Jacke unter dem Arm verstecke ich mich im Garderobenschrank. Manchmal hat es auch Vorteile, klein und dünn zu sein. Durch den Türspalt kann ich sehen, wie der schwarzhaarige Unbekannte von Elias hereingebeten und ins Wohnzimmer geführt wird. Mamas Verfolgungswahn war doch nicht unbegründet. Das Herausfinden von Hannahs Adresse muss ein Kinderspiel für ihn gewesen sein. Ihre Namen standen schließlich in der Todesanzeige. Aber woher weiß er von meiner Gabe?

Ich reiße die Tür auf und haste ins Freie. Im Laufen ziehe ich mir die Jacke an und setze den Rucksack auf. Er ist schwer. Die Kordel des Schlafsackes schneidet in meine linke Schulter. Aber Schmerz ist gut. Er lenkt von der Angst ab.

Du musst trainieren. Wenn du verfolgt wirst, muss deine Kondition erstklassig sein.

Mühelos falle ich in meinen gewohnten Laufrhythmus. Ich kann nicht den Bus nehmen. Im Bus bin ich gefangen. Meine Füße tragen mich von der belebten Landstraße in den

dunklen Forst und meine Gedanken tragen mich zu meiner
Mutter.

*»Wir spielen jetzt ein Spiel.« In ihren braunen Augen funkeln
goldene Sprenkel. Sie streicht mir über das Haar und lächelt
mich an. Aber das Lächeln erreicht nicht ihre Augen. Ich kenne
diesen Blick. Mama setzt ihn immer auf, wenn sie mir wieder
etwas von den anderen erzählt. Von denen, die solche wie uns
suchen.*

*»Ich bin jetzt Herr Winkler. Egal, was ich sage, du darfst
nicht traurig oder zornig werden.« Herr Winkler ist der von
allen gefürchtete Hausmeister meiner Schule. Ich bin mir ziemlich sicher, dass mir das Spiel keinen Spaß machen wird. Aber
Mama sagt, ich muss nicht Emma sein, sondern Kate. Und
Kate ist cool, geht wie ich in die dritte Klasse und hat überhaupt keine Angst vor Herrn Winkler.*

*»Sie hat eine ganz besondere Gabe. Sie kann die Gefühle
anderer Leute spüren. Am liebsten sind ihr Wut und Hass oder
Verachtung. Davon ernährt sie sich wie ein Vampir.«*

Ich lache, als Mama das sagt.

Doch plötzlich steht sie mit einem Ruck auf.

*»Warum hast du deine Füße nicht abgeputzt, als du vom
Pausenhof hereingelaufen bist?«*

*Was? Fängt es schon an? Ich weiß nicht, was ich sagen soll.
Ihre Stimme ist plötzlich so streng und ihre Augen scheinen
mich zu durchbohren.*

»Naaa? Wird's bald? Du bist aus der 3b, nicht wahr?«

*Ich nicke und bringe keinen Ton heraus. Sag was! Tu was!
Sie beugt sich noch weiter vor.*

*»DU WIRST NIE WIEDER DIESES SCHULHAUS BETRE-
TEN, OHNE DIE SCHUHE ABZUPUTZEN!«, brüllt sie.*

Und endlich kapiere ich. Mir kann doch gar nichts passieren. Ich bin ja Kate.

»SIE DÜRFEN DAS NICHT! Mich anschreien. Wenn ich das der Rektorin erzähle, bekommen Sie Ärger.«

»Und WEM wird sie wohl glauben? DIR oder MIR?«

Richtig. Frau Schneider hält grundsätzlich zu den Lehrerinnen und zu Herrn Winkler.

»Sie schreien nicht zum ersten Mal. Meine Freunde werden ...«

»Freunde? So ein eigenartiges Mädchen wie du hat doch keine Freunde.«

Nein! Ich springe auf und taumle zurück. Das ist gemein. Und es ist nicht wahr. Nur momentan. Bestimmt habe ich bald eine Freundin. Sie finden mich nur so komisch, wenn ich tauche. Sie sagen, ich sehe total behindert aus. »ICH WILL DAS NICHT SPIELEN!«

Mama nimmt mich in die Arme und wischt mir die Tränen von den Wangen. »Wir spielen das nur so lange, bis du allen Winklers ohne Angst die Stirn bieten kannst.«

Müde kauere ich mich abseits der Waldwege ins Dickicht. Mein Atem rast so schnell wie mein Puls und der feuchte, würzige Geschmack von Holz, Tannennadeln und Moos schießt scharf in meine Lungen. Ich ziehe mein Handy aus dem Rucksack und reserviere einen Platz für den Nachtflug nach London. Als ich noch klein war, hat Mama als Englischübersetzerin gearbeitet. Dass sie mich zweisprachig erzogen hat, bringt mir neben leicht verdienten guten Noten in Englisch den unschätzbaren Vorteil, im Unterricht nicht aufgerufen zu werden. Lehrer lassen sich nun mal nicht gerne selbst belehren, besonders nicht vor der ganzen Klasse.

Zwei Stunden vor Abflug wollte ich ankommen. Als ich den Terminal schließlich eine halbe Stunde vor Boarding betrete, brennen Blasen an meinen Füßen, einige davon sind blutig gescheuert, und meine Oberschenkel schmerzen. Der Schweiß auf meiner Haut lässt mich in der klimatisierten Halle frösteln. Jemand berührt meine Schulter.

»Hallo, Emma.«

Verdammt! Ich weiß, dass es der Fremde ist, bevor ich mich noch umdrehe. Er mustert mich, als wäre er besorgt.

»Verschwinden Sie!« Meine Stimme klingt viel zu unsicher.

»Wir müssen uns unterhalten.«

»NEIN!«

Ich weiche ein paar Schritte zurück. Sie werden mich nicht einsperren und Versuche mit mir machen.

Er greift nach meinem Arm und beugt sich vor. »Hör zu, ich weiß nicht, was deine Mutter dir erzählt hat, aber du musst vor mir keine Angst haben.«

Seine plötzliche Nähe und der feste Griff seiner Hand sagen das Gegenteil. Ich muss ihn loswerden.

Meide unbelebte Straßenzüge. Sie wollen nicht auffallen. Sie werden dich ungern öffentlich angreifen.

Ich beginne lautstark, um Hilfe zu rufen. Der Druck um meinen Arm wird fester und er knurrt: »Lass den Blödsinn, Kind.«

Mich gegen ihn stemmend, schreie ich noch lauter. Kurz bevor die Sicherheitspolizei uns erreicht, lässt er mich los. Er lächelt.

»Was geht hier vor?«, fragt einer der Beamten.

Er ist mindestens zwei Meter groß, sodass ich den Kopf in den Nacken legen muss, um ihm direkt in die Augen zu sehen.

»Dieser Mann ...«

»Tut mir leid, dass meine Tochter sich so aufführt«, unterbricht mich der Fremde.

Tochter? Scheißkerl! Mein Vater hat Mama bereits vor meiner Geburt verlassen.

»Sie sind nicht mein Vater!«

»Ich weiß, Kleines.« Sein Tonfall ist der eines Arztes, der es mit einem schwierigen Patienten zu tun hat. »Lass uns daheim darüber reden, Emma.« Er versucht, seinen Arm um mich zu legen, doch ich schlage ihn weg. Seine Schauspielkunst ist wirklich beeindruckend.

Sie wissen, wie man Leute manipuliert. Du musst besser sein als sie.

»Ich kenne diesen Mann überhaupt nicht!«

»Du bist Emma Meyer, 16 Jahre alt, Tochter von Katharina Meyer und mir«, sagt der Fremde. Sein Gesichtsausdruck wird ernst. »Und deine Mutter ist heute beerdigt worden.« Er dreht sich zu den Sicherheitsbeamten. »Sie können das gerne überprüfen. Wie gesagt. Tut mir leid, dass wir Ihnen so viele Umstände bereiten, aber sie hat heute schon einiges durchgemacht.«

Meine Lippen beben und ich presse sie fest zusammen. Wie kann er es wagen, die Beerdigung meiner Mutter für sein mieses Spiel zu missbrauchen! Vor meinen Augen tanzen verschwommene Flecken. Seit Mamas Tod habe ich kaum geschlafen. Die Erschöpfung mischt sich mit meiner Wut und der Angst vor dem, was er mit mir vorhaben könnte. Ich balle die Hände zu Fäusten und versuche, mich auf mein Atmen zu konzentrieren, als ein ohrenbetäubendes Krachen und Splittern ertönt. Der Wasserspender neben dem Check-in-Schalter fällt zu Boden. In einer großen Wasserlache glitzern die Scherben des Behälters wie flüssiges Silber. Einige Wasserspritzer und Glassplitter haben fast die Füße des Mannes erreicht. Alle drehen sich um. Weglaufen! Jetzt! Aber er ist schnell. Und sein Griff so stark.

»Lassen Sie meinen Arm los!«

Er hebt die Augenbrauen. »Nur, wenn du endlich mit mir kommst. Ich bringe dich zu den Lehmanns. Nach ... Hause.«

Ich glaube ihm nicht. Warum sollte er mich zu Hannah und Elias zurückbringen?

»Ich gehe nirgendwohin mit Ihnen!«, rufe ich laut.

»Ach, jetzt hör schon auf, Mädchen«, sagt der Sicherheitsbeamte ungeduldig. Aus seinem Funkgerät quäkt eine blecherne Stimme: »Alles klar. Wir schicken den Reinigungsservice.«

»Danke«, antwortet er. Dann mustert er mich und schüttelt den Kopf. »Dass er dein Vater ist, sieht man doch auf den ersten Blick.«

WAS? Ich fühle mich, als wäre ich gerade gegen eine Betonwand gelaufen. Langsam drehe ich mich um und betrachte den Fremden genauer. Schwarze, glatte Haare, schmales Gesicht, hohe Stirn und eisblaue Augen. Meine Augen.

Oh Gott, wieso ist mir das nicht vorher schon aufgefallen! Ein Zittern läuft durch meinen Körper. Ich kann mich nicht mehr bewegen, starre ihn einfach nur an.

»Emma«, seufzt er. »Bitte komm jetzt. Wir müssen wirklich miteinander reden.«

NACH HAUSE

Ich steige in eine Limousine mit abgedunkelten Scheiben. Sie erinnert mich an Mafiafilme. Nur Verbrecher fahren solche Kisten. Wo zur Hölle hat er all die Zeit gesteckt? Und woher weiß er von Mamas Tod? Hat er uns etwa jahrelang beobachtet?

Während wir die Landstraße entlangfahren, starre ich auf die Windschutzscheibe und spreche kein Wort. Er schweigt ebenfalls. Der Weg, für den ich den ganzen Nachmittag bis in die Nacht hinein gebraucht habe, fliegt nur so dahin. Schließlich siegt meine Neugier.

»Woher wusstest du, dass ich ins Ausland fliegen würde?«

»Ich hab überlegt, was deine Mutter in dieser Situation getan hätte.«

Mein Mund fühlt sich plötzlich wie ausgetrocknet an.

»Wo warst du?«, flüstere ich.

»Ich wusste bis vor Kurzem nicht einmal, dass du überhaupt existierst.« Er drückt das Lenkrad so fest, dass seine Knöchel weiß auf seinem Handrücken hervortreten. »Und erst recht nicht, wo ihr lebt.« Nach ein paar gepressten Atemzügen entspannen sich seine Hände wieder. Die Scheinwerfer der entgegenkommenden Autos blenden mich. Er wusste nicht, dass es mich überhaupt gibt?

Du musst lernen, Verstand und Gefühle zu entkoppeln. Mehr als jeder andere Mensch. Deine Gabe macht dich leichter manipulierbar, beherrschbar.

Ich kralle die Finger in meine Jeans und atme tief ein. Er lügt. Würde er die Wahrheit sagen, wäre er unschuldig.

»Wer hat es dir gesagt?«

»Ich hab die Todesanzeige in der Zeitung gelesen. Darin stand, dass ihre Tochter Emma um sie trauert.«

Jetzt weiß ich sicher, dass er lügt. »Dir muss ganz schön langweilig sein, wenn du die Zeit findest, die Todesanzeigen sämtlicher Lokalzeitungen zu durchforsten.«

Er schweigt, aber die Muskeln seines Kiefers zucken. Dann sagt er: »Ich möchte, dass du mit mir nach Irland kommst.«

»Spinnst du?«, schreie ich. Sein Kopf ruckt herum und er sieht mich eine Sekunde lang verblüfft an, bevor er sich wieder der Straße zuwendet. Kaum zu glauben! Er ist wirklich überrascht. Was hat er denn erwartet? Freudentaumel? »Mama hätte dir niemals verheimlicht, dass du eine Tochter hast. Wahrscheinlich bist du abgehauen und willst es jetzt nicht zugeben. Ich werde ganz sicher nirgendwo mit dir hingehen. Ich kenne noch nicht einmal deinen Namen!«

Selbst in dem Halbdunkel kann ich erkennen, wie er erbleicht. »Jacob. Jacob MacAengus. Und ich rate dir, freiwillig mit mir zu kommen.« Seine Stimme klingt jetzt ebenso kalt wie meine. Es gefällt ihm also nicht, als Lügner bezeichnet zu werden. Gut.

»Und wenn nicht, Jacob MacAengus?« Aus den Augenwinkeln sehe ich, wie er sich auf die Unterlippe beißt. Ich freue mich. Bis mir bewusst wird, dass ich das auch immer tue, wenn ich zornig bin.

»Ich kann eine gerichtliche Verfügung erwirken.«

»Dann musst du erst einmal beweisen, dass du tatsächlich mein Vater bist.« Meine Fingernägel biegen sich unter dem Druck, mit dem ich sie in meine Oberschenkel bohre.

Er hebt die Augenbrauen und wirft mir einen spöttischen Blick zu. »Bei unserer Ähnlichkeit und unseren Gaben? Hast du tatsächlich noch Zweifel oder willst du es nur nicht wahrhaben? Ich hätte dich für intelligenter gehalten. Aber es gibt schließlich auch Blutuntersuchungen.«

Jetzt beiße ich mir auf die Unterlippe. »Mach dir um meine Intelligenz keine Sorgen, die habe ich von meiner Mutter.«

»Na, dann kann ja nichts mehr schiefgehen.«

Der Nagel meines Zeigefingers bricht, aber der Schmerz ist erträglich im Vergleich zu dem Gefühl, das sich in meinem Bauch emporschraubt. Nur mühsam kann ich meinen Blick von seinem versteinerten Gesicht abwenden und starre auf die Windschutzscheibe. Auf einmal reißt ein Scheibenwischer aus der Verankerung und fliegt über das Auto hinweg. Als ich nach hinten schaue, macht Jacob eine Vollbremsung und ich werde gegen den Sicherheitsgurt geschleudert und zurück in den Sitz gepresst.

»Bist du verrückt? Was ...«, rufe ich.

Er lehnt sich zu mir. Sein Gesicht ist nur noch ein paar Zentimeter von meinem entfernt, die Augen eisige, blaue Flammen und die Lippen zu einem schmalen Strich zusammengepresst.

Rasch drücke ich mich von ihm weg ans Fenster und überlege, wie schnell ich die Tür öffnen und abhauen kann.

Seine Züge entspannen sich augenblicklich und werden weicher »Keine Angst, ich tu dir nichts. Das eben ... hast du es mit Absicht gemacht?«

Es dauert einen Moment, bevor ich überhaupt begreife, was er meint. Dann lache ich hysterisch auf.

»Ich stelle dir jetzt eine Frage und erwarte eine ehrliche Antwort. Hast du absichtlich den Scheibenwischer abgerissen?«, bohrt er weiter nach.

»Natürlich nicht! Kein Mensch kann das.«

»Ich schon«, erwidert er trocken.

Na klar. Wie immer, wenn ich Menschen bei einer Lüge zu ertappen glaube, tauche ich. Instinktiv, ohne nachzudenken. Aber in ihm gibt es keine Gefühle, die mir eine Lüge verraten. Keine Unsicherheit vor dem Entdecken. Nur Besorgnis und dann Zorn. Der Sicherheitsgurt um meinen Körper schießt hoch und drückt meinen Hals fest an die Kopfstütze. Ich bekomme keine Luft mehr. Ich klammere die Hände an den Gurt, um ihn von meiner Kehle zu zerren, aber er lässt sich nicht bewegen.

»Glaubst du mir jetzt?«, höre ich entfernt Jacobs Stimme. Ich ersticke! Er bringt mich um. Wie konnte ich nur so dumm sein, zu ihm ins Auto zu steigen, einem völlig Fremden! Plötzlich lässt der Druck nach. Meine Finger tasten nach der Schnalle und ich schleudere den Gurt von mir. Doch als ich die Tür aufreißen will, um aus dem Auto zu springen, verriegelt sie sich. Und Jacob hat sich keinen Millimeter bewegt.

»Ich hatte dich gewarnt«, sagt er gleichmütig.

»Du bist wahnsinnig!« Eine Gänsehaut breitet sich auf meinen Armen aus.

»Weil ich Dinge bewegen kann, ohne sie anzufassen?« Er verzieht den Mund zu einem traurigen Lächeln.

»Weil du mich fast erwürgt hättest mit … mit diesen Fähigkeiten. Das ist einfach irre! Wie machst du das?« Rasch verstumme ich wieder, als ich sehe, wie seine Mundwinkel nach oben gleiten. Das klang eindeutig zu bewundernd.

»Glaub mir, ich hatte alles unter Kontrolle.« Er tippt mir auf die Brust. »Im Gegensatz zu dir.«

Er meint doch wohl nicht …

Jacobs Lächeln wird breiter und er schüttelt leicht den Kopf. »Hast du es noch nie zuvor bemerkt?«

»Nein.« Mein Atem geht viel zu schnell. Mein Herzschlag ebenfalls. »Bisher war ich auch noch nie so, so ...«

»Wütend gewesen?«, vollendet er meinen Satz.

»JA!«

Jacob lacht auf und hebt abwehrend die Hände. Er sieht tatsächlich nett aus, wenn er lacht. Kleine Grübchen graben sich dann in seine Wangen und seine Augen funkeln.

»Vorsicht, Emma. Wir müssen erst noch daran arbeiten.«

Auf den Trick falle ich nicht rein. »Wir werden an gar nichts arbeiten! Du fährst dorthin, wo du hergekommen bist ...«

»Irland. Eine bemerkenswert hübsche Insel.« Ein zynisches Lächeln kräuselt seine Lippen.

»Und ich bleibe hier bei Hannah und Elias.«

Sein Gesicht wird schlagartig ernst. »Wissen sie etwa von deinen Gaben?«

»Natürlich nicht!«

»Na, wenigstens das hat sie dir beigebracht.«

ABSCHIED

Sein Anwalt ist für meinen Fall genauso maßgeschneidert wie seine Anzüge. Und Hannah und Elias sind nicht mit mir verwandt.

»Aufgrund des dem Gericht vorliegenden medizinischen Vaterschaftsnachweises wird die elterliche Sorge für Emma Meyer hiermit allein auf Jacob MacAengus übertragen. Der Antrag der Änderung des Familiennamens auf MacAengus wird wegen mangelnder Einwilligung von Emma abgelehnt.«

Ein Teilsieg. Die Augen meines Vaters werden hart, als er das Lächeln auf meinem Gesicht bemerkt.

Wir stehen vor dem Check-in-Schalter am Flughafen. Hannah und Liz weinen, während mich Jacob mit unbewegter Miene beobachtet. Ich beiße mir so fest auf die Unterlippe, dass ich den metallischen Geschmack von Blut spüre. Keine Tränen. Nicht vor ihm.

»Ich komme zurück«, verspreche ich. Dann gehe ich zu meinem Vater. Die zwei Jahre bis zu meiner Volljährigkeit werde ich ihm zur Hölle werden lassen.

Natürlich fliegen wir Business Class. Unter anderen Umständen hätte ich das cool gefunden. Aber hier mit ihm zu sitzen ist genauso falsch wie das Lächeln der blonden Stewardess, die Jacob die neueste Ausgabe der *Financial Times* aushändigt. Ein Ruck geht durch das Flugzeug, als es sich langsam in Bewegung setzt, und er streckt mir plötzlich ein Taschentuch entgegen. »Du hältst dich gut, Emma. Aber du solltest dir das Blut vom Mund wischen.«

Ich ignoriere seine Hand und fahre mit dem Ärmel meiner Strickjacke über meine Lippen. Das Rot hebt sich deutlich von dem cremefarbenen Strickmuster ab.

Seine Mundwinkel zucken belustigt, als er das Taschentuch wieder wegsteckt. Erneut graben sich meine Hände in meine Oberschenkel. Er sieht mich stirnrunzelnd an. »Kannst du dich bitte beruhigen, bis wir wieder festen Boden unter den Füßen haben?« Dann beugt er sich zu mir und raunt in mein linkes Ohr: »Ich meine das ernst. Du musst dich entspannen. Sofort! Denk an den Wasserbehälter am Flughafen und an den Scheibenwischer. Wenn du so weitermachst, könntest du die Instrumente im Cockpit beeinflussen.«

Zischend schnappe ich nach Luft.

»Ich verspreche dir, du kannst mich nach unserer Ankunft genauso glühend weiterhassen wie bisher. Aber die Konsequenzen wären dann nicht ganz so dramatisch.«

Mit zitternden Fingern krame ich meinen iPod aus dem Rucksack und stöpsele mir die Kopfhörer ins Ohr. Dann drehe ich die Musik auf maximale Lautstärke und schließe die Augen.

Siebtens: Vergiss niemals, dass ich dich liebe. Deswegen pass auf dich auf.

Teil 2
RABEN

Hast du einen Freund hinieden,
Trau ihm nicht zu dieser Stunde,
Freundlich wohl mit Aug und Munde,
Sinnt er Krieg im tückschen Frieden.

Was heut müde gehet unter,
Hebt sich morgen neugeboren.
Manches bleibt in Nacht verloren –
Hüte dich, bleib wach und munter!

(Zwielicht – Joseph von Eichendorff)

ANKUNFT

Es regnet.

Was sonst? Ich starre durch die Seitenscheibe des Taxis in den Himmel, der genauso dunkelgrau ist wie meine Stimmung. Ich hasse Cork schon jetzt. Genau wie meinen Vater. Wie konnte er mich nur von allen wegreißen, die ich liebe?

Wir halten in der Orchard Road vor einem roten Backsteinhaus mit Erkern und spitz zulaufenden Dachgauben. Über dem Eingang und an der Seite des Hauses entdecke ich dunkle Überwachungskameras. Heimelig!

Die Tür fällt hinter mir ins Schloss und vor mir öffnet sich ein weitläufiger, lichtdurchfluteter Raum mit bodentiefen Fenstern, die den Blick zum Garten freigeben. Kubische, hellgrüne Sessel stehen vor einem Kamin mit langer, schmaler Feuerstelle, die von deckenhohen, cremefarbenen Regalen eingerahmt wird. Rechts davon thront ein wuchtiger Esstisch und acht mit hellgrünem Stoff bespannte Stühle. Dahinter gibt eine offene Schiebetür den Blick auf eine hochglanzweiße Küche frei. Ein zarter Vanilleduft liegt in der Luft und ich habe das eigentümliche Gefühl, dass gleich ein paar Fotografen für die neueste Ausgabe von *Schöner Wohnen* ums Eck springen werden.

Was arbeitet mein Vater eigentlich – und wie viel verdient er?

Jedenfalls wesentlich mehr als Mama als Journalistin – früher. Der Gedanke an sie brennt wie eine offene Wunde.

Ich sehe unsere winzige Wohnung vor mir: Parmaveilchen und Orchideen säumen neben Küchenkräutern die Fens-

terbänke und in bunten Kübeln auf dem Boden wuchern
Tomaten- und Paprikastauden. Die weißen Wände sind mit
Fotos von Urlauben und selbst gemalten Bildern gepflastert.
Ungespülte Teetassen, Knabberzeug, Zeitungen und Bücher
lassen nicht mehr viel von dem verkratzten Glas des Couch-
tischs erkennen. Also den Ordnungssinn habe ich jedenfalls
von meinem Vater nicht geerbt. Wie beruhigend!

»Gefällt es dir?«, fragt er neugierig.

Ich zucke mit den Schultern. »Wo ist mein Zimmer?«

Wir gehen eine Treppe nach oben. Im Obergeschoss gibt
es zwei Zimmer und ein Bad. Das Zimmer, das er mir zeigt,
ist mindestens doppelt so groß wie meines daheim.

»Entschuldige, ich hatte bislang keine Zeit, Aidans Sachen
wegzuräumen. Ich gebe dir gleich einen Karton zum Einpa-
cken.«

Meine Hände schwitzen plötzlich. Habe ich einen Halb-
bruder?

»Aidan Callahan ist mein Patensohn«, erklärt Jacob. »Zurzeit ist er mit seinen Eltern im Urlaub. Aber während der
Schulzeit wohnt er bei mir. Du wirst ihn in ein paar Tagen
kennenlernen.«

Bevor ich weitere Fragen stellen kann, geht Jacob hinaus.

Auf dem Schreibtisch sehe ich einen Block.

Kein einfacher Collegeblock, sondern Hardcover mit
schwarzer Seide bezogen und dennoch eine Spiralbindung.
Eigenartig. Ich schlage den Karton um. Auf der ersten Seite
heben schwungvolle, kräftige Kohlestriche einen Raben aus
dem strahlenden Weiß des Papiers. Er sieht grimmig aus, als
würde er gerade angreifen. Über den ausgebreiteten Flügeln
stehen die Worte *Luft* und *Wasser*, über dem Kopf: *Feuer*. Die
Anfangsbuchstaben sind größer und kalligrafisch verziert. Ich

fahre mit dem Finger die Gestalt des Vogels nach. Es wäre schön, so zeichnen zu können. Das Datum über der kantigen, ausdrucksstarken Schrift auf der nächsten Seite liegt ein paar Wochen zurück.

Endlich Ferien! Sagen alle. Aber ich kann es kaum ertragen, länger als eine Woche mit ihnen zusammen zu sein. Wenn sie wenigstens streiten oder sich anschreien würden. Aber dazu müssten sie Wut aufeinander empfinden und das wäre bereits mehr an Gefühl, als sie sich gegenseitig zugestehen. Ihre Beziehung hat einen Grad erreicht (oder hatte vielleicht nie einen anderen?), an dem es nur noch gleichgültiges Ertragen des anderen gibt. Schweigen. Würde heute einer von ihnen sterben, der jeweils andere würde keinen Unterschied in seinem Leben bemerken. Ich weiß nicht, was ich tun würde, wenn ich Jacob nicht hätte ...

Ich atme tief durch und klappe den Block wieder zu. Er würde bestimmt nicht wollen, dass ich das lese.

Meine Augen wandern über die Buchrücken auf dem Regal.

Feuerlaufen: Die Kunst, über brennende Kohlen zu gehen

Wellen – Paradiesstrände für Surfer

Handbuch des Gleitschirmfliegens

Führerschein für Hobbypiloten

Vulkane – Kraft aus der Erde

Dieser Aidan scheint ja einen ausgeprägten Hang für alles Gefährliche zu haben. Und plötzlich verstehe ich:

Feuer, Luft und Wasser.

Alle Bücher in seinem Regal lassen sich problemlos einem der drei Elemente zuordnen.

Es klopft. Jacob kommt mit einem Karton herein und stellt ihn vor mir ab. Sein Blick wandert von dem Block auf dem Schreibtisch zu mir. Er nimmt ihn an sich und geht zur Tür.

»Pack den ganzen Kram ein. Ich muss noch für eine Stunde außer Haus. Hast du schon Hunger?«

Ich schüttele den Kopf.

»Dann bring ich später was vom Chinesen mit.«

IM GARTEN

Der Regen hat aufgehört.

Ich öffne die Wohnzimmertür und gehe hinaus in den Garten. Wind streicht mir durchs Haar und schüttelt glänzende Wasserperlen von Blättern und Zweigen. Es duftet nach Gras, Moos und feuchter Erde. Unter einem riesigen Walnussbaum entdecke ich eine Holzbank. Ich werfe einen Blick in die dichte Baumkrone und stelle mir vor, wie es wäre, hochzuklettern. Zuletzt habe ich das mit dreizehn gemacht. Das zerfurchte Holz der Bank ist glitschig, als ich darauf trete. Vorsichtig ziehe ich mich an einem Ast nach oben. Höher, immer höher, Ast für Ast. Erst als ich etwa fünf Meter über dem Boden sitze, halte ich inne. Hier ist es einsam. Und ruhig. Hier kann man nachdenken. Aber will ich das überhaupt?

Bilder von der Beerdigung, dem Gerichtsprozess und der Auflösung unserer Wohnung, von Elias, Hannah und Liz jagen durch meinen Kopf wie ein Videoclip mit rasanten Schnitten.

Und ich muss nicht mehr stark sein. Ich bin allein. Endlich.

Langsam bahnen sich die Tränen ihren Weg über meine Wangen und tropfen auf meine Strickjacke. Ein Windstoß fährt mir ins Gesicht und ich klammere mich fester an den Ast, auf dem ich sitze. Zu meinen Füßen höre ich ein leises Geräusch. Mein Magen verkrampft sich und ich schaue nach unten. »Scheiße!«, entschlüpft es mir.

Er grinst schief. »Hi, Emma. Schön, dich kennenzulernen.«

Ich schließe die Augen. Der spricht wie der höfliche Junge aus meinem Englischbuch. Vielleicht bilde ich ihn mir auch nur ein? Du solltest dir um deinen Verstand langsam mal Sorgen machen, wenn er dir in Augenblicken der Verzweiflung gut aussehende Jungs zu deinen Füßen projiziert. Noch dazu solche, die deinen Namen kennen.

»Ich bin Aidan«, höre ich ihn sagen und schaffe es gerade noch, nicht laut aufzuschreien. Von allen Möglichkeiten ist das die eindeutig Grauenvollste. Kann er nicht einfach der Pizzabote sein, der in diese Gegend nur alle drei Jahre kommt? Wie schön wäre es jetzt auf dem Grund eines Sees. Eines sehr, sehr tiefen Sees.

»Also, ich geh dann mal rein. Von mir aus kannst du auch auf dem Baum hocken bleiben und weiterflennen.«

Ich reiße die Augen auf und klammere mich noch fester an den Ast. Dämlicher Idiot! Sein Lächeln ist das eines Filmstars und selbst auf die Entfernung kann ich erkennen, dass seine Augen etwas Besonderes sind. Unter langen Wimpern funkeln sie mir entgegen: hellblau, türkis oder doch eher grün? Die Haare, dunkelblond mit ein paar sonnengebleichten Strähnen, fallen ihm zerzaust in die dichten Brauen. Gesicht und Arme sind gebräunt.

»Solltest du nicht noch im Urlaub sein?«, frage ich spitz, während ich hinunterklettere.

Seine Augen weiten sich kurz, dann kneift er sie umso schmäler zusammen.

»Störe ich?« Der warme Tonfall seiner Stimme ist erkaltet. Ich springe das letzte Stück hinunter auf die Bank, rutsche auf dem glitschigen Holz aus und lande ihm zu Füßen auf meinem Hintern. Was für ein perfekter Tag!

Eine schmale Hand schiebt sich in mein Gesichtsfeld und ich greife instinktiv danach. Er ist kräftiger, als seine schlanke Gestalt vermuten lässt. Nicht übermäßig musku-

lös, eher athletisch. Mit einem Ruck hebt er mich auf seine
Höhe. Na ja, nicht ganz. Er ist einen guten Kopf größer als
ich.

Unsere Blicke treffen sich.

Flaschengrüne Strahlen schießen aus der schwarzen Pupille, wechseln stufenweise von einem Türkis in ein helles
Blau über und werden von einem dunklen, nachtblauen Rand
gestoppt. Als hätte man mit einem Pinsel die Iris liebevoll
nachgemalt. Wasserelbenaugen. Ein Bild aus Mamas engli-
schem Märchenbuch kommt mir in den Sinn. Ich verscheuche
es schnell. »Danke«, nuschle ich.

Meine Jeans hat braune Flecken vom Klettern und die
cremefarbene Strickjacke ist am Ärmel noch immer blutverschmiert. Wie mein verheultes Gesicht aussieht, will ich gar
nicht erst wissen!

Aidan hält immer noch meine Hand in der seinen und sie
erhitzt sich unter der Berührung. In meinem Bauch beginnt
es zu kribbeln.

Abrupt lässt er mich los. »Ich hol nur meine Sachen und
hau dann ab.«

Ich sehe ihm nach, bis er durch die Terrassentür verschwunden ist. Hab ich etwas Falsches gesagt? Plötzlich verstehe ich und stelle mir vor, wie es wäre, nicht ganz allein
mit Jacob zu sein.

Mit federnden Schritten eilt er gerade die Treppe hinunter,
als ich ins Wohnzimmer stürme. Seine Hände umklammern
den Karton, den ich für ihn gepackt habe, wie einen Rettungs-
ring und seine Augen meiden meinen Blick.

*Ich weiß nicht, was ich tun würde, wenn ich Jacob nicht
hätte ...*

»Warte!« Rasch stelle ich mich vor die unterste Stufe und

versperre ihm den Weg. Eine Falte verdunkelt seine hohe Stirn. »Bitte, geh nicht!«

Er hält inne und blinzelt ungläubig. Und da spüre ich es wieder. Dieses eigenartige Kribbeln in meinem Bauch. Ich steige eine Stufe höher und streife die Finger seiner rechten Hand. Es fühlt sich an, als hätte ich durch die Flamme einer Kerze gestrichen. Ich will es noch einmal tun, aber ich beherrsche mich. »Weißt du, ich ... ich wollte das alles nicht. Dein Zimmer wegnehmen und ... und deinen Platz einnehmen. Am liebsten wäre ich gar nicht hier. Es tut mir leid. Wirklich.«

Soll ich in seine Gefühle tauchen? Nein. Das wäre ... unanständig. Verwirrt schaue ich ihn an. Noch nie hatte ich ein Problem damit, in andere Menschen zu tauchen.

Aidans Augen beginnen silbern zu funkeln und seine Mundwinkel verziehen sich zu einem scheuen, aufrichtigen Lächeln.

»Emma hat vollkommen recht. Bleib! Du bist hier genauso zu Hause wie vorher.«

Jacob. Wir haben ihn gar nicht kommen hören. Er steht in der Eingangstür, hält zwei Einkaufstüten in den Händen und lächelt Aidan mit einem Ausdruck an, den ich noch nie auf seinem Gesicht gesehen habe. Warmherzig und väterlich. »Schön, dass du wieder da bist.« Als er an mir vorbei zur Küche geht, verändert sich seine Miene. »Danke, Emma«, sagt er zurückhaltend.

»Wie schön, Sie wiederzusehen. Wie ist es Ihnen im letzten Jahr ergangen?«

Was für eine Frage! Papa hat seinen Job verloren und zu

trinken begonnen. Mamas Gehalt reichte kaum aus, um über die Runden zu kommen. Letzte Woche haben sie ihr ebenfalls gekündigt. Mit fünfzehn könnte ich mir auch einen Job suchen, aber Mama will nichts davon wissen. Ich soll mein Abi machen und studieren. Zur Not eben hier.

Sein Lächeln ist so undurchdringlich wie seine Aura. Wie schafft er es nur, sie vor mir zu verbergen?

»Ich ... wir ...« Meine Mutter nestelt an dem Griff ihrer Handtasche herum. Sie schämt sich. Das letzte Mal hat sie gesagt, ihre Meinung stünde fest.

»Wenn Ihr Angebot auf eine kostenlose Ausbildung noch steht, würde ich gerne bei Ihnen als Schülerin eintreten«, sage ich laut, um ihr zu helfen.

Er hebt überrascht die Augenbrauen.

»Wirklich? Ich freue mich. Sogar sehr. Sie werden das nicht bereuen.«

Über das bleiche, eingefallene Gesicht meiner Mutter laufen jetzt Tränen. Auch das noch! Am liebsten würde ich nach draußen laufen.

Er steht auf, umrundet seinen Schreibtisch und bleibt vor ihr stehen. Sein Gesicht drückt Besorgnis aus. Vorsichtig, als wolle er sie nicht erschrecken, streckt er die Hand aus und berührt ihre Schulter. »Ich weiß, dass es schwer für Sie ist, sich von Ihrem einzigen Kind zu trennen und es meiner Obhut anzuvertrauen. Umso mehr bewundere ich Ihre Entscheidung. Loyalität und Aufopferungsbereitschaft in der Familie sind heutzutage selten geworden. Ich wünschte, ich könnte Sie überzeugen, zu Ihrer Tochter nach Irland zu ziehen. Ich habe Kontakte zu vielen Unternehmern in der Umgebung. Es wäre mir ein Leichtes, eine Arbeitsstelle für Sie und Ihren Gatten zu finden. Gute, loyale Leute sind immer erwünscht.

Aber gewiss wollen Sie das, was Sie sich in Deutschland aufgebaut haben, nicht einfach aufgeben.«

Sie hebt den Kopf und starrt ihn wortlos an.

»Mama? Bitte!«, flüstere ich und mein Herz flattert plötzlich wie ein Schmetterling.

TISCH DECKEN

Ich fühle es seit Tagen.

Anfangs ganz sacht, wie einen Lufthauch, der über die Haut streicht, wenn man ein Fenster öffnet. Ich weiß, ich muss mich daran gewöhnen. Aber es wird immer stärker und ich immer schwächer.

Jacob und Aidan sind freundlich, wenn ich den Raum betrete. Doch Worte gefrieren in der Luft und Sätze werden nicht mehr zu Ende geführt. Und an den Wänden klebt das Wispern von Geheimnissen wie zäher Staub. Keiner schickt mich weg. Ich gehe freiwillig. Meist auf mein Zimmer oder in den Garten. Und es dauert fast zwei Wochen, bis das Gefühl so drückend wird, dass es mir den Atem nimmt und ich seinen Namen kenne:

Einsamkeit.

Dann kommt der Sonntag, der alles ändert.

Der Duft von Tomaten, Knoblauch und Kräutern weckt in mir die Erinnerung. Sonntags haben Mama und ich immer zusammen gekocht. Ich stehe auf der Treppe und höre Aidan und Jacob reden. Langsam steige ich die Stufen hinab. Aidan lacht. Ich presse kurz die Lippen zusammen, bevor ich tief Luft hole und die Küche betrete. Jacob steht mit dem Rücken zu mir am Herd und rührt in einem großen Topf, während Aidan gerade Basilikum klein hackt.

»Du hättest ihn sehen sollen! Er ...« Aidan hält inne, als er mich sieht und verstummt. Seine geheimnisvollen Augen mustern mich neugierig.

»Kann ... kann ich helfen?«

Ich komme mir vor wie jemand, der sich mit dem Feind verbrüdert. Mein Vater dreht sich nicht einmal um.

»Du kannst draußen den Tisch decken.«

Draußen. Das Wort hallt in mir wie das Ploppen eines Squashballs, der von der Wand abprallt, und so fühlt es sich auch in meinem Kopf an. Mechanisch drehe ich mich um und verlasse den Raum. Tränen steigen in meine Augen. Ich schaffe es nicht, sie niederzukämpfen. Als ich die Türen zum Geschirrschrank öffne, erfasst mich eine heiße Wut und es geschieht etwas Eigenartiges. Der trübe Schleier über meinen Augen reißt. Wie Sonnenstrahlen, die dichten Nebel teilen. Ich sehe wieder klar. Nein. Irgendwie schärfer als zuvor. Langsam strecke ich meine Hände nach dem Geschirr aus.

»Emma, das war nicht so ...«

Die mitleidige Art, mit der Aidan meinen Namen ausspricht, konzentriert meine brennenden Gefühle auf einen Punkt. Als ich sehe, wie weiße Teller aus dem Schrank auf uns zufliegen, erwarte ich den Schmerz. Aber er kommt nicht. Selbst dann nicht, als ich Blutspritzer vor mir auf den hellen Möbeln sehe. Aidans Arme umschlingen meine Taille und er reißt mich zu Boden. Im Fallen höre ich seine gellende Stimme an meinem rechten Ohr: »JAACOOOB!«

Dann schlägt meine Stirn auf dem Boden auf.

BELAUSCHT

Dunkelheit und Schmerz. Ich habe die Augen geschlossen.

»Hör endlich auf, mir Vorwürfe zu machen! Sie hat es einfach noch nicht unter Kontrolle, das ist alles.«

»Ach? Und das wundert dich? Seit zwei Wochen behauptest du, es wäre am besten, sie in Ruhe zu lassen. Versetz dich doch mal in ihre Lage! Sie hat ihre Mutter verloren, wurde von dir aus ihrer vertrauten Umgebung gerissen, hierher verschleppt und dann fallen gelassen.«

Aidan wendet sich gegen Jacob? Für mich?

»Was heißt fallen gelassen? Sie kann hier wohnen, ich kümmere mich um sie, ich ...«

»Du redest aber schon von deiner Tochter und nicht von deinem Haustier?«

Mühsam unterdrücke ich ein Grinsen. Der pochende Schmerz in meinem Kopf hilft mir dabei. Zu gerne würde ich jetzt das Gesicht meines Vaters sehen.

»Natürlich ist sie nicht ... Was ist eigentlich in dich gefahren?« Jacobs Stimme wird lauter.

»Das kann ich dir sagen. Wenn jemand weiß, wie sich das, was du mit ihr veranstaltest, anfühlt, dann ich.«

Stille. Soll ich die Augen öffnen?

»Ich ... also gut, ich hab vielleicht einen Fehler gemacht. Aber du hast keine Ahnung, wie sie sich aufgeführt hat, bevor ich sie hierherbrachte. Sie kann ganz schön gerissen sein.«

»Das sollte dich eigentlich stolz machen. Sie wird eine hervorragende Adeptin werden. Wenn sie erst einmal ihre Kräfte beherrscht ... Farran wird begeistert von ihr sein.«

Wer zum Teufel ist Farran? Meine Nackenhaare sträuben sich.

»Shhh, nicht so laut!« Ich spüre einen Atem, als sich jemand über mich beugt und werde ganz starr.

»Denk doch nur!«, fährt Aidan leiser fort und ich strenge mich an, um ihn besser zu verstehen. »Wir drei zusammen. Was wir ausrichten könnten! Und sie ist auch noch eine Empathin, wie ihre Mutter!«

Das Pochen nimmt zu. Gleichzeitig ist mir schlecht.

»Mann! Hast du kein anderes Desinfektionsmittel? Eines, das sich nicht anfühlt, als würdest du mich mit glühenden Kohlen verarzten?«

Aidan ist verletzt? Das Blut auf dem Schrank! Oh mein Gott!

»Ich denke, du bewunderst ihre Kräfte so? Dann solltest du dich über deren Folgen nicht beschweren.« Ein ratschendes Geräusch, wie von einem Klebeband, ertönt. »Sie ist gefährlich, Aidan. Solange sie ihre Telekinese noch nicht unter Kontrolle hat, kann sie sich und andere jederzeit verletzen, wie du unschwer siehst.«

»Hör auf, das reicht. Den Rest schaff ich allein. Kümmere dich lieber um sie«, knurrt Aidan.

»Junge, du solltest nicht zu viele Gefühle in sie investieren, bevor sie nicht von SENSUS CORVI getestet wurde. Wenn sie durchfällt, ist sie draußen. Vielleicht bringe ich sie dann zurück nach Deutschland.«

Mein Kopf pulsiert und hinter meinen Augen blitzen rote Lichtpunkte. Tests?

»Das kannst du nicht tun! Sie ist deine Tochter!«

»Ich kann. Und ich muss. Wenn sie nicht eingeweiht wird, kann sie nicht hier bei mir wohnen bleiben. Sie würde zu viel mitbekommen. Du kennst die Bestimmungen.«

Ich hasse ihn. Ich hasse, hasse, hasse ihn. Wie ein Mantra wiederhole ich die Worte in meinem Kopf. Etwas Nasses, Kaltes berührt meine Stirn und löst brennenden Schmerz auf meiner Haut aus. Ich schreie und reiße die Augen auf.

Jacobs blasses Gesicht schwebt über mir. Er zieht ein nach Alkohol riechendes Tuch von mir herunter.

»Wer ... was ... ist passiert?« Nicht zeigen, dass ich ihnen zugehört habe. Mein Blick schweift zur Seite. »AIDAN!«

Sein Oberkörper ist nackt und offenbart vom Hals über die Schulter bis zur Hüfte zahlreiche Pflaster. Einige bluten durch. Ruckartig richte ich mich auf. Zu schnell. Es tut weh. Verdammt weh. Ich greife an meine Stirn, ertaste eine Beule und sacke zurück.

»Bleib ruhig liegen«, sagt Jacob.

»Was ist mit ihr?«, fragt Aidan und die Besorgnis in seinem Tonfall lässt mein Herz schneller schlagen.

»Vermutlich hat sie eine leichte Gehirnerschütterung. Ich bring sie ins Bett.«

Mein Vater hebt mich vorsichtig hoch und mein Kopf sinkt gegen seine breite Brust. Ich kann nicht verhindern, dass es beruhigend auf mich wirkt. Elias hat mich immer so getragen, als ich noch klein war.

»Tut mir leid«, flüstere ich im Vorbeigehen Aidan zu.

Er grinst und in seinen Augen glitzern silberne Lichtpunkte.

»Beeindruckende Show, Emma.«

DER PLAN

*Niemand darf deine Gabe kennen. Und sollte sie jemand ent-
decken, dann zeig ihm, dass du sie nicht beherrschst. Das
macht dich für ihn uninteressant.*

Das Gesicht meiner Mutter verblasst, als das Klopfen ertönt. Ich schlage die Augen auf und starre auf die weiß getünchte Decke über mir.

Wenn sie durchfällt, ist sie draußen.

Ich muss die Tests vermasseln, was auch immer das für
welche sein mögen. Ob SENSUS CORVI eine Versuchsanstalt
ist?

Das Klopfen wird lauter.

»Ja?«

Die Tür geht auf. Ich verkrampfe mich und warte auf die
Beschuldigungen. Aber es ist nicht mein Vater. Mein Herz
schlägt schneller, als ich Aidan erkenne und das pochende
Blut löst Wellen von Schmerz in meinem Kopf aus. Stumm
schaue ich ihm entgegen.

Er beugt sich über mein Bett und seine Hand berührt meine
Stirn. Ganz zart. Erst spüre ich die Spitzen seiner schlanken
Finger, dann die Finger selbst und schließlich die gesamte
Handfläche. Sengende Hitze streicht über meinen Körper,
gleichzeitig fröstele ich und Gänsehaut jagt über meine Arme
und das Rückgrat. Ein Wimmern huscht über meine Lippen
und Aidan zieht seine Hand ruckartig weg. Die Augen unter
den langen, dunklen Wimpern weiten sich und ich versinke
in dem geheimnisvollen Blaugrün. Auf einmal stehe ich bis
zu den Knien im Meer in der kleinen Bucht auf Korfu. Weiße

Wellenspitzen lecken an meinen Waden. Meine Lippen fühlen sich ausgetrocknet an. Ich öffne den Mund und fahre mir mit der Zunge darüber. Plötzlich kommen seine Augen näher und näher und das Meeresblau wird so intensiv, dass es mich hinab in seine Tiefen zieht.

»Emma«, haucht er so leise, dass ich es kaum wahrnehmen kann, und doch streichelt der Klang seiner Stimme wie eine Flamme über meinen Körper. Im letzten Moment drehe ich den Kopf zur Seite.

»Entschuldige, ich wollte dich nicht erschrecken.«

Seine Wangen sind leicht gerötet und das Gesicht spiegelt meine eigene Verwirrtheit wider.

Erschrecken nennt er das? Er hat mich in eine Hochgeschwindigkeitsachterbahn gesteckt und in steilen Serpentinen erst durch einen Vulkan und dann über einen Eisberg fahren lassen. Mühsam versuche ich, meine Atmung und mein rasendes Herz wieder unter Kontrolle zu bekommen. Noch nie hat ein Junge solche Gefühle in mir ausgelöst. Ausgerechnet der Patensohn meines Vaters! Als ob ich nicht schon genug Probleme hätte. Er räuspert sich verlegen. »Wie geht es dir?«

»Wie soll es mir schon gehen? Ich bin ein gefährlicher Freak, der Menschen verletzen oder gar töten kann. Halt dich also lieber von mir fern.«

Er lächelt, beugt sich ein wenig vor und pflückt eine meiner schwarzen Haarsträhnen von dem weißen Laken. Langsam kringelt er die Spitzen um seinen Zeigefinger.

Poch, poch, poch. Dieses dumme Herz! Kein Mensch spürt die Spitzen seiner Haare!

»Und wenn ich mich nicht von dir fernhalten möchte?«

»Ich will dich nicht noch mal verletzen.«

»Warum?«

Weil du die schönsten Augen hast, die ich je gesehen habe, mein Körper total verrücktspielt, wenn du mich berührst, und vor allem, weil du mich gestern gegen Jacob verteidigt hast!

»Hältst du es etwa nicht für normal, dass man andere Menschen nicht verletzen will?«, sage ich stattdessen.

Seine Mundwinkel wandern enttäuscht nach unten.

»Natürlich. Ich dachte nur ...«

Er lässt meine Strähne los und fährt sich durch seine eigenen Haare. In meinen Fingern kribbelt es.

»Soll ich dir helfen, deine Gabe besser unter Kontrolle zu bekommen?«

Was? Mit einem Ruck richte ich mich im Bett auf. Zu schnell. »Aaah!« Ich fasse an meine Stirn.

»Immer noch Kopfweh?«

Ich nicke. Er legt seine Hände auf meine Schultern, um mir Halt zu geben. Hitze! Ich habe das Gefühl, ihn wegstoßen zu müssen, um nicht zu verbrennen. Meine Hände landen auf seiner Brust. Aber ich stoße ihn nicht weg. Ich schaffe es nicht. Unter meinen Fingern fühle ich sein Herz. Es klopft fest und schnell gegen meine Handflächen.

»Wenn du es Jacob nicht erzählst, helfe ich dir gerne.«

»Danke, Aidan«, sage ich heiser und räuspere mich. »Meine Freunde nennen mich übrigens Emz.«

»Emz klingt schön.« Er streicht mit dem Daumen über meinen Handrücken.

Aidan ist das fehlende Bruchstück in meinem Plan. Um die Tests zu vermasseln, muss ich die Telekinese willentlich unterdrücken können. Oder in eine falsche Richtung lenken. Ich werde Jacob schlagen. Nicht mehr lange und ich bin zurück in Deutschland, bei Hannah und Elias, bei meinen Freunden. Und alles wird wieder gut werden.

Fast.

Aidan will mir helfen, damit ich hierbleibe. Ich muss ihn benutzen. Und verraten.

»Ich könnte vor Neid platzen, Rina!« Iris knufft mir mit der Faust in den Bauch.

Ich lache. »Jacob ist doch nur mein Primus!«

»Was bedeutet, dass er fast seine ganze Freizeit mit dir verbringen muss.«

»Und wer sagt, dass mir das gefallen wird?«

Iris schaut mich so ungläubig an, dass ich erneut lache.

»Okay, er sieht ganz gut aus«, gebe ich zu. Ein strafender Blick. »SEHR gut. Aber er ist so zugeknöpft und gefühlskalt wie Mr Spock und ich fürchte, sein Humor ist genauso grün wie das Blut in dessen vulkanischen Adern.«

»Faszinierend!«

Oh nein! Ich drehe mich langsam um. Mit der einseitig hochgezogenen Augenbraue sieht er jetzt tatsächlich Mr Spock ähnlicher den je. Iris kichert leise. Verräterin!

»Was ist faszinierend?«

»Deine trotz Empathie mangelnde Menschenkenntnis, McCoy. Äußerst unlogisch! Würde es dir etwas ausmachen, mich aufs Deck zum Captain zu begleiten?«

Wie zum Teufel schafft er es, allein mit seiner Stimme eine Gänsehaut auf meinem Körper zu verursachen?

»Nach Ihnen, Commander«, sage ich kühl und recke mein Kinn nach oben.

Er dreht sich um.

Iris' Gelächter in den Ohren folge ich ihm ins Treppenhaus.

DIE SCHULE

»Auf welche Schule soll ich eigentlich gehen?«

Ich spüle die Kopfschmerztablette mit einem Schluck Kaffee hinunter und beiße von meinem Honigtoast ab.

»Eine Privatschule mit dem besten Ruf. Sie heißt SENSUS CORVI«, sagt Jacob und ich verschlucke mich und muss husten.

»Ist das ein Internat?«

»Die Schule hat einen Internatsbereich für Schüler, die weiter weg wohnen. Aber du hast Nachmittagsunterricht bis um fünf. Abends bist du dann wieder bei mir.«

Wie schön! Vielleicht kann ich ihn ja überreden, in den Internatsbereich wechseln zu dürfen.

»Ich geh auch auf die SENSUS CORVI«, sagt Aidan und beißt herzhaft in einen Apfel. Ein glitzernder Tropfen Fruchtsaft läuft über seine Lippen, bis hinunter zum Kinn. Ich würde ihn gerne wegwischen, wegküssen ... Verdammt, Emz, konzentrier dich!

»Was bedeutet der Name?«, frage ich neugierig.

Sie werfen sich einen kurzen Blick zu.

»*Sinn des Raben*. Das ist lateinisch. Die Raben gelten als die klügsten Vögel überhaupt. Es ist eine Schule für ... Hochintelligente.«

Na klar! Ich weiß, was das in Wirklichkeit bedeutet.

»Wenn sie dich aufnehmen, kannst du dich glücklich schätzen, also streng dich an.« Jacob gießt einen Schluck Milch in seinen Schwarztee.

»Und wenn sie mich nicht aufnehmen?«

»Dann werden wir uns eine andere Lösung überlegen«, weicht er aus.

Sicher doch. Dann schickst du mich einfach zu Hannah und Elias zurück. Rabenvater! Ich balle meine Hände unter dem Tisch zu Fäusten. Aidan steht auf und trägt sein Geschirr in die Küche.

»Woher wusstest du eigentlich von Mamas Tod? Du hast erzählt, du hättest es in der Zeitung gelesen. Kein Ire würde auf die Idee kommen, die Todesanzeigen sämtlicher Lokalzeitungen Deutschlands zu durchforsten!«

Jacob setzt die Teetasse ab und sieht mich ernst an.

»Vom Tod deiner Mutter habe ich tatsächlich erst durch die Todesanzeige erfahren.« Einen Moment lang ist es still. »Allerdings erhielt ich sie mit einem anonymen Brief.«

Meine Hände klammern sich in das Tischtuch.

Sie suchen mich. Uns. Manchmal denke ich, sie beobachten uns bereits.

»Aber wer könnte dir den geschickt haben? Du hast doch bestimmt einen Verdacht!«

Jacob seufzt. Auf seiner Stirn erscheint eine tiefe Falte. »Ich habe keine Ahnung. Aber ich finde es heraus.«

AIDANS GABE

Sonnenstrahlen bahnen sich geschickt ihren Weg durch die Blätter des Walnussbaumes. Er sitzt auf der Bank, den Kopf in den Nacken geworfen und auf seinem Gesicht fechten Licht und Schatten einen stummen Kampf.

»Du kannst auch Dinge durch Gedanken bewegen?«, frage ich.

Aidan hebt den Kopf und lächelt. Ich meide seinen Blick und warte auf die Antwort.

»Würde dir das gefallen, Emz?«

Sein herber Duft lässt mich schwindeln. Er ist eindeutig zu nahe. Ich rutsche zur Seite.

»Du wolltest mein Lehrer sein. Und dementsprechend solltest du dich auch verhalten.«

Er grinst breit. »Bist du dann meine brave Schülerin?«

Rasch stehe ich auf, um zu gehen.

Doch er zieht mich an meinem Arm zurück.

»Okay. Schon gut. Ich bin ein Elementarkinetiker.«

Ein was? Er deutet in die Krone des Baumes über uns. Langsam gleitet mein Blick über die zerfurchte Rinde nach oben. Die grünen Schalen der Nüsse sind noch nicht aufgeplatzt, aber es kann nicht mehr lange dauern. Zwischen den Zweigen lugt ein wolkenloser Himmel hervor.

»Bei unserer ersten Begegnung hast du dort oben gesessen und geweint.«

»Und?« Will er sich jetzt über mich lustig machen?

»Was hat dich dazu gebracht, nach unten zu sehen?«

»Keine Ahnung. Ich glaub, ein Windstoß hat mir ein paar

Wassertropfen ins Gesicht ...« Mein Herz klopft plötzlich schneller. »Das warst du!«

Er nickt zufrieden. »Ja. Ich kann die Elemente Feuer, Luft und Wasser beeinflussen.«

Mir fällt die Zeichnung auf seinem Block ein. »Wow!«

»Genau das habe ich auch gedacht, als du mich mit den Tellern beworfen hast.« In dem Blaugrün seiner Augen glitzern erneut silberne Punkte. Rasch schaue ich auf meine Hände.

»Was hast du empfunden, als es passierte? Was war der Auslöser für deine Telekinese?«

»Ich war einfach sauer, okay?«, antworte ich abweisend.

»Wenn ich dir helfen soll, muss ich wissen, welche deiner Gefühle die Telekinese auslösen. Entweder du lieferst mir Details oder ich muss zu härteren Methoden greifen.«

»Die da wären?«

»Ich könnte dich beispielsweise ... küssen.«

»Untersteh dich!«

»Hm, ich küsse aber gut.«

Ich schaue überallhin, bloß nicht auf seine Lippen und erzähle ihm in kurzen Worten, was ich damals gefühlt habe.

»DU warst eifersüchtig?« Seine Augen werden groß und er schüttelt ungläubig den Kopf. »Mensch, wenn du wüsstest, wie sehr ich mir wünschte, er wäre mein Dad.«

Dad. Ich kann mir nicht vorstellen, ihn jemals so zu nennen. Er kapiert es nicht. Jacob ist ja auch ganz anders zu ihm.

»Ich will nicht darüber reden.«

Er nickt. »Hat deine Mutter dir eigentlich beigebracht, deine Gefühle als Empathin zu kontrollieren?«

»Ja, aber es klappt nicht immer. Ich benutze Atemtechniken.«

»Versuch sie einzusetzen, wenn deine Telekinese ausbricht. Vielleicht kannst du sie dadurch unterdrücken.«

»Ich dachte, du bringst mir bei, wie ich sie bewusst steuere,
nicht wie ich sie unterdrücke!«

»Psst, nicht so laut!« Aidan wirft einen Seitenblick auf das
Wohnzimmer. »Das geht nicht so schnell, wie du denkst. Du
musst deinen eigenen Zugang finden, Konzentrationsübungen machen, das Wesen der Dinge begreifen lernen, die du
bewegen willst. Das kann Monate dauern.«

»Monate?« Ich presse meine Lippen aufeinander.

»Oder Jahre. Sieh her.«

Ich folge seinem Blick, der auf den Rasen gerichtet ist,
kann aber nichts erkennen. Plötzlich beginnen sich etwa einen Meter entfernt die Grashalme zu bewegen. Erst sachte,
dann stärker. Ein exakt auf sie gerichteter Luftstrom erfasst
sie, wirbelt sie durch, zerteilt sie. Die Bewegung wird schneller, die Spitzen der Halme reißen ab, stieben in die Luft wie
die Funken eines prasselnden Feuers und Erde folgt ihnen.
Vor meinen Augen entsteht eine Art Miniaturwirbelsturm,
punktuell auf etwa einen halben Quadratmeter begrenzt.
Mühsam wende ich meinen Blick ab und sehe zu Aidan. Sein
Gesicht ist angespannt, die Augen zusammengekniffen und
auf seiner Stirn hat sich Schweiß gebildet. Wie von selbst
bewegt sich meine Hand auf ihn zu und wischt eine Schweiß-
perle von seiner Haut. Er zuckt zusammen und sieht mich
aufgebracht an. Dann wird sein Blick weich.

Schnell ziehe ich meine Hand weg. *Was ist nur in dich
gefahren?*

»Eineinhalb Jahre intensives Training mit deinem Vater«,
erklärt er.

»So lange?«, japse ich.

»Es ist nicht einfach, es über einen längeren Zeitraum zielgenau zu halten und einzugrenzen. Das wirst du noch merken.« Er lehnt sich vor und haucht mir ins Ohr: »Und du hast genau eineinhalb Sekunden gebraucht, um meine Konzentration zu brechen und meine Kraft völlig aus dem Ruder laufen zu lassen.«

»EMMA!« Noch nie ist mir Jacobs aufgebrachte Stimme so willkommen gewesen. Die Arme über der Brust verschränkt steht er auf der Terrasse und schaut finster zu uns herüber. Warum ist er bloß so verärgert? Ich stehe auf und gehe zu ihm. Meine Knie fühlen sich wacklig an. Er nimmt meinen Arm und zieht mich ins Innere des Wohnzimmers. »Du solltest dich besser von Aidan fernhalten!«

»Warum? Bin ich etwa nicht gut genug für ihn? Ist er so viel mehr wert als deine eigene Tochter, Jacob?«

Er lässt mich los. Ich kann seinen Blick nicht deuten und wage nicht, in ihn zu tauchen. Ich hasse ihn. Als ich zur Treppe gehe, höre ich seine Stimme in meinem Rücken.

»Abgesehen von der Gefahr, die momentan von dir für euch beide ausgeht, dachte ich, ehrlich gesagt, eher an dich, Tochter. Ich kenne Aidan seit seiner Geburt und mag ihn wirklich gern, aber was Mädchen anbelangt ...« Ich bleibe stehen und drehe mich zu ihm um. Er fährt sich unbeholfen durch die Haare und schaut auf einen Punkt hinter mir an der Wand. Irgendwie wirkt er plötzlich wie ein verlegener Teenager. »Wie soll ich sagen, du bist nicht gerade die Erste, für die er sich interessiert, wenn ihm während der Ferien langweilig ist. Und wahrscheinlich auch nicht die Letzte.«

Meine Hand umklammert den Treppenlauf. Er sorgt sich um mich? Hilft Aidan mir etwa nur, weil er auf einen Urlaubsflirt aus ist?

Ihre Worte sind unwichtig, Emma. Ob sie dir schmeicheln oder dich beleidigen. Das Einzige, was zählt, ist ihre Absicht. Du musst den Plan dahinter verstehen, sonst haben sie dich in der Hand.

»Okay«, sage ich in die Stille. »Ich hab's kapiert.«

Jacob nickt, wendet sich rasch ab und geht in den Garten zu Aidan. Mein Herz verkrampft sich. Aidan ist nicht der erste Junge, der mit mir flirtet – aber der erste, der mir etwas bedeutet.

Es klingelt an der Haustür. Ich werfe einen Blick in den Garten. Jacob und Aidan reden aufeinander ein und haben nichts gehört. Als ich meinen Kopf zurück zur Tür drehe, springt sie von selbst auf und stößt mit einem lauten Knall an die Wand. In zwei Sekunden sprinte ich zum Eingang. Zum Glück hat der Mann mit dem ungepflegten roten Vollbart nichts bemerkt. Sein Kopf ist über ein Bündel Briefe in seinen Händen gebeugt und ein scharfer Geruch von Alkohol und Zigaretten strömt mir entgegen.

Er reicht mir augenzwinkernd einen zerknitterten, weißen Umschlag. »Der is' für dich. Streng geheim. Von 'nem Verehrer.«

Kein Adressat und kein Absender. Nachdem er mir auch Jacobs Post in die Hand gedrückt hat, schließe ich die Tür. Dann reiße ich das weiße Kuvert auf. Die wenigen gedruckten Worte auf dem Zettel verschwimmen vor meinen Augen:

Und ich sprach: »Prophet des Teufels,
nimm von mir die Qual des Zweifels!
Ob mir meine einzig' Liebe, ob mir Rina wiederkehrt?«
Sprach der Rabe: »Nimmermehr.«
Hüte dich vor den Raben von SENSUS CORVI, Tochter Rinas.

Besonders vor Farran.
Wenn sie schlafen, erwache zum Leben!

»Ich finde, Sie sollten auf das Angebot eingehen, Mr Miller«, sagt Jacob kühl.

Ich rutsche unruhig auf dem Stuhl nach hinten, als ich sehe, wie die Aura um Miller in ein leuchtendes Rot übergeht. Zornesrot. Sie umfließt seine Glatze wie ein Flammenkranz.

»Hören Sie zu. Ich brauche keine Spitzel in meiner Firma. Es ist mir egal, ob er mir den Auftrag verschafft oder nicht. Wir sind ein seriöses Unternehmen. Seit Jahrzehnten Marktführer. Ich bin nicht auf Farran angewiesen.«

Seine Stimme ist kalt, aber seine Aura vibriert. Er sieht aus wie eine Bulldogge, die ihre Zähne fletscht, bevor sie zubeißt. Ich berühre mit meinem Fuß vorsichtig Jacobs Bein unter dem Tisch. Aber er streicht sich nur eine schwarze Haarsträhne aus der Stirn und lächelt Miller freundlich an.

»Ihre Entscheidung. Wie geht es eigentlich Ihrer Gattin?«

Orangegelb. Glühend.

Ich muss mich zwingen, nicht die Augen zu verschließen. Zitternd lege ich meine Hand auf Jacobs Oberschenkel. Er zuckt zusammen. Lass uns verschwinden!

»Was geht Sie meine Frau an, MacAengus?«

»Oh, eine reine Höflichkeitsfrage.«

Jacob steht abrupt auf und meine Hand rutscht nach unten. Ich stelle mich neben ihn. Ruhig bleiben. Atmen. Beim ersten Auftrag ist man immer nervös, hat er gesagt.

Millers breite Brust hebt und senkt sich. Seine Hand deutet zur Tür. »Verschwinden Sie, bevor ich mich vergesse.«

Mein Herz klopft schneller und ich hoffe, dass Jacob endlich aufgibt. Aber ich kenne ihn nach eineinhalb Jahren gut genug. Als er Miller die Hand entgegenstreckt, sagt er:

»Ich wünsche Ihnen einen schönen Tag. Vielleicht sieht man sich. Auf dem Chirurgenkongress in Dublin wird Farran übrigens als Redner erwartet. Wollen Sie auch spenden?«

Weiß! So grell, dass es mich blendet.

»JACOB!«

Er reagiert sofort, indem er sich nach unten duckt. Millers Faust landet in der Luft, dort, wo zuvor sein Kopf gewesen ist.

Ich springe instinktiv zur Seite und sehe zu, wie Miller durch den ungebremsten Schwung seines Schlages über Jacobs Rücken fällt. Jacobs eisblaue Augen fixieren den Mann unter ihm. Einzelne Haarsträhnen fallen lose in sein Gesicht. Ich erahne die Anspannung seiner Muskeln unter dem tiefschwarzen Anzug. Er sieht aus wie ein Panther, der sich auf seine Beute konzentriert. Nur aus den Augenwinkeln bekomme ich mit, wie Miller sich hochrappelt und auf Jacob zuwankt. Da, eine rasante Bewegung und plötzlich schlingt sich ein Arm um meine Kehle und reißt mich herum. Jacob hat einen Satz auf mich zugemacht. Jetzt bleibt er stehen. Seine Augen weiten sich. Aber ihr Blau wird vollkommen überlagert von dem Schwarz, das wie dunkler Rauch seine Silhouette umfließt.

Angst.

»Lass sie los.« Seine Stimme ist fest und kalt. Er verbirgt seine Gefühle gut.

»Na, MacAengus, wie schmeckt dir das? Ich war mal ein guter Ringer. Glaub mir, wie man ein Genick bricht, weiß ich immer noch. Du magst die Kleine, nicht wahr? Dann weißt du ja jetzt, wie es sich anfühlt, wenn du jeden Moment mit ihrem Tod rechnest und nichts, absolut nichts dagegen unternehmen kannst.«

»Richtig. Aber zwischen uns gibt es einen kleinen, aber feinen Unterschied. Sie werden sie verlieren. Ich nicht.«

Noch während er die letzten Worte spricht, wandert sein Blick an Miller vorbei nach hinten. Ich spüre einen gewaltigen Schlag und Miller fällt mit mir nach vorne. Bevor ich noch schreien kann, fängt Jacob mich auf, drückt mir die Hand auf den Mund und zieht mich unter Miller und dem Konferenzstuhl, der an seinen Hinterkopf geprallt ist, hervor. Ich schmiege mich an seine Brust und schließe die Augen.

»Wir müssen hier weg, Rina«, flüstert er und ich schaue auf. Der Blick, mit dem er mich ansieht, ist kühl wie immer. Sein Gesicht starr. Aber um ihn herum wirbeln alle Farben des Spektrums wie schillernde Seifenblasen. Nur ganz kurz, dann verblasst die Aura. Er hat wieder Kontrolle über seine Gefühle erlangt und versucht, sie vor mir zu verbergen. Diese Aura ist selten. Und gerade von ihm habe ich sie nicht erwartet: leidenschaftliche Liebe.

ERSTER SCHULTAG

Scheußlich.

Ich schaue entsetzt auf die Schuluniform, die vor mir auf dem Bett liegt. Ein knielanger Faltenrock, graue Wollstrumpfhosen, weiße Bluse, grauer Blazer. Auf der rechten Brust des Blazers befindet sich der Rabe, den Aidan gezeichnet hat. Er reckt seine schwarzen, weit ausgebreiteten Flügel in die Luft. Als wolle er mich umarmen. Oder angreifen. An seinen Seiten steht in geschnörkelten Buchstaben: *SENSUS CORVI*. Er schwebt in einem mit goldenen Fäden gestickten Kreis, der von den Spitzen seiner Flügel berührt wird.

Hüte dich vor den Raben ...

Wer auch immer den Brief geschrieben hat, ist ein Fan von Edgar Allan Poe und kannte meine Mutter so gut, dass er sie Rina nannte. Und er wusste von ihrem Tod. Ob er Jacob die Todesanzeige geschickt hat? Nachdenklich ziehe ich die Uniform an, bürste mir noch einmal die Haare, bis sie mir lang und glatt bis zu den Hüften fallen, und laufe aus dem Zimmer. Ich stolpere fast auf der Treppe, als ich ihn sehe.

In einem tiefschwarzen Anzug, weißem Hemd und goldfarbener Krawatte mit Rabenemblem lehnt Aidan am Geländer. Die Hüfte vorgeschoben, die Haare verwuschelt und sein Blick jagt Hitze in meine Wangen. Neben ihm sehe ich sicher aus wie das graue, hässliche Entchen.

»Niedlich, Emz.«

Meine Beine werden weich. Aber ich denke an die Warnung meines Vaters. Aidan reicht mir grinsend meine Tasche.

»Ihr kommt zu spät!«, kommentiert Jacob kühl. Ich drehe

den Kopf in seine Richtung und das Lächeln, das ich Aidan gerade geschenkt habe, liegt noch auf meinen Lippen.

Jacobs Augen flackern. »Viel Glück an deinem ersten Tag!«

Vor der Tür steht ein schwarzer Jaguar. Aidan öffnet mir mit erwartungsvollem Blick die Beifahrertür. Geburtstagsgeschenk meines Vaters.«

Die Kiste hat garantiert mehr als zwei Jahresgehälter von Mama gekostet. »Will er sein schlechtes Gewissen beruhigen oder sollst du dich in der Schule mehr anstrengen?« Ich versinke in dem weichen schwarzen Leder.

Seine Augenbrauen heben sich. »Also die meisten Mädchen fahren voll drauf ab«, antwortet er kühl.

Jungs! Ich verdrehe die Augen und schüttele den Kopf über so viel Arroganz. »Vielleicht interessiert sie der Geldbeutel deines Vaters mehr als du.«

Aidan schlägt die Tür zu und umrundet das Auto. Als er einsteigt, liegt ein spöttisches Lächeln auf seinem Gesicht. Er steckt den Schlüssel in den Anlasser und starrt mich an.

»Was?«

»Gut zu wissen, dass du ausschließlich an *mir* Gefallen findest.«

Wir fahren auf einer schmalen Landstraße entlang dem Fluss Lee. Dichte Laubbäume und niedrige Steinmauern säumen den Weg. Aidan fährt schnell. Zu schnell. Aber vermutlich hat Daddy auch kein Problem damit, ihm die Strafzettel zu zahlen.

Endlich biegen wir auf einen schmalen Weg ab, der an einem schmiedeeisernen Tor endet. Es ist riesig. Schwarz eloxierte Stäbe ragen hoch in den Himmel. Dazwischen liegen verschnörkelte Ranken und Muster. Auf einigen Streben thronen Rabenskulpturen. Rechts und links, jeweils in der Mitte der Flügeltüren, kleben die Buchstaben S und C in Gold. Das Tor ist verschlossen. Auf dem rechten Pfeiler glotzt mir das dunkle Auge einer Überwachungskamera entgegen. Direkt darunter befindet sich ein Metallkasten.

Aidan öffnet das Seitenfenster, zieht eine Plastikkarte mit Foto aus seinem Jackett und hält sie an ein kleines Glas. Lautlos schwingen die Flügeltüren des Tores auf. Ein junger Mann, Mitte zwanzig und ganz in schwarz gekleidet, sitzt vor einem grau getünchten Häuschen. Er hat extrem kurz geschnittene braune Haare und an einem Halfter an seiner Hüfte trägt er eine Waffe. Ich werfe Aidan einen fragenden Blick zu.

»Sicherheit wird bei SENSUS CORVI groß geschrieben.«

»Aha.«

Gerade will ich ihm sagen, dass ich mich fühle wie auf dem Weg in ein Gefangenenlager, da verschlägt es mir die Sprache. Am Ende einer langen Birkenallee erhebt sich die Schule.

»Farran ist kein Freund des Understatement«, erklärt Aidan unnötigerweise.

Düster, gewaltig, schlossähnlich, wie ein Herrensitz aus einem *Jane-Austen*-Roman, ragt das Gebäude vor uns empor. Vier Flügel aus grauen Steinquadern umschließen einen Innenhof, in den Aidan rasant hineinfährt und mit quietschenden Reifen neben einem Mercedes-Cabrio parkt.

Mein Blick wandert an der Schule nach oben. Die Dächer sind mit Türmchen, Laternen, Säulen und Bogengängen verziert. Auf den Kuppeln sitzen goldene Raben mit ausgebreiteten Flügeln.

»Und wer ist Farran?«

»Der Schulleiter.«

Farran wird entzückt von ihr sein. Ich presse meine Lippen so fest aufeinander, dass es schmerzt.

Aidan steigt aus und öffnet die Beifahrertür. Ein heller Aufschrei lässt mich zusammenzucken.

»Aidan!«

Aus einer Gruppe von Schülerinnen löst sich ein Mädchen mit schulterlangen blonden Haaren und einem blassen Porzellangesicht und läuft auf uns zu. Sie ist genau der Typ Mädchen, nach dem sich Jungs auf der Straße umdrehen. Groß und schlank, aber mit Rundungen an den richtigen Stellen, einem ebenmäßigen, perfekt geschminkten Gesicht ohne Eigenheiten, wie das einer Barbiepuppe: bildschön, aber eintönig. Ohne mich eines Blickes zu würdigen, fällt sie Aidan um den Hals, vergräbt ihre Hände in seinem Haar und zieht ihn in einen stürmischen Kuss.

Ich weiß, es geht mich nichts an. Trotzdem möchte ich schreien. So laut ich kann. Oh Gott! Jacob hat recht gehabt. Ich atme tief ein. Und wieder aus. Es ist nichts zwischen uns. Warum sollte ich eifersüchtig sein?

Genervt greife ich nach meiner Umhängetasche und springe aus dem Wagen. Meine Finger sind nur noch ein paar Zentimeter von der Autotür entfernt, als sie von selbst mit einem ohrenbetäubenden Schlag zuschwingt. Das Paar fährt erschrocken auseinander und ich stapfe auf das Eingangstor zu, vor dem sich einige Schüler versammelt haben und neugierig zu uns hinübersehen. Bin ich froh, dass ich ihn in den Ferien nicht geküsst habe! Und zum ersten Mal empfinde ich ein positives Gefühl für meinen Vater: Dankbarkeit.

Aidan ruft nach mir, aber ich laufe weiter. Die Schüler ragen vor mir wie eine schwarze Mauer auf.

Ich bleibe so abrupt stehen, dass mein Verfolger in meinen Rücken prallt. Meine Tasche fällt mir aus der Hand und ich stürze auf meine Knie.

»Entschuldige!«, keucht Aidan und streckt mir seine Hand entgegen.

Ich ignoriere sie. »Wieso bin ich die Einzige hier, die in diesem widerlichen Grau herumläuft? Alle anderen Mädchen haben schwarze Uniformen an, so wie du!«

Ein leises Lachen ertönt in meinem Rücken. Ich weiß, dass es von ihr stammt. Püppchen mit rot geküsstem Erdbeermund. Sie mustert mich von oben herab.

Hastig springe ich auf, aber mit ihren hohen Schuhen ist sie genauso groß wie Aidan. Die grauen Pumps, die Jacob für mich zu der Uniform gekauft hat, habe ich gegen meine schwarzen Chucks ausgetauscht. Schlimm genug, dass ich hier nicht in Jeans und T-Shirt zur Schule gehen kann!

»Deine Uniform ist ...«, beginnt Aidan, während er mir meine Tasche reicht.

»... die einer Bewerberin«, unterbricht ihn Püppchen mit einem verächtlichen Unterton in der Stimme. »Grau tragen diejenigen, von denen noch nicht feststeht, ob ihnen jemals die Ehre zuteil wird, in die SENSUS CORVI aufgenommen zu werden. In deinem Fall«, ihr Blick wandert über meinen Körper und bleibt an meinen Chucks hängen, »ist ein Farbwechsel eher unwahrscheinlich.«

»Lass sie ihn Ruhe, Lynn!«, ruft Aidan zornig.

Hast du jemanden als Feind identifiziert, versuch so viel wie möglich über ihn herauszubekommen. Erforsche seine Gefühle!

Ich kneife die Augen zusammen und dringe langsam in ihre Gefühlswelt ein. Ihre Lippen bewegen sich, aber ich höre nur ein dumpfes Murmeln. Meine Emotionen verschmelzen mit den ihren. Unsicherheit und Zorn. Was sonst? Angst. Wovor? Ich gleite tiefer. Jemand greift nach meinem Arm. Aber es fühlt sich nicht bedrohlich an. Kein Grund aufzutauchen.

Da! Kontrolle. Püppchen will kontrollieren, will ... besitzen? Der Druck um meinen Arm nimmt zu und ich tauche wieder auf.

Gelassen streife ich Aidans Hand ab und gehe auf sie zu. Auch wenn Lynns Gesicht vor Hochmut strotzt: Ihre Augen glitzern nervös und ich kann die Angst in ihnen sehen.

Die Gefühle von Menschen, in die du bereits getaucht bist, kannst du hinterher leichter erkennen. Auch ohne erneut zu tauchen.

Blitzschnell beuge ich mich zu ihrem Ohr und flüstere so leise, dass nur sie es wahrnimmt: »Tut mir leid. Aber du wirst ihn niemals kontrollieren können und erst recht nicht besitzen. Aidan ist viel zu stark. Er benutzt dich und wenn er dich satt hat, lässt er dich fallen.«

Ich genieße ihren spitzen Schrei und den Ausdruck von Panik in ihren Augen.

»Das ... das darfst du nicht! Es verstößt gegen die Schulregeln, deine Gabe gegen mich einzusetzen, ohne es vorher anzukündigen!«

»LYNN!!«, brüllt Aidan. Sein Gesicht wird so fahl wie das Pflaster zu unseren Füßen. Die anderen Schüler tuscheln aufgeregt miteinander und Lynns Lippen beginnen zu beben.

»Sagt es ihm nicht! Bitte, sagt es ihm nicht!«

Wen meint sie? Den Schulleiter? Gott, ist die erbärmlich!

»Krieg dich wieder ein, Lynn. Ich bin doch nur die *Bewerberin.*« Meine Augen treffen auf Aidan. »Für wie blöd hältst du und mein Vater mich eigentlich? Schule für Hochbegabte – dass ich nicht lache!«

Ohne die Antwort abzuwarten, drehe ich mich um und gehe zu dem gewaltigen dunklen Eingangstor. Ein Mädchen mit roten, lockigen Haaren und schräg stehenden, katzenähnlichen Augen lächelt mir zu. Sie streckt mir ihre schmalen, mit grünem Nagellack bemalten Finger entgegen.

»Hi! Ich bin Faye.«

Über ihrer kleinen Stupsnase wuchern Sommersprossen wie Unkraut und ihr Gesicht ist so fröhlich wie das eines Lausebengels, dem gerade ein Streich gelungen ist. Genau wie ich trägt sie keinerlei Make-up. Mein Blick fällt auf ihre schwarzen Turnschuhe und ich grinse.

»Emma«, sage ich und drücke ihre Hand.

»Wer ist denn dein Vater?«, fragt sie, während wir das Tor durchqueren und in die Eingangshalle der Schule gelangen.

»Jacob MacAengus.« Es fällt mir immer noch schwer, das zu glauben.

»WAAAS? DER MacAengus?« Faye stockt mitten im Gehen.

»Eben der«, tönt Aidans Stimme grimmig hinter uns.

HURLING

Gespräche verstummen, Blicke bohren sich in meinen Rücken, Flüstern. Die Raben halten zusammen und der graue Spatz steht außen vor. Ich hasse diese Schule!

»Magst du kein Lammfleisch?«

Angewidert schaue ich auf Fayes Teller und schüttele den Kopf. Mit meinem Löffel steche ich in den Vanillepudding. Sie lacht. »Die Tochter eines Iren mag kein Lamm!«

»Bis vor ein paar Wochen hatte ich keine Ahnung, dass mein Vater überhaupt existiert.«

Ihre Augen werden groß. »Ist nicht dein Ernst! Mensch, dein Dad ist eine Berühmtheit hier. Einer der mächtigsten Raben und Farrans bester Freund. Er und Farran haben zusammen ...«

»Sag mal, hast du die Schulregeln vergessen?«

Aidan setzt sich ungefragt mit einer doppelten Portion Irish Stew neben mich. Mein Magen rebelliert.

»Willst du mich bei Farran anschwärzen?« Fayes Tonfall ist eisig. Aidan zuckt mit den Schultern und zersäbelt das Fleisch.

»Kommt drauf an.«

»Worauf?«

Er stützt seinen Ellenbogen auf den Tisch und wackelt mit dem Messer in der Luft. »Halt künftig Emma gegenüber die Klappe.«

»Setz du dich gefälligst woanders hin!«, rufe ich aufgebracht.

Aidan ignoriert meinen Protest.

Und Faye gibt nach. »Okay. Spiel dich nicht so auf. Erzähl mir lieber von dem letzten Hurling-Spiel.«

Ich stöhne und beide schmunzeln. Mathe, Geschichte, Englisch, Physik – alles ist leichter zu ertragen als Hurling oder Camogie, wie der Sport bei uns Mädchen heißt. Ausgerüstet mit Schienbeinschonern und einem Helm mit Gesichtsschutz schlägt man mit einem Holzstock mit breitem Ende auf einen faustgroßen Lederball ein und versucht diesen in das gegnerische Tor zu bekommen. Oder zwischen die Torpfosten darüber. Denn dafür gibt es dann Punkte statt Tore. Es klingt so verdammt einfach. Und ich bin so verdammt unfähig darin.

»Komm schon, Emz! Irgendwann lernst du's!« Faye stupst mich in die Seite. Ja. Vielleicht in hundert Jahren.

»Lynn sagt, du schlägst häufig am Ball vorbei ...«, informiert Aidan kauend.

»Sagt sie das?« Ich werfe ihm einen Blick zu, bei dem ihm eigentlich das Weißbrot im Hals stecken bleiben müsste.

Lynn ist Mannschaftskapitänin unserer Gegner. Seit dem ersten Schultag versucht sie, mich zu demütigen. Und ich versuche, so zu tun, als ob es mir nichts ausmacht.

»Erklär mir mal, wie du es schaffst, diesen Ball auf dem Stock zu balancieren und gleichzeitig zum Tor zu rennen, ohne dass er runterfällt. Benutzt du Sekundenkleber?«

Letzte Woche haben Faye und ich den Jungs beim Hurling zugeschaut. Aidan ist natürlich ein wahrer Gott dieses bescheuerten Spieles. Wie ein Leopard jagt er über das Feld, während er den Ball auf diesem schmalen Stück Holz jongliert, als sei er dort festgewachsen.

»Du musst einfach lockerer werden.«

»Klar. In puncto Gelassenheit bist du mir um einiges voraus, wenn man mal von diversen aggressiven Ausbrüchen beim Spiel absieht ...«

»Körperkontakt, um den ballführenden Gegner anzugreifen ist erlaubt.« Ich hebe die Augenbrauen. »Mit Einschränkungen.« Er grinst hämisch.

»Und den Schläger wie eine Keule über den Kopf schwingen, mit Fäusten drohen und Schimpfwörter brüllen gehört dann also auch zum Fairplay?«

Faye nimmt einen Schluck Cola. Zu meiner Überraschung verteidigt sie Aidan.

»Das gehört eben dazu. Ein englischer Journalist soll mal über Hurling gesagt haben, es sei ein als Spiel getarnter Austausch von Feindseligkeiten mit steinzeitlichen Waffen.« Sie zwinkert mir schelmisch zu. »Immer noch besser als gälischer Fußball. Den nannte er ein wohlorganisiertes Gemetzel.«

Am Nachmittag steht Aidan mit zwei weiteren Jungen während des Mädchentrainings am Rande des Spielfeldes. Meine Hände werden feucht und ich klammere mich an den Camán. Am liebsten würde ich mich dahinter verstecken. Leider fliegt der Ball direkt auf mich zu. Ich fange ihn. Wow! Zwei Schritte. Schnell auf den Stock legen, sonst habe ich verloren. Es klappt. Er rollt auf dem Holz. Bleib! Aber ich muss laufen. Also mache ich einen Schritt. Eins. Noch einen. Zwei. Drei Spielerinnen der Gegenmannschaft laufen auf mich zu. Ist doch ganz leicht. Drei. Vier. Ich bin zu langsam. Sie schneiden mir den Weg ab. Als ich ihnen ausweiche, fällt der Ball ins Gras.

Aidan hebt eine Augenbraue.

Mary hat den Ball. Ich laufe los. Rennen kann ich ganz gut. Bin schneller als die anderen. Mary sieht das. Und schlägt.

Der Ball fliegt in meine Richtung. Ich hole mit dem Camán aus. Diesmal mache ich ein Tor. Ganz sicher. Mein Schlag muss hart sein, denn ich bin erst in der Mitte des Spielfeldes. Der Ball muss also weit fliegen. Ich sehe ihn. Gleich ist er da. Als er kurz vor meinem Gesicht steht, drehe ich mich. Ein paar Zentimeter mehr. Nicht daneben schlagen! Bitte nicht! Klatsch. Das Geräusch surrt laut in meinen Ohren. Die Wucht des Schlages lässt mich taumeln. Ja! Er wird bestimmt an die 200 km/h erreichen. Er wird durch das Tor fliegen. Aber etwas stimmt nicht. Der Winkel stimmt nicht. Der Ball fliegt zu schräg. Und dann sehe ich den weißen Fleck auf dem schwarzen Helm von Kylie und sie wird von den Füßen gerissen und stürzt zu Boden. Nein! Ich laufe auf sie zu, aber mein Kopf dreht sich zum Spielfeldrand. Und da sehe ich, wie sich die drei Jungen vor Lachen gegenseitig halten müssen.

»Klasse Einsatz, Emma-Maus. Wir danken von Herzen!«

Lynn wirft ihre blonden Haare in den Nacken und winkt Aidan zu, während sie an Kylie und mir vorbeitänzelt. Der schwarze Rock ihres Trikots schmiegt sich enger an ihre Hüften als meiner. Er ist auch ein paar Zentimeter kürzer. Sie hat ihn umgenäht. Ganz sicher. Ein bitterer Geschmack liegt auf meiner Zunge. Ich schlucke ihn hinunter und atme tief durch.

»Denk dir nichts. Kann jedem mal passieren«, stöhnt Kylie unter mir schwach. Sie meint es ernst und das macht mich nur noch wütender. Es wäre nicht passiert, wenn Aidan nicht zugeschaut und gelacht hätte. Ich stehe auf und helfe ihr vom Platz. Die Wut lodert heiß in meinem Bauch. Und ich weiß, dass Aidan und Lynn ihre Lektion bekommen werden. Jetzt.

Das Spiel wird mit zwei Ersatzspielern fortgesetzt. Vom Spielfeldrand aus beobachte ich den Ball. Klatsch. Gefangen.

Klatsch. Er rollt auf dem Stock. Ich konzentriere mich. So wie Aidan es mir erklärt hat.

Du musst das Wesen der Gegenstände, die du bewegen willst, begreifen.

Lynn hat den Ball. Oh ja! Sie ist geschickt. Sie ist elegant. Sie macht alles perfekt. Aidan sieht ihr zu und lächelt.

Es schmerzt. So sehr, dass ich mich von ihm wegdrehe und wieder auf Lynn schauen muss, die jetzt hochkonzentriert den Ball ein Stück weit in die Luft schmeißt und mit dem Schläger ausholt. Und auf einmal fühle ich ihn. Er lodert inmitten meiner Wut wie ein leuchtendes Irrlicht.

Der Ball.

Sein weiches Leder wird von dem harten Holz getroffen, drückt sich millimeterweise ein, gibt der physischen Gewalt ächzend nach und beult sich wieder aus, sobald der Stock wegschnellt. Die Gesichter der Spieler ziehen an mir vorbei, während ich mich drehe und wieder zu Aidan schaue. Er reißt seine Augen entsetzt auf und plötzlich wirft mich etwas neben Kylie zu Boden. Eine Druckwelle? Ich hebe den Kopf. Nur zwei Zentimeter vor Aidans Gesicht schwebt der Ball mitten in der Luft und fällt dann kraftlos vor ihm ins Gras.

Ein hysterischer Schrei zerreißt die Stille.

Und ich sehe Lynns offenen Mund.

IN DER BIBLIOTHEK

Ich habe es getan.

Ich, Emma Meyer, habe ganz bewusst meine Gabe eingesetzt, um Aidan Callahan, den beliebtesten Jungen der Schule, den Schwarm aller Mädchen, mit einem Ball anzugreifen! Aus zehn Metern Entfernung. Ohne den Ball zu berühren. Verflucht!

Ich hätte ihn umbringen können! Oder zumindest schwer verletzen. Je nachdem wie hart Lynn zugeschlagen hat.

Atemlos haste ich an den Regalwänden der Schulbibliothek vorbei. Nur ein paar Ecken noch und ich habe es geschafft: Philatelistische Bibliothek.

Hier liegt der Staub dick auf den Büchern und Folianten. Der Stoff des kleinen Sessels zwischen den hohen Regalen glänzt rot: kühle Seide, auf den anderen Sitzgelegenheiten der Bibliothek abgenutzt und blass, hier nahezu unberührt. Wer interessiert sich auch heute noch für Briefmarken und die Postgeschichte Europas? Ich schlüpfe aus meinen Schuhen, klettere in den Sessel, ziehe meine Knie hoch und lege meine Stirn auf ihnen ab. Obwohl ich schwitze, ist mein Körper eiskalt. Ich schlinge meine Arme um die Beine und schließe die Augen. Und plötzlich fühle ich die Wärme auf meinem Haar. So hat es sich immer angefühlt, wenn meine Mutter mich getröstet hat. Ich schrecke hoch.

»Aidan!«

Er kniet vor meinem Sessel. Seine Augen sind ernst und ruhig, wie die See nach einem Sturm, und nur ein kleines, silbernes Funkeln tief am Grunde zeugt noch von der Aufgewühltheit, die vor Kurzem darin geherrscht hat. Die linke Hand liegt noch immer in meinem Haar und plötzlich zieht er mich zu sich herunter. Seine Lippen kommen näher, aber wenn ich Faye Glauben schenken darf, küsst er offenbar jedes Mädchen, das auch nur ansatzweise hübsch ist.

In letzter Sekunde senke ich meinen Kopf, sodass er auf seiner Brust unterhalb des Schlüsselbeins zu liegen kommt. Mit einem tiefen Seufzer drückt er mich an sich, sein Mund streift mein Ohr und ich erschauere.

»Du hast wirklich eine ganz eigene Art, jemandem zu zeigen, dass du ihn magst«, haucht er und der Luftzug seiner Stimme kitzelt mein Ohrläppchen wie ein feines Haar.

Ich drücke ihn entschieden von mir.

»Lass das, Aidan. Wenn Lynn jetzt um die Ecke kommt ...«

Er verdreht die Augen. »Die steht noch unter Schock.«

»Ich ... es tut mir leid. Aber du hast mich provoziert!«

»Du solltest deine Gabe nicht einsetzen, solange du sie nicht vollkommen beherrschst. Schon gar nicht auf dem Schulgelände. Wenn ich den Ball nicht abgewehrt hätte ...«

»Dann hilf mir, sie besser zu beherrschen. Bitte!«

Seine Augen glitzern wie Wasserkristalle, in denen sich die Sonne bricht. Seufzend streicht er sich die Haare aus der Stirn. »Wenn ich nur könnte! Du musst den Zusammenhang zwischen deiner Empathie und deiner Telekinese erforschen. Dein Vater könnte dir helfen. Aber er will erst, dass du die Tests bestehst.«

»Warum soll Jacob mir helfen können?«

»Weil er deine Mutter kannte. Ich hab nur Theorie über Empathie gebüffelt.«

Mir bleibt der Atem weg. »Es gibt Lehrbücher über unsere Gaben?«

Aidan stöhnt auf. »Du hast keine Ahnung, wie viele Regeln ich gerade breche, indem ich dir das erzähle. Farran würde ...«

Er stockt. Dann hebt er die rechte Hand und streicht mir sanft über die Wange. Hitze jagt seinen Berührungen hinterher. »Hast du es auch gespürt? Unsere ... Verbindung?«

Die Druckwelle! »Gespürt? Du hast mich mit voller Wucht auf Kylie geschmissen!«

»Machst du Witze? Ich hab den Ball abgewehrt, nicht dich!«

»Nein. Du hast nicht nur den Ball abgewehrt. Was hast du gefühlt ... ich meine, woher weißt du eigentlich, dass ich es war, die den Ball auf dich gefeuert hat?«

Er lächelt verschmitzt.

»Zum Leugnen ist es jetzt zu spät. Ich hab es gefühlt.« Sein Lächeln wird noch breiter. »Hab ich dich wirklich so sehr verärgert, kleine Emz?«

Wie bitte? Kleine Emz?

»Aidan, kannst du einmal, nur ein einziges Mal ernst bleiben, wenn ich versuche, mit dir über meine Gabe zu reden?«

»Wie soll ich denn dabei ernst bleiben? Du siehst aus wie ein unschuldiger Engel und meine reine Präsenz beim Spiel reicht scheinbar aus, dich in einen kleinen Teufel zu verwandeln, der Höllengeschosse auf mich abfeuert. Ich finde es unglaublich faszinierend, welche Macht ich über dich habe.«

Mir wird erst klar, dass ich ihn mit offenem Mund anstarre, als er aufsteht, sich in den Sessel gegenüber fallen lässt und lässig die Beine übereinanderschlägt. Dieser arrogante Vollidiot! Und ich habe ihn auch noch um Hilfe gebeten!

Ich springe auf und verschränke die Arme über meiner Brust.

»Du ... du ...«

»Jaaa?« Er beugt sich ein wenig vor. Seine Augen glimmen eigenartig. »Komm schon, Emma-Maus«, raunt er und lässt seine Stimme tiefer klingen, »gib mir zur Entschuldigung einen Kuss und sei wieder brav.«

Ich schnappe nach Luft. Atmen! Tief ein und wieder aus! Aber es klappt nicht. Die Bücher sind schneller. So schnell, dass selbst ich nicht damit rechne. Die Enzyklopädie der weltweit seltensten Briefmarken wiegt mindestens zwei Kilo. Als sie in seinem Bauch landet, stößt er ein ächzendes Geräusch aus und klappt zusammen. Sein Glück, denn drei weitere Bände folgen, knallen über ihm an die Sessellehne und rutschen in seinen Rücken. Mehrere Taschenbände verharren in der Luft.

Dumpfer Schmerz breitet sich in meinem Kopf und Rücken aus, als ich gegen das Regal hinter mir schlage. Bücher fallen auf mich und prallen an Kopf und Armen ab. Ich sinke zu Boden und halte schützend die Arme über mich.

TESTS

Wir schaffen es gerade noch rechtzeitig, die Bücher ins Regal zu stellen, bevor meine Tests beginnen.

Täglich nach dem Sporttraining muss ich in den Keller. Dort bekomme ich entgegen meiner Befürchtungen weder Psychopharmaka eingeflößt noch Elektroschocks verpasst. Stattdessen muss ich auf Fragebögen hässlichen Farbklecksen eine Bedeutung geben und geometrische Figuren in Gedanken drehen, um ihr richtiges Gegenstück zu finden. Aufgaben zur Merkfähigkeit und mathematische Logiktests sind gestern dran gewesen. Vielleicht will Farran die Bewerber vorab selektieren und nur Schüler wählen, die einen bestimmten IQ aufweisen.

Aber er kennt nicht den Plan. Ungefähr ein Drittel der Aufgaben beantworte ich richtig, die anderen falsch.

Aidan bringt mich bis vor die Tür.

»Verzieh dich, Aidan. Die kleine Emma-Maus schafft das auch ohne dich.«

»Sicher?« Seine Mundwinkel zucken. »Du schuldest mir noch was.«

Bevor ich reagieren kann, hat er beide Arme blitzschnell um meinen Kopf gegen die Tür gestützt und hält mich auf diese Weise gefangen. Langsam kommt sein Gesicht näher. Bewegungslos erwidere ich seinen Blick, während ich gegen mein verräterisch klopfendes Herz kämpfe. All meine Sinne konzentrieren sich auf den Moment, als seine Lippen nur noch wenige Millimeter von den meinen entfernt sind. Er schließt erwartungsvoll die Augen und ich tauche nach unten ab und reiße an der Türklinke. Aidan stolpert mit solchem Schwung an mir vorbei in den Raum, dass er fast stürzt.

»Mr Callahan!«, ruft Evelyn O'Connell. Ihre mausgrauen Haare ähneln einem Wischmopp, der gerade frisch aus dem Trockner kommt. Aidan fährt herum und schenkt mir einen mörderischen Blick. Mr Arroganz aus der Fassung gebracht zu haben ist wie Pralinen zum Sonntagsfrühstück.

O'Connells Doppelkinn schwabbelt, als sie lacht.

»So stürmisch heute, junger Mann?«

»Verzeihung, Mrs O'Connell«, sagt Aidan errötend. »Miss Meyer verfügt leider über einen äußerst schwachen Orientierungssinn. Ich war so freundlich, ihr den Weg zu zeigen.« Sein Lächeln ist hinterhältig.

»Und ritterlich, wie Sie nun einmal sind, haben Sie ihr das Tor zur Burg nicht nur aufgehalten, sondern gleich gerammt, nicht wahr?«

Mühsam unterdrücke ich ein Kichern. Aidans Wangen röten sich noch mehr und er geht mit langen Schritten zur Tür.

»Wir sehen uns, Emz.« Seine Hand streift im Vorbeigehen wie zufällig die meine und ich spüre ein Prickeln auf meinem Handrücken.

»Kommen Sie bitte mit. Wir werden uns heute einen Film ansehen«, sagt Mrs O'Connell als die Tür hinter ihm zufällt. »In 3D.«

Im verdunkelten Nebenzimmer drückt sie mir eine Brille in die Hand und schaltet den Projektor an. Dann setzt sie sich mir schräg gegenüber, mit dem Rücken zur Leinwand. Vor ihr liegen ein Notizblock und ein Stift.

Der Film beginnt.

Ein Reh stakst scheu durch das Dickicht eines Waldes. Sonnenstrahlen glitzern zwischen dem Grün der Bäume und tauchen die Szenerie in warme Gelbtöne. Flink krabbelt ein Marienkäfer zwischen Tautropfen über ein Ahornblatt, während das Klopfen eines Spechtes in meinen Ohren hallt.

Ich lehne mich in den Stuhl zurück und gähne.

Mrs O'Connell kritzelt etwas auf den Block. Wahrscheinlich: »Zeigt deutliches Desinteresse an Naturreportagen.«

Eine junge Familie fährt im Auto. Während sich die Eltern unterhalten, spielt ein kleiner Junge mit blondem Lockenkopf mit seinem Teddy. Der Vater des Jungen drückt die Hand seiner Frau und lächelt. Wie süß! Gleich wird eine Schokolade im Bild auftauchen. Nein. Wahrscheinlich eher ein Waschmittel. Mrs O'Connell schreibt wieder. Ich wünschte, ich könnte einen Blick auf diesen Block werfen. Der Teddy fällt dem Kind aus der Hand. Müde schließe ich die Augen. Meine Arme liegen schwer auf meinen Oberschenkeln. Ich öffne die Augen wieder, als ich das Schaben des Bleistiftes auf dem Block höre.

Das lange Haar der Frau berührt die Jeans ihres Sohnes, während sie nach dem Teddy greift.

WUMMMM. BLUT. SCHREIE. GLASSPLITTER. DUNKEL-HEIT.

Ich kreische auf und berühre mein Gesicht, glaube, feuchte Blutspritzer darin zu ertasten. Dann sieht mich das Reh an. Riesige braune Augen, gebrochen von Schmerz. Ich starre auf verrenkte Glieder, aufgerissenes Fell und Blut. Viel Blut! Ein Zucken, dann werden die Augen des Tieres starr. Mir wird übel. Etwas Bitteres fließt durch meine Speiseröhre Richtung Hals und ich schlucke es hinunter.

Schau weg! Aber ich kann nicht. Kann mich überhaupt nicht mehr rühren. Meine Beine sind auf einmal mit dem Boden verwachsen und nicht einmal den Arm kann ich heben oder den Kopf wegdrehen. Ich muss doch wissen, ob sie noch lebt!

Die Mutter.

Und dann sehe ich sie. Das Blond ihrer Haare liegt wie goldgelber Weizen über dem dunklen Asphalt verstreut und auf ihrer bleichen Stirn blüht das Blut wie Klatschmohn. Ihre Augen stehen weit offen. Braun mit goldenen Sprenkeln. Mamas Augen. Und sie sind genauso starr wie die des Rehs. NEIN! AUFHÖREN!

Das Bild wird unscharf. Kalter Schweiß bricht auf meiner Haut aus. Mit einem Ruck reiße ich die 3D-Brille von meinem Gesicht und schmeiße sie auf den Tisch. Meine Brust hebt und senkt sich hektisch. Ich weiß, ich muss mich beruhigen. Irgendwie.

Aber es ist zu spät. Das Licht flackert auf und der Projektor gibt ein knallendes Geräusch von sich. Ein verbrannter Geruch steigt mir in die Nase.

»Emma!«, ruft Mrs O'Connell schrill. Die Geschwindigkeit, mit der sie vor mir steht und meine bebenden Hände drückt, hätte ich ihr aufgrund ihrer fülligen Statur gar nicht zugetraut. Sie umrundet den Tisch und lässt sich neben mir auf dem Stuhl nieder.

»Kind, alles in Ordnung? Das war doch nur ein Werbefilm der Verkehrspolizei.«

Werbefilm? Dieser Horrorclip? Mein Kopf schmerzt, als würde er gleich zerspringen und mein Körper bebt. Sie zückt ein Taschentuch und tupft die Tränen von meinen Wangen.

»Was hat Sie denn derart aus der Fassung gebracht? Der Film soll die Leute aufrütteln, sich immer anzuschnallen, wenn sie Auto fahren. Er ist reißerisch, ich weiß. Aber für gewöhnlich ... ich meine ... normalerweise reagieren unsere Schüler nicht derart panisch darauf.«

Weiß sie es etwa nicht? Hat mein Vater es ihr gar nicht erzählt? »Meine Mutter. Sie ist dieses Jahr ... bei einem Autounfall ...« Ich schaffe es nicht, das Wort »gestorben« herauszuwürgen.

Mrs O'Connell reißt die Augen auf. Dann runzelt sie die Stirn. »Ich werde mit Ihrem Vater ein ernstes Wörtchen reden«, sagt sie mit unheilverkündendem Unterton.

Das fehlte noch!

»Bitte nicht. Ich bin okay.«

Sie wirft mir einen langen Blick zu. Dann tätschelt sie meine Hand. »Lass dich von Jacob nicht täuschen, Herzchen. Ich kenne ihn schon eine halbe Ewigkeit. Er spielt gerne den unnahbaren Eisblock.«

Spielt? Schön wär's. Ich stehe langsam auf.

»Ich komme gut mit ihm aus.« Eine glatte Lüge.

»Können Sie noch ein paar Testbögen für mich ausfüllen?«

Nein. Ich bin hundemüde und will hier raus. Aber ich muss ihr beweisen, dass alles in Ordnung ist. Zehn Blätter drückt sie mir in die Hand, bevor sie endlich verschwindet. Der Stift in meiner Hand fliegt nur so über das Papier. Immer wieder sehe ich die starren Augen der Frau. Wie machen sie das? Geben sie den Schauspielern irgendwelche Tropfen? Plötzlich zucke ich zusammen und lasse den Stift fallen. Mist! Ich habe vergessen, Fehler einzubauen! Schnell zähle ich die Blätter. Ungefähr die Hälfte habe ich durch. Bei den nächsten Fragen beginne ich, Fehler zu machen.

Ich sehe Jacob schon von Weitem, als ich mich dem Parkplatz nähere. In seinem schwarzen Businessanzug steht er neben

Aidan und beide blicken angespannt in meine Richtung. *Men in Black* schießt es mir durch den Kopf, aber zum Lachen ist mir nicht zumute. O'Connell hat ihn also doch verständigt. Ob Aidan ihm auch vom Camogie-Spiel erzählt hat? Mein Atem geht schneller und meine Hände fühlen sich auf einmal kalt an. Als ich sie erreiche, schüttelt Aidan unmerklich den Kopf. Jacobs Gesicht ist undurchdringlich und ich wage nicht, in seine Gefühle zu tauchen. Ich stehe einfach nur da und sehe meinen Vater an. Zwei große Schritte und plötzlich legen sich seine Arme um mich. Wärme.

»Hast du schon den Artikel in der *Irish Times* gelesen? Nach allem, was du mit diesem Kerl erlebt hast ...« Iris schüttelt den Kopf und streckt mir in der Bibliothek die Zeitung entgegen. »Manchmal denke ich, eine Empathin wie du müsste eigentlich den Heiligenschein über Farrans Kopf sehen.«

Ich schaue auf ein Foto von unserem Schulleiter, der einem dicken, etwa dreißigjährigen Mann mit Halbglatze die Hand schüttelt. Darüber steht in großen Lettern:

FIONBARR FARRAN UNTERSTÜTZT MILLER INCORPORATED
NACH FAMILIENTRAGÖDIE

Zwei Monate ist es nun schon her und immer noch habe ich Albträume und spüre den Druck des Armes um meine Kehle, wenn ich nachts schweißgebadet aufwache. Farran hat hinterher gesagt, er habe Miller falsch eingeschätzt.

... Lucinda Miller war seit Monaten aufgrund chronischer Niereninsuffizienz in stationärer Behandlung. In einer groß angelegten Kampagne in Zeitung und Fernsehen hat Miller die Bevölkerung gegen Belohnung aufgerufen, seiner todkranken

Frau eine Niere zu spenden. Viele waren seinem Aufruf gefolgt und haben sich Untersuchungen unterzogen. Leider konnte aufgrund der seltenen Blutgruppe seiner Ehefrau in der kurzen Zeit kein für die Transplantation geeignetes Spenderorgan gefunden werden. Nachdem Mrs Miller vergangenen Samstag an akutem Nierenversagen verstarb, erhängte sich in der Nacht von Samstag auf Sonntag ihr Ehemann im Stall seines Reitgutes. Jede Hilfe kam zu spät.

Tief bewegt von dieser Tragödie hat Fionbarr Farran, der Geschäftsführer und Hauptanteilseigner von Farran Industries, James Miller, dem Sohn der Verstorbenen, spontan Unterstützung für das finanziell angeschlagene Familienunternehmen angeboten. In diesem Zuge wurden auch Personalwechsel vorgenommen.

Ich falte die Zeitung wieder zusammen und gebe sie Iris zurück. Sie sieht mich neugierig an, aber ich weiß nicht, was ich sagen soll. Wahrscheinlich sollte ich erleichtert sein, dass er tot ist. Ein anderer Mensch wäre vielleicht sogar schadenfroh. Farran empfindet offenbar Bedauern und unterstützt trotz allem seinen Sohn.

Ich schließe die Augen. Etwas stimmt nicht. Irgendetwas ist verkehrt. Denn ich spüre nicht das geringste Gefühl.

Nur Leere.

DURCHSCHAUT

Der Tee, den mein Vater extra für mich gemacht hat, duftet nach marokkanischer Minze. Ich wärme meine Hände an der Tasse und sitze neben Aidan auf der Couch. Jacob öffnet gerade die Post, als das Telefon klingelt. Er nimmt ab, legt die Stirn in Falten und geht mit dem Telefon die Treppe hinauf in sein Zimmer. Undeutliches Gemurmel dringt nach unten.

Aidan beugt sich zu mir. »Hör mal, was ich heute in der Bibliothek gesagt habe, war doch nur, um zu testen ...«

»Vergiss es!« Ich habe keine Lust, jetzt mit ihm darüber zu reden. Etwas ist anders. Der Raum, in dem wir sitzen, fühlt sich irgendwie anders an. Nicht mehr wie ein Hotelzimmer. Mein Vater hat mich in die Arme genommen. Und er könnte mir mit meinen Gaben helfen. Hannah und Elias nicht. Sie sind nicht wie wir. Unschlüssig nage ich an meiner Unterlippe.

Die Tür von Jacobs Schlafzimmer knallt plötzlich lautstark zu und er stürmt die Treppe nach unten. Seine Augen glühen, als er vor mir steht. Noch nie zuvor habe ich ihn so wütend gesehen. Ich drücke mich fester in die Couch, und Aidan springt auf und stellt sich schützend vor mich.

»Jacob, was ...«

»Aus dem Weg, Aidan!«

Es ist so weit. Er wird mich nach Hause schicken. Sie haben ihm gesagt, dass ich die Tests vermasselt habe. Und statt Triumph fühle ich nur Bitterkeit.

»Denkst du, wir sind zu dumm, um deine Spielchen zu durchschauen?« Seine Stimme vibriert vor Zorn.

»Spiel? Sie hatte sich nicht unter Kontrolle, als sie den Projektor geschrottet hat!« Mein Herz krampft sich bei Aidans Worten schmerzhaft zusammen.

»Du verteidigst sie noch, nachdem sie dich heute um ein Haar umgebracht hätte?«

»Ich weiß nicht, wovon du sprichst!«

Ein Gefühl von Scham schnürt mir die Kehle zu. Ich will nicht, dass er mir hilft. Jacobs Stimme schlägt uns wie eisiger Wind entgegen.

»Lüg mich nicht an, Aidan!«

Aidan erwidert trotzig seinen Blick und rührt sich nicht von der Stelle.

»Bitte, lass ihn, Vater.« Die Worte brechen aus mir heraus und erst hinterher erkenne ich, dass ich ihn zum ersten Mal Vater genannt habe. Jacob dreht sich langsam zu mir um.

»Warum hast du die Tests gefälscht, *Tochter*?«

Ich wünsche mir nichts sehnlicher, als dass er mich wieder in die Arme nehmen und schweigen würde.

»WAS?«, ruft Aidan schockiert.

»Sie hat sämtliche Testreihen bewusst gefälscht. Evelyn kamen sie von Anfang an verdächtig vor. Sie ist die Ergebnisse etliche Male durchgegangen und hat sie schließlich im Computer miteinander verglichen. Dabei fiel ihr auf, dass sie einem Muster folgen. Ganz so schlau ist Miss Neunmalklug dann auch wieder nicht. Bei fast allen Tests sind immer die ersten Antworten richtig, dann fällt sie ab, wird plötzlich wieder gescheit. Wie die Wellen am Strand. Ist das nicht erstaunlich? Vor allem in Hinblick darauf, dass der Schwierigkeitsgrad der Tests variiert. Mal sind die ersten Fragen schwer, mal die letzten.«

Ich sehe, wie Aidan sich anspannt. Seine Augen werden zu schmalen Schlitzen.

»Aber das Beste kommt noch«, fährt Jacob unbarmherzig fort. »Dieses Video heute sollte die Gewissheit bringen. In der Regel verschlechtern sich die Probanden, wenn sie vorab dem emotionalen Stress eines solchen Films ausgesetzt wurden. Je nachdem wie empfindlich sie darauf reagieren. Nun, zweifelsohne hat Emma darauf mehr als empfindlich reagiert. Und ihre Verwirrung war so groß, dass sie ganz vergessen hat, die Fragebögen zu fälschen. Zumindest den ersten Teil. Den legte sie aufgrund ihrer herausragenden Intelligenz vollkommen fehlerfrei hin, *trotz* emotionaler Betroffenheit. Dann muss es ihr plötzlich wieder eingefallen sein. Die folgenden Tests meisterte sie dann mit schlechteren Ergebnissen als alle bisherigen. Kannst du dir vorstellen, wie ich vor Evelyn dastehe? *Meine Tochter* versucht SENSUS CORVI zu betrügen!«

Aidans Kiefermuskeln zucken. »Sag ihm, dass das nicht stimmt«, presst er hervor.

Seit Mamas Tod habe ich mich nicht mehr so elend gefühlt. Ich öffne den Mund, aber ich bringe kein Wort heraus.

»Na, wenigstens wissen wir jetzt, dass wir uns die Intelligenztests sparen und sofort mit den Paratests beginnen können. Farran wird überaus erfreut sein«, sagt mein Vater.

Alles ist schiefgegangen.

Ich werde nicht nach Deutschland zurückkehren.

Und Aidan und Jacob verachten mich jetzt.

DER UNBEKANNTE

Zwei Uhr fünfunddreißig.

Die grünen Zahlen leuchten unangenehm hell auf dem Display meines Weckers, als ich die Augen aufschlage. Soll ich einfach abhauen? Sinnlos. Jacob hat mich schon einmal gefunden. Und Irland ist eine Insel. Das erleichtert eine Flucht nicht gerade. Die Luft ist stickig von meiner Verzweiflung und ich stehe auf, um das Fenster zu öffnen. Kälte schlägt mir entgegen. Müde starre ich hinaus in die Finsternis des Gartens. Einige Nachbarn heizen mit Holz. Der kalte Rauch bereits erloschener Kaminfeuer hängt noch in der Luft. Die Bäume flüstern leise im Wind und meine Hände, die auf dem Fensterbrett liegen, werden klamm. Plötzlich sehe ich eine hohe, schlanke Gestalt. Sie schält sich so vorsichtig aus der Dunkelheit zwischen dem Walnussbaum und der Fichte, dass ich die Bewegung erst richtig wahrnehme, als sie bereits in der Mitte des Gartens angelangt ist. Bleich leuchtet das hagere Gesicht eines Mannes mir entgegen. Und mein Herz flattert so aufgeregt wie ein Nachtfalter im Schein des Lichts.

Wenn sie schlafen, erwache zum Leben!

Von wegen herausragende Intelligenz! Warum hab ich nicht schon früher daran gedacht?

Der Unbekannte verschwindet zwischen den Büschen, die zur Straße führen. Meine Beine fühlen sich auf einmal an wie Marshmallows. Zitternd schließe ich das Fenster und lasse mich auf das Bett zurückfallen. Rina hat er sie in seiner Botschaft genannt. Nur ihre engsten Freunde durften sie so nennen! Und warum warnt er mich vor den Raben und Farran?

Ich packe mein Handy, den Geldbeutel und meine Schuhe, werfe mir die Jacke über und schleiche auf Zehenspitzen aus dem Zimmer.

»Beeil dich! Wir haben nur wenig Zeit.«

Mehr sagt er nicht, bevor er mich am Arm mit sich zieht und mir ein paar Häuser weiter die Tür eines Kombis öffnet. Ich bleibe stehen. Er ist hager und in etwa so alt wie mein Vater. Gehetzt sieht er an mir vorbei auf die Straße, als befürchte er, mein Vater oder Aidan kämen gleich im Schlafanzug hinterhergejagt. Irgendetwas stimmt nicht mit ihm. Seine Augen flackern unstet, wenn er mich ansieht. Ich werde nicht in dieses Auto steigen, ohne seine Gefühle zu kennen. Unsere Blicke treffen sich und ich tauche.

Der Schmerz fühlt sich an, als würde mir jemand ein Messer in die Brust rammen und langsam umdrehen. Er reißt mich wie ein Treibholz einen Wasserfall hinab. Ich kämpfe gegen die Tränen, die augenblicklich über meine Wangen laufen. So viel Trauer. Mein Brustkorb zieht sich zusammen. Es ist wie damals, als ich von Mamas Tod erfahren habe. Seine Stimme hallt unklar in meinen Ohren und dann fühle ich seine Hände auf meinen Schultern. Er schüttelt mich heftig und das hilft. Ich bin zurück. Mit dem Handrücken wische ich über mein feuchtes Gesicht.

Er lässt meine Schultern los. »Genug gesehen? Dann steig ein.«

»Nein. Sagen Sie mir erst, warum Sie mich nicht anschauen können, ohne Trauer und Schmerz zu empfinden.«

Einen Augenblick lang starren wir uns gegenseitig an. Dann fährt er sich durch das stoppelige dunkelbraune Haar.

»Deine Mutter ... sie hat mir sehr viel bedeutet.«

Wir fahren aufs Land. Ich dachte, er würde mir im Auto alles erklären. Aber das tut er nicht. Er spricht kein Wort. Anfangs versuche ich, mir die Straßennamen zu merken, aber irgendwann gebe ich auf. Ich taste nach meinem Smartphone. Zur Not, im Falle einer Flucht, kann ich meinen Standort damit lokalisieren.

»Mach es aus und nimm den Akku raus«, sagt er und hält am Straßenrand. Ich schlucke. Er muss meine Bewegung gesehen haben. Wir stehen mitten auf einer Landstraße; um uns nur Felder und Schwärze. Angst schnürt sich wie ein eiserner Ring um meine Brust. Wie blöd kann man eigentlich sein? Langsam ziehe ich das Handy aus der Jeans und öffne die Akkuabdeckung. Meine Hände zittern so stark, dass ich es erst beim dritten Versuch schaffe, den Akku zu entfernen.

»Emma!« Er beugt sich vor und ich spüre seinen warmen Atem in meinem Nacken. »Glaubst du etwa, ich will dir etwas antun?«

»Ja, verdammt noch mal!« Meine Stimme klingt schrill und seine Augen weiten sich verblüfft. »Sie sprechen kein Wort mit mir, seit ich hier neben Ihnen sitze, ich weiß noch nicht einmal Ihren Namen, geschweige denn, wohin wir fahren. Um uns herum sind nichts als öde Schafweiden und Sie befehlen mir, mein Handy zu zerlegen!«

Er lacht auf. »Du hast recht. Denkbar schlechter Start. Ich heiße Richard, wir sind auf den Weg zu Freunden von mir und das Handy kannst du später gerne wieder zusammenbauen, wenn ich dich nach Cork zurückgebracht habe. Ich nehme es dir nicht weg. Aber ich muss verhindern, dass dein Vater unseren Standpunkt damit ortet, sollte er aufwachen.«

»Weshalb?«

Er lächelt schief. »Nun, weil es das Beste wäre, was ihm und Farran passieren könnte.«

Atme, Emz! »Was würden sie denn tun?«, flüstere ich.

»Das wirst du in Kürze erfahren. Wir sind gleich da.«

HORUSRING

Wir halten vor einem kleinen, alten Landhaus. Umrankt von dunkelgrünem Efeu liegt es inmitten eines Parks, der so verwildert und ungepflegt ist wie das Haus heruntergekommen. Eine schwarze Katze streicht um meine Beine, als ich mit Richard vor der Tür stehe. Die grüne Farbe ist an mehreren Stellen abgeblättert und der Messingknauf so matt, dass er aussieht wie mit Schleifpapier gescheuert.

»Verschwinde, Dubh. Du hast genug Milch genascht«, scheucht Richard das Tier weg, bevor wir durch die quietschende Tür ins Hausinnere treten. Es riecht feucht und modrig wie in einem Keller. Fröstelnd ziehe ich meine Jacke enger um mich. Richard geht mit langen Schritten auf eine weiß getünchte Tür am anderen Ende des Ganges zu. Ich höre Stimmengemurmel und leises Lachen. Er bleibt stehen und ein verschmitztes Lächeln erhellt plötzlich sein schmales Gesicht, als er den Zeigefinger verschwörerisch auf seine Lippen legt. Nur einen Spaltbreit öffnet er die Tür, sodass ich vollkommen von seiner hohen Gestalt verdeckt werde, und bleibt im Türrahmen stehen. Der Geruch von frisch gebrühtem Kaffee schlägt mir entgegen.

»Schon aufgestanden oder gar nicht erst zu Bett gegangen?«

»Richard! Was zur Hölle treibst du hier? Deine Ablöse ist erst um halb fünf! Wir wollten gerade aufbrechen.«

»Hat sich erübrigt.«

Er macht einen großen Schritt zur Seite in den Raum hinein und gibt dadurch den Blick auf mich frei. Ein Aufschrei zerreißt die Stille, gefolgt von einem blechernen Scheppern. Eine etwa dreißigjährige Frau mit kurzen karottenroten Haaren steht mir am Ende eines massiven Holztisches gegenüber und starrt mich an. Auf dem Steinboden rollt eine blecherne Kanne und eine dunkle Flüssigkeit bahnt sich den Weg zu ihren Füßen. Bevor ich noch reagieren kann, höre ich hinter mir lautes Poltern und jemand ruft atemlos: »HÄNDE HOCH!«

Ich fahre herum und sehe in das feiste Gesicht eines untersetzten, älteren Mannes mit Halbglatze und Nickelbrille. Er steckt in einem blau gestreiften Schlafanzug. Das Hemd spannt sich gefährlich über seinem Bauch, als würden gleich die Knöpfe abspringen. Seine Füße unter der um einige Zentimeter zu kurzen Hose sind behaart und nackt. Er ist kleiner als ich und hält in der rechten Hand eine Pistole.

Der Anblick ist bizarr. Ein Zittern überrollt meinen zum Zerreißen angespannten Körper und entlädt sich in haltlosem Kichern. Die Hände vor den Mund schlagend, versuche ich, mich zu beruhigen, schließlich werde ich gerade mit einer Waffe bedroht, aber es gelingt mir einfach nicht. Der Mann klappt den Mund auf und glotzt mich an wie ein Fisch auf dem Trockenen. Zu viel. Einfach zu viel.

Ich ringe nach Luft und lehne mich an den Türrahmen. Mit dem Ärmel wische ich mir die Tränen aus den Augen. Hinter dem Dicken schiebt sich auf einmal eine Hand vor und drückt den Arm mit der Waffe nach unten.

»Danke, Jared«, vernehme ich Richards belustigte Stimme hinter mir. »Connor, wenn du schon auf Miss Meyer so furchteinflößend wie ein Zirkusclown wirkst, was soll dann erst geschehen, falls Farran persönlich hier aufkreuzt?«

Der Dicke klappt den Mund zu und zieht eine beleidigte

Grimasse. Dann tapst er zu mir. Seine kleinen braunen Augen strahlen.

»Willkommen beim Horusring, Emma.«

Richard schnaubt in meinem Rücken ungehalten. Horusring. So nennen sie sich also. Klingt wie ein Geheimbund. In diesem Moment schiebt sich ein junger Mann an Connor vorbei und streckt mir seine Hand entgegen.

»Hi, Emma!«, raunt er dunkel und seine Stimme entfacht eine Gänsehaut auf mir. Er ist vielleicht ein oder zwei Jahre älter als Aidan, trägt eine schwarze Jogginghose und ein weißes T-Shirt, das sich eng über die beachtlichen Muskeln seiner Brust und Arme spannt. Glatte schwarze Haare fallen ihm bis auf die Schultern und unter dichten Brauen und langen Wimpern funkeln mir Augen entgegen, blau wie der Himmel im Frühling.

»Hi!« Ich schlucke. Er tritt einen Schritt näher und greift nach meiner Hand. Der Duft von Rasierwasser streift mich. Sein Händedruck ist so warm wie sein Blick. Und plötzlich, ohne dass sein Mund sich auch nur einen Millimeter bewegt, höre ich seine Stimme in meinem Kopf. »Kein Wunder, dass Aidan dich keine Sekunde aus den Augen lässt.«

Ein krächzender Laut kommt über meine Lippen und seine Mundwinkel zucken spöttisch, als er meine Hand wieder loslässt.

»Lass das, Jared!«, sagt Richard hinter mir.

Er legt einen Arm um meine Schulter und zieht mich mit einer schwungvollen Drehung in den Raum, der lächelnden Rothaarigen entgegen.

Eine Viertelstunde später sitze ich vor einer dampfenden Tasse Kaffee am Küchentisch und versuche meine Gedanken

zu ordnen. Um mich herum sind fünf Mitglieder des soge-
nannten Horusrings versammelt: mein Chauffeur Richard,
die rothaarige Phyllis, Connor, der Clown, wie ich ihn insge-
heim nenne, Dennis, der sich als Phyllis' Ehemann vorstellt
und mehr einem blassen Buchhalter als dem Mitglied eines
Geheimbundes gleicht, und Jared. Letzterer scheint den Blick
nicht von mir wenden zu können und macht mich nervös.
Wie zum Teufel hat er es geschafft, in meinen Kopf einzudringen und zu mir zu sprechen?

»... keine Vorstellung, wie leicht deine Gabe missbraucht
werden kann. Du ...«

Schlimmer als Mamas endlose Vorträge! Richard einfach
unterbrechend, sehe ich Jared fest in die Augen.

»Kannst du meine Gedanken lesen?«, frage ich und tauche
augenblicklich in seine Gefühlswelt.

Wow! Das ist ... was ist DAS denn? Ich habe so etwas Ähn-
liches schon einmal erlebt, aber nicht so intensiv, nicht so ...
brennend. Mein Inneres glüht plötzlich vor Hitze und ich will
berühren, an mich reißen, besitzen. Wo habe ich das schon
einmal gefühlt? Richtig. Bei Lynn. Er empfindet ähnlich wie
sie für Aidan, nur um ein Vielfaches stärker, leidenschaftli-
cher und kompromissloser. Seine Augen werden dunkler und
versinken in meinen.

»Klar. Jeden einzelnen. Im Moment siehst du meine Gefühle für dich und das verwirrt dich ganz schön, nicht wahr?«

Wieder spricht er nicht laut, sondern nur in meinem Kopf.
Ich höre auf zu atmen. Er empfindet das für *mich?* Die Hitze,
die ich auf meinen Wangen fühle, verrät mir, dass ich wie ein
roter Feuermelder aussehen muss. Ich verstehe das nicht. Er
kennt mich doch überhaupt nicht.

Jared grinst breit und beugt sich vor, während seine Augen

mich verschlingen. Der durch seine Gefühle ausgelöste Drang, ihn zu berühren, wird so groß, dass ich kaum meine Hand ruhig halten kann. Ich muss auftauchen und zwar schnell! Moment. Da ist noch etwas. Ganz fern, geschickt versteckt hinter einem Berg von Selbstsicherheit: ein Funken Angst. Angst, dass ich etwas herausfinden könnte. Mein rasendes Herz beruhigt sich, als ich mich langsam wieder von ihm löse. »Du lügst«, sage ich lächelnd. »Gedankenlesen kannst du nicht.«

Connor stößt einen bewundernden Pfiff aus und die anderen klatschen Beifall.

Jared streicht sich eine schwarze Haarsträhne hinter sein Ohr. »Du bist gut«, gibt er zu. Diesmal spricht er laut.

»Du hättest mich fast gehabt!«, sage ich.

Seine Augen blitzen belustigt auf und sofort formen sich Worte in meinem Kopf. »Ich will dich immer noch haben!«

Rasch wende ich mich an Richard.

»Entschuldige, dass ich dich unterbrochen habe. Aber was du gesagt hast, kenne ich schon seit meinem sechsten Lebensjahr auswendig. Mama war wirklich paranoid.« Jared lacht, während Richard die Stirn runzelt.

»Meine Rede, Emma. Aber auf mich will hier leider keiner hören.« Er zwinkert mir spitzbübisch zu.

»Halt die Klappe, Jared, und wag es ja nicht wieder, in ihren Kopf einzudringen. Du kennst die Regeln! Das gilt im Übrigen auch für dich, Emma. Keine Empathie-Erkundungen ohne Erlaubnis, klar?«

Erschrocken zucke ich bei seinem Ausbruch zusammen. Das ist ja noch schlimmer als bei Sensus Corvi. Phyllis greift nach meiner Hand und sagt ernst: »Wir kündigen an, wenn wir unsere Gaben an anderen Menschen einsetzen. Keiner sollte gegen seinen Willen überrumpelt werden. Du hattest vorhin Angst, dass Jared deine Gedanken lesen könnte, nicht wahr?« Ich nicke stumm. »Keiner von uns kann das. Aber wenn, so wäre es doch unfair, es einzusetzen, ohne es dir zu sagen, nicht wahr?«

Sie hat recht. Deshalb ist mein Vater wohl auch ausgerastet, als ich in seine Gefühle getaucht bin.

»Womit wir gleich beim Thema wären«, verkündet Dennis. Seine braunen Augen wirken ganz klein hinter den dicken Gläsern der eckigen Hornbrille. Als er sie abnimmt und sich über die Augen fährt, sieht er jünger aus. Ich hatte ihn auf über vierzig geschätzt. Jetzt denke ich, er ist höchstens Mitte dreißig. »Farran kann es und er setzt es auch ohne Vorwarnung ein. Bist du ihm bereits begegnet?«

»Nein«, sage ich und denke an die Angst, die Lynn vor ihm gehabt hat.

»Das ist leider noch nicht alles«, fährt Richard fort. »Er ist zudem ein Empath, wie du. Kannst du dir vorstellen, wie gefährlich diese Kombination seiner Gaben ist?«

Ein Mensch, der meine Gedanken und Gefühle erfassen kann, weiß im Grunde alles von mir. »Er kann Menschen leicht manipulieren?«

»Allerdings.«

»Und zu allem Überfluss ist er auch noch ein Telekinet«, sagt Dennis bitter und setzt seine Brille wieder auf. Himmel! Gleich drei Gaben auf einmal!

Richard verschränkt die Hände ineinander und schaut mich durchdringend an. »Wir glauben, dass er eine paranormale Streitkraft heranzüchten will. Sein Ziel ist es, Menschen wie uns auf der ganzen Welt an den Schalthebeln von Wirtschaft und Macht zu positionieren, um die Weltherrschaft zu erlangen. Dazu ist ihm jedes Mittel recht. Und wir haben es uns zum Ziel gesetzt, dies zu verhindern und gegen die Raben zu kämpfen.«

Wie bitte? Ich starre ihn ungläubig an. Der ist ja noch verrückter als Mama! Mein Blick schweift zu Jared, der lässig mit dem Stuhl wippt und die Mundwinkel spöttisch verzogen hat.

»So ist es«, sagt Dennis ernst. »Ich war selbst bei dem Gründungskomitee von SENSUS CORVI dabei. Nur diesem Zweck dient die Schule. Sich die paranormale Jugend, die künftige Elite, zu sichern. Ich kenne deinen Vater recht gut, Emma. Er ist ...«

»Vollkommen von Farran überzeugt!«, unterbricht ihn Richard harsch. Seine Brust hebt und senkt sich heftig. Ich spüre es, auch ohne zu tauchen: Er hasst ihn abgrundtief.

»Emma, ich muss dir etwas sagen, das dir Angst machen wird, aber wir ...«

»Nicht heute, Richard!«, ruft Phyllis aufgebracht und haut mit der flachen Hand auf den Tisch. »Wir hatten ausgemacht ...«

»Phyl, er hat recht, sie MUSS es wissen! Sie ist in Gefahr!«, entgegnet Dennis.

»NEIN!«, schreit nun auch Connor. »Es ist zu früh! Ihr wisst doch noch gar nicht, auf wessen Seite sie steht!«

Mich vollkommen ignorierend werfen sich die vier innerhalb kürzester Zeit eine Flut von Andeutungen an den Kopf. Nur Jared hält sich aus dem Streit heraus. Er scheint hier überhaupt der Vernünftigste zu sein. Warum soll ich in Gefahr sein? Wegen Farran? So gut wie mein Vater mit ihm befreundet ist, wird er mir wohl kaum etwas antun! Was wollen diese Verrückten überhaupt von mir? Gähnend werfe ich einen Blick auf meine Uhr. Es ist bereits nach fünf. Ich beuge mich über den Tisch zu Jared, der mich keine Sekunde aus den Augen gelassen hat. Er tut es mir gleich. Unsere Gesichter sind jetzt nur noch ein paar Zentimeter voneinander entfernt. Seine Augen sind nicht so geheimnisvoll wie die Aidans. Aber zweifelsohne schön.

»Fährst du mich heim?«, wispere ich.

»Jetzt gleich?« Seine Lippen bleiben wieder stumm. Er scheint von Richards Regeln wirklich nicht viel zu halten. Ich nicke. Zeitgleich stehen wir auf. Die erhitzte Diskussion um uns herum verstummt.

»Was ist los?«, fragt Richard.

Jared umrundet geschmeidig den Tisch und legt besitzergreifend seinen Arm um meine Taille. Ich halte die Luft an. Es ist ungewohnt. Aber nicht unangenehm.

»Wir gehen«, sagt Jared. Sein bestimmender Tonfall überrascht mich. Zum ersten Mal, seit ich mein Zimmer in dieser Nacht verlassen habe, fühle ich mich geborgen.

»Was soll das heißen, ihr geht?« Richard springt auf und stellt sich zwischen uns und die Tür.

»Emma hat für heute genug, Rich. Ich bring sie zurück.«

»Seit wann bestimmst du, was hier getan wird, Jared?«, faucht Richard.

Ihre Augen liefern sich ein stummes Duell.

Phyllis stellt sich zwischen sie und schaut mich bittend an.

»Ich weiß, das lief heute nicht unbedingt optimal.«

Ach, wirklich? Ich unterdrücke ein bitteres Lachen. Was lief heute überhaupt normal? Der ganze Tag ist der reinste Albtraum gewesen! »Aber wir können dich jetzt nicht einfach so gehen lassen.«

Sie macht eine Bewegung mit der Hand und ich höre ein metallisches Geräusch, bevor etwas Kleines durch den Raum in ihre Hand fliegt. Ein Schlüssel. Wow! Wie schafft sie es nur, das so präzise zu steuern? Dann wird mir bewusst, was sie gerade getan hat. Kälte kriecht über meinen Rücken und ich drücke Jareds Hand. Mit einem warmen, kräftigen Griff zieht er mich näher an sich. Mein Herz klopft so schnell, dass ich glaube, jeder im Raum müsste es hören. Jared öffnet seine Hand und hält sie Phyllis entgegen.

»Gib mir den Schlüssel.«

Ich erwarte ihren Protest. Abweisend, die Arme vor der Brust verschränkt, schaut sie zu Richard.

Er seufzt. »Du musst erst schwören, uns nicht an die Raben zu verraten, Emma.«

»Warum sollte ich euch verraten? Ich bin einfach nur müde. Was wollt ihr eigentlich von mir?«

Richard öffnet den Mund und aus den Augenwinkeln sehe ich, wie Phyllis die Hand hebt, um ihn zu stoppen, aber seine Worte sind schneller: »Wir brauchen einen Spion.«

HEIMFAHRT

»Ich denk darüber nach.«

Scheibenkleister! Habe ich das wirklich gesagt? Seufzend lehne ich mich an die Kopfstütze des Autositzes und schließe die Augen.

»Jared?«

»Hmmm?«, brummt er und stellt das Radio leiser.

»Du scheinst den Kram, den Richard über Farran erzählt hat, nicht zu glauben. Warum bist du dann bei ihnen?«

Er schweigt. Okay, dann eben nicht.

Nach einer Weile biegt er rechts in einen kleinen Feldweg ab und bleibt stehen. Verwundert sehe ich ihn an. Er öffnet den Reißverschluss seiner Lederjacke und zieht sie aus. Als er sein T-Shirt hochhebt, taste ich nach dem Hebel der Tür und stoße sie auf. Aber bevor ich noch aus dem Auto springen kann, hat er meinen Oberarm gepackt und hält mich fest.

»Lass mich los!« Zu meiner Erleichterung tut er es tatsächlich.

»Keine Angst, ich will dir nur was zeigen«, lacht er. »Für wen hältst du mich?« Etwas in seiner Stimme weckt mein Vertrauen.

Mein Blick wandert von seinen Augen über den spöttisch lächelnden Mund zu dem sehnigen Hals und gleitet langsam tiefer. Dann entdecke ich etwas Dunkles, direkt über seiner Brust. Als ich mich neugierig vorbeuge, um den etwa münzgroßen Fleck zu betrachten, keuche ich auf.

Direkt über der Stelle, an der sich sein Herz befindet, erkenne ich deutlich die blaue Tätowierung eines Raben.

»Sensus Corvi«, flüstere ich und meine Fingerspitzen berühren wie von selbst die ausgebreiteten Schwingen. Jared zuckt zusammen. »Nicht!«, befiehlt er rau und drückt meine Hand entschieden von sich.

Während er sich wieder anzieht, schließe ich die Tür und schaue aus dem Fenster. Keine Menschenseele weit und breit. Ohne die Scheinwerfer ist es stockdunkel und je länger ich in den Nachthimmel starre, umso mehr Sterne scheinen sich aus seiner Schwärze zu schrauben. Als der Lichtkegel eines vorbeifahrenden Lasters den Wagen streift, sehe ich wieder zu Jared. Verzweiflung und Scham kämpfen einen Moment lang auf seinem Gesicht. Als er meinen Blick wahrnimmt, verschließt sich seine Miene.

»Ich war ein Rabe mit Leib und Seele. Deshalb hab ich mir ihr verdammtes Logo sogar über dem Herz eintätowieren lassen. Bitte erzähl das niemandem, vor allem nicht Richard!«

Ich nicke stumm.

»Du bist bislang nur eine Anwärterin. Wenn sie dich erst einmal als Adeptin aufnehmen, das ist ein Gefühl ... Die Raben halten zusammen, sagt Farran immer. Sie waren meine Familie, mein Leben. Dieses Jahr hab ich meinen Abschluss gemacht. Weißt du, Farran begleitet die Absolventen auch hinterher weiter. Arbeitslose Raben gibt es nicht. Allen vermittelt er lukrative Jobs und hilft jedem, dem es dreckig geht. Die Raben sind wie Geschwister, ein starkes Netzwerk für jeden ...« Er stockt und dreht den Kopf zu mir. Sein Blick verändert sich. »Für jeden, der mitspielt. Ich sollte einen Auftrag übernehmen, den ich auf keinen Fall durchführen konnte. Er bestrafte mich, indem er die Bewertungen meiner Abschlussprüfungen manipulierte. Dann stellte er mir so schlechte Zeugnisse aus, dass ich damit nie die Chance haben werde, ein Stipendium an einer guten Uni zu bekommen. Auf meine Eltern kann ich nicht zählen. Die haben kein Geld, um mir ein Studium zu finanzieren. Das weiß er ganz genau! All das Büffeln war umsonst! Wenn ich wenigstens durchgefallen wäre. Dann hätte ich meinen Abschluss an einer anderen Schule nachholen können. Aber so ...«

»Kannst du ihn nicht verklagen?«

»Glaubst du, ich hab Kohle für einen Rechtsstreit übrig? Außerdem gewinnt sowieso immer er. Ich schätze, Farran hat mehr und bessere Anwälte zur Hand als der Premierminister. Um genug Geld für das Studium zusammenzukratzen, jobbe ich zurzeit in einer Stahlfabrik und an den Wochenenden im Pub.«

Ich weiß nicht, was ich sagen soll. Sehe ihn nur stumm an.

»Ich will mich an ihm rächen.« Seine Stimme klingt so teilnahmslos, als spräche er über das Wetter. Es jagt mir ein kaltes Kribbeln über den Rücken.

»Deshalb der Horusring?«

Er starrt aus der Windschutzscheibe. Durch unseren Atem ist das Glas beschlagen und die Landschaft um uns herum versinkt immer mehr in einem undeutlichen Weiß.

»Ja«, sagt er tonlos, greift nach dem Schlüssel und startet den Motor.

Als wir wieder auf die Landstraße fahren, denke ich daran, wie begeistert Aidan von SENSUS CORVI ist.

»Es fühlt sich gut an, mit dir zusammen zu sein«, sagt er nach einer Weile leise.

»Du kennst mich doch gar nicht!«

»Hast du eine Ahnung!« Er lacht. »Ich war schon in Deutschland auf dich angesetzt.«

Mein Magen zieht sich zusammen. »Angesetzt? Was soll das heißen?«

Er legt beruhigend seine Hand auf meine. »Sie hatten Angst, jemand wolle dich aus dem Weg schaffen, falls du ... nun ja ... Dinge von deiner Mutter weißt.«

Mein Blut pocht laut in meinen Ohren. »Ich weiß gar nichts! Mama hat mir nie etwas von ihrer Vergangenheit erzählt. Richard war verliebt in sie, nicht wahr? Was ist passiert?«

Jareds Miene ist wie versteinert. Wütend starre ich ihn an und schiebe seine Hand beiseite. »Verdammt, Jared, will mich wirklich jemand umbringen?«

Er biegt schweigend in unsere Straße ein und hält hundert Meter von Jacobs Haus entfernt.

Ich sehe auf die Uhr. Es ist kurz vor sechs. Mein Vater steht um 6:30 Uhr auf. Ich muss mich beeilen.

»Jared!«, flehe ich.

»Richard würde mir den Hals umdrehen, wenn er wüsste, dass ich dir überhaupt davon erzählt hab! Steig aus.«

Mit verschränkten Armen erwidere ich trotzig seinen Blick.

»Komm schon, Emma. Es ist spät. Wenn Jacob dich vermisst ...«, versucht er es erneut, dann schnallt er sich seufzend ab, steigt aus und geht zur Beifahrertür. Lächelnd öffnet er sie, beugt sich zu mir hinunter und von seinem herben Duft wird mir schwindlig. »Muss ich dich jetzt wirklich aus dem Auto zerren?«

Er meint es ernst. Aber ich will wissen, was damals geschehen ist!

Während ich aussteige, denke ich daran, wie Liz vor einem halben Jahr Robin dazu gebracht hat, mit ihr zum Tollwood Festival zu gehen.

»Und wenn«, ich schaue auf meine Finger, die eine Haarsträhne von meiner Hüfte heben und nach oben zwirbeln, »wir uns noch mal treffen? Wir zwei? Ganz allein.«

Ich warte mit glühenden Wangen auf seine Antwort. Noch nie hab ich so mit einem Jungen geredet. Wenn er jetzt zu lachen anfängt, werde ich es auch nie wieder tun.

»Hör auf, mit deinem Haar zu spielen.«

Sanft streicht er mir mit dem Daumen über den Handrücken und ich lasse meine Haare los. Als ich aufschaue, werde ich geradezu erschlagen von seinem glühenden Blick.

Er wendet sich abrupt ab, geht zur Fahrertür und steigt ein. Na ja, einen Versuch war's wert. Ich drehe mich um und marschiere los. Kurz bevor ich Jacobs Haus erreiche, hält Jared den Wagen neben mir und lässt die Seitenscheibe runter.

»Donnerstagnacht. Stell deinen Wecker auf eins.«

Mein Handrücken kribbelt immer noch, als ich die Haustür aufschließe. Es ist 6:20 Uhr. So leise wie möglich husche ich die Treppe hinauf in mein Zimmer.

»Wo warst du?« Zeitgleich mit der kühlen Stimme geht die Nachttischlampe an. Ich schaffe es gerade noch, nicht aufzuschreien. Auf meinem Bett sitzt Aidan. Er ist bleich und sieht müde aus.

»Spazieren«, krächze ich.

»Aha ...« Seine Augen werden eine Spur kälter. Geschmeidig springt er auf und gleitet auf mich zu.

Ich komme mir vor wie das Lämmchen, das gleich von einem Wolf gerissen wird.

Als er so nah vor mir steht, dass ich das Funkeln in seinen Augen wahrnehme, flüstert er ironisch: »Über zwei Stunden lang? Du Ärmste musst ja ganz durchgefroren sein!«

Ich kann ihm unmöglich die Wahrheit erzählen.

»Okay, du hast mich ertappt. Ich war mit einem Jungen zusammen. Na los, geh schon zu meinem Vater petzen!« Vollkommen erlogen ist das schließlich nicht.

Aidans Mund klappt auf und er tritt einen Schritt zurück.

»Wer?« Seine Stimme lässt mich schaudern.

»Das geht dich nichts an.«

Mit einer schnellen unsanften Bewegung schiebt er mich zur Seite, öffnet die Tür und schlüpft hinaus. Draußen klingelt Jacobs Wecker.

»Was ist los?«

»Nichts.«

»Rina, ich bin deine Mutter. Du kannst mir nichts vormachen. Ist es wegen Jacob?«

Hitze auf meinen Wangen. Bestimmt bin ich schon krebsrot.

»Nein. Wie kommst du darauf?«

»Du magst ihn.«

»Ja. Aber er ist nur ein Freund. Nichts weiter.«

Eine graue Haarsträhne hat sich aus ihrem Zopf gelöst und sie streicht sie hinter das Ohr, während sie mich anlächelt.

»Gestern nach der Abendmesse war Farran kurz zum Tee hier.«

Ihre Stimme ist ehrfürchtig. Welche Ehre. Bestimmt war sie aufgeregt. Sie sieht richtig glücklich aus. Ich wünschte, ich könnte dieses Gefühl mit ihr teilen.

»Und?«

Papa legt die Zeitung beiseite. Auch er lächelt mich an. Langsam wird mir mulmig.

»Er würde sich freuen, wenn du für Jacob ... Gefühle hegen würdest.«

Ich schlucke. Meine Hand zittert, als ich die Kuchengabel beiseitelege.

»Jacob ist nicht nur ein außerordentlich begabter junger Mann. Farran bezeichnet ihn als seine rechte Hand, als besten Freund«, sagt Mama ruhig.

Okay. DAS wusste ich bislang auch nicht.

»Du weißt, was wir Farran verdanken, Rina.«

Natürlich, Papa. Ihr erinnert mich jedes Wochenende daran. Ich nicke stumm. Schließlich balle ich meine Hände zu Fäusten. »Und was erwartet ihr jetzt? Soll ich mich Jacob an den Hals schmeißen? Selbst wenn ICH mehr für ihn empfinden würde, bin ich sicher, dass ER die Sache anders sieht.«

Es ist eine Lüge. Seit unserem Auftrag bei Miller weiß ich, was er für mich fühlt. Auch wenn er es nicht zeigt.

Mama seufzt laut und schenkt mir ungefragt eine Tasse Tee nach. »Farran sagt, dass Jacob genauso über dich spricht.«

Am liebsten würde ich aufspringen und wegrennen.

»Er meint, dass einer von euch den Anfang machen muss.«

»Vielleicht wäre es besser, ihr lasst uns in Ruhe. Manche Dinge brauchen eben Zeit.«

Da ist es wieder. Das glückliche Lächeln auf Mamas Gesicht.

»Ich wusste, dass du vernünftig bist. Gleich morgen werde ich Farran sagen, dass du keinen anderen Jungen in Betracht ziehst.«

Toll. Ich bringe kein Wort heraus. Was soll ich auch sagen? Habe ich überhaupt irgendetwas zu sagen?

DER
EINZIGE VERWANDTE

Wir sitzen am Frühstückstisch und ignorieren uns, so gut das eben geht. Ich bin so müde, dass ich kaum die Augen aufhalten kann. Als ich aufstehe und nach meinem Schulblazer greife, räuspert sich Jacob und wendet sich an Aidan.

»Emma wird heute die Ehre haben, dem Schulleiter vorgestellt zu werden. Deshalb fahre ich sie in die Schule.«

Hüte dich vor den Raben. Besonders vor Farran.

»Wozu?«, frage ich, aber er antwortet mir nicht, sondern trinkt einen Schluck Tee. Ich setze mich wieder.

»Farran will sie jetzt schon sehen?«, ruft Aidan überrascht.

»Allerdings.« Mein Vater nimmt sich eine Scheibe Toast und beginnt, sie mit Orangenmarmelade zu bestreichen. »Ihre kleine Show beim Camogie-Spiel gestern ...«

»Lynn hat danebengeschlagen, das war alles«, verteidigt Aidan mich.

Ich kratze mit dem Zeigefinger die Nagelhaut an meinem Daumen nach unten.

»Wie du meinst. Jedenfalls haben ihre besonderen Fähigkeiten gepaart mit der Fälschung der Testreihen seine Aufmerksamkeit erregt. Er will sie daher noch vor Abschluss der Paratests sprechen.«

»Das ist eine große Ehre«, entfährt es Aidan.

Na super. Ich fühle mich ja so was von geehrt. »Und wenn ich mich weigere?«

Jacob hebt den Kopf und durchbohrt mich geradezu mit seinen Augen. Gefrorenes Blau. Die Angst sitzt plötzlich wie ein dicker Kloß in meinem Hals und ich kämpfe damit, sie hinunterzuschlucken und diesem Blick nicht nachzugeben.

Wenn dir jemand Angst einjagen will, musst du das Gefühl blocken. Und am besten blockst du es, indem du ihn dir als deinen Lehrmeister vorstellst. Was genau tut er? Wie macht er dir Angst? Analysiere es und versuche, ihn zu imitieren. Es wird ihn nervös machen, sich in dir zu sehen. Denk an unser Spiel.

Ich weiß, dass ich Jacobs Augen habe. Also muss es eigentlich ein Leichtes sein, diesen Ausdruck nachzuahmen. Ich kneife die Lider zu schmalen Schlitzen zusammen und erwidere seinen Blick.

»Überspann den Bogen nicht. Wenn du mich vor Farran blamierst, werde ich dich in den Internatsbereich von SENSUS CORVI stecken. In Anbetracht deiner Abneigung für mich wäre das für alle Beteiligten ohnehin das Beste.«

Gefangen! Bei den Raben! Ohne Kontaktmöglichkeit zum Horusring. Und Jared. Ich denke an das riesige Eingangstor und den Kerl mit der Waffe im Gürtel. Ein Gefühl von Panik erfasst mich.

»Das kannst du nicht tun!«, sagt Aidan und taxiert Jacob mit einem finsteren Blick.

Der steht so ruckartig auf, dass er gegen den Tisch stößt und der Tee aus den Tassen schwappt. »Hör endlich auf, dich einzumischen! Das geht nur Emma und mich etwas an.«

Die beiden belauern sich über den Tisch hinweg und ich sehe, wie die Flamme der kleinen Kerze im Teewärmer unruhig zu flackern beginnt, wie von einem Windzug. Aber hier ist nicht der geringste Hauch. Die Luft knistert vor Spannung.

»Du verhältst dich ihr gegenüber nicht anders als mein Vater. Das mitanzusehen ist für mich kaum zu ertragen! Als wärst du ein anderer Mensch! Wenn du sie jetzt einfach so rauswirfst ...«

Ich ahne, was er sagen wird und springe auf.

Ich weiß nicht, was ich tun würde, wenn ich Jacob nicht hätte ..., hat er in sein Tagebuch geschrieben. Er soll ihn nicht verlieren. Nicht wegen mir.

»... siehst du ...«

Ich reiße ihn herum, schlinge die Arme um seinen Hals und drücke meine Stirn an die seine.

»... mich ...«, keucht er und bricht ab.

»Schsch ... sag es nicht!«, flüstere ich.

Seine Augen weiten sich vor Überraschung. Die Nähe seines Körpers lässt alles in mir brennen. Irgendetwas übernimmt die Kontrolle über mein Denken und meine Hände machen einfach, wonach sie sich so lange schon gesehnt haben: Sie gleiten sanft über seinen Nacken in diese weichen, zerzausten Haare. Mein Atem setzt aus und meine Fingerspitzen schmerzen ein paar Sekunden lang, als hätte ich mich verbrannt.

Dann höre ich Jacobs erschöpfte Stimme und der Bann bricht.

»Bitte lass mich mit Emma alleine reden, Aidan.«

Meine Wangen werden heiß und ich trete rasch ein paar Schritte zurück.

Jede Anspannung scheint aus Aidans Körper gewichen zu sein. Er wirft mir einen langen Blick zu. Dann geht er zur Haustür, schnappt sich seine Jacke und die Schultasche und schlüpft in seine Turnschuhe. An der Tür dreht er sich noch einmal kurz um. »Entschuldige, Jacob«, sagt er knapp.

Ich lasse mich auf einen Stuhl fallen und stütze meinen Kopf in die Hände.

»Wenigstens mit ihm meinst du es ehrlich.« Jacobs Stimme hat ihren Zorn verloren und klingt genauso müde, wie ich mich fühle. Er zieht seinen Stuhl näher und nimmt vorsichtig meine Hände vom Gesicht. »Was willst du, Kind?«

»Nach Hause.«

»Du hast kein Zuhause mehr. Deine Mutter ist tot. Es wird nie wieder wie vorher sein.«

»Aber ... Elias und Hannah ... und meine Freunde ...«

Jacob drückt meine Hände fester, als wollte er verhindern, dass ich ihm entgleite und in den Abgrund meiner Traurigkeit falle. »Kleines, sie sind Fremde. Ich bin der einzige Verwandte, den du noch hast. Ich ...«, er seufzt, »ich bin nicht besonders gut in Gefühlsdingen.«

Darauf wär ich nie gekommen ... Meine Hände wärmen sich zwischen seinen. Ich denke an den Abend nach den misslungenen Tests. Wie gut es sich angefühlt hat, als er mich in die Arme genommen hat. Jacob schweigt einen Moment. Schließlich sagt er leise: »Du bist mir ähnlicher, als du denkst. Nicht nur äußerlich. Diese Sturheit und Verschlossenheit hast du ganz sicher von mir.«

Ich unterdrücke ein Lächeln. »Warum ist es für dich so wichtig, dass ich bei SENSUS CORVI aufgenommen werde?«

»Das darf ich dir nicht ...«

»Ich bin deine Tochter, verdammt! Glaubst du, ich renn zu Farran und petz es ihm?«

Er schmunzelt. »Farran wird es auch so wissen.«

»Weil er meine Gedanken lesen kann?«, rutscht es mir heraus und der Griff seiner Hände wird schraubstockartig.

»Wer hat dir das gesagt?«

»Meine Intuition«, lüge ich.

Jacobs Miene entspannt sich. »Bemerkenswert. Du solltest

sie öfter einsetzen.« Er lässt meine Hände los, steht auf und wandert unruhig durch das Zimmer. Endlich bleibt er stehen. »Was ich dir jetzt sage, erzählst du niemandem.«

»Versprochen.«

»Der anonyme Brief enthielt nicht nur die Todesanzeige deiner Mutter, sondern auch ...« Mein Herz klopft schneller und ich beobachte, wie er mit sich ringt. »... ein Foto von dir. In Druckschrift stand unter dem Bild: SIMILIS SIMILI GAUDET. Das heißt: Man freut sich an dem, der einem ähnlich ist.«

Etwas in mir möchte aufspringen und davonlaufen, aber ich bleibe wie angefroren auf dem Stuhl sitzen, unfähig, auch nur einen Finger zu bewegen.

»Emma, ich habe allen Grund zu der Annahme, dass es sich hierbei um eine Drohung handelt. Du weißt nur wenig über mich. Ich bin ein wohlhabender und mächtiger Mann. Es gibt Leute, die mich nur allzu gerne unter Druck setzen würden. Wenn das, was ich vermute, stimmt, dann schwebst du in höchster Gefahr und der Tod deiner Mutter war kein Unfall.«

///

FARRAN

Farrans Büro befindet sich im obersten Stockwerk, in einem Bereich, den ich bislang noch nie betreten habe. Ich folge dem dunklen Anzug meines Vaters und mit jeder Treppenstufe werde ich ein wenig langsamer. Wie soll ich Richard und die anderen Mitglieder des Horusringes aus meinem Kopf bekommen, wenn er tatsächlich Gedanken lesen kann?

Die Tür zu Farrans Büro ist zweiflüglig, aus Ebenholz und die Schnitzereien darauf wirken so lebendig, als würden sich die Figuren jeden Moment aus dem Holz lösen und mir entgegeneilen. In der Mitte, auf Höhe der glänzenden Messingknaufe, erkenne ich das Symbol der Raben. Darüber und darunter kämpfen Männer mit Lanze und Schwert oder reiten auf Pferden, begleitet von Kampfhunden und Falken.

»Szenen aus der Mythologie Irlands«, klärt mein Vater mich auf. Er drückt auf einen kleinen messingfarbenen Knopf unter einer Sprechanlage.

»Büro des Exerzitators. Was kann ich für Sie tun?«, fragt eine beflissene Frauenstimme.

»MacAengus und Tochter«, erklärt Jacob knapp.

»Einen Moment, bitte.«

Hastig zupfe ich ihn am Ärmel. »Exerzitator?«, flüstere ich. Der Name hat etwas Bedrohliches. Klingt wie Exekutor. Vor meinem inneren Auge erscheint ein beilschwingender Henker.

Jacob errät meine Gedanken und schmunzelt.

»Frisch deine Lateinkenntnisse auf. Das heißt: der Lehrmeister.«

Im selben Moment geht mit einem leisen Surren der rechte Flügel der Ebenholztür auf. Die junge Frau, die uns den Weg vom Vorzimmer zu Farrans Büro weist, trägt ein dunkles eng anliegendes Kleid, das wie das Gefieder eines schwarzen Schwans glänzt. Und ebenso stolz und elegant ist ihre Haltung, als sie auf hohen Absätzen vor uns schwebt, als laufe sie barfuß auf moosigem Waldboden.

Mein Vater betritt Farrans Büro, als wäre es sein eigenes. Ich verstecke mich hinter seinem breiten Rücken und wünsche mich weit weg. Der wuchtige schwarz lackierte Schreibtisch ist leer und Jacob steuert mit sicherem Schritt auf eine große Dachgaube zu, die, mit einer abgedunkelten, bodenlangen Scheibe versehen, auf den Garten von SENSUS CORVI gerichtet ist. Und auf die Sportanlagen. Ich schnappe erschrocken nach Luft. Er wird doch nicht ...

»Guten Morgen, Fion!«, begrüßt mein Vater den Schulleiter freundschaftlich. Als er zur Seite tritt, kann ich ihn sehen. Bei dem ehrfürchtigen Raunen, das alle befällt, sobald sie von ihm sprechen, hatte ich mir Farran als muskulösen Hünen mit kantigem Gesicht und stechendem Adlerblick vorgestellt. Jetzt steht er mit dem Rücken zu uns, ist ein wenig kleiner als mein Vater und hat hellblonde, an den Schläfen ergraute, militärisch kurz geschnittene Haare. Sein dunkler Anzug ist sicherlich maßgeschneidert, denn Farran ist schmalschultrig und so dünn, dass er fast zierlich wirkt. Und dennoch. Da ist etwas.

Ich kneife die Augen zusammen und fixiere seine Gestalt, als er sich ruckartig umdreht. Etwas umfließt ihn. Verschwommen, wolkenartig, mächtig. Als würde die Luft vibrieren. Ich höre, wie er die Begrüßung meines Vaters erwidert und senke abrupt die Augen, als er sich mir zuwendet.

»Guten Morgen, Sir«, sage ich und schäme mich sofort für meine piepsige Stimme.

»Ich beiße nicht, Miss Meyer.« Er klingt belustigt. Sein Tonfall ist angenehm, geradezu melodisch und das bringt mich dazu, den Kopf zu heben.

Eine hohe Stirn und eine Habichtsnase dominieren sein Gesicht und lenken von den zu schmal geratenen Lippen ab. Sie lächeln mich an und entblößen Reihen perfekt sitzender, makelloser Zähne. Ich fühle verwirrt, wie mein Körper unbewusst auf dieses Lächeln reagiert, mich ein Gefühl von Sorglosigkeit und Freude erfasst, so als sähe ich einen guten Freund seit Langem wieder. Meine Beine bewegen sich auf ihn zu und die rechte Hand schiebt sich der seinen entgegen. Schon bin ich ihm so nahe, dass ich das spöttische Funkeln in den kleinen, eng zusammenstehenden Augen wahrnehmen kann. Sie sind unbeschreiblich hell, eher grau als blau, wie Stahl. In diesem Augenblick berühren sich unsere Hände. Fest und warm umfasst seine Hand die meine und löst das Gefühl grenzenlosen Vertrauens aus. Was zur Hölle geht hier vor? Als er mich loslässt, erfasst mich eine seltsame Leere.

»Setzt euch, bitte.«

Er deutet auf eine kleine, lederne Sitzgruppe vor der Dachgaube. Die Sekretärin bringt unsere Getränke. Als sie ein Glas Wasser vor Farran abstellt, errötet sie wie ein Groupie, der sein Idol trifft, und senkt demütig die Augen.

»Warum wollen Sie bei Sensus Corvi nicht aufgenommen werden, Miss Meyer?« Seine Stimme summt wie ein Lied in mir.

»Ich wollte wieder nach Hause«, bekenne ich wahrheitsgemäß. Es ist sicher nicht ratsam, ihn diesbezüglich anzulügen. Die graublauen Augen ruhen nachdenklich auf mir.

»Jacob, sie fühlt sich einsam. Du solltest dich besser um
sie kümmern, wenn du sie nicht verlieren willst.«

Die Tasse in meiner Hand beginnt zu zittern und ich werfe
einen schockierten Blick zu meinem Vater. Sein Gesicht ist
unergründlich. Hat Farran jetzt als Empath meine Gefühle
gescannt? Warum habe ich nichts gespürt? Mama konnte
ich immer fühlen.

»Verzeih, Fion. Aber ich denke, das ist meine Privatange-
legenheit.«

Farran führt sein Glas an die Lippen und trinkt einen
Schluck. Als er es abstellt, antwortet er meinem Vater, doch
seine Augen bohren sich in meine. »Nicht mehr, mein Lieber.
Denn sie ist ...« Er bricht ab und ein begeisterter Ausdruck
tritt für den Bruchteil einer Sekunde in seine Augen, bevor sie
wieder ihren kühlen, metallenen Glanz annehmen. »Welche
Verbindung besteht zwischen dir und Aidan, Emz?«

Ich schrecke zusammen. Woher kennt er meinen Spitznamen? Etwa von Aidan?

»Von Lynn. Sie hat gehört, wie Aidan dich so nannte.«
Sein Mund lächelt und hat sich bei diesem Satz nicht einen
Millimeter bewegt. Er kann es also auch! Jared erscheint so
schnell in meinem Kopf, dass ich mir ruckartig die Hand vor
den Mund schlage, als hätte ich ihn mit Worten verraten.
Farrans Oberkörper schnellt vor. Seine Augen werden starr
wie die einer Schlange, die ein Kaninchen hypnotisiert.

»Du kennst Jared Brady?«, zischt seine Stimme in meinem
Kopf. Ich entziehe ihm gewaltsam meinen Blick und starre
auf meine Finger, die sich in das Leder der Couch graben.
Und jetzt *spüre* ich seine Anwesenheit in meinem Kopf. Ein
feines Kribbeln auf der Kopfhaut. Ich muss meine Gedanken
vor ihm verschließen. Schnell. Aber wie? Verzweifelt, ohne

weiter darüber nachzudenken, reiße ich den Kopf hoch und tauche in ihn.

Dunkelheit. Feuchte Kälte. Nichts als Steine und Mauern um mich herum. Wie ist das möglich? Versagen meine Kräfte bei ihm? Warum fühle ich nichts? Die Finsternis bäumt sich plötzlich auf und verdichtet sich. Ein gewaltiges, bedrohliches Schattengebilde ergreift von mir Besitz, packt mich und schleudert mich mit Gewalt gegen eine der Mauern.

Schmerz.

Benommen öffne ich die Augen. Ich liege auf dem Boden vor dem Couchtisch. Bin ich ohnmächtig geworden? Stöhnend greife ich mir an den Kopf.

»War das nötig?«, durchschneidet die Stimme meines Vaters die Stille.

Ich fühle eine Bewegung hinter mir, aber Farran ist schneller. Bevor ich noch reagieren kann, geht er in die Hocke, packt mich an den Armen und zieht mich hoch. Für seine Statur ist er erstaunlich kräftig. Ich will ihn nicht ansehen, aber er umfasst sanft mein Kinn und zwingt mich dazu.

»Ich wollte dich nicht erschrecken, Emma. Ich darf dich doch Emma nennen?« Seine Augen verschließen seine Gefühle ebenso gut wie sein Geist. Ich nicke unwillig. »Jacob, das war kein Spaß. Ich lasse niemanden in meinen Geist. Absolut niemanden!«

Er umrundet den Tisch und nimmt wieder in dem Sessel Platz. Ich setze mich auf die Couch so nahe an Jacob, dass sich unsere Knie fast berühren.

»Mit ihrer Empathie ist sie wohl kaum in deinen Geist eingedrungen«, spottet er, aber sein Körper ist angespannt. »Jedenfalls kein Grund, sie vom Sofa zu schleudern!«

Mir entfährt ein Keuchen. Er hat mich tatsächlich ... aber er ist doch eben erst aufgestanden!

Farran lächelt nonchalant. »Ich könnte dir das beibringen, Emma.«

Jacob entfährt ein Zischen. »Was ist in dich gefahren, Fion? Du brichst alle von dir selbst aufgestellten Regeln!«

Farran lacht laut auf und lehnt sich mit gefalteten Händen vor, die Unterarme auf seine Knie abstützend. »Du hast mir auch eine außergewöhnliche Bewerberin gebracht. Scheinbar hast du nicht die geringste Ahnung von ihren Fähigkeiten.« Meint er jetzt meine Telekinese? Mein Blick gleitet zum Fenster auf den Sportplatz. »Ja, ich habe dein kleines Kunststück beobachtet, junge Dame. Wirklich inspirierend.«

Mist! Liest er schon wieder meine Gedanken?

»Nein, ich bin nicht in deinem Kopf. Aber du verstehst es nicht besonders gut, deine Gedanken zu verbergen. Jeder, der auch nur über ein bisschen Menschenkenntnis verfügt, kann in dir lesen wie in einem Buch. Aber sei unbesorgt, du wirst hier lernen, dich besser abzuschirmen.«

Ich kaue auf meiner Unterlippe herum und versuche, ruhig zu bleiben.

Farran trinkt einen Schluck Wasser und wendet sich wieder an meinen Vater. »Du unterschätzt sie gewaltig, mein Freund. Vielleicht, weil sie dir so nahesteht. Das trübt offensichtlich deine Instinkte. Emma ist keine Empathin.«

Das Blut auf meiner Lippe schmeckt salzig und ein bisschen wie flüssiges Eisen. Wie hat er das herausbekommen? Niemand außer Mama hat es bisher erkannt. Und dazu waren einige Gespräche notwendig, in denen ich ihr schilderte, auf welche Weise ich die Gefühle anderer Menschen wahrnehme.

Jacob greift nach meiner Hand und ich zucke zusammen. Oh, er wird wütend sein! Doch zu meinem Erstaunen sieht er mich nur neugierig an.

»Ich ... ich bin, also Mama nannte mich eine Emotionentaucherin.«

Mein Vater verliert die Fassung. Alle Farbe entweicht seinem Gesicht und seine Hand umklammert für Sekunden so schmerzhaft die meine, dass ich meinen Mund verziehe.

»Tut mir leid!« Er lässt mich los. »Aber das ist unglaublich! Warum hast du nie ...« Er sieht mich an, als wäre ich eine Außerirdische.

»Weil du nicht auf meinen Rat gehört und sie nicht an dich herangelassen hast, du Sturkopf!«, erwidert Farran.

Nein. Das geht zu weit. Ich springe so hastig auf, dass mir schwindlig wird. Offenbar Nachwirkungen von Farrans telekinetischen Schleudertechniken.

»Was bilden Sie sich eigentlich ein? Sie sind hier Schulleiter, kein Psychiater und mein Vater und ich sitzen nicht zur Familientherapie auf Ihrer Couch. Sie haben mich gerade tätlich angegriffen. Dafür könnte ich Sie vor Gericht bringen.«

»Emma!«, stöhnt mein Vater im Hintergrund, aber Farran winkt mit der rechten Hand amüsiert ab. Mein Atem geht schneller.

»Du hast keine Zeugen, Mädchen. Hoffe nicht auf deinen Vater. Er würde sich niemals gegen mich wenden. Aus gutem Grund.«

Jareds Erzählung schießt mir in den Kopf. Vermutlich hat er recht. Ich setze mich wieder.

»Was wollen Sie von mir?«, zische ich.

»Dein Herz. Und deine Seele«, raunt er bedrohlich.

Auf meinen Armen bildet sich eine Gänsehaut.

Sie spielen gerne mit den Gefühlen von Menschen, um ihre
Gedanken zu verwirren, ihre Konzentration zu schwächen.
Scheinbar harmlose Wörter in einem falschen Kontext und
schon zitterst du vor Angst.

Jetzt verstehe ich, was Mama damit meinte. Das hier ist
nur ein Spiel, um der kleinen Emma Angst zu machen. Nichts
weiter. Aber Mama hat mir gezeigt, wie man es spielt.

»Okay. Und was geben Sie mir im Gegenzug?«

Seine Zähne blitzen, als er auflacht, und seine Augen wandern zu meinem Vater. »Sie ist gut. Eine Kämpferin wie ihre
Mutter. Aus Katharina hätte mehr werden können als eine
lausige Verräterin. Sie war noch so jung und formbar.«

Ich möchte schreien, aber aus meinem Mund kommt nur
ein Ächzen.

Jacob legt beschützend den Arm um mich. »Jetzt bist du
zu weit gegangen, Fion.«

Ich spüre, wie sich Jacobs Oberkörper vor Wut anspannt,
und als Farran nach seinem Glas greifen will, fliegt es plötzlich in die Luft und senkt sich am anderen Ende des Tisches
sanft auf die Platte.

Das Lächeln stirbt auf Farrans Gesicht. »Willst du mich
etwa herausfordern, mein Freund?«

Das Glas saust erneut nach oben und der konzentrierte
Ausdruck in Farrans Augen sagt mir, dass er diesmal der Urheber der neuen Bewegung ist. Es erreicht jedoch nicht seinen
Bestimmungsort, sondern bleibt einen halben Meter über
dem Tisch in der Luft stehen. Wobei »stehen« nicht der richtige Ausdruck dafür ist. Es ruckelt, vibriert, scheint sich nicht
entscheiden zu können, wohin es sich wenden soll. Ich lehne
meinen Kopf an die Schulter meines Vaters und schaue zu
ihm hoch. Jede einzelne Hautzelle in seinem schönen Gesicht

ist angespannt. Die blauen Augen gleichen gefrorenen Seen. Er blinzelt nicht. Langsam bilden sich Schweißtropfen auf seiner Stirn und laufen wie Tränen über seine Schläfen. Wie lange kann er das noch durchhalten?

Farran soll nicht gewinnen!

Aber leider genügt ein kurzer Blick zu ihm und ich muss mir eingestehen, dass Farran weitaus weniger erschöpft wirkt als mein Vater. Das macht mich wütend. Meine Hände beginnen zu kribbeln und ich vergrabe meine Nägel in den Handinnenflächen, als ich meinerseits das Glas ins Visier nehme. Und instinktiv weiß ich, wie ich es tun muss. Ich lasse ihr einfach freien Lauf. Meiner Wut.

Nein, ich verstärke sie sogar. Mit aller mir zur Verfügung stehenden Kraft konzentriere ich mich auf sie. Was weiß er schon von meiner Mutter? Wie kann er es wagen, sie zu beleidigen? Sein provokantes Lächeln gräbt Minenfelder in meinen Kopf und als der Zorn wie ein Feuer darüberrast, richte ich all mein Denken auf das Glas.

Es ist fest und kühl.

Aber ich weiß noch genau, wie faszinierend es ausgesehen hat, als der Glasbläser bei der Schulvorführung ein Weinglas geschmolzen hat. Nur ein rotoranger glühender Klumpen ist davon übrig geblieben. Zähflüssig wie Lava. Vollkommen in den Anblick des Wasserglases versunken, nehme ich den erstickten Ausruf meines Vaters nur am Rande wahr, als das Mineralwasser zu kochen beginnt und fontänengleich über den Rand spritzt.

Der Druck des Armes um meine Schulter wird fester, aber zeitgleich ruft Farran: »Nein, Jacob! Unterbrich sie nicht! Halt dagegen!«

Und gerade als meine Kräfte nachlassen und ich aufgeben

will, höre ich Farrans Stimme in meinen Gedanken: »Deine Mutter war meine Schülerin. Intelligent und hübsch, wie du. Aber leicht beeinflussbar und schwach. Sie hat sich mit den Falken eingelassen und unseren Schutz verweigert, hat uns verraten und es ihren Henkern viel zu einfach gemacht, sie zu ermorden.«

Weiß!

Mein Zorn ist weiß wie der Wasserdampf, der zischend dem rot glühenden Glas entweicht. Oder dem, was davon übrig ist. Das Gebilde fließt in sich zusammen, wird erst orange und dann hellgelb. Ich beginne zu zittern.

Dumpfe Wellen der Erschöpfung überrollen mich und Farrans Stimme klingt verzerrt unter dem gellenden Sirren in meinen Ohren: »Vorsicht, Emma, wir lassen los. Jetzt, Jacob!«

Verschwommen sehe ich, wie die gelb glänzende Kugel auf den Couchtisch fällt und zu einer schimmernden Lache zerfließt. Schwarzer Rauch steigt auf, kommt auf mich zu und es wird dunkel.

»Emma!« Die Stimme ist sanft und gehört zu der Hand, die zärtlich über meine Haare streicht. Die Stimme meines Vaters. Ich schlage die Augen auf. Sein Gesicht ist weiß wie Schnee. Noch nie hat er mich auf diese Weise angeschaut.

»Dad?«, flüstere ich schwach. Jacobs Lippen beginnen zu zittern, doch erst als er sie fest zusammenpresst, wird mir bewusst, dass es das erste Mal ist, dass ich ihn so nenne. Es klingt ungewohnt, aber schön.

Mein Blick schweift ziellos durch den Raum. Als sich die schmale Gestalt in mein Blickfeld schiebt, zucke ich zusammen. Mein Vater drückt mich enger an sich und flüstert: »Schhhhh. Alles in Ordnung.«

Farrans Gesicht ist ernst, aber nicht zornig, eher traurig. Er hat die Hände in seinem Sakko vergraben und kommt noch einen Schritt näher.

»Das hat wehgetan, ich weiß. Aber mir blieb keine andere Wahl. Ich musste deine Kräfte entfesseln. Musste wissen, wozu du in der Lage bist.« Sein Blick ist verwirrend. Statt Hass und Zorn lese ich darin Stolz und ... Zuneigung? Seufzend setzt er sich neben meinen Vater und mich auf die Couch und ich ziehe schnell die Beine an, um den Abstand zwischen mir und ihm zu vergrößern.

»Ich muss mich bei euch beiden entschuldigen. Insbesondere bei dir, Emma. Denn dein Vater hätte sich eigentlich denken können, was ich beabsichtige, hätte er dich nicht instinktiv verteidigt wie ein Löwe sein Junges.«

Ein feines Lächeln gleitet über sein Gesicht und ich verstehe. Er hat von Anfang an geplant, mich zu provozieren. Und ich dummes Huhn bin voll darauf reingefallen. Aber er hat es geschafft, meine Kräfte bewusst zu steuern. Unglaublich.

»Woher wussten Sie es?« Ich richte mich vorsichtig auf.

»Ich hab dir bei dem Camogie-Spiel zugesehen.« Er deutet auf das Fenster. »Du warst so gut, dass ich alles um mich herum vergaß und mein Nachmittagstee kalt wurde.«

»Tut mir aufrichtig leid, Sir«, sage ich ernsthaft.

»Fion.« Er hält mir schmunzelnd die Hand entgegen und ich fühle, wie mein Vater sich vor Überraschung kurz anspannt. Zögernd greife ich danach.

»Ähm. Dann sind Sie nicht sauer, weil ich eben Ihren Couchtisch ruiniert habe?«

Der riesige Brandfleck ist leider nicht zu übersehen. Farran blickt verdutzt auf den Tisch, als sähe er ihn zum ersten Mal, und bricht dann in schallendes Gelächter aus. Es klingt hell, fröhlich und ansteckend.

Ich verstehe langsam, warum Vater und er Freunde sind.

»Emma Meyer, ich versichere dir, meine Finanzlage erlaubt es mir, jederzeit einen neuen Tisch zu besorgen. Aber weißt du was? Das, was du, eine vollkommen unerfahrene Aspirantin eben geleistet hast, ist so wunderbar und einzigartig, dass ich den Tisch behalten werde, um mich immer daran zu erinnern, dass es das ist, wofür wir kämpfen.« Farran beugt sich ein wenig vor und sein warmer Atem streift meinen Arm. »Besonderen Menschen wie dir die Chance zu geben, ihre Kräfte in vollem Umfang zu nutzen, anstatt sie vor einer feindlichen Umwelt zu verstecken und verkümmern zu lassen. Ich kann und will dich nicht zwingen. Es soll deine freie Entscheidung sein. Aber ich bitte dich hiermit von ganzem Herzen: Verschwende dich nicht. Bleib bei uns. Ich biete dir an, einen Teil deines Unterrichts persönlich zu übernehmen, wenn du dich bereit erklärst, SENSUS CORVI die Treue zu halten.«

Wieder fühle ich das verräterische Zucken in den Armen meines Vaters.

Farran *bittet* mich. Und bietet mir sogar an, mich persönlich zu unterrichten. Was könnte ich alles von ihm lernen ...

Ich stelle mir Aidans Gesicht vor, wenn er das erfährt. Mein Entschluss steht fest. Aber eines muss ich noch wissen.

»Wer sind die Falken?«

Diesmal ist es kein Zucken. Vater fährt heftig zusammen, packt mich an den Schultern und dreht mich zu sich.

»Woher kennst du diesen Namen?«, ruft er außer sich.

»Von mir«, antwortet Farran gelassen.

Mit einem Ruck dreht er sich zu ihm um. Ich bin mir nicht

sicher, ob ich Dads Blick so gelassen standgehalten hätte wie Farran.

»Fionbarr Farran! Wir haben noch keinerlei Beweise. Was fällt dir ein?«

»Jacob MacAengus, ich habe damals bei Emmas Mutter nicht schnell genug reagiert. Das wird mir nicht ein zweites Mal passieren!«

Bei seinen Worten wird mir warm ums Herz. Er war ihr Lehrer. Er wollte sie schützen.

»Denkst du, ICH will, dass ihr etwas geschieht?«

»Nein. Aber die Gaben deiner Tochter sind einzigartig. Emma anzuwerben wird ihr Hauptanliegen sein. Du kannst sie nicht im Unklaren lassen, nur um ihr eine sorglose Kindheit zu ermöglichen. Der Drohbrief ist Beweis genug. Und wieder mal steckt der Horusring dahinter. Wer sonst? In ihrem Wahn, mir schaden zu wollen, sind sie zu allem bereit.«

Farran ballt die Hände zu Fäusten.

Der Horusring.

Das Wort hallt in meinem Kopf und löst einen dumpfen Schmerz aus. Hat wirklich einer von ihnen meine Mutter getötet? Wusste sie zu viel?

Ich kann dir nicht sagen, wer dein Vater ist, Emma. Nur, dass ich ihn über alles liebe, alles für ihn tun würde. Ich habe einen schweren Fehler begangen und jetzt zahle ich die Strafe. Sei vorsichtig, wem du dein Vertrauen schenkst.

Plötzlich wird mir alles klar: Sie hat für Richard spioniert und ist, als sie ihren Fehler einsah, geflohen. Die Falken müssen sie als Verräterin verfolgt haben und daher zog sie mich lieber alleine groß, bevor sie meinen Vater ebenfalls in Gefahr brachte.

Meine Hand tastet zitternd nach dem anonymen Brief in

meiner Hosentasche. Doch dann fällt mir Jared ein. Ich muss ihn erst vor Richard warnen, bevor ich meinem Vater und Farran von dem Treffen mit dem Horusring erzähle.

»Dad, bitte. Ich bin kein kleines Kind mehr. Wer ist der Horusring?«

Er stöhnt auf und fährt sich durch die Haare. »Eine Untergrundorganisation, die Fion seit fast zwei Jahrzehnten vernichten will. Die meisten von ihnen sind ehemalige Mitglieder von SENSUS CORVI, die ihm seinen Erfolg neiden. Zum Teil stecken persönliche Rachegefühle dahinter. Sie nennen sich *Die Falken*. Denn Falken machen Jagd auf Raben und Horus ist der falkenköpfige Königsgott in der ägyptischen Mythologie. Allein der Name zeigt ihre Selbstherrlichkeit! Deine Mutter geriet vor 17 Jahren in ihre Fänge. Sie befand sich damals in einer schwierigen Situation. Sie ... ich ...«

»Dein Vater war damals bereits genauso geschickt darin, seine Gefühle zu zeigen wie heute«, unterbricht ihn Farran trocken.

Jacob wirft ihm einen erhitzten Blick zu.

»Du hast ihr nie gesagt, dass du sie liebst?«, frage ich rundheraus.

Er seufzt und sieht mich schuldbewusst an. »Das war auch nicht ganz einfach. Ich war kein Schüler, sondern ihr als Ausbilder zugeteilt und fünf Jahre älter. Zunächst hielt ich daher ihre Gefühle für Schwärmerei aufgrund meiner Fähigkeiten und schottete mich immer mehr ab.«

»Das kannst du bemerkenswert gut. Zweifelsohne.«

»Glaub mir, ich dachte dabei nur an sie. Deine Mutter war ...«, er sucht nach den richtigen Worten, »... so jung, klug, schön, empfindsam. Ich wollte ihr Zeit lassen, sich zu entscheiden. Und außerdem hatte ich damals einige riskante

Aufträge für Fion zu erledigen. Teilweise unter Lebensgefahr. Ich wollte nicht, dass sie darunter litt, wenn mir etwas zustieß.«

Lebensgefährliche Aufträge? Fragend sehe ich zu Farran. Er deutet meinen Blick falsch.

»Sieh nicht mich an! Ich habe ihn damals regelrecht zu einer Heirat zwingen wollen. Ich bin ein gläubiger Katholik. Gefahr hin oder her. Sie waren das perfekte Paar. Mir war damals bereits klar, dass sie, bei ihren Erbanlagen, ein außergewöhnliches Kind bekommen würden.« Seine Stimme vibriert vor Begeisterung.

Mein Vater verzieht angewidert den Mund.

»Ich schätze, damit haben Sie die Situation für meine Eltern nicht gerade einfacher gemacht«, sage ich. »Es ist alles andere als romantisch, den Partner durch Analyse des Genmaterials von seinem Vorgesetzten serviert zu bekommen.«

Dad schmunzelt und streicht mir liebevoll eine Haarsträhne aus der Stirn. »Also, wenn mir noch ein letzter Beweis gefehlt hätte, dass du meine Tochter bist ...«

»Emma Meyer, hier geht es doch nicht um *Romantik*!«, ereifert sich Farran. Seine Wangen glühen und seine sonst so kühlen Augen sind auf einmal von einem Feuer erfüllt, das auf mich übergreift.

Ich wage kaum zu blinzeln und habe schlagartig das Gefühl, ihm in allem, was er jetzt sagen wird, zustimmen zu müssen. »Vorgesetzter! Ha! Es gibt wohl kaum einen Menschen, den ich mehr als Freund betrachte und von dem ich mir mehr Frechheiten bieten lasse als deinen Vater.«

Letzterer schnaubt belustigt auf, aber Farran fährt ungerührt fort. »Ich hatte nur beste Absichten! Was für eine Verschwendung wäre es gewesen, wenn du niemals das Licht der

Welt erblickt hättest? Kind, du hast keine Ahnung, wie wertvoll deine Gaben sind! Was aus dir werden könnte! Und bei deinen Anlagen ist es noch viel entscheidender, ausschließlich einen Mann aus dem Kreise SENSUS CORVI zu wählen, nein, mehr noch, aus unseren höchsten Rängen, einen Mann, der ...«

Ich kämpfe mein einlullendes Ja-Meister-ich-tue-alles-was-du-willst-Gefühl gewaltsam nieder und springe so schnell auf, dass Farran verstummt.

»Noch bin ich kein Rabe und ich werde auch keiner werden, wenn Sie es jemals wagen, mir einen Ehemann vorzuschreiben!«

Mein Vater klopft ihm auf die Schulter. »Du sagtest vorhin selbst, du willst nicht denselben Fehler wie vor 17 Jahren machen, oder nicht? Lass Emma die Wahl. Vielleicht fällt sie gar nicht so übel aus. Ich habe da so ein Gefühl ...«

»DAD!«, rufe ich empört.

Er zuckt mit unschuldiger Miene die Schultern.

Ich atme tief durch. Keine Widerrede. Nicht jetzt. Wenn mein Vater mit mir den Raum verlässt, wird er wieder schweigen wie ein Grab. Ich muss meine Fragen jetzt stellen.

»Warum ist Mama abgehauen?«

Dad macht eine Bewegung im Hintergrund, aber bevor er ihn stoppen kann, antwortet Farran: »Die Mitglieder des Horusringes haben von ihr gefordert, dass sie mich ausspioniert.«

Also stimmt es tatsächlich! Meine Beine werden schwammig und ich setze mich schnell zurück auf meinen Platz.

»Wie haben Sie es herausbekommen?«

»DAS REICHT!«, zischt Jacob. Mein Wasserglas vibriert. Flehentlich sehe ich Farran an. Er könnte es mir doch heimlich in Gedanken mitteilen.

Aber er nickt ihm besänftigend zu. »Den Rest muss dein Vater dir erzählen.« Seine Mundwinkel zucken amüsiert und er deutet mit der Hand auf das Glas. »So aufgebracht warst du schon lange nicht mehr.«

»Kein Wunder. Wir fahren jetzt heim, Emma.« Mein Vater ist aschfahl im Gesicht und sieht aus, als wäre er in der letzten Stunde um zehn Jahre gealtert.

»Hab ich denn heute schulfrei?«, frage ich verblüfft.

»Hast du für heute noch nicht genug?«, entgegnet Farran.

»Doch!«, mein Herz macht einen Satz.

»Aber denk an deine Hausaufgabe.« Hausaufgabe? Er zieht spöttisch die Augenbrauen hoch. »Über mein Angebot nachzudenken. Ich erwarte morgen deine Antwort. Und gnade dir Gott, wenn sie nicht Ja lautet.« Ein Lächeln entschärft seine Worte. Aber seine Augen bleiben ernst.

Jacob zieht mich zur Tür und öffnet sie. »Bis morgen, Fion. Falls ich es mir nicht ebenfalls anders überlege nach dem heutigen Tag.«

»Als ob ich dich je wieder gehen ließe«, lacht Farran.

Ich schlucke. Instinktiv drehe ich mich noch einmal zu ihm um und sehe sie plötzlich wieder. Diese verschwommene Aura, die seinen dünnen Körper umspielt. Als ob man mit einem Grafikprogramm seine Silhouette mit dem Weichzeichner bearbeitet hätte. Sie verschwindet so schnell, wie Farrans Stimme in meinem Kopf Gestalt annimmt: »Ich mache mir Sorgen um dich. Hüte dich vor Jared. Die Mädchen hier nannten ihn den Blaubart. Er ist kein guter Umgang.«

MacAengus

»Wenn ich Farrans Angebot annehme, bin ich dann ein Rabe? Bekomme ich dann auch eine schwarze Schuluniform?«, frage ich beim Abendessen.

Mein Vater nimmt einen Schluck von seinem Rotwein und dreht nachdenklich das Glas in seinen Händen. »Nicht sofort. Sensus Corvi hat seine Initiationsriten. Er kommt dir schon durch das Streichen der Paratests mehr als entgegen.«

»Was meinst du mit Initiationsriten? So was wie den Ritterschlag im Mittelalter?«, frage ich.

Mein Vater schmunzelt. »Farran denkt sich jedes Mal etwas Neues aus. Manchmal muss der Kandidat eine Aufgabe mit seiner Gabe bewältigen. Da du ihm dein Können bereits unter Beweis gestellt hast, tippe ich eher auf einen Test, der deinen Verstand prüft. Du wirst gegen einen Jungen aus Chicago antreten. Er soll außergewöhnlich sein. Und er will unbedingt hierher ins Stammhaus zu Farran, obwohl er von dem Leiter des Chicagoer Instituts bereits Einzelunterricht erhält. Das könnte ein Problem werden. Farran hat versprochen, dir bei Aufnahme in Sensus Corvi Einzelunterricht zu geben. Dasselbe erbittet dein Konkurrent. Daher wird Farran sich zwischen euch entscheiden müssen, schließlich sind selbst für einen Workaholic wie ihn die Kapazitäten begrenzt. Aber ich bin dennoch sicher, dass du gewinnst.«

Damit habe ich nicht gerechnet. Was, wenn ich verliere?

»Wann findet die Aufnahme statt?«

»Am Freitag.«

Ich starre ihn an und spüre plötzlich, wie meine Kehle trocken wird. »Wenn ich durchfalle, schickst du mich zurück?« Bei meiner Ankunft hatte ich mir nichts sehnlicher gewünscht. Jetzt fühle ich eine schmerzhafte Leere bei dem Gedanken, das alles hier zurückzulassen. Und Angst.

Mein Vater schüttelt den Kopf und sieht mich ernst an. »Nein. Ich denke, Farran wird bei dir eine Ausnahme machen, weil du in Deutschland in viel zu großer Gefahr wärst. Wenn du allerdings gehen willst, hindere ich dich nicht. Doch mein Wunsch ist das nicht.«

Seine Miene ist angespannt. Er wartet auf meine Entscheidung.

»Denkst du, wir könnten noch eine Namensänderung beantragen? MacAengus klingt gar nicht so übel, wie ich anfangs dachte.«

Er schluckt und in seine Augen tritt ein warmer Glanz, als er über den Tisch greift und meine Hand drückt. »Wenn du willst, gleich morgen, Kleines.«

Zwei Stunden später liege ich mit dem Handy auf dem Bett und zwirble meine Haare. Mein Ohr fühlt sich schon ganz warm an vom Telefonieren.

»Am liebsten würde ich mich in den Flieger setzen und zu dir kommen.« Liz' Stimme hat einen sehnsüchtigen Klang.

»Das hat Hannah vorhin auch gesagt. Sie war total aus dem Häuschen, als ich ihr erzählt habe, wie gut ich mich inzwischen mit Dad verstehe. Ich vermisse die zwei. Vielleicht kann ich meinen Vater ja überreden, an Weihnachten zu ihnen zu fahren.«

»Davor besuche ich dich aber!«

»Wie wär's in den Herbstferien? Bestimmt gibt es hier eine

Riesen-Halloween-Party. Apropos Halloween. Kannst du dir vorstellen, warum ein Junge den Spitznamen Blaubart trägt?«

»Du redest jetzt aber nicht von diesem Aidan?«

»Nein. Zu dem würde eher Casanova passen.«

Liz kichert am anderen Ende der Leitung. »Also, lass mich raten. Blaubart ist gut aussehend, ein Verführer, dem man kaum widerstehen kann. Sehr dominant und äußerst männlich. Und er hat etwas Unheimliches an sich. Muss ja nicht gerade ein blauer Bart sein.«

»Ähm, ja ... so in der Art«, nuschele ich und denke an seine Fähigkeit, in Gedanken mit Menschen zu reden.

»Was soll das denn heißen, Emma Meyer?«

»Demnächst MacAengus.«

»Wie auch immer. Du wirst doch nicht etwa den gleichen, schlechten Männergeschmack entwickeln wie ich? Lass die Finger von ihm, schmeiß dich an Aidan ran und halt mir den Blaubart bis Halloween warm.«

»Sehr witzig, Liz. Aber im Ernst. Blaubart bedeutet doch wohl kaum, dass er seine Freundinnen umlegt?«

»Also im Märchen bestraft er die Frauen, weil sie zu neugierig waren. Vielleicht ist er ja besonders rachsüchtig, wenn ein Mädchen ihn sitzen lässt.«

»Okay. Ich überlass ihn dir.«

AIDAN UND JARED

Glück muss man haben.

Aidan soll bis Freitag bei seinen Eltern wohnen, weil seine Tante zu Besuch gekommen ist. Glück deshalb, weil ich Jared Donnerstagnacht treffen werde. Den Blaubart.

Ich wage nicht, Faye auf ihn anzusprechen. Es wäre zu verdächtig.

In der Schule hat sich einiges geändert. Die Nachricht, dass ich die Para-Testreihen überspringen darf, hat sich wie ein Lauffeuer verbreitet. Ich hasse das Getuschel und die bewundernden Blicke. Ist man mir zuvor aus dem Weg gegangen, so stehe ich jetzt plötzlich im Rampenlicht.

Auf dem Weg zur Mensa sehe ich Aidan. Er steht mit dem Rücken zu mir vor einer Säule. Und erst auf den zweiten Blick erkenne ich, dass an der Säule Lynn lehnt und er sie küsst.

Weitergehen, sagt mein Kopf. Aber meine Füße bleiben einfach stehen. Jemand berührt meine Schulter und ich erwache aus meiner Erstarrung.

»Schlag ihn dir lieber aus dem Kopf. Der ändert sich nie.« Faye legt mir den Arm auf die Schulter und sieht mich mitfühlend an.

»Was? Ich bin doch gar nicht ... ach, vergiss es!«

Der Wecker unter meinem Kopfkissen ist so leise, dass ich ihn fast überhöre. Halb eins. Gähnend ziehe ich mich an und schleiche ins Bad. Das blasse Mädchen, das mir im Spiegel entgegenblickt, hat keinerlei Ähnlichkeit mit Schneewittchen aus dem Märchen. Schon eher mit einem ihrer Zwerge. Kleine

Augen, zerzauste Haare und ein vom Kopfkissen zerknittertes Gesicht. Ich wasche mich mit eisigem Wasser, bürste mir das Haar glatt und beschließe, mich zu schminken. Was zunächst nur ein Teint-Auffrischen werden soll, endet mit einem ausgiebigen Augen-Make-up, und gerade als ich den kirschroten Lippenstift auftrage und verblüfft das veränderte Spiegelbild betrachte, wird mir bewusst, was ich da eigentlich tue. Ich mache mich für Blaubart hübsch!

Mit einem Tuch wische ich mir den Lippenstift wieder ab. Dann eile ich zur Haustür. Auf der Straße ist niemand zu sehen, aber ich vermute, dass er dort wartet, wo er mich das letzte Mal abgesetzt hat. Hinter mir höre ich das Geräusch eines Wagens, aber als ich mich umdrehe, sehe ich, dass er stehen bleibt und parkt.

Und dann entdecke ich Jared ein paar Häuser weiter.

Er lehnt an seinem Auto und spielt mit dem Schlüssel, während er mir erwartungsvoll entgegenblickt. Seine kinnlangen Haare fallen ihm ins Gesicht und so entdecke ich die Veränderung erst, als ich unmittelbar vor ihm stehe.

Er lacht leise. »Sehe ich so furchterregend aus, Emma?« Wieder spricht er nicht, sondern ich höre ihn nur in meinem Kopf.

»Du ... ähm ... hast einen Bart«, stottere ich und hätte mir auf der Stelle am liebsten auf die Zunge gebissen. Er muss mich für total bescheuert halten!

Reiß dich zusammen! Sein Drei-Tage-Bart ist schwarz, nicht blau und das ist ein Autoschlüssel und nicht der Schlüssel zu seiner Folterkammer.

Jared kneift die Augen zusammen. »Hast du dich über mich erkundigt?«

Mist! Er stößt sich von der Autotür ab und schließt mit

einem kleinen Schritt die schmale Lücke zwischen uns. Mit seinem Gesicht kommt er mir so nahe, dass ich die Luft anhalte.

»Glaubst du allen Ernstes, ich wäre dazu fähig, dir etwas anzutun?«, haucht er und ich fühle seinen Atem eine winzige Sekunde lang auf meiner Stirn, bevor er sich umdreht und mir die Autotür öffnet. »Interessiert es dich, wie ich zu dem Namen Blaubart kam? Dann steig ein. Ich erzähle es dir.«

Der Pub, zu dem wir fahren, befindet sich in der South Main Street und sieht wirklich typisch irisch aus. Dunkelgrüne Holzfronten und ein Dutzend kleine quadratische Fensterscheiben, darüber in goldenen Lettern die Schrift: *An Spailpín Fánach*. Er sieht gemütlich aus. Aber das Innere ist stockdunkel.

»Wir zwei. Allein. Sagtest du doch, nicht?« Er zieht den Schlüsselbund ab und schwenkt ihn triumphierend. »Zufällig besitze ich einen Zweitschlüssel, weil ich den Besitzer gut kenne und hier öfter kellnere.«

»Krass!« Ein Pub ganz für uns allein! Ich öffne die Tür und springe aus dem Wagen.

Jared hat die Musikanlage angeworfen und mir eine Cola hingestellt, nicht ohne sich darüber lustig zu machen, dass ich als Münchner Kindl kein Bier mag.

»Was ist das denn für eine Musik?«

»Vom letzten Irish Folk Festival. Gefällt sie dir? Oder willst du lieber was Modernes?«

»Nein, klingt schön.« Meine Füße wippen im Takt der Fideln.

»Jared, ich muss dir was sagen.« Aber bevor ich den Horusring auch nur erwähnen kann, unterbricht er mich.

»Sie war hübsch. Aber auf andere Weise als du. Mehr der sportlich-athletische Typ. Du könntest jederzeit an einem Casting für Schneewittchen teilnehmen.«

Er lächelt und ich verdrehe die Augen. Selbst hier in Irland verfolgt mich mein Spitzname. Als ich etwas erwidern will, verändert sich Jareds Gesichtsausdruck. Er dreht sein Bierglas in den Händen und wirkt irgendwie abwesend. »Wir waren bereits seit ein paar Wochen zusammen. Es war in meinem vorletzten Jahr bei SENSUS CORVI. Helen war hochintelligent und besaß eine Gabe, die nur selten vorkommt. Sie war eine Mantikerin.« Jetzt hebt er den Kopf und seine Augen verdunkeln sich. »Und genauso sensibel wie du.«

Ich räuspere mich. »Was ist eine Mantikerin?«

»Sie konnte die Zukunft vorhersehen.«

»Wirklich? Aber wie? Das ist ja unglaublich!«

Nichts! Ich weiß absolut nichts über die Gaben anderer Menschen. Warum hat Mama mir bloß nie davon erzählt?

»Nur ein paar Minuten in die Zukunft, aber das kann unter Umständen recht wichtig sein. Zumindest für jemanden wie Farran.« Sein Gesicht verfinstert sich.

Meine Hände umklammern das Glas fester. Ihn vor dem Horusring zu warnen, wird bei seiner Abneigung Farran gegenüber schwer werden.

»Es gefiel ihm nicht, dass sie sich mit mir abgab. Meine Gabe, wortlos Gedanken mitzuteilen, rangiert für ihn unter den eher unbedeutenden Phänomenen. Deshalb habe ich auch nur den Status eines Mysten erreicht. Helen war bereits eine Optiva.«

Ich ziehe die Augenbrauen hoch.

Er lächelt entschuldigend. »Keine Sorge, wenn du erst eine

Adeptin bist, werden sie dich in die einzelnen Hierarchie-stufen einweihen.«

»Okay, langsam, Jared. Sensus Corvi ist eine Schule, die heimlich Menschen mit paranormalen Fähigkeiten ausbildet. Was hat das mit Hierarchiestufen zu tun?«

Seufzend legt er die Hände aneinander. »Außerhalb der Klasseneinteilungen gibt's Ränge für die Außergewöhnlich-keit deiner Gaben. Es kann sein, dass ein Achtklässler einen höheren Rang hat als ein Zehntklässler, der geringer begabt ist.«

»Und wozu soll das gut sein?« Mein Mund wird plötzlich ganz trocken. Irgendwie weiß ich schon, was er sagen wird. Ich greife nach meiner Cola und trinke einen Schluck.

»Zu allem Möglichen. Ob und wie du gefördert wirst, wel-chen Job dir Farran einmal verschafft. Aber vor allem erlaubt Farran nur Beziehungen innerhalb des gleichen Ranges.«

Und ich habe sein Gerede im Büro nur auf mich und meine Eltern bezogen. »Wie will er denn verhindern ...«

»Glaub mir, er hat ausgezeichnete Methoden, um das zu verhindern. Es ist eine unumstößliche Schulregel. Du bist geächtet, wenn du dagegen verstößt.«

»Geächtet?«, echoe ich.

Er stellt sein Glas hart auf den Tisch. Dann beugt er sich vor und flüstert heiser: »Keiner redet mehr mit dir. Du wirst aus den sozialen Netzwerken ausgeschlossen. Totale Funk-stille auf deinem Handy, dem Pausenhof, in der Mensa. Alte Freunde gehen dir plötzlich aus dem Weg. Deine Noten ver-schlechtern sich. Ständig wirst du beobachtet. Der Umgang mit dem Menschen, den du liebst, ist dir verboten. Sieht man dich trotzdem mit ihm, wirst du aufgefordert, auseinander-zugehen. Mal ganz abgesehen von dem Druck der Eltern, die natürlich involviert werden, um weitere Kontakte zu verhindern. Glaub mir, das hältst du nur ein paar Wochen durch.«

Mein Herz klopft mir plötzlich bis zum Hals und ich bin mir nicht sicher, ob ich wirklich wissen will, was passiert ist.

»Wir hätten warten können, bis wir mit der Schule fertig sind. Aber SENSUS CORVI verfolgt dich ein Leben lang. Helen wusste das. Ich sagte ihr, ich würde einen Weg finden, zur Not könnten wir ins Ausland fliehen. Aber ihre Eltern bekamen davon Wind.«

Jared spricht jetzt hastig und umklammert sein Glas so fest, dass ich ein wenig nach hinten rücke, für den Fall, dass es zerspringt. In der plötzlich eingetretenen Stille zwischen zwei Songs gibt die große Uhr mit dem *Guinness*-Logo über der Bar ein unangenehm surrendes Geräusch von sich. Nach einer Ewigkeit presst Jared gequält hervor: »Sie hat sich umgebracht.«

Ich schließe die Augen und wünschte, er hätte es mir nicht erzählt. Es hatte so gutgetan, als Farran sagte, ich könne ihn Fion nennen.

Jared greift plötzlich nach meiner Hand und drückt sie sanft. Als ich die Augen wieder öffne, sagt er leise: »Hinterher nannten mich alle Blaubart. Vielleicht solltest du dich wirklich besser von mir fernhalten. Wenn Farran ...«

»Unsinn, Jared! Erstens war es nicht deine Schuld und zweitens kann mich Farran mal!«

Ein eigenartiger Ausdruck huscht über sein Gesicht. Dann führt er meine Hand an seinen Mund. Seine Lippen sind weich, aber seine Bartstoppeln piksen, und unverhofft öffnet er seinen Mund und berührt mit der Zungenspitze ganz sanft meinen Handrücken, als wolle er herausfinden, wie meine Haut schmeckt.

Rasch entreiße ich sie ihm. »Nicht ... ich ...«

Jared springt plötzlich auf. »Das ist eine Jig. Soll ich dir zeigen, wie man sie tanzt?«

»Ww...was?« Seine Stimmungswechsel gehen mir eindeutig zu schnell.

Er zieht mich an den Schultern hoch und führt mich auf einen freien quadratischen Platz in die Mitte des Raumes. Und dann beginnt er zu tanzen.

Eine Art Stepptanz mit schnellen Überkreuzschritten und Hüpfern. Teilweise winkelt er die Beine beim Springen an oder streckt sie gerade nach vorne. Die Muskeln unter seinem T-Shirt spannen sich an. Mit kräftigen federnden Schritten wirbelt er durch den Raum und steht dabei die meiste Zeit über auf seinen Zehenspitzen. So leicht, so schwerelos. Noch nie habe ich einen Jungen so tanzen sehen!

Er hält inne und grinst. »Jetzt du.«

»Nein. Das kann ich nicht. Unmöglich!«

»Komm schon. Ich zeig's dir.« Seine Brust hebt und senkt sich vor Anstrengung und auf Stirn und Armen glänzt ein dünner Schweißfilm. Er greift nach der Fernbedienung und stellt den Tanz auf Wiederholung. In seinen Augen lese ich, dass er nicht nachgeben wird.

Seufzend gehe ich zu ihm und er nimmt meine linke Hand. Ganz langsam beginnt er sich zu bewegen. Ich fühle seinen warmen Körper dicht neben meinem und folge seinen Bewegungen und dem Klang seiner dunklen Stimme, tauche hinein in den Rhythmus der Musik. Schneller, immer schneller wirbeln wir über das durch zahlreiche Tänze matt gelaufene Parkett, bis meine Klamotten durchgeschwitzt sind und das Gefühl von Freiheit und Glück so stark in meinem Bauch kribbelt, dass ich meine zu zerspringen.

»Hey, du bist ja ein richtiges Naturtalent.«

Erschöpft falle ich in seine Arme. »Ich kann nicht mehr!«

Mit dem Ärmel wische ich mir den Schweiß von der Stirn. »Aber es war toll! Danke!«

Meine linke Hand liegt noch in seiner rechten und die andere ruht auf seiner Brust. Ich fühle die Hitze seiner Haut unter dem Stoff und den schnellen Rhythmus seines Herzschlags. Gerade als ich mich von ihm lösen will, greift sein linker Arm um meine Taille und drückt mich noch näher an ihn. Sein Mund berührt zärtlich mein rechtes Ohr und er flüstert: »Nicht erschrecken. Ich werde dich jetzt küssen.«

Was? Stopp! Wie hypnotisiert schaue ich auf seine weichen Lippen und dann fühle ich ihn schon auf meinem Mund. Meine Augen schließen sich und meine Beine verlieren jeden Halt. Zum Glück hält er mich fest. Auf seinen Lippen schmecke ich die Herbe des Bieres und sein Bart reibt rau an meinem Kinn. Ein Prickeln läuft über meinen Nacken das Rückgrat hinunter. Seine Haare kitzeln meine Wangen und ich rieche Kräuter und Gras, während meine Hand wie von selbst zu seinem Kopf wandert und sich in ihnen vergräbt.

Und genau in diesem Augenblick fällt mir ein, wie sich Aidans Haar in meinen Händen angefühlt hat.

Etwas ist anders.

Es fehlt diese Sehnsucht, dieses innere Glühen, das meinen Körper durchströmt, und als ich meine Hand von seinem Nacken löse, fühlen sich meine Finger nicht an, als wären sie verbrannt. Sie sind vollkommen kühl.

Ich komme wieder zu mir.

Das hier ist falsch.

Meine Beine gewinnen schlagartig ihre Kraft zurück und ich presse meine Finger gegen seine Brust und versuche, ihn von mir zu drücken, aber sein Arm gibt keinen Millimeter nach.

Wumm! Ich spüre einen dumpfen Schlag und werde zusammen mit Jared zu Boden geschleudert.

Er stöhnt schmerzerfüllt auf, als er mit dem Hinterkopf an die Bartheke stößt, während ich weich auf ihm lande. Oh Gott! Habe ich das etwa ausgelöst?

»RUNTER VON IHM!«

Ich schreie auf, wälze mich von Jared und drehe mich um. Und schreie erneut.

Aidan.

Er steht mit hassverzerrtem Gesicht nur wenige Meter von mir entfernt und seine Augen sind dunkel. Entsetzlich dunkel. Wie um alles in der Welt kommt er hierher? Jared steht auf, reicht mir die Hand und zieht mich hoch. Meine Beine zittern so stark wie mein Herz.

»Verschwinde, Aidan. Du hast deine Chance gehabt. Sie will dich nicht«, knurrt Jared.

»Das hab ich heute Nacht kapiert.«

Ich fröstele beim Tonfall seiner Stimme. Sie klingt anders als sonst. Aggressiv und drohend, wie beim Hurling. Nein. Noch viel schlimmer.

»Aber du bekommst sie ganz sicher auch nicht!«

Wie bitte?

»Geh nach draußen, Emma!«, befiehlt Jared in meinem Kopf und ich sehe, wie er die Fäuste ballt.

»Habt ihr sie noch alle? Ich bin doch keine Hirschkuh! Ihr werdet jetzt nicht aufeinander losgehen!«

»Hör lieber auf sie, Jared. Du ziehst eh den Kürzeren«, höhnt Aidan.

»EMMA, GEH!«, hallt Jared jetzt laut in meinen Gedanken.

Seine Zähne reiben aufeinander, während er Aidan nicht aus den Augen lässt und seine Muskeln anspannt. Aber ich denke gar nicht daran, ihm diesen Gefallen zu tun.

»Warum bist du hier, Aidan?«, frage ich so ruhig wie möglich.

»Um dich vor ihm zu schützen.«

»Kümmere dich lieber um Lynn. Ich brauche keinen Schutz.«

»*Das* hat man gesehen«, giftet er und schaut mich das erste Mal an. Noch nie habe ich so viel Verachtung in seiner Miene bemerkt. »Und bild dir bloß nichts ein. Ich mach das hier nur für deinen Vater.«

Es tut weh. Als hätte er mir seine Faust in den Bauch gerammt. Stumm sehe ich ihn an und er erwidert meinen Blick hart und kalt. Und dann taucht die Flasche unmittelbar vor seinem Gesicht auf.

»AIDAN!«, brülle ich, aber meine Warnung wäre zu spät gekommen, wenn seine Reaktionen nicht durch jahrelanges Hurling-Spielen so perfekt trainiert gewesen wären. Die Flasche berührt lediglich seine Nasenspitze und verharrt dann in der Luft, als würde sie auf einem Luftpolster schweben. Tut sie wahrscheinlich auch. Aidan pflückt sie mit der rechten Hand aus der Luft wie eine reife Frucht.

»Danke für das Bier, Jared. Aber ich trinke nicht mit Verrätern.« Sein Gesicht ist so verschlossen, als wäre es aus Stein gemeißelt. Und zum ersten Mal, seit ich ihm begegnet bin, macht Aidan mir Angst. Das hier ist nicht der verletzte Junge, der mir im Haus meines Vaters mit dem Karton in der Hand auf der Treppe entgegenkam. Und auch nicht der coole Casanova, den er in der Schule raushängen lässt. Selbst der aggressive Mannschaftskapitän wirkt dagegen wie ein Kätzchen, das mit einem Wollknäuel spielt. Aidans lauernder Blick ist der eines Jägers, der sich gerade an seine Beute anschleicht. Zielsicher und mit der klaren Absicht zu töten. Schaudernd sehe ich von einem zum anderen.

Jared beugt leicht die Knie und spannt sich an, wie zum Sprung. Aidan köpft die Flasche an einer Tischkante und dreht sie um. Das Bier strömt heraus, aber bevor es den Boden erreicht, verharrt es in der Luft und bildet eine schwebende Pfütze.

»Willst du sie jetzt mit deinen Fähigkeiten ködern, Großmaul?«, höhnt Jared. »Sie ist nicht so einfältig wie Lynn.«

»Nein. Und auch nicht so gutgläubig wie Helen. Du wirst nicht noch ein Mädchen in den Wahnsinn treiben. Zumindest nicht dieses.« Mit Aidans letzten Worten jagt die Pfütze auf Jared zu und klatscht ihm mitten ins Gesicht. Als wäre es das Startsignal gewesen, stürzen sich beide mit ohrenbetäubendem Gebrüll aufeinander.

Jared holt aus und versetzt Aidan einen Fausthieb ins Gesicht. Aidan taumelt nach hinten, das Gesicht voller Blut, reißt seinen Fuß hoch und tritt Jared in den Unterleib. Sie stürzen zu Boden und ringen weiter. Oh nein! Wie soll ich sie nur dazu bringen, aufzuhören?

Ich beginne zu schreien, aber nach kurzer Zeit stelle ich fest, dass sie mich überhaupt nicht wahrnehmen. Mittlerweile sind nicht nur ihre Gesichter, sondern auch der Boden blutverschmiert. Jareds Lippe ist aufgeplatzt. Langsam gewinnt er Oberhand. Ich beiße mir auf die Knöchel meiner rechten Hand. Die beiden liegen ineinander verkeilt auf dem Boden und Jared rollt sich plötzlich zur Seite, sodass er mit seinem ganzen Gewicht auf Aidan zu liegen kommt. Er richtet sich auf und holt mit der rechten Faust aus.

»NEIN!«, schreie ich. Meine Stimme überschlägt sich vor Anstrengung und eine Sekunde lang scheint es so, als würde Jared zögern. Dann fährt seine Faust nach unten. Es kracht und Aidan brüllt, aber ich kann nicht erkennen, wo er ihn getroffen hat, denn im selben Augenblick flackert die Kerze, die auf dem Tisch über ihnen steht, auf und schießt wie ein Flammenwerfer in Jareds Haare. Er brüllt schmerzerfüllt und springt zur Seite.

Aufhören! Mein Magen krampft sich zu einem harten Klumpen zusammen und die Angst schnürt mir den Atem ab.

Er wird verbrennen. Direkt vor meinen Augen. Ich stolpere auf ihn zu. Jared windet sich. Versucht, sich das T-Shirt über die lodernden Haare zu ziehen. Mein Blick fällt auf Jareds schwere Jacke, die über dem Stuhl hängt, und bevor ich sie noch greifen kann, wird sie durch den Raum auf seinen Kopf katapultiert. Stöhnend sinkt er an der Wand zu Boden. Es riecht, als ob Haare in die Glühdrähte eines Föhns gelangt sind. Als ich zu ihm eilen will, greift jemand nach meiner Hand.

Aidan. Ich reiße mich los und donnere ihn an: »Bist du total bescheuert? Schau ihn dir an! Wie konntest du nur ...« Das Wort bleibt mir im Hals stecken, als ich sein Gesicht sehe. Jared hat ihn gründlich getroffen. Sein rechtes Auge ist blau und geschwollen, die Haut darunter ebenso aufgeplatzt wie seine Lippe und aus seiner Nase rinnt Blut.

»Verflucht, Aidan!« Ohne nachzudenken umarme ich ihn und er gibt ein schmerzhaftes Keuchen von sich. Feuerzungen streicheln kurz über meinen Körper. Aber dann drückt er mich bestimmt von sich.

»Komm!«, sagt er kalt.

Doch ich drehe mich zu Jared um. Er hat sich die Jacke vom Kopf gezogen und sieht mich an. Sein Gesicht ist nicht so blutverschmiert wie das von Aidan, aber dafür ist sein langes Haar auf der rechten Seite verbrannt und an der Kopfhaut hat er eine riesige, feuerrote Brandwunde. Er muss irrsinnige Schmerzen haben.

Diesmal hindert Aidan mich nicht daran, zu ihm zu gehen. Ich knie mich neben Jared auf den schmutzigen Boden und greife nach seiner Hand. Er lächelt. Wie schafft er es nur, zu lächeln?

»Emma MacAengus, du kommst auf der Stelle mit mir nach Hause!«, droht Aidan leise hinter mir.

»Bitte, bleib«, flüstert Jared kraftlos, während seine fiebrig flackernden Augen die meinen suchen. Er sieht aus, als würde er jeden Moment bewusstlos werden. Das Blut rauscht in meinen Ohren. Ich muss ihm helfen! Aber wie?

»Ich komme nur mit, wenn wir ihn vorher ins Krankenhaus bringen.«

»Vergiss es! Die Kakerlake kommt mir nicht in den Wagen.«

»Dann ruf ich den Notarzt und bleib bei ihm. Du siehst selbst, dass er Hilfe braucht. Ehrlich gesagt, solltest du dein Gesicht auch gleich untersuchen lassen.«

Aidan ballt die Hände zu Fäusten. »Treib es nicht zu weit, Emma. Ich tu viel für dich, aber ...«

»Du tust nichts für MICH!«, schreie ich. »Der einzige Mensch, der dir in deinem Leben etwas bedeutet, ist mein Vater. Das hast du selbst gerade gesagt. Und Lynn. Sonst würdest du sie nicht vor der Mensa abknutschen, wo alle euch sehen können. Also erzähl mir nicht, dass ICH dir irgendetwas bedeute!«

Aidan reißt die Augen auf. Seine Brust hebt und senkt sich heftig.

»Hey, ich steig nicht zu dem Pyromanen ins Auto«, stöhnt Jared im Hintergrund. Das auch noch! Ich ziehe mein Handy aus der Hosentasche.

»NEIN!«, brüllen beide in ungeahnter Einigkeit. Aidan springt vor und reißt es mir aus der Hand. »Du rufst niemanden an. Farran macht uns alle einen Kopf kürzer. Wie willst du *das* hier erklären?« Er deutet auf Jareds verbrannte Haarhälfte.

»Keine Ahnung. Vielleicht hättest du dir *vorher* darüber Gedanken machen sollen!«

»Er hatte keine andere Wahl. Ich hätte ihn sonst zu Brei geschlagen«, verteidigt Jared ihn. Sprachlos sehe ich ihn an. Seine Stimme zittert vor Schmerz. »Aidan hat recht. Keine Telefonate und kein Krankenwagen. Besorg mir lieber Eis aus der Küche.«

Natürlich. Daran hätte ich auch schon vorher denken können!

»Kann ich euch denn einen Moment alleine lassen, ohne dass ihr euch umbringt?«

Ich fühle ihre zornigen Blicke in meinem Rücken, als ich in die Küche des Pubs laufe.

Eine halbe Stunde später stehen wir endlich vor dem Cork University Hospital, einem riesigen modernen Komplex aus mehreren Gebäuden. Sie haben nachgegeben und Aidan hat Jared mit unheilvoller Miene hierhergefahren.

Ich will ihn hineinbegleiten, aber er winkt ab. Sein Gesicht ist schneeweiß und Schweißperlen stehen auf seiner Stirn, als er hineinwankt.

Aidan spricht kein Wort auf dem Nachhauseweg. Selbst dann nicht, als er mich vor der Haustür absetzt. Ich gehe hinein, schleiche in mein Zimmer und schmeiße mich aufs Bett. Dann kommen die Tränen.

»Hi! Kannst du mir sagen, wie spät es ist?«

Ich schaue auf meine Armbanduhr und drehe mich nach der unbekannten Stimme um.

»Viertel vor zwei. Der Bus hat mal wieder Ver...«

Oh Gott nein! Ich sehe in schwarze Augen und denke: Lauf!

Langsam weiche ich nach hinten aus. Er bleibt stehen, lächelt breit. Und ich drehe mich um und renne los. Mitten in den Park neben der Kunstakademie.

Verdammt. Verdammt. Verdammt.

Was will er von mir? Ich versuche, mich an sein Gesicht zu erinnern, während ich querfeldein über den frisch gemähten Rasen laufe. Er hat gelächelt. Aber das hat ihn nur noch grusliger erscheinen lassen. Ein Mörder, der lächelt, schlägt sicher gleich zu. Ich werfe einen Blick über die Schulter und sehe, dass er mich nicht verfolgt. Und da kommt mir ein schrecklicher Gedanke. Er hat meine Flucht vorhergesehen. Er kann das. Vor mir taucht der Fluss auf. Darin könnte er mich ertränken. Was, wenn er schon dort wartet?

Gehetzt schaue ich mich um. Nein, dann hätte er mich überholen müssen! Ich überlege, ob er weiß, wohin ich gehen will. Kann er so weit in die Zukunft sehen? Zumindest weiß er, dass ich den Bus nehmen wollte. Wahrscheinlich weiß er sogar, dass ich damit nach Hause fahren will. Alle paar Sekunden drehe ich mich um. Aber nirgendwo entdecke ich seine große, schlanke Gestalt. Gleich bin ich beim Unigelände.

Wahrscheinlich war er es gar nicht. Warum sollte er mich auch nach der Uhrzeit fragen? Himmel, ich bin vor einem Phantom geflohen! Was jetzt?

Erst mal beruhigen. Ich kann den Bus auch in einer Stunde nehmen. Sicherheitshalber. Vor mir taucht das große Tor auf. Unter dem grau gemauerten Spitzbogen stehen ein paar langhaarige Studenten und rauchen Zigaretten. Ich quetsche mich an ihnen vorbei und gehe zur Boole Bibliothek. Die ersten Regentropfen fallen bereits und ich möchte nicht nass werden.

Heute überdeckt der penetrante Geruch von Zitrone den Duft von Holz, Leder und Papier. Wahrscheinlich ist das Reinigungspersonal gerade durchgegangen. Ich verstecke mich hinter einer der Säulen im Empfangsbereich und beobachte den Eingang der Bibliothek. Nichts.

Rina, du wirst langsam paranoid!

Ich atme tief durch und nehme den Aufzug in den dritten Stock. Der Lesebereich ist ziemlich voll. An einem Fensterplatz steht eine junge Frau mit rotblonden Haaren auf und ich beschleunige meine Schritte und setze mich in den dunkelroten Ledersessel. Ein Mann vor mir liest Zeitung. Schräg rechts von mir kritzelt eine Frau mit einer Bobfrisur etwas auf einen Block. Auf dem niedrigen Tisch vor ihr liegen einige aufgeschlagene Bücher. Ich öffne meinen Rucksack und ziehe meinen Kalender und einen Kugelschreiber raus.

»Schrei jetzt bitte nicht, Katharina.« Der Mann mir gegenüber lässt die Zeitung sinken.

Und ich schreie lauthals auf.

Missbilligende Blicke treffen mich. Ich kann mich nicht bewegen. Kann nicht denken. Starre ihn nur an. Er steht auf, legt die Zeitung zusammengefaltet auf den Tisch und setzt

sich neben mich. Sein Lächeln ist irgendwie traurig und er
sieht mich mit dem enttäuschten Gesicht eines Kindes an,
das sich versteckt hat und zu früh gefunden wurde.

»Weißt du, genau das hasse ich an meiner Gabe«, flüstert
er so leise, dass nur ich es hören kann. »Ich wusste, dass du
dich hierhersetzen und schreien wirst, sobald du mich erkennst. Deshalb habe ich dich gewarnt. Aber es funktioniert
einfach nicht. Was nützt mir die Zukunft in Gedanken, wenn
ich sie nicht ändern kann?«

IM KRANKENHAUS

»Meine Güte, Emma!«

Dem entsetzten Blick meines Vaters zufolge, muss ich tatsächlich so schlimm aussehen, wie ich mich fühle. Nach dem Aufstehen bin ich sofort in die Küche geschlurft, um erst mal eine Tasse Kaffee zu trinken.

Er steckt zwei Brote in den Toaster und setzt sich zu mir. »Du hast geweint«, stellt er fest. Seine Augen mustern mich eingehend. Ich nicke stumm.

»Du musst nicht solche Angst vor dem heutigen Tag haben. Ich bin mir ziemlich sicher, dass der Bewerber aus Chicago dir nicht annähernd das Wasser reichen kann.«

Heutiger Tag? Dann fällt es mir wieder ein. Meine Initiation bei den Raben soll doch heute stattfinden. Daran habe ich überhaupt nicht mehr gedacht. Wenn ich nur wüsste, wie es Jared geht. Vor dem Horusring habe ich ihn auch nicht mehr warnen können, weil Aidan so schnell aufgekreuzt ist. Ich nehme einen Schluck Kaffee. Er schmeckt so dünn wie Tee. Kaffeekochen ist nicht gerade Dads Stärke.

»Ich helfe Farran bei den Vorbereitungen. Aidan wird jeden Moment kommen und dich später in die Schule bringen. Keine Sorge, er lenkt dich schon von deiner Angst ab.«

Mein Magen krampft sich zusammen und ich stelle zitternd die Tasse ab.

Schon höre ich den Schlüssel in der Tür. Jacob schnappt sich seinen Aktenkoffer vom Tisch und geht zur Garderobe. Ich schließe die Augen. Der erwartete Aufschrei zerreißt die Stille.

»AIDAN! Was in aller Welt hast du getan? Dich mit einem ausgewachsenen Gorilla angelegt?«

»So in der Art. Viele Muskeln und wenig Hirn.«

»Emma, sieh ihn dir an! Und ich dachte, DEIN Aussehen wäre heute nicht mehr zu toppen!«

Charmant! Ich schaue an mir herab und schnappe nach Luft. Oh Himmel! Ich habe mein ausgewaschenes Lieblingsshirt an. Es ist grau und trägt den Aufdruck »Best friends« unter den grinsenden Gesichtern von Liz und mir. Das Foto ist zwei Jahre alt. Zu diesem Zeitpunkt hatten wir noch feste Zahnspangen. Die T-Shirts sind unser gegenseitiges Weihnachtsgeschenk gewesen, damals noch viel zu groß, sodass wir sie als Schlafhemd benutzten. Jetzt reicht es allerdings nur noch knapp über den Po. Und meine Pyjamashorts liegen oben im Zimmer.

Als die Tür hinter meinem Vater ins Schloss fällt, vergrabe ich meine Nase in der großen Kaffeetasse und wünsche mich auf den Mond.

Aus den Augenwinkeln registriere ich, wie Aidan sich auf den Stuhl neben mich setzt. »Wenn du ihn noch vor der Show sehen willst, solltest du dich jetzt besser anziehen.«

Mein Herz macht einen Satz. Ich hebe den Kopf und lasse um ein Haar die Tasse fallen, als ich ihn ansehe. Aidans rechtes Auge ist blutunterlaufen und blau umrandet. Die Nase ebenso wie Teile der rechten Wange. Eine dunkle Kruste ziert die aufgeplatzte Oberlippe. Alles in allem sieht er noch schlimmer aus als gestern Abend.

»Ich hoffe nur, er hat noch mehr Schmerzen als ich.« Seine Augen bleiben ausdruckslos, als er verächtlich seinen Mund verzieht. »Für wen du dir die Augen ausgeheult hast, muss ich wohl nicht fragen?«

Tief durchatmen! Ich darf mich jetzt nicht reizen lassen.

»Ich wollte ihn nicht küssen«, sage ich kleinlaut. »Als du dazwischengefahren bist, war ich gerade dabei, ihn von mir zu stoßen. Er hat mich damit einfach ... überrumpelt.«

»Na klar, Emma. Und deshalb hast du auch seine Haare gestreichelt.« Er beugt sich vor und seine Augen funkeln wie Eis in der Sonne. Genauso kalt sehen sie mich auch an.

»Verarsch. Mich. Nicht!«

»Hör mir mal gut zu, Casanova. Du hast kein Recht, hier den beleidigten Liebhaber zu spielen. Zwischen uns läuft rein gar nichts. Sieh lieber zu, dass Lynn keinen anderen küsst, anstatt wie ein Stalker nachts hinter mir her zu spionieren.«

Aidan reagiert so schnell, dass ich überhaupt keine Zeit habe, auszuweichen. Er zieht mich an den Schultern heran, beugt sich über mich und presst seine Lippen auf meine.

Wumm! Ein Stromschlag jagt durch meinen Körper. Die Haare auf meinen Armen stellen sich auf und meine Haut beginnt zu prickeln. Ein schmerzhafter Laut entfährt ihm und er löst sich genauso schnell wieder von mir, wie er mich überfallen hat.

Ich lecke mir mit der Zunge über die brennenden Lippen und schmecke salziges Metall. Blut. Seine Oberlippe ist wieder aufgeplatzt. Mechanisch nehme ich eine Serviette vom Tisch und halte sie ihm hin.

»Fühlst du dich jetzt besser? Was bin ich eigentlich für euch beide? So eine Art Jagdtrophäe?« Leider gelingt es mir nicht, dass Zittern in meiner Stimme vollkommen zu unterdrücken.

Aidan presst die Serviette an seine Lippen und nuschelt: »Willscht du ihn jetsch sehen oder nischt?«

»Ich will!«, sage ich zornig und springe auf.

Seine Augen werden groß und er schaut auf meine Beine. Oh verdammt, ich habe das Shirt vergessen. Schnell greife ich mit den Händen an meine Seiten und versuche, es ein wenig tiefer zu ziehen.

Aidan zieht die Augenbrauen hoch und starrt mich schamlos an. »Niedlisch, Emma-Mausch!«, tönt es unter der Serviette.

Sein glucksendes Lachen begleitet mich, als ich bereits mit hochrotem Kopf die Treppe hochlaufe.

Der penetrante Geruch von Desinfektions- und Putzmitteln in den Gängen des Krankenhauses vermischt sich mit dem Duft von Kaffee, als eine Schwester mit einem Frühstückstablett an mir vorbeieilt. Seufzend öffne ich die Tür zu Jareds Zimmer. Sein Kopf ist einbandagiert. Aber ansonsten macht er sogar einen etwas besseren Eindruck als Aidan. Die anderen zwei Betten des Zimmers sind leer, sehen aber benutzt aus. Ich muss mich beeilen. Rasch ziehe ich mir einen Stuhl heran.

Jared setzt sich in seinem Bett auf und lächelt. »Hi, Emma. Wie ...«

»Dad und Farran glauben, dass ein Mitglied des Horusringes meine Mutter umgebracht hat; dass es gar kein Unfall war«, unterbreche ich ihn. »Ich denke, ich sollte ihnen von Richard erzählen, aber ich will nicht, dass du da mit reingezogen wirst. Bitte halte dich von ihnen fern oder steig besser gleich ganz aus. Weiß Farran eigentlich, dass du beim Horusring mitmachst?«

Jareds Gesichtsausdruck ist eigenartig. Ich frage mich, ob er mir überhaupt zugehört hat. »Du willst sie verraten, aber mich zuvor in Sicherheit wissen?«, flüstert er heiser.

Ich nicke. Eigentlich sollte ich Angst haben. Wenn er zu den Falken hält, könnte er mir jetzt etwas antun. Aber ich vertraue ihm. Seit ich in ihn getaucht bin, kenne ich seine Gefühle. Wie schön wäre es, sie einfach zu erwidern. Doch seit gestern Abend weiß ich, dass ich für ihn nicht dasselbe empfinde wie für Aidan.

»Warum?«, bohrt Jared nach.

»Warum?« Verwirrt schaue ich auf. »Das ist doch klar! Also ich ...«, meine Wangen werden heiß, als ich seinen Blick aufschnappe. Richtig. Warum sollte ich ihn warnen, wenn ich nicht in ihn verliebt bin? Als er sich vorbeugt, um mich zu küssen, drücke ich ihn entschieden von mir.

»Nein, Jared. Bitte nicht.«

Sein trauriges Lächeln tut weh. Noch nie kamen mir meine Gefühle so durcheinander vor.

»Okay. Ich will dich nicht drängen. Dazu bist du viel zu wertvoll für mich.«

Das klingt eigenartig. Als wäre ich ein Schmuckstück. Aber er sieht mich wieder mit diesem sehnsüchtigen Ausdruck an. Vermutlich will er mir nur ein Kompliment machen.

»Hat Farran dich also schon kleingekriegt? Er ist beeindruckend, nicht wahr?« Jareds schön geschwungener Mund verzieht sich herablassend. Wenigstens wechselt er das Thema.

»Allerdings. Aber er hat mich nicht kleingekriegt. Ich habe mit ihm verhandelt. Mein Einverständnis, ein Rabe zu werden, hängt davon ab, ob er sich nicht in die Wahl meiner Freundschaften einmischt«, verkünde ich nicht ohne Stolz.

Jared nimmt meine Hand und drückt sie. »Ist das wahr?« Seine Stimme ist rau.

»So hab ich es Fion gesagt.«

»Fion?«, echot er mit ungläubig geweiteten Augen.

»Er will, dass ich ihn so nenne. Jared, versteh doch, welche Chancen sich mir bieten! Ein paar Stunden die Woche soll ich von ihm persönlich unterrichtet werden. Das kann ich unmöglich ausschlagen. Mein Vater sagt, Fion könnte meine Gaben fördern wie kein anderer. Noch vertraut er mir, aber wenn er das Treffen mit den Horusring-Mitgliedern in meinem Kopf sieht, wird er mich für die gleiche Verräterin halten wie meine Mutter. Er wird ausrasten und mein Vater ebenso. Ich muss es ihnen erzählen! Es reicht schon, dass er dich kurz in meinen Gedanken gesehen hat.«

Jareds Mienenspiel ist bei meinen Worten von Fassungslosigkeit zu Bewunderung übergewechselt und hat sich jetzt verdüstert. Er schweigt.

Meine Hand liegt noch in seiner und ich drücke sie leicht. »Sag doch was!«

Er hebt den Kopf und sieht mich eindringlich an. »Hör zu, Emma. Deine Mutter war keine Verräterin. Sie hat deinen Vater viel zu sehr geliebt, als dass sie ihn und Sensus Corvi verraten hätte. Das war ja das Problem. Richards Problem. Er liebte sie ebenfalls und versuchte, sie auf seine Seite zu ziehen, als er erkannte, dass sie von Sensus Corvi wegwollte. Es ist nicht einfach, wieder auszusteigen, wenn du erst einmal ein Rabe geworden bist. Überleg dir das gut! Andererseits. Was Farran dir da angeboten hat ... Mann! Ich glaub, dafür hätte ich Morde begangen!« Eine Gänsehaut bildet sich auf meinen Armen. Jared steht auf und beginnt, aufgeregt im Raum herumzuwandern. »Ich will ehrlich sein. Keiner der Mitglieder des Horusringes kann sich mit Farrans Fähigkeiten messen. Er hat bislang nur eine Handvoll Schüler selbst unterrichtet. Das ist ein unglaubliches Privileg. Er wird dich weiter bringen, als du es dir vorstellen kannst. Aber dir muss klar sein, dass du einen Pakt mit dem Teufel eingehst.«

»Du übertreibst«, lache ich, aber Jared bleibt ernst. Ein Kloß bildet sich in meinem Hals.

»Ich hab dir erzählt, was SENSUS CORVI mir bedeutet hat. Ich kann dir nur eines raten: Geh zu den Raben. Werde eine von ihnen und lerne! Saug alles aus Farran heraus, was er dir bieten kann. Und dann: Nimm die Beine in die Hand und lauf!«

Er stellt sich vor mich und beugt sich über meinen Stuhl, während seine Hände die Stuhllehnen umfassen. Zärtlich sieht er mich an, sein Gesicht nur Zentimeter von meinem entfernt, und ich senke verlegen meinen Blick.

»Emma MacAengus, vertraust du mir?«

Mein Kopf bewegt sich wie von selbst zu einem Nicken. Ja. Warum sollte ich ihn anlügen?

»Du kannst auf mich zählen. Immer! Ich helfe dir, da rauszukommen. Du kannst Farran nicht belügen. Noch nicht. Vielleicht schaffst du es aufgrund deiner Gaben, wenn du sie erst besser unter Kontrolle hast. Erzähl ihm also ruhig von dem Horusring. Auch, dass du mich dort gesehen hast.«

Ich schüttele heftig den Kopf. »Aber er wird ...«

»Es wahrscheinlich bereits ahnen. Du bist das klügste und mutigste Mädchen, das mir je begegnet ist. Lass dich weder von Richard noch von Farran vereinnahmen. Spiel sie gegeneinander aus. Mach dich für sie unentbehrlich. Wenn das jemand schafft, dann du.«

Einen Augenblick lang versuche ich zu verarbeiten, was er da gerade gesagt hat. Dann werden meine Beine schwammig und ich bin froh, dass ich auf dem Stuhl sitze.

»Willst du damit sagen, ich soll so eine Art Doppelspion werden?«, hauche ich schwach.

»Genau das.« Strahlend lässt er sich wieder auf dem Bett nieder. Er sieht erschöpft aus, aber glücklich. Ich wünschte, ich könnte dieses Gefühl teilen.

»Spinnst du? Sie werden mir beide misstrauen!«

»Na und? Du brauchst sie. Beide. Dir bleibt gar keine andere Wahl. Farran kann dich ausbilden und Richard kann dir später helfen, dich von SENSUS CORVI zu lösen, und dir eine neue Identität verschaffen, damit du nicht den Rest deines Lebens Farrans Dienerin bleibst«, resümiert er gerissen.

Wo ist denn plötzlich der nette, Jig tanzende Junge geblieben? Staunend sehe ich ihn an. Jareds Augen funkeln und auf seinem Gesicht liegt das siegesgewisse Lächeln eines berechnenden Strategen.

»Bist du wirklich sicher, dass es dir nicht schadet, wenn ich dich erwähne?«

Er zerstreut meine Zweifel mit seinem letzten Trumpf.

»Du wirst Farran und deinem Vater natürlich klarmachen, dass du von mir die wertvollen Informationen erhältst. Das macht mich unentbehrlich und somit bin ich außer Gefahr. Richard kann sich schließlich nicht immer persönlich mit dir treffen. Das wäre für ihn zu riskant. Früher oder später würde Farran euch abpassen und ihn umbringen.«

»Umbringen?«, echoe ich.

»Selbstverständlich. Was glaubst du denn? Das hier ist kein Spiel, Mädchen. Er wird es tun, wenn er die Gelegenheit dazu hat. Und Richard umgekehrt genauso.« Jared wirft einen Blick auf seine Uhr. »Gleich kommt der Arzt. Wir haben nicht mehr viel Zeit. Ich werde ein neues Treffen mit Rich organisieren und dir Bescheid geben. Erzähl du inzwischen

Farran, dass du für ihn spionieren willst. Das wird ihm gefallen und dir sein Vertrauen sichern. Und ...«, er hebt die Hand und gibt mir einen zarten Stups auf die Nasenspitze, »... lass Aidan nicht so nah an dich ran. Sonst muss ich ihn leider wieder verprügeln.«

»Jared!«

Er lächelt verschmitzt, aber in seinen Augen liegt ein Schimmer von Traurigkeit. »Denkst du, ich weiß nicht, dass er momentan dein Favorit ist? Entscheide dich nicht zu schnell. Das ist alles, worum ich dich bitte.« Seine Hände umfassen mein Gesicht und er drückt mir einen Kuss auf die Stirn, so sanft, als hätte er ihn nur gehaucht. Dennoch fühle ich seine kühlen Lippen noch auf meiner Haut, als ich bereits das Zimmer verlassen habe.

FARRANS PRÜFUNG

»Da bist du ja endlich!«, ruft Faye, als wir am Parkplatz halten und ich aussteige. Strahlend umarmt sie mich. »Du wirst ... ach du Schande, wie siehst du denn aus, Aidan?«

»Beeilt euch. Farran wartet sicher schon!« Er knallt die Fahrertür zu und stapft zum Eingangstor.

Faye starrt ihm hinterher, dann dreht sie sich zu mir um und hebt die Augenbrauen. »Hast du ihn so zugerichtet?«

»Sehe ich aus wie Karate Kid?«

Sie kichert und legt den Arm um meine Taille, während wir auf das Gebäude zugehen. »Warum ist er dann so sauer auf dich?«

»Hm. Gefällt ihm wohl nicht, dass ich mich schwerer von ihm rumkriegen lasse als Lynn.«

»Verständlich. Mir kommen gleich die Tränen vor Mitleid.«

Alle eilen in die Aula. Einige Schüler winken mir zu und recken den Daumen nach oben. Langsam wird mir flau im Bauch.

»Hast du den Typen aus Chicago schon gesehen?«

»Yep. Ein totaler Angeber. Streng dich gefälligst an. Keiner will den bei uns haben.«

»Bloß kein Druck, was?« Als ob es nicht schon genügt, dass ich Dad und Aidan nicht enttäuschen möchte.

Die Aula ist einer der Prachträume von SENSUS CORVI. Ich habe sie bei Aidans Führung durchs Schulgebäude am ersten Tag kennengelernt. Rechts und links an den Wänden hängen langgezogene Spiegel, zwischen denen Flaggen gespannt sind. Nicht die moderner Staaten, sondern Wappen irischer Clans. Die Fenster sind mit schweren roten Samtvorhängen zugezogen, die den Raum hermetisch von der Außenwelt abschirmen. Die einzige Beleuchtung besteht aus drei riesigen Kristallleuchtern, die von der holzgetäfelten Decke mit geschnitzten SENSUS-CORVI-Raben hängen und nur ein gedämpftes Licht auf die Schülerreihen werfen.

Alle schauen erwartungsvoll nach vorne auf das Podium. Ein großer blonder Mann steht am Rednerpult und legt ein paar Unterlagen zurecht. Er trägt einen schwarzen Anzug und sieht etwas älter aus als mein Vater, vielleicht Mitte vierzig. Es ist kein Lehrer. Ich bin mir sicher, dass ich ihn noch nie zuvor gesehen habe, aber er kommt mir irgendwie bekannt vor.

»Wer ist das?«, frage ich Faye.

»Du kennst ihn nicht? James Callahan.«

Aidans Vater. Sonderlich sympathisch wirkt er nicht. Sofort muss ich an Aidans Tagebucheintrag denken. »Sieht ziemlich eitel aus.«

Faye lacht. »Wie der Vater so der Sohn! Gut aussehend, erfolgreich, steinreich. Kein Wunder, dass er sich für was Besseres hält!«

Jemand tippt an meine Schulter.

»Hi! Ich bin Jack. Du bist die andere, nicht wahr?«

Was ist denn das für eine Begrüßung? Die andere? Dann verstehe ich. Der schlaksige, gut zwei Köpfe größere Junge vor mir trägt einen grauen Anzug. Das muss der Kerl aus Chicago sein. Er streckt mir die Hand entgegen.

Missmutig schüttele ich sie. »Emma MacAengus.«

»Weiß ich. Siehst ziemlich aufgeregt aus. Na ja, kein Wunder. Sie haben dir wahrscheinlich schon von mir erzählt.«

Er verzieht herablassend die Mundwinkel. Will der mich etwa einschüchtern?

Plötzlich gehen die Lichter im Saal aus, nur das Podium bleibt beleuchtet, und augenblicklich verstummen alle Gespräche. Als sich die Seitentür rechts vom Rednerpult öffnet, halte ich den Atem an. Farran und mein Vater betreten den Raum und gehen auf Callahan zu. Meine Augen saugen sich an dem Schulleiter fest. Körperlich ist er kleiner und schmächtiger als die beiden anderen Männer. Aber ein Blick genügt, um seine Überlegenheit zu erahnen. Neben der kühlen Dominanz meines Vaters und der arroganten Selbstsicherheit Callahans wirkt er so entspannt wie ein Vater, der zu seinen Kindern ins Wohnzimmer geht. Die Luft um ihn herum vibriert und die Spannung, die bei seinem Eintreten im Saal herrscht, entlädt sich schlagartig in einem tosenden Applaus.

Farran stellt sich ans Pult. Um seine schmalen Lippen spielt ein wohlwollendes Lächeln.

Die Begeisterung um mich herum lässt mein Herz schneller schlagen und die Sehnsucht, zu ihnen zu gehören, erfasst mich auf einmal so schmerzhaft, dass ich kaum atmen kann. Niemals hätte ich das vor ein paar Wochen geahnt. Ich frage mich, ob er Gefühle irgendwie beeinflussen kann. Aber ich spüre keine Manipulation. Seine Mimik ist vollkommen entspannt und er schaut stolz auf die tobende Masse unter ihm.

In diesem Augenblick streift mich sein Blick, gleitet zurück und bleibt an mir hängen. Ich fühle das kühle Kribbeln und höre seine Stimme in mir: »Enttäusch mich nicht, Emma.«

Dann verlässt er mich wieder und mein Herz schlägt noch schneller. Ich bin seine Favoritin.

Callahan tritt neben Farran und hebt die Hand.

Ruhe. Als hätte Callahan die Gesprächsfäden mit einer Schere durchtrennt. Nach dem Begeisterungssturm ist die Stille geradezu gespenstisch, als Farran zu seiner Rede ansetzt. Seine Stimme, fest und melodisch, betörend und lockend zieht mich sofort in ihren Bann.

»Wenn ihr morgens in den Spiegel blickt, was seht ihr dann?«

Gemurmel setzt ein und ein Mädchen in der ersten Reihe ruft: »Einen Menschen, Sir.« Der Stimme nach könnte es Kylie gewesen sein.

»Bist du sicher?« Farran lächelt und wartet. Ein erstauntes Flüstern läuft durch den Raum, bevor er die Hand hebt und das Gerede verstummt. »Menschen ... sind gewöhnlich. Die meisten gleichen einer Herde Schafe. Sie lassen sich genauso willig auf die Weide treiben wie zur Schlachtbank. Sie träumen ihr ganzes Leben lang von Liebe, Glück und Erfolg und erwarten, dass sich ihre Hoffnungen irgendwie, irgendwann von selbst erfüllen. Doch das Leben verläuft anders. Es schlägt sie zu Boden. Immer und immer wieder, bis sie am Ende liegen bleiben und das letzte Quäntchen Hoffnung verlieren. Nicht mehr leben. Existieren.« Farran schweigt einen Augenblick und lässt die Worte auf uns wirken. »Und dann gibt es noch die Hirtenhunde. Sie lenken die dumme Herde. Scheinbar mühelos erreichen sie ihre Ziele. Die Erfolgreichen. Was, denkt ihr, unterscheidet sie von den Schafen?«

Jack reißt die Hand hoch. Farran blickt kurz zu mir. Aber ich habe keine Ahnung, worauf er hinauswill. Jede Antwort, die mir einfällt, klingt viel zu simpel und daher halte ich lieber den Mund. Er nickt Jack zu.

»Sie sind klüger und arbeiten fleißiger.«

Farran verzieht missbilligend den Mund.

»Das allein reicht nicht aus. Ich könnte euch auf Anhieb ein Dutzend erfolgloser Menschen nennen, deren Intelligenzquotient weit überdurchschnittlich ist und die ein Wissen haben, das mein eigenes in vielen Bereichen übersteigt. Und fleißige Arbeiter gibt es auch am Fließband in der Autofabrik.«

Die Schüler lachen. Jack bekommt rote Flecken im Gesicht und ich kann mir ein Grinsen nicht verkneifen. Allerdings hat mich auch noch kein Geistesblitz getroffen.

»Seht euch die Siegertypen einmal näher an. Was ist ihnen allen gemeinsam?« Er trinkt einen Schluck Wasser aus dem Glas auf dem Podium. Vielleicht würde mir etwas einfallen, wenn ich nicht so entsetzlich müde wäre ...

»Ich sag es euch: Sie können mehr Hiebe einstecken. Sie haben die Enttäuschungen und Schicksalsschläge in ihrem Leben hingenommen und immer wieder von Neuem den Mut aufgebracht, weiterzumachen. Schritt für Schritt. Beharrlich verfolgen sie ihre Ziele. Bis sie es schaffen. Und was machen die Erfolglosen? Sie deuten mit dem Finger auf sie und sagen: ›Die sind schuld, dass es uns so schlecht geht.‹ Nichts ist leichter, als einem anderen die Schuld zu geben! Viel angenehmer, als das eigene Versagen einzugestehen.«

Ein zustimmendes Gemurmel füllt den nur spärlich beleuchteten Raum und ich denke daran, wie sehr ich anfangs meinen Vater gehasst habe. Als ob er an Mamas Tod schuld wäre. Und Aidan? Hätte ich es jemals über mich gebracht, ihn zu Lynn ins Krankenhaus zu fahren, so wie er mich zu Jared? Wohl kaum. Ich fühle ein unangenehmes Ziehen in meinem Bauch. Meine Augen wandern durch den Raum und ich entdecke ihn nur wenige Schritte von mir entfernt. Er ist so viel stärker als ich!

»Schwach! Verachtenswert!«, ruft Farran laut.

Seine Worte sind wie Peitschenhiebe. Aber sie schmerzen nicht so sehr wie der verächtliche Blick aus Aidans Augen, als er sich zu mir umdreht. Ob er ahnt, dass Jared zum Horusring gehört? Vermutlich. Schließlich hat er ihn im Pub einen Verräter genannt. Lynn steht besitzergreifend neben ihm und hält seine Hand.

Ich atme tief durch und konzentriere mich wieder auf Farrans Rede.

»Für die Herde sind die Hunde unbesiegbar. Kein Schaf wagt, sich gegen einen von ihnen aufzulehnen. Und jetzt seht euch an. Seid ihr Schafe oder Hunde?«

Farrans kühle graue Augen durchbohren mich. Mein ganzer Körper kribbelt. »Hunde« ist sicher nicht die richtige Antwort. Aber was will er hören? Ein leises Gemurmel setzt ein und Jack neben mir ruft: »Wir sind natürlich Hunde!«

»FALSCH!«, donnert Farran so laut, dass es von den Wänden hallt und die Kerzen in dem Ständer neben dem Rednerpult zu flackern beginnen.

»Tritt vor, Emma MacAengus.« Seine Stimme ist nur noch ein Flüstern. Ich schnappe nach Luft und grabe die Zähne in die Unterlippe, während ich auf ihn zugehe. Die Schüler bilden einen Gang, der mich zum Podium führt. Jack hat versagt. Das ist jetzt nur noch meine Prüfung. Und ich will es schaffen, will zu ihnen gehören. Von ganzem Herzen. Für mich. Für Dad. Und ... für Aidan.

Unterhalb des Podiums bleibe ich stehen und blicke nach oben. Farrans Gesicht ist eine undurchdringliche Maske. Als sich hinter mir die Reihen schließen, fühle ich mich vollkommen ausgeliefert. Schafe, Hirtenhunde. So ein Blödsinn. Hält er sich etwa für einen Propheten, der in Gleichnissen spricht? Ich balle meine feuchten Hände so fest zu Fäusten, dass sich meine Fingernägel schmerzhaft in die Haut graben. Und dann weiß ich es.

»Wir sind Hirten. Jeder von uns verfügt über außergewöhnliche Fähigkeiten, über Gaben. Wir sind anders als normale Menschen. Wir können es weiter bringen als Hunde, können wesentlich mehr erreichen.« Farrans Mundwinkel zucken leicht und ich denke an Jareds Worte: Die Raben halten zusammen. »Wenn wir Raben einander beistehen und uns mit unseren verschiedenen Fähigkeiten ergänzen, können wir ... wir ...« Ich stocke und suche nach dem richtigen Wort. Farran lächelt breit und seine Augen blitzen auf, als er sich zu mir herabbeugt und meinen Satz vollendet: »... unvorstellbar mächtig und unbesiegbar werden.«

Ich stehe plötzlich inmitten eines brodelnden Kessels. Der Applaus und das Fußstampfen sind ohrenbetäubend. Und über all dem Lärm schwebt mein Name: »Emma, Emma, Emma!«

Fremde Hände heben mich hoch und Farran streckt seine schmale, langfingrige Hand aus und zieht mich mit einem kräftigen Ruck auf die Bühne. Als ich mich umdrehe, sehe ich in dem wogenden Meer von Begeisterung und Anerkennung, wie Jack mit hängendem Kopf nach draußen geht. Das war alles? Ich kann kaum glauben, dass ich es geschafft haben soll. Aber Farran legt seine Hände auf meine Schultern.

»Emma MacAengus«, sagt er feierlich und im Saal kehrt augenblicklich wieder Ruhe ein. »Schwörst du, ein Rabe mit Leib und Seele zu werden, andere Raben zu unterstützen und deine Bedürfnisse dem Wohl unserer Gemeinschaft unterzuordnen?«

Mein Mund wird trocken. Schwören?

Du bist das klügste und mutigste Mädchen, das mir je be-
gegnet ist. Lass dich weder von Richard noch von Farran ver-
einnahmen. Spiel sie gegeneinander aus.

»Ich schwöre.« Meine Stimme hallt fest durch den Saal und
in meinem Inneren taucht Jareds stolzes Gesicht auf.

»Du wirst heute dein altes Leben nicht einfach ablegen«,
erklärt Farran ernst. »Um ein Rabe, eine neue Menschen-
spezies, zu werden, musst du es von dir reißen, wie eine Haut.
Es wird schmerzen. Es wird wie die Vertreibung von Adam
und Eva aus dem Paradies sein. Du wirst keinen Kontakt
mehr zu deinen früheren Freunden und keine Geheimnisse
vor SENSUS CORVI haben. Ich erwarte von dir, dass du dich
an unsere Regeln hältst und mit Herz und Seele dabei bist. Es
ist ein Privileg, ein Rabe zu sein. Etwas, das du dir erarbeiten
musst. Wir werden dich unterweisen und deine Gaben fördern. Verschwende deine Fähigkeiten nicht und gib an jedem
einzelnen Tag dein Bestes. Kompromisslos. Bis zur völligen
Erschöpfung.«

Heißt das, ich soll Liz, Hannah und Elias nie wiedersehen?

Als hätte er meine Gedanken gelesen, fährt er fort.

»Wir lassen dich nicht allein, Emma. Wir sind deine Familie, sind füreinander da, kümmern uns umeinander. Aus dir
wird etwas ganz Großes werden. Ich spüre das.«

Meine Lippen spannen sich schmerzhaft zu einem Lächeln
und ich unterdrücke den Reflex, mich von ihm loszureißen.

»Ab heute bist du eine Adeptin. Daher bekommst du fürs
Erste einen Primus zugewiesen, der dich einarbeitet, dir die
Regeln des Ordens erklärt und dich zu deinen Übungsstun-
den begleitet. Solltest du unsicher sein oder Probleme haben,
kannst du dich jederzeit vertrauensvoll an ihn wenden. Er
ist dein erster Ansprechpartner in allen Dingen, die unsere

Gemeinschaft betreffen. Ihr werdet viel Zeit miteinander verbringen, deshalb habe ich jemanden gewählt, der dir bereits nahesteht.«

Ich nicke erleichtert und denke an Faye.

Farran hebt den Kopf und blickt suchend hinunter in den Saal. »Aidan Callahan, komm bitte nach vorne!«

Nur mühsam kann ich einen Schrei unterdrücken.

Oh nein! Nicht ausgerechnet Aidan!

VON SÖHNEN UND TÖCHTERN

»Auf dich, Emma!«

Dads Augen funkeln wie das Kristallglas in seiner Hand, als wir anstoßen. Erst er und ich, dann Farran, Callahan und schließlich, mit aufgesetztem Lächeln, Aidan. Wir stehen in Farrans Büro vor der riesigen Fensterscheibe, die den Blick auf einen regenverhangenen Himmel freigibt. Ab morgen werde ich Schwarz tragen, wie die Männer um mich herum.

»Jetzt erklär uns mal, wo du dich gestern Abend herumgetrieben hast, Aidan«, sagt Farran in bester Feierlaune und setzt sich mit einem Wink zu uns auf die Couch.

Ich folge seiner Einladung nur zu gerne, denn meine Beine sind bei seinen Worten fast weggesackt. Hoffentlich versucht er nicht, Aidans Gedanken zu lesen.

»Ich war in einem Pub und hab mich geprügelt«, erklärt Aidan gelassen.

Farran lacht auf.

»Sei froh, dass du eine Tochter hast«, wendet sich Callahan an meinen Vater. »Mädchen sind doch bedeutend zahmer. Was ich schon Ärger mit Aidan wegen seiner Liebschaften hatte ...«

Zahmer? Bin ich etwa ein Haustier?

»Es ging um keine Liebschaft!«, unterbricht ihn Aidan mit einem Seitenblick zu mir aufgebracht. Schon klar. Botschaft angekommen.

»Worum auch immer es ging, Mädchen können manchmal auch recht anstrengend sein«, lenkt Dad schmunzelnd ein.

»Womit er nicht unrecht hat.« Farran stellt sein Sektglas

demonstrativ auf die Stelle des Couchtisches, die ich verbrannt habe. Meine Wangen werden heiß.

»In der Tat, eine Meisterleistung.« Callahan wirft mir einen langen stechenden Blick zu. Ich erwidere ihn. Bloß nicht nachgeben! »Gib Acht, dass sie dich nicht übertrumpft, Aidan.«

Mein »Primus« stößt ein verächtliches Schnauben aus und verdreht die Augen.

Ich beiße die Zähne aufeinander und versuche meinen Herzschlag durch tiefes Atmen zu beruhigen. Farran lässt seine hellen, grauen Augen über uns wandern.

»Gibt es etwas, das dagegen spricht, ihr Primus zu sein?« War ja klar, dass einem Mann wie ihm unsere Anspannung nicht entgeht.

»Wie Jacob bereits sagte. Emma kann sehr anstrengend sein, Sir. Aber ich werde mich diesem Auftrag nach besten Kräften widmen.«

Ich gebe die Atemübungen auf. Mein Herz rast. »Fion«, sage ich bittend und bemerke mit Genugtuung, wie Aidans Vater neben mir überrascht zu Farran blickt, »gäbe es nicht die Möglichkeit, das Faye O'Brien die Aufgabe des Primus übernimmt?«

Aidans Gesicht verliert jede Farbe.

»Miss O'Brien ist ein nettes, intelligentes Mädchen«, sagt Farran langsam, während er mich eindringlich mustert. »Aber sie ist dir, was ihre Gaben anbelangt, bereits jetzt deutlich unterlegen. Sie wird es nicht weiter als bis zur Mystin schaffen.«

Schnell gebe ich meinem Gesicht einen fragenden Ausdruck.

»Die Raben werden in verschiedene Grade eingeteilt«, klärt mich Farran auf. »Je nachdem, wie ausgeprägt ihre Fähigkeiten sind und wie gut sie diese beherrschen. Aidan ist ein

Optivus. Er kann dir ein weitaus besserer Ausbilder sein und ich hatte bislang nicht den Eindruck, dass ihr beide euch unsympathisch wärt. Da er die meiste Zeit bei Jacob wohnt, war es für mich natürlich, ihn zu deinem Primus zu bestimmen.«

Ja, sicher. Und nebenbei hast du dir gedacht, dass du uns so leichter verkuppeln kannst, wie einst meine Mutter und meinen Vater. Ich presse verärgert die Lippen aufeinander.

»Ich verzichte gerne, wenn sie nicht will! Umso weniger Arbeit für mich!«, ruft Aidan. Sein Gesicht sieht durch die Prügelei schrecklich aus. Jetzt ist es auch noch wutverzerrt.

»Das reicht!« Mein Kopf fährt zu meinem Vater herum, der Aidan und mich mit kühlem Blick durchbohrt. »Ihr zwei erzählt uns jetzt auf der Stelle, was gestern Nacht passiert ist!«

»Was hat denn deine Tochter damit zu tun?«, fragt Callahan verwundert.

Meine Augen wandern erschrocken zu Aidan, der unmerklich den Kopf schüttelt und eine unbeteiligte Miene aufsetzt. Wie schafft er das nur? In dieser Hinsicht kann ich tatsächlich etwas von ihm lernen.

»Ich sagte bereits, dass ich mich mit einem Kerl geprügelt hab. Oder glaubt ihr etwa, Emma hätte mich so zugerichtet?«

»Nein. Aber Emma war heute früh unausgeschlafen, verheult und soweit ich mitbekommen habe, über dein Aussehen keineswegs verwundert. Hört mit den Spielchen auf! Ihr seid Raben. Alle beide. Ehrlichkeit ist unser oberster Grundsatz!«

Aidan wirft mir einen warnenden Blick zu. Ich will nicht, dass er für mich lügt. Wenn Farran seine Gedanken liest ... Jared hat recht gehabt. Es gibt nur diesen einen Weg.

»Versteh das jetzt bitte nicht falsch, Dad«, beginne ich

vorsichtig. Seine Haltung ist angespannt. Alle wenden sich mir zu. Aber Aidan unterbricht mich.

»Sie kann nichts dafür. Jared Brady, der Verräter, hat sich an sie rangemacht und ich hab ihr Techtelmechtel beendet, bevor ...«, er verzieht angewidert den Mund, »bevor es zu Schlimmeren kommen konnte.«

»EMMA!«, ruft mein Vater entsetzt.

»Du hast dich mit diesem Abschaum wegen eines Mädchens geprügelt, das dir gar nichts bedeutet?«, will Callahan von Aidan wissen.

Nett. Sag es. Sag ihm, dass du etwas für mich empfindest. Aber Aidan zuckt nur gelangweilt die Schultern und entgegnet: »Sie ist Jacobs Tochter. Das bin ich ihm schuldig.«

Oh wie edel! Langsam stehe ich auf. »Aidan täuscht sich.« Meine Stimme bebt. »Ich bin an Jared nur aus einem einzigen Grund interessiert.« Mein Blick gleitet über die vier Raben, bis er an Farran hängen bleibt. Der lächelt mir amüsiert zu. Mein Auftritt gefällt ihm scheinbar. Ich kann nur hoffen, dass er den Rest auch mit Humor nimmt.

»Jared ist mein Kontaktmann zum Horusring«, sage ich und recke entschlossen mein Kinn vor.

Farrans Miene ist undurchdringlich. Nur ein kurzes Zucken ist bei meinen Worten über sein Gesicht gehuscht.

»WAAS?« Der Aufschrei stammt von Aidan.

Mein Vater springt auf und legt schützend seinen Arm um meine Schultern. »Dafür gibt es sicher eine Erklärung!«

Einen Moment lang sehe ich den dunklen, verschwommenen Schatten hinter Farran, dann lächelt er zynisch und erwidert leise: »Davon bin ich überzeugt, Jacob.«

Callahan beginnt plötzlich schallend zu lachen und ich sehe aus den Augenwinkeln, wie Dad ihn böse anfunkelt.

»Jacob, ich nehme alles zurück, was ich vorhin über Söhne und Töchter gesagt habe! Da sind mir doch wahrhaft Aidans Prügeleien lieber.«

»Misch dich da nicht ein!«, zischt Aidan, was ihm den zornigen Blick seines Vaters einhandelt. Mit beiden Händen fährt er sich aufgelöst durch die Haare.

»Warum nur? Ich meine ... wenn du nur ... wegen mir ...«

»Drück dich gefälligst verständlich aus und lass das unwürdige Gestammel!«, fährt Farran ihn in einem so scharfen Ton an, dass Aidan rote Flecken im Gesicht bekommt.

»Okay, ich hab es nicht ausschließlich für deinen Vater getan. Das weißt du ganz genau. Du musst also nicht so einen Unfug behaupten, nur weil ich dich vorhin gekränkt habe.«

In meinem Bauch explodiert ein Feuerwerk. Er gibt zu, dass er mich mag. Vor allen Anwesenden.

»Wie? Willst du damit etwa behaupten ...«, ruft Callahan entrüstet, aber Farran würgt ihn ab: »Klär deine Familienangelegenheiten später, James! Wir haben jetzt wahrhaft Wichtigeres zu besprechen.« Er dreht sich zu mir. »Was hast du mit dem Horusring zu schaffen?«

Sein Gesicht ist ruhig, aber in seine Augen hat sich ein lauernder Ausdruck geschlichen. Eigenartigerweise kümmert mich das nicht. Ich spüre Aidans Blick auf mir und schwebe gerade irgendwo im All.

»Sie brauchen einen Spion bei den Raben«, erkläre ich, als ob das eine Selbstverständlichkeit sei. Dads Arm umklammert meine Schulter fester und Farran legt die Hände aneinander. Jetzt funkeln seine Augen geradezu diabolisch.

»Interessant«, flüstert er.

Gänsehaut breitet sich auf mir aus. Er kann einem mit seiner Stimme wirklich Angst einjagen. Zumindest, wenn man nicht gerade so unbeschreiblich glücklich ist. Er hat zugegeben, dass er mich mag. Er hat zugegeben, dass …

Ich versuche, mich zusammenzureißen und lächele Farran entschuldigend an. »Und da dachte ich mir, dass du vielleicht ebenfalls einen Spion im Horusring brauchen könntest, Fion.« Farrans Maske fällt. Leider kann ich die Verblüffung in seinem Gesicht nicht lange genießen, denn mein Vater reißt mich so heftig herum, dass ich gegen seine Brust pralle.

»HAST DU VOLLKOMMEN DEN VERSTAND VERLOREN?«, schreit er, während er mich an den Schultern schüttelt. Sein Kiefer knackt vor Anspannung. »DAS KOMMT ÜBERHAUPT NICHT INFRAGE!«

»Oh, ich denke, das hast du nicht allein zu entscheiden, Jacob«, höre ich Farrans Stimme in meinem Rücken. »Sie ist jetzt ein Rabe und untersteht meinem Befehl.«

»NEIN. Sie ist in erster Linie meine Tochter und ich untersage ihr, sich jemals wieder mit Jared Brady zu treffen.«

»Dann ist es dir also lieber, ich treffe mich gleich mit Richard persönlich?«, frage ich unschuldig und erwidere tapfer seinen Blick. Er ringt nach Atem.

Callahan klopft ihm auf die Schulter. Seine Mundwinkel zucken verdächtig und der Blick, den er mir zuwirft ist zum ersten Mal nicht herablassend, sondern interessiert. »Den Vaterschaftstest hättest du dir wirklich sparen können. Eine MacAengus wie sie leibt und lebt!«

Dad schüttelt heftig den Kopf. Seine Augen sind dunkel. Ich fühle seine Angst.

»Ich stimme James zu«, sagt Farran schmunzelnd. »Sie ist genauso stur wie mutig. Und sie hat deine Neigung, sich kompromisslos in Gefahr zu begeben, wenn sie es für richtig hält. Wirklich erstaunlich.«

»Aber Jacob hat recht!«, ruft Aidan hitzig. »Es ist viel zu gefährlich. Allein gestern hätte alles Mögliche passieren können, wenn ich nicht aufgetaucht wäre. Seht mich doch einmal an.«

»Jared würde mir nichts antun! Er ist wesentlich ungefährlicher als der Rest des Horusringes«, rufe ich empört.

»Ach, wie viele hast du denn schon von ihnen kennengelernt, Töchterchen?«, fragt Dad sarkastisch und die Zornesfalte auf seiner Stirn schwillt bedrohlich an.

Ich hebe mein Kinn und setze alles auf eine Karte. »DAS sage ich dir erst, wenn du mir die Erlaubnis gibst, mit ihnen weiterhin in Kontakt zu bleiben.«

Augenblicklich tritt Stille ein. Bin ich zu weit gegangen? Mein Vater hat mich losgelassen und mustert mich mit eisigem Blick.

»Aidan, Emma«, seufzt Farran und knackst mit den Knöcheln seiner Finger, »raus mit euch. Geht eine Runde spazieren. Ich muss mit euren Vätern alleine reden.«

AGENT EMZ

Die schwere Ebenholztür ist kaum hinter uns zugefallen, als Aidan sich vor mir aufbaut und meine Arme umfasst.

»Du hast mich angelogen!«

»Nein. Du hast nicht gefragt, warum ich mich mit Jared treffe.«

Aidan lacht kalt auf. »Es sah mehr als eindeutig aus.«

Ich schüttele den Kopf und versuche, mich aus seiner Umklammerung zu befreien, aber er hält mich eisern fest.

»Lass mich los, Aidan. Wenn hier einer gelogen hat, dann du.«

Er lockert den Griff und auf seinem Gesicht erscheint wieder das selbstsichere Ich-bin-der-coolste-Typ-der-Schule-Lächeln. »Kleine Rache muss sein. Und an Jacob hab ich tatsächlich auch gedacht.« Seine rechte Hand wandert von meinem Arm zu meinem Hals und streicht über mein Schlüsselbein. Ich erschauere von dem Brennen, das seine Berührung auf meiner Haut auslöst, und sein Lächeln vertieft sich. »Zumindest ein bisschen.«

»Aidan Callahan, verrätst du mir, was du da tust?«

Lynns Stimme ist schrill und nur wenige Meter entfernt. Aidan zuckt zusammen und dreht sich zu ihr um. Als ich seine schuldbewusste Miene sehe, wird mir eiskalt. Krampfhaft lächelnd gehe ich an ihr vorbei. Mein Gesicht fühlt sich an wie eingefroren.

»Wo willst du denn hin?«, ruft Aidan.

Egal. Hauptsache möglichst weit weg von dir und deinem geheuchelten Interesse. »In die Bibliothek«, rufe ich. »Kannst

mich gerne abholen, wenn die drei ihren Schlachtplan aus-
gearbeitet haben.«

Auf dem nächsten Treppenabsatz steht Faye und winkt mir
begeistert zu. »Wie lief's mit den vier Musketieren? Haben
sie dich ordentlich gefeiert?«

»Klar. Ich wurde mit Sekt abgefüllt und jetzt planen sie
gerade meine weitere Karriere.« Ich bin so unendlich froh,
dass sie da ist.

»Kommst du heute Abend zu mir? Meine Eltern würden
dich gerne kennenlernen. Jetzt, wo du eine von uns bist.«

»Heute nicht, Faye«, sage ich erschöpft. »Dad will sicher
noch mit mir feiern.« Oder mich in Stücke reißen.

Auf der Heimfahrt spricht Dad kein einziges Wort mit mir.
Farran hat ihn umgestimmt, aber nur unter der Bedingung,
dass Aidan sich bei den Treffen mit Horusringmitgliedern in
meiner Reichweite aufhalten soll, falls ich unerwartet Hilfe
benötige.

Daheim angekommen setzt er sich auf die Couch und versteckt sich hinter der Tageszeitung.

Ich lasse mich neben ihm nieder und lege meinen Kopf auf
seine Schulter. »Spielst du jetzt wieder Jack Frost mit mir?«

Er sieht von der Zeitung auf. Seine Mundwinkel zucken
verdächtig, aber sein Blick bleibt ernst. »Warum vertraust
du mir nicht?«

»Aber das tu ich doch!« Ich greife in meine Rocktasche
und ziehe den Brief heraus, den Richard mir geschickt hat.
»Das hat er mir gegeben.«

Rote Zornesflecken breiten sich auf seinen Wangen aus,
während er die Zeilen liest. Dann knüllt er das Papier so fest
zusammen, dass seine Knöchel weiß hervortreten. »Du hast

keine Ahnung, wie gefährlich diese Doppelrolle für dich ist. Montgomry hat mehr als einmal Leute von uns verletzt und vermutlich einige getötet, die ihm zu nahe kamen. Auch wenn wir keine Beweise dafür haben. Das hier ist kein Thriller im Kino mit Popcorn und Cola. Und du bist nicht James Bond.«

»Nein, wirklich nicht.« In diesem Moment fällt mir Connors Auftritt im gestreiften Schlafanzug ein.

»Unterschätz sie nicht. Was ist, wenn sie einen Telepathen auf dich ansetzen, um herauszubekommen, was du wirklich vorhast?«

»Sie haben mir verraten, dass keiner von ihnen Gedanken lesen kann.«

»Und du bist so einfältig und glaubst ihnen! Selbst wenn dem so wäre. Der Horusring ist ein weitverzweigtes Netz mit Standorten in allen möglichen Ländern der Welt! Vielleicht treiben sie irgendwo einen Telepathen auf.«

»Das würde ich merken!«

»Unfug!« Er springt auf und wandert vor der Couch auf und ab.

»Ich bemerke es doch auch bei Fion, und außerdem kann ich ihn ausschließen, sobald ich in seine Emotionen eintauche.«

Dad bleibt so abrupt stehen, als sei er gegen eine unsichtbare Scheibe geprallt. »Du kannst Fion ausschließen?«, fragt er und schüttelt fassungslos seinen Kopf. »Woran merkst du, dass er in deinen Gedanken ist?«

»Es kribbelt auf meiner Kopfhaut. Wenn ich in ihn tauche, kann ich ihn abblocken.«

»Aber das ist ... unglaublich. Jetzt verstehe ich, warum er dich nicht mehr aus seinen Krallen lassen will und dir sogar das Du anbietet. Ist dir eigentlich klar, was das für ihn bedeutet?« Er setzt sich wieder neben mich und nimmt meine Hände in seine. »Kein Mensch, der etwas Böses im Schilde führt, kann sich ihm nähern. Als Empath würde er es sofort an der Aura sehen. Und wo diese Fähigkeit versagt, kann er die Gedanken lesen. Ein Mensch, der ihn abblocken kann, ist in höchstem Maße gefährlich für ihn. Und du bist der einzige mir bekannte, dem das glückt.«

»Warum bringt Richard ihn dann nicht von Weitem um? Mit einem Gewehr mit Zielfernrohr oder einer Bombe?«

»Mir sträuben sich gleich die Haare. Von wem hast du bloß diese Kaltblütigkeit geerbt?«

»Zweifelsohne von dir!«

»Hm. Vermutlich. Zu deiner Beruhigung: Farran ist besser bewacht als der Präsident der Vereinigten Staaten.«

»Deshalb will Richard direkt Leute bei den Raben einschleusen.«

»Exakt. Und wenn er erst herausfindet, was du drauf hast, wird er dir die Füße küssen vor Begeisterung. Denn wenn du fertig ausgebildet bist, wärest du die perfekte Kandidatin, um Farran auszulöschen.«

»Jetzt hör aber auf, Dad. Sehe ich aus wie eine Auftragskillerin? Und selbst wenn ich ihn aus meinen Gedanken ausschließe, kann er meine Gefühle wahrnehmen!«

Er lächelt. »Farran selbst oder ein anderer fortgeschrittener Empath kann dir beibringen, sie vor anderen Empathen zu verbergen.«

»Deshalb habe ich keine Gefühle, sondern nur Mauern in Farran entdeckt.«

»Richtig.«

»Aber Farran muss doch wissen, dass ich keinen Menschen umbringen kann.«

»Sei nicht so naiv, Emma. Denkst du, er macht sich einfach so die Mühe, dich persönlich zu unterrichten? Er wird von dir fordern, dass du Richard oder andere Leute des Horusringes ausspionierst, um sie zu töten. Mir tut es nicht leid um sie. Wir leben nun mal in einem inoffiziellen Krieg mit Opfern auf beiden Seiten. Aber in dir steckt mehr von Rina, als du zugeben willst. Du bist nicht die Richtige für diesen Job.«

Könnte ich es tun? Menschen töten oder Farran ausliefern, für eine Sache, an die ich selbst nicht so recht glaube? Mein Herz schlägt schneller und meine Hände werden kalt.

»Richard ist ein Mantiker. Er kann Dinge vorhersehen. Niemand weiß, welche und wie lange im Voraus. Farran vermutet, er hat seine Kräfte in den letzten Jahren enorm gesteigert. Er ist verdammt noch mal gefährlich.«

Wie konnte ich Jared nur so blind vertrauen? Wie konnte ich Farran vorschlagen, eine Doppelspionin zu werden? Was hatte ich denn erwartet? Dass ich Kochrezepte ausspionieren würde?

»Er wird dich belügen und versuchen, wo es nur geht, die Raben und Fion zu verteufeln. Ich weiß noch genau, was er alles deiner Mutter erzählt hat. Sie hat ihm blind vertraut. Fion und ich kamen einfach nicht mehr dagegen an. Am Ende war sie vollkommen gebrainwashed.«

Vielleicht hätte ich doch ein paar James-Bond-Filme mehr sehen sollen, bevor ich mich auf so eine Rolle einlasse.

»Emma, hörst du mir überhaupt noch zu?«

»Dad? Ich ... ich kann niemanden töten!«

»Auch den Mörder deiner Mutter nicht?«

Seine Worte sickern in mich wie ein Gift, das man nicht schmeckt und das sich dennoch unaufhaltsam im ganzen Körper ausbreitet. Regen trommelt gegen die Fensterscheiben und bringt die Erinnerung zurück an jene Nacht, als Liz und ich vom Musical zurückgekommen sind. Und ich sehe plötzlich wieder Mamas Gesicht vor mir. Warum nur hat Dad uns nicht vor ihm gefunden? Warum nur war ihr Mörder schneller gewesen? Schmerz schwappt wie eine eisige Welle über mich und reißt mich in die Tiefe.

»Emma!« Die Stimme meines Vaters klingt weit entfernt, aber ich fühle seine Wärme und Arme, die mich halten. Ich kämpfe gegen meine Trauer und den Schmerz und erwache wie ein Taucher aus einem Tiefenrausch.

Und auf einmal ist er da. Als hätte er all die Wochen seit Mamas Tod im Verborgenen darauf gelauert, sich mir zu nähern. Er bäumt sich auf zu einem riesigen, alle anderen Empfindungen verdrängenden Monster. Dunkel und mächtig: Hass.

»Ihn schon«, flüstere ich.

»Ich glaube dir kein Wort«, flüstere ich.

Er zuckt die Achseln. Seine braunen Haare fallen weich auf die Schultern. Er ist anders, als ich erwartet habe. Ganz anders. »Damit habe ich gerechnet. Trotzdem war es Mord.«

»Selbstmord. Und ER wollte MIR das Genick brechen.«

Seine Augen verdüstern sich und er runzelt die Stirn.

»Warum erzählst du mir das überhaupt?«, frage ich.

Jetzt lächelt er und sieht dabei irgendwie hilflos aus. Und nett. Verflucht, das ist Montgomry, mit dem du da sprichst!

»Katharina«, seine Wangen röten sich leicht, als er meinen Namen ausspricht, und er schaut hinter mich. Seine Aura flackert bläulich. Er mag mich, stelle ich verwundert fest.

»Ich bitte dich nur um eines: Achte auf die Kleinigkeiten.

Lass dich nicht einlullen. Wenn du möchtest, können wir uns in ein paar Wochen noch einmal treffen. Hier in der Bib.«

»Wozu?«

Er greift in seine Jeans und zieht eine Münze heraus. Nachdenklich dreht er sie in der Hand. »Ich will, dass du die andere Seite der Medaille kennenlernst, bevor es zu spät ist.« Ich betrachte die Münze auf seiner ausgestreckten Hand und erschrecke. Sie ist golden, mit arabischen Zeichen und als Wappentier trägt sie einen Falken mit einer runden Scheibe auf dem Kopf.

»Spinnst du? Wenn sie mich damit erwischen, bin ich geliefert. Ich werde sie nicht mitnehmen.«

»Bitte. Miller wird nicht dein einziger Auftrag bleiben. Meine Leute hier wissen Bescheid. Aber falls er dich mit MacAengus ins Ausland schickt, kann ich für nichts garantieren. Solltest du von einem von uns gefangen werden, wird diese Münze dich retten.«

Seine dunklen Augen sehen mich beinahe flehend an. Meine rechte Hand zittert, als ich nach der Münze greife. Ganz kurz streife ich seine Finger. Sie sind warm und feucht. Ist er nervös?

»Dir ist klar, dass ich das Ding auch jederzeit einem anderen Raben geben kann, den ich vor euch schützen will?«, sage ich leise und beobachte aufmerksam seine Reaktion.

Nichts. Sein Gesicht bleibt undurchdringlich. Nur das Blau seiner Aura wird ein wenig intensiver. Sie sollte eigentlich rot werden. Warum wird er nicht zornig?

»Ich vertraue dir«, murmelt er leise.

EINE VERBINDUNG

Gelbe Pfingstrosen.

Und daneben ein dunkler Karton mit dem goldenen Wappen von SENSUS CORVI. Zwischen weißem Seidenpapier liegt meine neue Schuluniform. Rabenschwarz. Keine Pumps. Sondern ein neues Paar schwarzer Turnschuhe mit eingesticktem SENSUS-CORVI-Motiv an der Seite und goldenen Schnürsenkeln. Spezialanfertigung. Ich muss lächeln. Dad lernt dazu.

»Konzentrier dich, Emma! Denk daran, wie du es beim letzten Mal geschafft hast!«

Müde starre ich auf das Glas, das Farran auf seinem Couchtisch abgestellt hat. Er ist ein erstaunlich geduldiger Lehrer. Seit fast zwei Stunden versuche ich, es zum Glühen zu bringen. Vergeblich.

Aidan steht am Fenster und blickt auf den Sportplatz hinaus. Die Mädchen spielen gerade Camogie. Trotz des Regens. Wahrscheinlich bewundert er gerade, wie Lynn im klatschnassen, hautengen Shirt den Ball gekonnt ins Tor schießt. Es kribbelt auf meiner Kopfhaut. Mist!

»Wenn du dich schon davon ablenken lässt, dann sieh zu, dass du deine Eifersucht in Wut umwandelst, um das Glas zu schmelzen«, höre ich Farran in meinem Kopf. Laut sagt er: »Ich bin nicht immer anwesend, um dich in Zorn zu versetzen. Du musst lernen, deine Gefühle durch eigene Gedankenkraft herbeizuführen, um die Telekinese auszulösen.«

Wie soll ich denn von einem Moment auf den anderen so wütend werden, dass ich glaube, innerlich zu zerbersten?

Denn das war letztens notwendig, um das Glas zu schmelzen.

»Denk an einen Schauspieler, der am Set in Tränen ausbricht.« Farran seufzt. Seine graublauen Augen wandern zum Fenster. »Aidan, komm doch mal her!«

Sichtlich gelangweilt dreht sich mein Primus um und schlendert mit lässigen Schritten zu uns.

Farran stellt ein Teelicht neben das Glas und zündet es mit einem goldenen Feuerzeug an. »Zeig es ihr!«, fordert er ihn auf.

Aidan setzt sich und fixiert die Flamme mit seinem Blick. Ich beobachte, wie sie sich emporreckt und dann zur Seite stößt und das Glas einhüllt. Er ist wirklich gut.

Ich sollte begeistert sein, aber plötzlich sehe ich Jareds Gesicht vor mir, den Ausdruck von Panik in seinen Augen, als die Hälfte seines Haares in Flammen aufging, und ich werde wütend. Richtig wütend. Moment mal. Genau das brauche ich jetzt.

Ich schließe die Augen und konzentriere mich auf Jareds schmerzerfülltes Gesicht, seinen zum Schrei geöffneten Mund. Hätte Jared sich nicht gedreht, dann wäre jetzt nicht sein Haar, sondern das Gesicht verbrannt. Entstellt. Er wäre blind. Ein Krüppel. Mein Atem geht schneller und ich sehe pulsierende Lichtpunkte vor mir.

»Emma?«

Ich achte nicht auf Farran und fixiere das Glas. Es schnellt einen halben Meter hoch in die Luft, weg von Aidans Flamme und ich stelle mir vor, wie es schmilzt. Jared tanzt in meinem Kopf die Jig und lacht mir fröhlich zu. Es war so ein schöner Abend, ich war so glücklich, und Aidan hat alles zunichte gemacht! Wie konnte er nur! Wie …

»STOPP!«, ruft Farran.

Es klirrt und ich werde nach hinten auf die Couch geschleudert. Was war das? Bin ich wieder mit Aidan in Verbindung getreten? Ich stütze mich auf meine Hände und richte mich auf. Der Anblick lässt mich aufschreien.

Unzählige Glassplitter verharren regungslos nur wenige Zentimeter vor Aidans Gesicht.

»NEIN! Das wollte ich nicht! Das Glas sollte nur schmelzen, ehrlich, Aidan!«

»Beruhige dich«, sagt Farran. Er sieht nicht mich, sondern die Glassplitter an. Hochkonzentriert, aber nicht angestrengt. Die Luft um ihn herum scheint zu vibrieren. Da. Ich kann es ganz schwach an seinen Haaren erkennen. Sie bewegen sich. Hat er sie deshalb so militärisch kurz geschnitten, damit sie ihn nicht verraten?

»Ich hab alles unter Kontrolle. Aidan, du kannst jetzt loslassen, ich hatte die Splitter schon erfasst, bevor du deine Abwehr überhaupt aufgebaut hast.«

Die Anspannung in Aidans Gesicht lässt nach und er wischt sich mit dem Handrücken den Schweiß von der Stirn. Dann dreht er sich zu mir um. Zwischen seinen Augen bildet sich eine tiefe Falte. »Woran hast du gedacht?«, fragt er kühl.

Ich starre auf die immer noch in der Luft schwebenden Splitter. Wie konnte das nur geschehen?

»Sag es ihm!«, befiehlt Farran scharf. »Zwischen euch darf es keine Lügen geben, sonst muss ich wirklich einen anderen Primus bestimmen, und das möchte ich nicht.«

»An Jared«, gebe ich zu. »Daran, dass du sein Gesicht hättest entstellen können, wenn er sich nicht gedreht hätte.«

»Emz, ich ...«, Aidan bricht ab und blickt geradeaus. Vor unseren Augen beginnen die Glassplitter ineinander zu wirbeln wie glitzernde Wassertropfen in einem Springbrunnen. Sie verändern ihre Form, dehnen sich, nehmen eine orangerote Farbe an und fügen sich aneinander. Langsam beginnt sich ein glühendes Gebilde zu formen, bis es blasser und durchsichtig wird und schließlich sanft auf dem Tisch aufsetzt. Vor uns steht eine perfekte Nachbildung des Glases, das ich zersplittert habe.

Einen Augenblick lang vergesse ich, was ich eben getan habe. Bewundernd schaue ich zu Farran. Sein Gesicht ist so entspannt, als hätte er eben die Tageszeitung gelesen, und mir wird schlagartig bewusst, dass ich das ganze Ausmaß seines Könnens gerade erst zu begreifen beginne. Der Exerzitator. Er wird nicht umsonst so genannt.

»Sir, das war ... einzigartig!«, flüstert Aidan ehrfürchtig.

Farran winkt ab. »Wollte euch Möchtegern-Telekineten nur mal zeigen, was ihr erreichen könnt, wenn ihr endlich beschließt, euch anzustrengen und euch auf den Unterricht zu konzentrieren! Es wäre hilfreich, eure Differenzen zu beheben, bevor wir hier fortfahren«, verkündet er schmunzelnd.

Verlegen sehen Aidan und ich uns an.

»Es tut mir leid. Das mit Jared.«

»Ach! Es tut dir also leid. Himmel, Aidan, ich hab jetzt schon Panik vor dem nächsten Treffen mit dem Horusring. Nicht wegen der Falken, sondern wegen dir! Du bist einfach unberechenbar.«

Farran schnaubt belustigt auf und geht hinüber zum Fenster. Er scheint in Gedanken versunken.

»Das sagst ausgerechnet du!«, flüstert Aidan entrüstet. »Eben hättest du um ein Haar mein Gesicht entstellt. Das ist also in Ordnung?«

»Ja. Weil ich im Gegensatz zu dir die Sache noch nicht beherrsche und alles über Gefühle steuern muss. Das ist viel schwieriger. Du hast ja keine Ahnung!«

Aidan setzt sich neben mich. Er ist blass geworden.

»Natürlich habe ich keine Ahnung. Du spielst schließlich ständig die Geheimnisvolle, Unnahbare. Kalt wie Stein und dann umarmst du mich plötzlich, wie damals, als ich mit Jacob gestritten habe. Nicht nur Emotionentaucher besitzen Gefühle! Denkst du, ich hatte das mit Jared so geplant?«

Ich stelle mir vor, wie er an der Fensterscheibe gestanden und Jared und mich beim Tanzen und dem Kuss beobachtet hat. Aber er ist doch schließlich mit Lynn zusammen! Aidan scheint meine Gedanken auch ohne entsprechende Gabe mühelos lesen zu können. Seine Stimme wird leise wie ein Hauch.

»Lynn und ich, das ist nicht so, wie du denkst ...«

Farran fährt plötzlich ruckartig herum und ist mit ein paar Schritten bei uns.

»Emma, du darfst Aidan niemals mehr als Gefühlssubjekt benutzen, wenn nicht dein Vater oder ich anwesend sind«, befiehlt er streng und streicht sich über das Kinn.

»Gefühlssubjekt?«, echot Aidan. Ich ignoriere seinen zornigen Blick und konzentriere mich auf Farran.

»Weil ich ihn sonst in Gefahr bringe, obwohl ich es gar nicht will?«

»Genau. Und weil Aidan dich durch seine Abwehr unbewusst ebenfalls in Gefahr bringt. Ihr seid wie zwei Magnete, die gleich gepolt sind und sich, wenn ihr eure Gaben gegeneinander einsetzt, abstoßen. Ich verstehe den Zusammenhang noch nicht, aber zwischen euren Gaben besteht irgendeine Verbindung. So etwas habe ich bisher erst einmal erlebt. Es ist ... faszinierend, geradezu unfassbar. Wir müssen das unbedingt erforschen.« Er sieht uns abwechselnd mit leuchtenden Augen an.

Ein Schauer läuft mir über den Rücken und ich fühle mich wie ein Kaninchen in seinem Versuchslabor.

»Darf ich fragen, welchem Zweck diese Forschungen dienen, Sir?«, fragt Aidan misstrauisch.

»Du darfst. Aber du bist lange genug mein Schüler, um selbst auf die Antwort zu kommen.«

Aidan errötet und runzelt nachdenklich die Stirn. Der Schulleiter wirft einen Blick zur Anrichte und lässt drei Gläser sowie eine Flasche herbeischweben. Ohne auch nur einen Finger zu rühren, schenkt er jedem von uns ein Glas Wasser ein. Ich kann mich gar nicht sattsehen an seinem Können.

Aidan stößt plötzlich einen Überraschungslaut aus und ich zucke zusammen.

»Glauben Sie, es wäre möglich, dass Emz und ich unsere Kräfte nicht nur auf einen Gegenstand bündeln, sondern direkt mental aufeinander übertragen?«

Farran nickt und ein zufriedenes Lächeln gleitet über sein Gesicht. »Ausgezeichnet, Aidan. Ich habe mich nicht in dir getäuscht. Du kannst mich künftig im Übrigen ebenfalls Fion nennen.«

Sein entgeistertes Gesicht würde ich zu gerne für den Hurling-Aushang am Schwarzen Brett fotografieren. Mr Obercool wird feuerrot wie ein Krebs und stottert: »Danke, Sir, äh ... Fion.«

Farran steht ruckartig auf. »Ihr könnt nun gehen. Ich muss unser weiteres Vorgehen erst mit Jacob besprechen. Du wirst mit ihr daheim trainieren, wann immer ihr Zeit findet.«

Aidan lächelt mich sichtlich zufrieden an. In meinem Bauch kribbelt es und ich sehe schnell wieder zu Farran.

»Die nächsten Wochen hältst du dich von Jared und den Falken fern!« Aidans Lächeln wird noch eine Spur breiter. »Und jetzt ab in den Unterricht mit euch, eure SPSE-Stunde hat bereits begonnen.«

»SPSE?«, frage ich, als Aidan und ich die Treppe hinunterlaufen.

»Special Program in Science Education«, antwortet er. »Das hast du jetzt jeden Nachmittag nach Sport oder den Stunden bei Farran. Soweit ich weiß, hat er dich aus der Camogie-Mannschaft genommen und erteilt dir in dieser Zeit Unterricht. Keine schlechte Idee.« Er grinst hämisch.

Dieser Mistkerl! Aber im Grunde freue ich mich, daran nicht mehr teilnehmen zu müssen. Zweimal die Woche Ausdauertraining reichen und der Unterricht bei Farran ist interessanter, als einen dämlichen Ball auf einem Stock zu balancieren.

»Damit du nicht an Kondition verlierst, wirst du mit mir zum Ausgleich morgens Joggen gehen«, sagt Aidan und biegt im ersten Stockwerk in den rechten Gang ab.

Ich bleibe wie angewurzelt stehen. Früher aufstehen, um mit ihm zu joggen? Vor meinem inneren Auge taucht das letzte Hurling-Spiel auf, bei dem er wie ein Hurrikan über das Spielfeld zum nächsten Tor gerast ist. Meine Kondition ist nicht schlecht, aber damit kann ich nun wirklich nicht konkurrieren!

Er lächelt hinterhältig. »Als dein Primus habe ich das Recht zu bestimmen ...«

»Schon gut! Und was zur Hölle lernen wir in SPSE?«

Mir reichen schon Physik, Chemie und Biologie. Auf weiteren Wissenschaftskram, noch dazu täglich, kann ich gerne verzichten.

»Das Fach heißt nur so, falls einmal Externe davon Wind bekommen.«

Ich brauche nur einen Moment. Dann macht mein Herz einen Satz vor Freude.

SPSE

Ryan Macmillan, der Lehrer für SPSE, erinnert mich ein bisschen an Elias. Er ist sicher schon sechzig, wenn nicht noch älter, rotblond und so faltig wie eine Schildkröte. Als Aidan und ich den Raum betreten, steht er gerade am Computer und öffnet eine Präsentation, die auf dem interaktiven Whiteboard vor ihm erscheint.

»Emma MacAengus! Wie schön, dich endlich in schwarzer Uniform zu sehen«, sagt er und seine wässrigen blauen Augen mustern mich interessiert. Ein lautes Klatschen der Schüler begleitet seine Worte. Verlegen gebe ich ihm die Hand und werde dann von Aidan in die hinteren Bankreihen dirigiert, vorbei an Lynn Murphy, die ihm einen auffordernden Blick zuwirft und ein düsteres Gesicht macht, als er weitergeht. Ich denke daran, wie er mich zu Jared ins Krankenhaus gefahren hat, und komme mir plötzlich egoistisch vor. »Wenn du lieber neben Lynn sitzen möchtest, kann ich gerne ...«

»Ich will NICHT neben ihr sitzen, okay? Dein Primus zu sein, ist das Beste, was mir als Ausrede passieren konnte.«

Ausrede? Will er sich etwa von Lynn trennen und ich bin nur der Vorwand, um es ihm leichter zu machen? Ich werde einfach nicht aus ihm schlau. Eine heisere Stimme lenkt mich von meinen Gedanken ab.

»Miss MacAengus ist eine große Bereicherung für unser Institut.« Macmillans dünne, farblose Lippen verziehen sich unter einem roten, an manchen Stellen schon ergrauten Schnurrbart zu einem Lächeln. Die Schüler in den Reihen vor mir drehen sich um und ein neugieriges Gemurmel setzt ein.

Oh, wie ich es hasse, im Rampenlicht zu stehen. Mein Gesicht beginnt zu glühen.

»Wie ich heute Morgen von dem Exerzitator erfahren habe, ist sie im Gegensatz zu den hier vorherrschenden Gerüchten«, er zwinkert mit dem rechten Auge, »keine Empathin.« Aufgeregtes Flüstern setzt ein. Faye dreht sich um und wirft mir einen erstaunten Blick zu.

»Ihre Gabe ist äußerst selten. Genau genommen bin ich bislang nur einem einzigen Menschen begegnet, der sie aufwies.« Er macht erneut eine Pause, um die Spannung zu erhöhen und ich verschränke die Finger ineinander.

»Miss MacAengus ist eine Emotionentaucherin.«

Entgeisterte Rufe werden laut und auf Aidans Gesicht erscheint ein selbstgefälliges Lächeln, so als wäre ich ein Schmuckstück, das er gerade präsentiert.

»Und dem noch nicht genug, kann sie über ihre Emotionen unter bestimmten Voraussetzungen telekinetische Kräfte entwickeln.«

Tumult bricht aus. Einige Schüler klopfen begeistert mit den Fingerknöcheln auf den Tisch, andere klatschen.

Mein Gesicht hat mittlerweile sicherlich die Farbe von Klatschmohn angenommen. Ich konzentriere mich auf Macmillan und versuche, die Schüler um mich herum einfach auszublenden.

Macmillan fährt sich mit der Hand durch seine spärlichen Haare. »Ruhe, bitte!« Seine Stimme ist nicht besonders laut, aber die Schüler gehorchen sofort.

»Leg dich nicht mit ihm an. Er kann ganz schön fies werden«, flüstert Aidan mir zu. Dieser Kauz? Klein und schmal, mit einem weißen Hemd, einer spießigen hellgrauen Strick-weste und dunkelgrauer Stoffhose bekleidet, wirkt er alles andere als gefährlich.

»Was wissen wir über Emotionentaucher?«, fragt er in die Runde.

Lynn hat mir einen hasserfüllten Blick zugeworfen und hebt jetzt die Hand. Mir schwant nichts Gutes.

»Ja, Miss Murphy?«

»Sie können ihre Gefühle nur sehr schwer kontrollieren. Wenn sie in Personen eintauchen, gelingt es ihnen nur unter großer Anstrengung, sich wieder zu lösen. Vor allem dann, wenn es sich um positive Gefühle handelt. Sie bleiben dann sozusagen an ihrem Wirt kleben wie ein Parasit. Und unter ihren emotionalen Schwankungen leiden auch ihre geistigen Fähigkeiten«, rattert sie herunter, als zitiere sie ein Lehrbuch.

Ich schnappe nach Luft und will gerade etwas erwidern, als Aidan seine Hand schnell auf mein Knie legt und flüstert:

»Bleib ruhig! Zeig ihnen jetzt nicht, dass das stimmt.«

Er hat recht. Wenn ich mich von Lynn provozieren lasse, untermauere ich ihre Vorwürfe nur. Atmen. Ein und wieder aus. Einige Schüler kichern, andere werfen Lynn böse Blicke zu. Langsam beruhigt sich mein Herzschlag wieder. Aidans Hand liegt immer noch auf meinem Knie und verursacht eine pulsierende Wärme, die sich immer weiter in meinem Körper ausbreitet und eine brennende Sehnsucht auslöst. Zu-gegeben, Lynn liegt nicht ganz falsch. Meine Geisteskräfte leiden gerade sehr unter den widersprüchlichen Gefühlen, mich entweder auf sie zu stürzen, um ihr die Haare einzeln auszureißen, oder mich in Aidans Arme fallen zu lassen.

Ich muss etwas dagegen unternehmen. Vorsichtig lege ich meine Hand auf seine, drücke sie kurz und schiebe sie dann von mir. Die Hitze, die mich bei der Berührung erfasst, jagt wie ein Stromstoß durch meine Nerven und hinterlässt eine eigenartige Aufgewecktheit in mir, so als hätte ich gerade drei Tassen Espresso getrunken. Irgendetwas Eigenartiges verbindet Aidan und mich tatsächlich.

»Weitere Anmerkungen?«, fragt Macmillan, ohne seinen Röntgenblick von mir zu nehmen.

»Emotionentaucher sind sensibel und bemühen sich, andere nicht zu verletzen, da sie die Auswirkungen von Beleidigungen oder Schmähungen auf die Gefühlswelt viel besser verstehen«, höre ich Faye sagen.

Macmillan nickt zustimmend.

Ein großer dunkelhaariger Junge, der einen Jahrgang über mir ist, hebt die Hand. Er dreht sich um und grinst mich breit an. »Emotionentaucher gelten in all ihren Gefühlen als extrem leidenschaftlich.«

Kichern und anzügliche Pfiffe ertönen. Aus den Augenwinkeln sehe ich, dass Aidan die Faust ballt.

»Genug, Mr Owens!«, herrscht Macmillan den Dunkelhaarigen an und zu meiner Verwunderung zuckt dessen Gesicht sekundenlang schmerzerfüllt. »Miss MacAengus, Mr Callahan, bitte kommen Sie doch nach vorne.«

Wir folgen seiner Aufforderung.

»Sie mussten nun genug Unannehmlichkeiten über sich ergehen lassen und daher darf ich Sie nun bitten, uns Ihr Können zu demonstrieren.«

Oh nein. Er will doch nicht etwa ...

»Wären Sie so freundlich in Mr Callahans Gefühle zu tauchen und uns mitzuteilen, was er empfindet? Mr Callahan kann danach umgekehrt berichten, ob und was er dabei spürte.«

»Tut mir leid, Mr Macmillan. Ich ... könnten Sie mir bitte einen anderen Partner zuweisen?«

Aidan wirft mir einen verdutzten Blick zu. »Mr Callahan ist Ihr Primus, Miss MacAengus. Ich bin davon ausgegangen, dass es ihm am wenigsten ausmacht, wenn Sie seine Gefühle scannen.« Macmillan hebt unwillig die Augenbrauen.

»Es macht mir auch nichts aus«, erklärt Aidan ruhig. »Ist schon okay, Emz.«

Nichts ist okay! Meine Hände werden schwitzig und zittern. Unmöglich. Ich kann das nicht. Hinter mir höre ich Getuschel und Lachen. Macmillan sieht mich ungehalten an. Mir wird übel und das Klassenzimmer beginnt vor meinen Augen zu verschwimmen. Eine warme Hand greift nach meiner. Faye.

»Kann ich für Aidan einspringen, Mr Macmillan?«

»Von mir aus«, brummt er ungehalten und wirft mir einen scharfen Blick zu. »Ich möchte Sie nach der Stunde sehen, MacAengus.«

In Faye einzutauchen, ist problemlos. Sie bekommt es nicht einmal mit. Das ist erstaunlich. Dad fühlt es jedes Mal, wenn ich seine Gefühle erforsche.

Macmillan erklärt uns, dass die unterschiedliche Wahrnehmung damit zusammenhängt, wie bereitwillig jemand seine Gefühle preisgibt.

Als wir uns wieder setzen, meide ich Aidans Blick.

Macmillan händigt mir ein Buch aus, das neben ihm noch Farran, Dad und Mrs O'Connell als Autoren ausweist. Es ist in schwarzes Leder eingebunden. Auf der Vorderseite prangt in Gold anstelle des Titels der griechische Buchstabe Psi, das Symbol für paranormale Phänomene. Auf der Rückseite ist der Sensus-Corvi-Rabe eingeprägt.

»Sie werden dieses Buch nicht außer Haus tragen, Miss MacAengus, sondern in ihrem Spind lagern. Unsere Sicherheitsvorkehrungen wird Mr Callahan Ihnen erklären.« Er lächelt spöttisch. »Falls es Ihnen beiden zumindest verbal möglich ist, zu kommunizieren. Ansonsten würde ich vorschlagen, Sie bitten Mr Farran darum, einen anderen Primus zu ernennen.«

Ich schüttele den Kopf. Einige Schüler grinsen.

»Das ist unser Kanon, die Essenz unseres über außergewöhnliche Fähigkeiten von Menschen zusammengetragenen Wissens. Lesen Sie bitte bis morgen die grundlegende Einführung und den Überblick über Vorkommen und Häufigkeit der einzelnen Gaben.«

»Unsere Bibel«, flüstert Aidan mir zu. »Und ich hoffe, du hast eine gute Erklärung für dein Verhalten eben, sonst wird dir Macmillan nach der Stunde demonstrieren, worin sein besonderes Talent besteht.«

Glücklicherweise lässt mich Letzterer vorerst in Ruhe und macht mit seinem Vortrag weiter, den er anfangs auf das Whiteboard projiziert hat: Mantik. Sofort denke ich an Jareds Freundin Helen und an Richard.

»Als Mantik bezeichnet man die Gabe, zukünftige Ereignisse vorhersagen zu können. Ihre Häufigkeit ist umstritten und sie tritt in unterschiedlicher Gestalt und Stärke auf. Außerdem ist es eine Fähigkeit, die bereits in der Frühzeit dokumentiert wurde.«

Es folgt ein unappetitlicher Vortrag über das Lesen der Zukunft aus Eingeweiden von Opfertieren in der Antike und bei den keltischen Druiden.

»Mr Callahan, sind Ihnen noch weitere historische Hilfsmittel der Mantik bekannt?«

Aidan lehnt sich lässig in seinem Stuhl zurück. »Oh ja, da gibt es eine ganze Menge. Sterndeutungen, Handlesen, Tarotkarten, Kristallkugeln, Kaffeesatz ...«

Gelächter ertönt.

»Danke, das reicht. Nun, Miss MacAengus, was für Schlüsse ziehen Sie aus dem bereits Gesagten?«

Verdammt! Will er es mir jetzt heimzahlen, dass ich mich ihm vorher widersetzt habe? Was weiß ich schon von Mantik? »Ähm ... also ...«, stottere ich und ärgere mich über Lynns schadenfrohes Gesicht. Tarotkarten und Kristallkugeln? Wer glaubt denn an so was?! Aber vielleicht will er gerade das hören. Denk logisch, Emz!

»Dass es in der Geschichte so viele, vollkommen unterschiedliche Hilfsmittel zur Wahrsagung gab, kann eigentlich nur bedeuten, dass es Humbug ist.«

Lynn lächelt triumphierend und Macmillan zieht die Augenbrauen hoch. »Sie leugnen demnach die Existenz dieser Gabe, Miss MacAengus?«

»Keineswegs. Ich leugne nur, dass Hilfsmittel dazu notwendig sind. Jemand, der über eine solche Fähigkeit verfügt, kann diese sicher auch ausüben, ohne mit den Händen in der Leber eines geschlachteten Schafes zu wühlen oder auf eine Kristallkugel zu starren. Das war entweder eine Showeinlage für den Zuschauer oder er war ein Scharlatan.«

Zu meiner Erleichterung nickt Macmillan. »Gut mitgedacht, Miss MacAengus. Ein Mantiker benötigt in der Tat keine Hilfsmittel. Wobei es durchaus sein kann, dass es in der Vergangenheit Mantiker gab, die sich die Notwendigkeit ihrer Verwendung selbst einredeten.« Er macht eine Pause und zupft nachdenklich an seinem Schnurrbart. »Was die Reichweite der Vorhersagungen betrifft, wissen wir leider nichts

Genaues. Die uns bekannten, modernen Mantiker können ein paar Sekunden bis maximal eine halbe Stunde in die Zukunft sehen. Durch Konzentrationsübungen und gezielte Meditationstechniken kann ein Mantiker jedoch im Laufe seines Lebens diesen Zeitraum verlängern. Der uns bekannteste und gefährlichste Mantiker dieser Zeit ist wer?«

Aidan meldet sich und ich rutsche nervös auf meinem Stuhl herum. »Richard Montgomry vom Horusring, Sir.«

Macmillan nickt, geht zum Computer und wirft ein Foto auf das Whiteboard.

Verblüfft schaue ich in das lachende Gesicht eines jungen Mannes. Das Bild ist mindestens zwanzig Jahre alt. Seine jetzt kurzen Haare fallen auf der Fotografie weich auf seine Schultern und die dunklen, fast schwarzen Augen haben noch nicht den traurigen, harten Ausdruck angenommen. Er ist nicht so gut aussehend wie Dad, aber hässlich auch nicht, eher unscheinbar. Ein Allerweltsgesicht, das in der Menge untergeht. Ich spüre plötzlich Macmillans Blick auf mir.

»Das Foto ist einundzwanzig Jahre alt. Wir werden demnächst ein neues Phantombild erstellen, da eines unserer Mitglieder ihn erst kürzlich gesehen hat.« Ein Raunen geht durch die Reihen und ich starre auf meine Hände.

»Montgomry konnte bereits zu dem Zeitpunkt, da dieses Foto entstand, mehr als eine halbe Stunde in die Zukunft sehen. Wir befürchten, dass er mittlerweile mehrere Stunden bis zu einem Tag vorausschauen kann.« Ein dünnes, blasses Mädchen in der ersten Reihe stößt einen Schreckenslaut aus.

»Er ist der Oberfalke. Aufgrund seiner Gabe schwer fassbar. Wie ihr wisst, sind wir seit mehr als einem Jahrzehnt hinter ihm her. Er hat unzählige unserer Mitglieder entweder dazu gebracht, zu ihm überzulaufen oder sie bei deren Weigerung getötet. Da er ein Mantiker ist, kann er eure Schritte vorhersehen und entsprechend reagieren. Vermutlich funktioniert das wie bei einem Schachspiel. Er agiert und berechnet die Zukunft aufgrund seiner und unserer Züge neu. Immer wieder. In der Tat war er auch ein hervorragender Mathematiker an diesem Institut. Sein Intelligenzquotient liegt weit über Durchschnitt. Sollte er euch jemals begegnen, geht ihr ihm aus dem Weg und verständigt auf der Stelle mich, Callahan, MacAengus oder den Exerzitator persönlich. Keine Heldentaten auf eigene Faust! Habe ich mich klar ausgedrückt?«

»Ja, Sir!«, rufen die Schüler wie im Chor.

Aidan und ich schweigen.

Eine halbe Stunde später stehe ich nervös vor Macmillans Pult. Er zieht seinen USB-Stick aus dem Rechner und fährt den Computer herunter. Dann setzt er sich wieder auf seinen Stuhl und verschränkt die Arme über der Brust.

»Nun, Miss MacAengus. Ich höre.«

Ich zupfe an der Nagelhaut meiner Daumen. Er wird es nicht verstehen. Ich verstehe es ja selbst nicht.

»Sir, ich wollte Sie nicht verärgern. Ich kann es mir auch nicht erklären, aber schon bei unserer allerersten Begegnung schaffte ich es nicht, in Aidans Emotionen zu tauchen.«

»Technisch oder emotional gesehen?«

Vor dieser Frage habe ich mich gefürchtet.

»Emotional«, flüstere ich.

Seine kleinen Augen blicken interessiert. »Haben Sie so etwas bereits erlebt?«

»Nein, Sir«, antworte ich wahrheitsgemäß. »Es tut mir leid.«

Er steht auf und legt seine faltigen Hände auf meine Schultern. Prüfend sieht er mich an. »Das braucht es nicht. Sie haben in der kurzen Zeit, in der Sie hier sind, für ganz schönen Wirbel gesorgt. Als ich gestern Abend von Fion erfuhr, dass Sie bereits Kontakte zum Horusring haben, drängte sich mir sofort der Vergleich mit Ihrer Mutter auf. Ihre Weigerung, Aidan zu scannen, erinnerte mich an einige hitzige Diskussionen, die ich mit ihr im Unterricht hatte.«

Meine Kehle fühlt sich plötzlich rau an. »Sie haben sie auch unterrichtet? Aber bestimmt haben Sie Mama doch vor Montgomry und dem Horusring gewarnt!«

Macmillan seufzt und weicht meinem Blick aus. Er greift nach seinem Aktenkoffer und geht auf die Tür zu. »Besprich das mit deinem Vater, Kind.«

»Wenn Macmillan dir zu starke Schmerzen zugefügt hat, sag es, und ich geh auf der Stelle zu Fion!« Aidan baut sich mit aufgebrachter Miene vor mir auf.

»Fion? Ernsthaft jetzt?« Faye starrt Aidan von der Seite an.

»Seit Miss Ich-breche-hier-alle-Regeln seinen Couchtisch demoliert hat, dürfen wir beide ihn so nennen. Cool, was?«

»Der Wahnsinn!«, stöhnt Faye.

»Er kann Schmerzen zufügen?«, erwache ich aus meinen Gedanken.

»Jetzt sag bloß, du hast das mit Owens nicht bemerkt.«

»Doch, aber ...« Ich lächele, als ich ihre besorgten Gesichter sehe. »Keine Sorge, er hat mir nichts getan. Er hat nur meine Mutter erwähnt und auf dieses Thema reagiere ich nun mal sensibel. Also, was ist er?«

»Ein Neurokinetiker«, antworten Faye und Aidan wie aus einem Mund.

»Soll heißen?«

»Er kann deine Nervenbahnen beeinflussen und Schmerz-
empfindungen in deinem Körper auslösen, ohne dass es dafür
einen äußeren Grund gibt.«

»Und so einen lassen sie hier ganz legal auf die Schüler
los?«

»Leg dich bloß nicht ...«

»... mit ihm an«, vollende ich seinen Satz. »Schon kapiert.
Können wir jetzt heimfahren?«

»Nein. Du musst noch deine Hausaufgaben machen und
hinterher das Buch im Spind verschwinden lassen.«

Aidan scheint seine Primus-Rolle wirklich ernst zu nehmen.
Faye lacht und gibt ihm einen Stoß in die Seite. »Übertreib's
nicht, du Sklaventreiber.«

Meine Augen fallen mir zu, als ich mich in das kühle Leder
des Autositzes lehne. Das Buch ist der absolute Hammer! Ich
würde wahrscheinlich immer noch darin lesen, hätte Aidan es
mir nicht irgendwann aus der Hand gerissen und verkündet,
ich solle jetzt bloß nicht Lynn Konkurrenz machen.

So viele unterschiedliche Gaben! Ich bin mir mit Mama
bislang wie Robinson und Freitag auf der einsamen Insel vorgekommen. Jared hat recht gehabt. Ich kann definitiv viel bei
SENSUS CORVI lernen. Es fühlt sich gut an, ein Rabe zu sein.

»Danke!« Ich sehe zu Aidan hinüber. Seine Augen sind auf
die Straße gerichtet.

»Wofür?«, fragt er lächelnd.

»Dass du so lange gewartet hast, bis ich die ersten drei
Kapitel und den Abschnitt über Mantik durchhatte.«

Die Rücklichter des Autos vor uns röten sein Gesicht. Sein
Auge ist nicht mehr geschwollen, nur noch ein blasser blau-
grüner Rand am Lid zeugt von Jareds Schlägen. Er nimmt

die linke Hand vom Lenkrad und streicht sich durch die Haare. Meine Haut beginnt zu prickeln, als ich sehe, wie die schmalen Finger sich ihren Weg durch die dunkelblonden Strähnen bahnen, die Wangen und das Kinn kurz streifen, bevor sie durch die Luft auf mich zugleiten. Sanft landen sie auf meinem Oberschenkel und tasten nach meiner Hand. Ich unterdrücke ein Keuchen.

»Sei ehrlich!«, beginnt er leise. »Bist du wirklich noch nie in meine Emotionen getaucht?«

»Nein.«

»Und in die von Jared?«

Wieso muss er jetzt ausgerechnet nach ihm fragen? »Ein Mal. Bei dem Treffen mit den Horusleuten. Ich wollte herausfinden, ob er nur in Gedanken zu mir sprechen oder auch meine Gedanken lesen kann.«

»Aha. Und was für Gefühle hatte er?«

»Das geht dich nichts an!«

Aidans Gesicht verdüstert sich.

»Komm mir jetzt bloß nicht mit deinem Primus-Status. Ich werde mich morgen bei Fion erkundigen, welche Rechte du hast. Da ihr Raben so auf Regeln steht, gibt es bestimmt ein Buch, in dem sie aufgelistet sind.«

Er lacht hell auf. »Du bist ganz schön gerissen. Leider verrät mir deine Antwort bereits genug. Bist du nicht neugierig, ob ich ähnlich empfinde? Warum versuchst du es nicht? Willst du es nicht wissen oder hast du nur Angst vor der Antwort?«

Verdammt! Ist es wirklich so?

»Es ... es hat mir vollauf gereicht, Lynns Gefühle für dich zu scannen. Ich muss mir jetzt nicht auch noch deine romantische Version ansehen.« Ich schaffe es, meiner Stimme einen festen Klang zu geben. Wir biegen von der Landstraße ab und Aidan muss wieder seine Hand auf das Lenkrad legen.

»Hör mal, das mit Lynn und mir ... also ... ich ...« Er seufzt und biegt in unsere Straße ein.

»Du musst dich nicht dauernd rechtfertigen. Ich weiß, dass sie deine Freundin ist. Es ist mir im Übrigen auch egal.«

Eine glatte Lüge. Ich krame rasch in meiner Tasche nach dem Hausschlüssel, um ihm nicht ins Gesicht sehen zu müssen.

»Ach? Ist es das?« Seine Stimme hat ihren warmen Tonfall verloren. Er greift plötzlich so grob nach meinem Arm, dass ich aufschreie.

»Spinnst du? Lass mich los!«

»Steig aus und sag Jacob, dass ich heute bei meinen Eltern übernachte.«

Niemals spricht er von »daheim«, wenn er seine Eltern erwähnt. Sein Zuhause ist bei Jacob.

Ich habe ihn verletzt.

»Aidan, ich ...«

»Verschwinde endlich!« Er lässt den Motor an.

Wortlos gehe ich ins Haus.

HERBST

Lernen. Essen. Trinken. Schlafen.

Der Herbst ist hereingestürmt. Wie ein kalter nasser Hund, der sich den Regen aus dem zottigen Fell schüttelt.

Und ich habe es von mir gerissen: mein altes Leben.

Ein kurzer Brief an Hannah und Elias. Mein Vater verbiete den Kontakt zu ihnen. Ein einsilbiges Telefonat mit einer ungläubigen Liz. Dann hat mir Dad die neue SIM-Karte für mein Handy gegeben.

»Früher oder später würden sie es mitbekommen. Gerade jetzt, wo du so intensiv an deinen Fähigkeiten arbeitest. Es ist besser, wir Raben bleiben unter uns, Kleines.«

Seine Worte haben nicht wirklich geholfen. In meiner Sehnsucht nach Mama waren die Telefonate mit Hannah und Liz der letzte Anker, der mich noch mit meinem früheren Leben verband. Jetzt treibe ich auf eine Zukunft zu, die sich wie eine gewitterumtoste, stürmische See vor mir aufbaut. Und dann muss Dad auch noch für zwei Wochen verreisen. Farran und er halten es für sicherer, dass ich in der Zeit seiner Abwesenheit in dem Internatsbereich von SENSUS CORVI untergebracht werde. Wegen der Falken.

»Warum kann ich nicht mit Aidan im Haus bleiben?«

»Das ist zu gefährlich, Emma. Außerdem hat Aidan gesagt, dass er eine Zeitlang bei seinen Eltern sein möchte.«

Natürlich. Er ist sicher ganz erpicht darauf.

»Kann ich dir helfen?«

Wie oft habe ich diesen Satz in den letzten Wochen schon

gehört? Seit ich ein Rabe bin, werde ich so mit Hilfsbereitschaft überschüttet, dass ich glaube zu ersticken. Aber in diesem Fall schwingt ein eigenartiger Klang in der Frage mit, etwas Raues, Forderndes, das mich sofort von meinem Buch aufsehen lässt.

Braune Augen linsen unter dichten schwarzen Wimpern zu mir herab. Dean Owens. Was sucht der denn so spät abends noch in der Bibliothek?

»Nein danke.« Ich senke rasch wieder den Kopf. Diese Differentialgleichungen machen mich noch wahnsinnig.

»Tut mir leid.« Er setzt sich ungefragt neben mich.

Verwirrt schaue ich auf. »Dass ich deine Hilfe nicht benötige?«

»Ich würde dir wirklich gerne helfen.« Das Lächeln auf seinem Gesicht ist erstaunlich offen. Aber wenn ich Faye Glauben schenken darf, durchläuft seine Hilfsbereitschaft einen erbarmungslosen Nutzenscanner, angetrieben von dem Ehrgeiz, in der SENSUS-CORVI-Hierarchie möglichst weit oben zu landen.

»Du weißt schon, wegen damals in SPSE. Das war nicht fair«, fährt er fort.

Dunkel erinnere ich mich an seine Bemerkung. Es kommt mir vor, als wäre das vor Monaten gewesen. »Vergiss es einfach, Dean.« Ich starre auf die Formel und versuche, ihn auszublenden. Seine Freundlichkeit ist mir nicht geheuer.

»Und dem Camogie-Spiel.«

Richtig. Er ist auch einer der Jungen gewesen, die sich mit Aidan am Spielfeldrand über mich lustig gemacht haben. Kein Wunder. Dean ist nach Aidan der beste Hurling-Spieler, Kapitän der Gegenmannschaft. Erstaunlich, dass sie trotzdem gut befreundet sind.

Ob sie dir schmeicheln oder dich beleidigen. Das Einzige, was zählt, ist ihre Absicht.

Ich verschränke die Arme über der Brust und mustere ihn eingehend. Er hält meinem Blick gelassen stand, immer noch lächelnd. Ich müsste schon tauchen, um seine Beweggründe zu erraten. Aber das ist ohne Ankündigung verboten.

»Was soll das jetzt werden? Ein Beichtgespräch? Erwartest du etwa einen Sündenerlass von mir?«

Dean lacht. Eine dunkelbraune Haarsträhne fällt ihm in die Stirn. Seine Augen erinnern mich an dunklen Bernstein. Er ist gar nicht so unattraktiv. Für so ein Ekel.

»Ähm, bist du immer so charmant, wenn dich jemand ehrlich um Verzeihung bittet?«

»Muss an meiner Leidenschaftlichkeit liegen.«

»Gehst du mit mir zum Halloween-Ball?«

Was? Mir wird plötzlich bewusst, dass ich ihn mit offenem Mund anstarre. Daran habe ich gar nicht mehr gedacht. Aidan geht sicher mit Lynn hin.

»Willst du mich veräppeln?«

Er hängt doch immer mit dieser dunkelblonden langbeinigen Schönheit zusammen. Wie heißt sie doch gleich, Keira?

»Keineswegs. Warum sollte ich dich nicht fragen, wo du doch Aidan einen Korb gegeben hast?«

Ich zucke heftig zusammen und schnappe nach Luft. »Sagt wer?«

»Komm schon, Emma. Die ganze Schule spricht davon. Du bist wahrscheinlich die Erste, bei der Aidan nicht landen konnte.«

Wütend stopfe ich mein Mathebuch und den Block in die Tasche und stehe auf.

»Hab ich was Falsches gesagt?« Er sieht verdutzt aus. Ich trete einen Schritt auf ihn zu und kneife die Augen zusammen. »Die Antwort lautet: nein. Und zu deiner Information: Ich habe Aidan keinen Korb gegeben. Wir waren nie mehr als Freunde.«

Es ist kürzer, über den Hof zu laufen. Ich hoffe, er bleibt in den beheizten Gängen und ich werde ihn auf diese Weise wieder los. Kalter Wind bläst mir entgegen und es regnet in Strömen.

Doch leider lässt sich Dean auch davon nicht abschrecken. »Ich versuche doch nur, nett zu sein. Was ist eigentlich mit dir los?«

Fröstelnd schlinge ich die Arme um mich und marschiere weiter. Der Regen läuft mir in den Kragen meiner Bluse und von dort den Rücken hinab.

»Nichts. Lass mich einfach in Ruhe.«

»Nein.« Er packt mich am Arm. »Du hast Probleme und wir Raben ...«

»Halten zusammen ... bla, bla, bla. Ich bin keine Trophäe, Owens! Tob deinen Ehrgeiz woanders aus!«, rufe ich und drehe mich zornig zu ihm um. Ein eigenartiger Ausdruck liegt auf seinem Gesicht. Irgendwie entrückt. Die Augen starr, als würden sie mich gar nicht wahrnehmen. Wassertropfen hängen an seinen Wimpern. Er sieht aus wie eine Statue aus der griechischen Mythologie.

»Ähm ... Dean?«

Vorsichtig greife ich nach seiner Hand und löse sie von mir. Sein Arm fällt leblos an seinen Körper zurück, als wäre es der einer Puppe. Es sieht schaurig aus. Gänsehaut breitet sich auf meinem durchnässten Körper aus, als ich es erkenne: Er benutzt gerade seine Gabe. In der Mensa haben ein paar

Mädchen über ihn geredet. Dean sei ein Optivus. Aber was genau ist er? Ich erinnere mich nicht mehr. Vorsichtig gehe ich ein paar Schritte rückwärts, ohne ihn aus den Augen zu lassen. Was, wenn er irgendwie auf mich Einfluss nehmen will? Kann er das?

Mit einem Ruck drehe ich mich um und laufe los.

»Emma! Stopp! Nicht da lang!«

Schritte. Keuchender Atem in meinem Rücken. Mein Herz jagt in unregelmäßigen, schnellen Schlägen. Ich muss ihn abhängen! Etwas bewegt sich vor mir in der Dunkelheit. Menschliche Schemen gleiten auf mich zu.

»Stehen bleiben!«, brüllt jemand.

Eine der Gestalten vor mir hält an und hebt die Arme. Kurz sehe ich eine schwarze Maske, ein Blitzen, dann prallt etwas Schweres gegen meinen Rücken und wirft mich zu Boden. Ich schreie auf. Es brennt! Oh, wie es brennt! Schmerz pulsiert heiß durch meinen linken Oberarm und mir wird übel. Gedämpfte, ploppende Geräusche lenken mich von dem Körper auf mir ab. Sind das etwa Schüsse? Und dann höre ich in unmittelbarer Nähe den abgehackten Schrei eines Mannes, gefolgt von einem dumpfen Aufprall.

Bittere Flüssigkeit strömt in meinen Mund und ich würge sie wieder hinunter, während alles um mich herum in dunkler Unschärfe verschwimmt. Immer noch hält mich jemand zu Boden gedrückt. Ich versuche, ihn von mir zu schütteln, aber er ist zu stark.

Wie in einem Film sehe ich auf einmal Farran in seinem Büro vor mir sitzen: *Du musst jedes deiner Gefühle für deine Telekinese nutzen können. Nicht nur die Wut. Liebe, Hass, Eifersucht, Freude. Analysiere, was gerade in deinem Körper am meisten vorhanden ist, steigere es und konzentriere es auf dein Ziel. Wenn du angegriffen wirst, wird vor allem eines vorherrschen: Angst.*

Ja. Himmel, ja! Angst. Ich hole tief Luft und tauche in sie wie in das Eisloch eines zugefrorenen Sees. Der Druck an meiner Kehle nimmt zu. Als ich glaube, zu ersticken, fühle ich jeden Zentimeter des Gewichtes auf mir. RUNTER! Ein Ruck geht durch meinen Körper und plötzlich bin ich frei. Jemand schreit hinter mir schmerzerfüllt auf. Ich muss aufstehen, muss laufen. Weg, bloß weg hier. Warum brennt mein linker Arm? Meine Beine sind so wacklig, dass ich immer wieder einknicke. Und dann schält sich auf einmal die Gestalt eines Mannes vor mir aus der Dunkelheit. Er ist bleich und sieht mich aus riesigen blauen Augen an. In der Hand hält er eine Waffe. Ihre Mündung ist direkt auf mich gerichtet. Gebannt starre ich auf das glänzende Metall. Nein, bitte nicht. Tu mir nichts. Aber ich bringe kein Wort heraus.

»Bist du okay? Hat er dich erwischt?«

Der Mann senkt die Waffe und steckt sie in seinen Schulterhalfter. Im nächsten Moment trifft mich der Lichtstrahl seiner Taschenlampe. Er gleitet über mein Gesicht, hinunter zu meiner Brust und bleibt an meinem Arm hängen.

»Oh Shit! Das sieht übel aus. Setz dich lieber hin und bleib ruhig, sonst verlierst du zu viel Blut.«

Blut? Wieso denn Blut? Meine Augen folgen dem Licht und mir wird schwindlig. Der Stoff meiner Anzugjacke ist zerfetzt und darunter ist alles rot. Offenes Fleisch und Blut. Viel Blut. Meine Beine werden weich und ich sehe, wie die Erde näher kommt. Der Mann fängt mich auf und lässt mich zu Boden gleiten. Jetzt erkenne ich ihn. Es ist einer der Sicherheitsmänner vom Eingangstor. Er zieht sein Funkgerät heraus. Seine Lippen bewegen sich, aber in meinen Ohren rauscht es so laut, dass ich seine Worte nicht verstehen kann. Durch das Summen tönen verzerrt gellende Warnsirenen und Lichtkegel wandern vom Schulgebäude über den Hof und die Gartenanlagen.

Vor mir im Gras liegt etwas. Ich kneife die Augen zusammen, um es besser zu erkennen. Ein Scheinwerfer wandert darüber und gräbt die Umrisse schwarzer Stiefel, einer dunklen Hose und Lederjacke aus der Finsternis. Aus dem Ärmel der Jacke ragt eine behandschuhte Hand, die eine Waffe hält. Schau weg, aber meine Augen saugen sich an der Gestalt fest und gehorchen nicht. Als das Licht beim Kopf ankommt, sehe ich Blut und …

Ich würge und erbreche mich auf dem Rasen. Dann drehe ich mich weg und schließe meine Augen. Will nichts mehr sehen. Stimmen. Überall. Will nichts mehr hören. Will, dass das Brennen aufhört. Jemand zieht mein rechtes Augenlid hoch und leuchtet mit einer Lampe hinein.

»Miss MacAengus, können Sie mich hören?«

Ich schreie und schlage um mich. Hände halten mich fest. Jemand zieht den rechten Ärmel meiner Schuluniform hoch und etwas sticht mich in die Haut. Die Stimmen beginnen wieder zu rauschen und dann werden sie schwächer.

Und plötzlich ist es still. Und rabenschwarz.

DEAN

Das Erste, was ich wahrnehme, ist der Geruch von frischer Wäsche und Desinfektionsmittel.
Jemand hält meine rechte Hand. Und ich weiß sofort, wer es ist. Es gibt nur einen einzigen Menschen, dessen Berührung diese Hitze auf meiner Haut auslöst.
»Aidan«, flüstere ich, bevor ich noch die Augen öffne.
Er sieht schrecklich aus. Bin ich genauso kreideweiß? Ich lächle. Aidan ist da. Und alles ist gut. Aber er bleibt ernst und drückt meine Hand.
»Dein Vater wird mich umbringen, wenn er das erfährt«, sagt er mit so viel Bitterkeit in der Stimme, dass ich zusammenzucke. Wieso ihn? »Sieh mich nicht so an, verdammt! Wenn Dean dich nicht zu Boden geworfen hätte, wärst du jetzt tot. Die Kugel, die deinen linken Arm gestreift hat, wäre mitten in deinem Herz gelandet.«
Er lässt mich los und fährt sich durch das Haar. Seine Augen sind dunkel vor Angst. Ich versuche, seine Worte zu verstehen. Mein Kopf fühlt sich an wie betäubt. Dean? Aber ich habe ihn doch ...
»Ist Dean verletzt? Himmel, ich wusste nicht ...«
Aidan grinst hämisch und beugt sich über mich.
»Das ist das einzig Gute an der Sache. Die nächsten Hurling-Spiele gewinnen wir.«
»WAS IST MIT IHM?« Ich packe Aidan aufgeregt am Arm.
»Beruhige dich!« Er wirft einen Blick auf den Monitor vor mir. Ein Piepsen ist kurz zu hören. Dann verstummt das Gerät.

»Er ist okay. Hat sich nur den linken Arm gebrochen.«
Die grüne Kurve auf der Anzeige bewegt sich heftig auf
und ab. Ich kralle meine Finger fester in seine Haut.
Er verzieht das Gesicht.

»Nur? Scheiße noch mal! Er rettet mir das Leben und ich
danke es ihm, indem ich ihn wegschleudere und damit den
Arm breche!« Einen Moment halte ich inne. »Das ist mir alles
zu viel. Ich steig aus und geh zurück nach Deutschland. Von
wegen Gabe. Ein Fluch ist das!«

»Ach, hast du das auch schon kapiert? Dann verstehst du
jetzt endlich, warum wir unter uns bleiben müssen? Stell dir
vor, das wäre dir mit einem normalen Jungen passiert. Der
hätte es bestimmt nicht so cool gefunden wie Dean.«

Er lehnt sich in den Stuhl zurück und schenkt mir ein
herablassendes Lächeln.

Wütend balle ich meine Hände zu Fäusten. »Erzähl mir
nicht, dass er es *cool* findet, mit gebrochenem Arm zusehen
zu müssen, wie du seine Mannschaft in den nächsten Spielen
zerlegst!«

»Bestimmt nicht. Aber er findet dich cool. Viel zu cool
für meinen Geschmack. Schließlich hat er deine Kräfte noch
nie live erlebt. Bislang bin ja nur ich in den Genuss deiner
Attacken gekommen.« Er schnalzt mit der Zunge und sieht
mich anzüglich an.

Ich schließe die Augen und zähle bis zehn.

»Ihr seid doch beide total irre.« Meine Stimme wird so
kraftlos wie mein Körper.

Als ich die Augen wieder öffne, ist das Lächeln in Aidans
Gesicht verschwunden. Er beugt sich vor und streicht mir
zärtlich über das Haar.

»Nein. Wir sind Raben. Du hast es immer noch nicht begriffen. Wir halten auch dann zusammen, wenn einer von uns den anderen verletzt. Wie eine Familie. Gerade dann, wenn es um unsere Gaben geht. Denkst du, wir anderen haben uns und unsere Kräfte immer perfekt unter Kontrolle?«

Auf einmal fällt mir Jared ein. Er ist nach Aidans Attacke nicht halb so ausgeflippt wie ich. Trotz seiner Schmerzen. Im Gegenteil. Er hat ihn sogar verteidigt, indem er meinte, Aidan habe keine andere Wahl gehabt.

»Es ... es tut mir leid, dass ich dir Vorwürfe wegen Jared gemacht habe«, sage ich nach einer Weile leise.

Da ist es wieder. Dieses silberne Glitzern in seinen Augen. Weiße Wellenspitzen in einem grünblauen Meer, das mich warm umspült.

»Du machst Fortschritte.«

»Ich hab einen guten Primus.«

Er seufzt und runzelt die Stirn. »Leider nicht. Ich hab versagt und kann nur froh sein, dass Dean auf dich scharf ist.«

Meine Wangen werden heiß. »Ähm ... du kannst doch nicht die ganze Zeit bei mir sein. Außerdem war es reiner Zufall, dass gerade ich draußen war und ...«

»War es nicht. Der Kerl wollte nicht irgendeinen Raben töten. Vermutlich steckt Montgomry dahinter. Er muss vorhergesehen haben, dass du in den Hof kommst. DU warst das Opfer.«

Vor meinen Augen erscheint der verletzte Hinterkopf des Mannes und ich bekomme plötzlich keine Luft mehr. Meine Hände klammern sich in die Decke.

Piep, piep, piep. Der Monitor schlägt wieder an. Was, wenn ...

»Jared ...«, keuche ich.

Aidan streicht mir über die Stirn. »Sschscht, keine Sorge.

Es war nicht Jared.« Seine Kiefermuskeln spannen sich an, als würde die Erwähnung seines Namens ihm Zahnschmerzen bereiten. »Der Mann, den wir erwischt haben, hieß Nicholas Sheen. Kennst du ihn?«

Mein Atem wird ruhiger.

»Nein.« Zum Glück. »Wieso sollte Richard mich töten wollen, wenn er einen Spion braucht?«

»Keine Ahnung. Aber als wir den Kerl durchsuchten, trug er ein Foto von dir in der Tasche.«

Das muss ein schlechter Traum sein. Meine Augen wandern zu meinem linken Oberarm. Er ist einbandagiert, schmerzt aber eigenartigerweise nicht. Wahrscheinlich haben sie mich mit Schmerzmittel vollgepumpt.

»Jacob wollte, dass ich während seiner Abwesenheit bei dir im Internatsbereich bleibe. Aber ich bin nach Hause gefahren. Es ist meine Schuld, dass es so weit gekommen ist«, sagt Aidan leise. Er schlägt mit der Faust gegen die Wand.

»Unsinn. Dean hat mich gefragt, ob ich mit ihm zum Halloween-Ball gehe und ich fühlte mich bedrängt. Dann ist er auf einmal so komisch geworden. Als ob er nicht ganz bei sich wäre. Das hat mir Angst gemacht. Ich bin einfach weggerannt.«

»Dean will mit dir zum Halloween-Ball gehen?« Aidan schaut mich so entgeistert an, als hätte ich verkündet, Farran persönlich wolle mit mir tanzen.

Ich spüre ein Grummeln in meinem Bauch.

»Spricht was dagegen?«, frage ich schnippisch. Regen pocht dumpf gegen die Scheiben. Wie ein Freund, der hereingelassen werden möchte. Eigenartig. Sonst mag ich Regen nicht.

»Besser Dean als Jared«, murmelt er.

Ich hüte mich, darauf einzugehen, fühle aber deutlich, wie ich eröte.

»Dean ist ein überzeugter Rabe. Er würde dir nie etwas antun. Übrigens ist er ein Televisionär.«

Er kann Bilder von anderen Orten empfangen? »Deshalb hat er geschrien, ich soll nicht in diese Richtung laufen!«

Aidan nickt, steht auf und drückt seine Lippen flüchtig auf meine Stirn. Es fühlt sich an, als wäre warmes Wachs auf meine Haut getropft. »Schlaf jetzt, kleine Emz.«

Er weiß ganz genau, wie ich es hasse, wenn er mich so nennt.

Mit einem Schrei wache ich auf.

Hellblaue Augen in einem faltigen rotbackigen Gesicht betrachten mich besorgt. »Alles in Ordnung?«, fragt sie. »Haben Sie Schmerzen?«

Ja. Ich schüttele den Kopf. Mein Arm brennt höllisch, aber Schmerzmittel machen müde. Und ich will nicht wieder schlafen, nicht träumen. Bloß nicht träumen ...

»Ich bin Schwester Myrtle. Wollen Sie etwas trinken?«

Ich nicke. Sie reicht mir ein Glas Wasser. Als die ersten Tropfen meinen Mund berühren, merke ich erst, wie durstig ich bin. Gierig trinke ich das Glas leer.

»Gleich gibt es Frühstück. Dann werden Sie sich besser fühlen.«

Ein Geräusch hinter der Krankenschwester lässt mich zusammenzucken. Die Tür schwingt leise ins Schloss und dann fühle ich ihn. Wie kann das sein? Noch nie zuvor habe ich das getan. Bislang konnte ich nur seine wolkenartige Aura sehen. Manchmal. In letzter Zeit eher selten. Aber ich weiß, dass er es ist, bevor er spricht.

»Danke, Myrtle. Lassen Sie mich bitte einen Augenblick mit Emma allein.«

Seine Stimme ist leise und melodisch. Und dennoch beherrscht sie den Raum vollkommen.

»Ja, Mr Farran.« Schwester Myrtle sieht ihn mit einem glasigen, verklärten Blick an.

Als sie sich umdreht, um nach draußen zu gehen, zucke ich zusammen. Die Luft um Farrans schmale Gestalt vibriert in leuchtenden Farben. Seine kurzen Haare bewegen sich wellenartig, als würde jemand durch sie streichen. Seine Emotionen müssen unglaublich stark sein, wenn sie eine solche Aura verursachen. Wahrscheinlich hat sie es nicht gesehen, aber sicher gefühlt. Sein Blick dagegen ist metallisch hart.

»Das werden sie bereuen«, sagt er.

Ein kaltes Kribbeln läuft bei seinen Worten über meinen Rücken und zugleich fühle ich Wärme. Er sorgt sich um mich.

»Keine Angst, ich bin okay. Was wäre denn ein Spion ohne Narben?«

Meine Worte haben eine faszinierende Wirkung auf ihn. Die Vibrationen um seinen Körper verblassen. Das Fühlen seiner Anwesenheit erlischt.

Er setzt sich an mein Bett.

»Du bist eine Kämpferin wie dein Vater. Sehr gut. Ich hatte Angst, du willst jetzt aussteigen.«

Meine Augen verhaken sich in seinen und ich denke: Familie.

»Ich glaube, ich bin erst gestern Nacht aus dem Ei geschlüpft«, murmele ich leise.

Sein Lächeln ist wirklich schön. Vielleicht das Schönste überhaupt an seinem Gesicht. »Und wie fühlt es sich an, ein Rabenjunges zu sein?«

»Helfen Sie mir, flügge zu werden! Dann werde ich für Sie fliegen.«

Er greift über das Bett nach meiner Hand und drückt sie leicht. »Du wirst von mir alles lernen, was ich dich lehren kann. Viele junge Menschen sind durch mein Institut gegangen. Aber du bist etwas ganz Besonderes. Nicht nur aufgrund deiner Gaben. Dein Vater kann stolz auf dich sein. Er weiß übrigens noch nichts von gestern Abend.« Er lässt mich los und schmunzelt. »Sonst stünde er bereits hier und würde den Auftrag, den ich ihm gegeben habe, nicht zu Ende führen.«

Vaters Gesicht, wenn er das erfährt, kann ich mir lebhaft vorstellen. »Das müssen Sie dann aber auf Ihre Kappe nehmen. Er wird Aidan und mich vierteilen, weil wir ihn nicht angerufen haben.«

Ich hätte Aidan besser nicht erwähnt. Die Gerüchteküche von SENSUS CORVI geht wohl auch an Farran nicht vorüber.

»Dean ist übrigens ebenfalls ein Optivus«, sagt er und schlägt die Beine übereinander.

»Fion!«

Es klopft. Wir drehen beide den Kopf zur Tür. Als sie aufgeht, frage ich mich, ob Farran neuerdings auch über mantische Fähigkeiten verfügt. Dean Owens bekommt große Augen, als er den Schulleiter an meinem Bett wahrnimmt.

»Verzeihung, Sir. Ähm, ich werde dann später ...«

»Komm nur rein. Emma hat mir gerade gesagt, wie unglücklich sie darüber ist, dich verletzt zu haben.«

Mistkerl! Dean lächelt verlegen, schnappt sich einen Stuhl und setzt sich neben Farran an mein Bett. Er trägt eine ausgewaschene Jeans und ein dunkelblaues enges T-Shirt.

Mir fällt auf, dass er fast so muskulös ist wie Jared. Sein linker Arm steckt in einem Gips.

»Ja ... tut mir wirklich leid«, nuschle ich errötend.

»Du warst unglaublich!« Dean strahlt und Farran nickt zustimmend.

Ich starre auf meine Bettdecke und weiß nicht, was ich darauf sagen soll. Als das Schweigen unerträglich wird, räuspert sich Farran und steht auf.

»Ich will euch beide nicht länger stören.« Dean erhebt sich sofort. »Bleib sitzen, Junge. Nur eines noch: Einer der Sicherheitsmänner hat Montgomry auf dem Gelände gesehen. Leider ist er entkommen. Warum jagt er dich, Emma?«

»Keine Ahnung. Ich hatte keinen weiteren Kontakt zum Horusring mehr.«

»Auch zu Jared nicht?«

»Nein.«

»Wenn es dir besser geht, möchte ich, dass du ihn triffst und es herausfindest. Falls Jared noch lebt.«

Ich sehe ihn erschrocken an.

»Dean oder Aidan werden dir den Rücken decken.« Er steht schon in der geöffneten Tür, als er sich noch einmal umdreht. »Besser beide zusammen.«

Ich stöhne auf und schließe die Augen, als die Tür ins Schloss fällt.

»Er kann ganz schön anstrengend sein.« Dean lacht leise.

»Oh ja!«

»Sag mal, das mit dem Horusring. Ich dachte, ich bin im falschen Film, als Aidan mir heute Morgen davon erzählt hat. Hätte nie gedacht, dass du so mutig bist.«

»Schön wär's. Irgendwie bin ich da ganz von selbst reingerutscht.« Ich öffne die Augen. Wenn er lächelt, sieht man kleine Grübchen auf den Wangen. Sag es einfach. Ist doch ganz leicht.

»Steht dein Angebot mit dem Ball noch?«

Seine Miene wird ernst. Natürlich. Wer geht schon mit einem Mädchen zum Tanzen, das einem den Arm bricht. Ich schaue wieder auf die Bettdecke.

»Du musst das nicht aus Dankbarkeit tun«, sagt er leise.

Mein rechter Zeigefinger malt Kringel auf das weiße Laken. »Tu ich nicht. Reine Selbstsucht. So ein Maskenball ist schließlich nicht ungefährlich. Wer weiß, wie viele Falken sich da einschleichen, und da du jetzt schon Übung darin hast, mich zu Boden zu schmeißen ...«

Ich hebe den Kopf und sehe gerade noch, wie ein triumphierendes Funkeln über seine Pupillen huscht, bevor sich seine Lippen zu einem strahlenden Lächeln verziehen.

»Na, wenn das so ist.« Er greift nach unten und hält meine Turnschuhe in der Hand. »Lust auf einen kleinen Spaziergang? Das Frühstück hier ist echt miserabel.«

»Okay.«

Die Cafeteria des Krankenhauses ist fast leer. Wir setzen uns an einen der weiter abseits gelegenen Tische. Dean kauft zwei Tassen Schwarztee mit Milch und Schokodonuts. Nach den ersten Bissen spüre ich, wie hungrig ich eigentlich bin. Zwei junge Krankenschwestern ein paar Tische weiter werfen uns neugierige Blicke zu und stecken kichernd die Köpfe zusammen. Plötzlich sehe ich das Rabenemblem auf der Tischplatte.

»Was zum Geier ...?«

»Das ist Farrans Privatklinik. Hier arbeiten nur Raben«, erklärt Dean.

»Er hat eine eigene Klinik?«

Dean schnappt sich einen Donut vom Teller. »Er hat eine ganze Menge. Praktisch, nicht wahr? Was meinst du, was für einen Behördenkram du jetzt am Hals hättest, wenn du in einem normalen Krankenhaus gelandet wärst? Denk doch mal nach!«

Natürlich! So blöd habe ich mich schon lange nicht mehr gefühlt. Eine Schussverletzung. Sicher hätte mich unter anderen Umständen schon lange die Polizei verhört.

»Er vertuscht das alles?«, frage ich und klammere mich an meine Tasse. »Was ist mit der Leiche?«

»Dafür haben wir unsere Katakomben im Keller.« Er beißt herzhaft in den Kringel und mir dreht sich der Magen um. Kauend mustert er mich. Dann bricht er in schallendes Gelächter aus.

»Du hast mich grad verarscht, oder?«

»Yep. Ihre Mimik war einmalig, Miss MacAengus.«

Dean schaufelt drei Löffel Zucker in den Tee. Vielleicht sollte ich mir das mit dem Ball noch einmal überlegen. Kein Wunder, dass er und Aidan sich so gut verstehen.

»Farran ist ein reicher, berühmter Mann. Er wird das als ein Attentat auf sich persönlich darstellen. Wer greift schon harmlose Schüler an? Außerdem hat er ein paar Raben bei der Polizei und der Staatsanwaltschaft sitzen. Glaub mir, es wird keine großen Untersuchungen geben.«

»*Er gewinnt. Immer*«, hat Jared gesagt. Ich will nicht mehr darüber reden.

»Du bist ein Televisionär?«

»Ja. Hast du das nicht gewusst?«

»Nein. Es hat irgendwie gruslig ausgesehen. Deswegen bin ich vor dir davongelaufen«, gebe ich kleinlaut zu.

Dean verschluckt sich und hustet. »Gruslig? Und das sagt ausgerechnet das zierliche Mädchen, das mich großen Kerl wie eine Stoffpuppe durch die Luft katapultiert hat!«

Ich puste in meinen Tee und versuche mich an das Kapitel in dem Kanon von Sensus Corvi zu erinnern.

»Wie funktionieren diese Televisionen? Ich meine, woher weißt du eigentlich, wohin du wann schauen musst?«

Er lehnt sich gegen die braune Holzlehne seines Stuhls und wippt vor und zurück. Ich warte. Schließlich lässt er den Stuhl nach vorne knallen und beugt sich über den Tisch. Sein Gesicht ist plötzlich ganz nah und ich kann dunkle Sprenkel in dem Nussbraun seiner Augen erkennen.

»Das habe ich bisher nur Farran, Macmillan und Aidan erzählt. Du wirst es niemandem sonst verraten.«

Sein Tonfall klingt auf einmal bedrohlich. Ich schlucke. Irgendetwas an ihm macht mir Angst. Aber ich will es wissen. Ich fühle, dass es wichtig ist, also nicke ich widerstrebend.

»Ein normaler Televisionär ist kein Optivus. Er kann zwar steuern, welchen Ort er sehen will, aber er weiß natürlich nicht, ob es sich lohnt, dorthin zu sehen. Ich dagegen schon.« Jetzt ist er so nah, dass sich unsere Nasenspitzen fast berühren. Vorsichtig drehe ich meinen Kopf ein wenig, weiche aber nicht zurück. Sein Mund rutscht durch meine Bewegung ganz nah an mein Ohr und ich fühle seinen warmen Atem auf meiner Haut. Meine Nackenhaare richten sich auf. »Ich kann Gefahr fühlen, wenn sie in Form von Aggressivität auftritt. Und mit meiner Gabe kann ich sie dann orten. Den Kerl, der dich umlegen wollte, habe ich am Zaun entdeckt und ich hab gesehen, in welche Richtung er lief. Als du ihm entgegenrennen wolltest, musste ich dich aufhalten. Reine Selbstsucht. Mit wem soll ich denn sonst auf den Ball gehen?«

»Danke, Dean«, flüstere ich.

SÜNDENBOCK UND OPFERLAMM

In der Nacht nach der Entlassung aus dem Krankenhaus erwache ich schweißgebadet aus einem Albtraum. Auf dem Nachttisch liegt mein Handy. Stöhnend richte ich mich auf und fahre mit dem Zeigefinger über das Display.

»23:36« und »Neue Nachricht« blinken mir entgegen. Ich tippe das Briefsymbol an.

»Bin mit meinem Auftrag früher fertig. Komme morgen Vormittag. Dad.«

Verflucht! Mit einem Schlag bin ich hellwach. Hastig taste ich nach den Kleidern auf meinem Stuhl. Kurz darauf mache ich mich auf den Weg zu den Jungenschlafräumen.

Eine Stunde später halten Aidan, Dean und ich an der Ecke vor dem Pub und ich hoffe inständig, dass Jared dort auf mich wartet. Nur er kann mir sagen, wer mich töten wollte. Wenn Dad erst nach Hause kommt und erfährt, dass ich angeschossen wurde, verbietet er sicher jeden Kontakt zu Horusring-Mitgliedern. Dann erfahre ich nie die Wahrheit.

Aidan parkt und zieht den Zündschlüssel ab.

»Irgendwas Auffälliges?«, fragt er und ich brauche einen Moment, bevor ich kapiere, dass er Dean meint.

Als ich mich zu ihm umdrehe, starrt er vollkommen weggetreten auf die Kopfstütze. Fasziniert beobachte ich sein Gesicht. »Sehe ich auch so unheimlich aus, wenn ich tauche?«, flüstere ich.

Aidan schmunzelt. »So ähnlich.«

Dean blinzelt plötzlich, als würde er aus einer Trance

erwachen.«Jared liegt auf einer der Sitzbänke im hinteren Bereich des Pubs. Hat 'nen krassen Haarschnitt. Militärisch kurz. Du hast saubere Arbeit geleistet!« Er grinst Aidan an, aber der wendet sich mit einem verlegenen Seitenblick zu mir von ihm ab.

Vermutlich hat Jared sich, als er den Verband los war, die nicht verbrannten Haare abrasieren lassen, um eine einheitliche Haarlänge zu erhalten.

»Ihr zwei lasst uns alleine und wartet hier«, sage ich bestimmt.

»Er wird sowieso vermuten, dass du nicht ohne Hilfe hierhergekommen bist«, entgegnet Aidan. »Schließlich hast du noch keinen Führerschein.«

»Ich werde ihm eben erklären, was für ein schlechtes Gewissen du wegen seinen Haaren bekommen hast und dass du mich später abholst«, erwidere ich zuckersüß.

Seine Augen blitzen zornig auf. »Auf. Keinen. Fall.«

Dean räuspert sich und Aidan lenkt ein.

»Also gut, von mir aus. Geh schon.«

Langsam steige ich aus und schließe die Tür. Er hat beunruhigend schnell nachgegeben. Vollkommen untypisch für Aidan. Gerade als ich losgehen will, verstehe ich den Grund. Ich öffne die Hintertür und beuge mich zu Dean hinunter. Er lächelt mich von der Rückbank unschuldig an.

»Wenn du auch nur im Traum daran denkst, mit mir auf den Ball zu gehen, wirst du uns nicht mit deiner Gabe beobachten.«

»Wie willst du es denn rausbekommen?« Seine Mundwinkel zucken amüsiert.

»Indem ich in dich tauche, wenn ich zurückkomme. Glaub mir, ich krieg es raus.«

»Verdammt, er muss es tun. Wie sollen wir dich denn sonst beschützen?«

»Verkauf mich nicht für blöd, Aidan. Wenn Gefahr droht, merkt er es. Dann, und nur dann, kann er von mir aus televisionieren.«

Als ich die Tür zuschlage, höre ich Aidans aufgebrachte Stimme. »Du Idiot! Warum hast du ihr das verraten?«

Ich muss nicht lange an die Tür des Pubs klopfen.

Jareds Gesicht erscheint an der Scheibe, dann wird die Tür heftig aufgerissen, und bevor ich noch reagieren kann, liege ich an seiner Brust. Mit einem Fußtritt schlägt er die Tür hinter mir zu.

»Endlich!«, flüstert er mir ins Ohr.

Seine Hände streicheln sanft über meinen Rücken. Und plötzlich will ich nur noch meinen Kopf an seine Schulter lehnen und weinen. Erst jetzt fällt mir auf, dass ich das, seit ich im Krankenhaus aufgewacht bin, nicht getan habe.

Nur widerstrebend reiße ich mich aus seiner Geborgenheit.

»Geht es dir gut?«

»Ja. Verheilt langsam.« Ich deute auf meinen Arm.

Er schüttelt den Kopf und berührt mit dem Zeigefinger kurz eine Stelle über meiner linken Brust. »Ich meine, hier drin.«

Scheiße. Nein. Es geht mir nicht gut. Ich presse die Lippen zusammen und blinzele ihn an.

»Verstehe.«

Er nimmt meine Hand und zieht mich nach hinten. Dean hat recht gehabt. Auf einer Sitzbank liegen ein Kissen und eine Wolldecke. Jared drückt mich nach unten und legt die Decke um meine Schultern.

Als er sich neben mich setzt, betrachte ich ihn genauer.

Nicht nur seine Haare sind stoppelkurz. Er hat sich auch den Bart rasiert.

»Jetzt siehst du nicht mehr wie Blaubart aus. Eher wie ein Marinesoldat, der gerade auf Heimaturlaub ist.«

»Gefällt es dir?«

»Nein. Überhaupt nicht.«

Er grinst schelmisch. »Gut. Denn sobald Haare und Bart wieder gewachsen sind, werde ich dich in mein Schloss entführen und dir einen gewissen Schlüssel aushändigen.«

»Ich werde ihn aber nicht benutzen.«

»Ha! Das sagst ausgerechnet du! Miss Ich-schrecke-in-meiner-Neugier-vor-nichts-zurück. Welches andere Mädchen wäre einfach so zu Richard ins Auto gestiegen? Einem Wildfremden! Warum sollte gerade dich der Schlüssel zur verbotenen Kammer Blaubarts nicht reizen?«

Ich lächle ihn an. »Ganz einfach. Ich vertraue dir.«

Jared wird ernst. Er legt seinen Arm um meine Schultern und zieht mich an sich.

Ich lehne meinen Kopf an seinen Hals. Es ist die Wahrheit. Aus irgendeinem Grund hat Jared eine beruhigende Wirkung auf mich. *So muss es sich anfühlen, einen Bruder zu haben.* Ich sollte es ihm erklären, aber heute Nacht habe ich nicht die Kraft dazu. Nach einer Weile räuspert er sich.

»Wartet dein Feuerteufel draußen?«

»Ja. Aber er hat versprochen, sich fernzuhalten.«

»Das will ich für ihn hoffen.« Er streicht mir sanft über den Arm.

»Richard hat dir gesagt, dass ich heute Nacht da sein werde, nicht wahr?«

»Nein. Ich schlafe hier, seit dieser Irre dir aufgelauert hat. Richard hat dich schreien hören, als er auf dem Gelände war.

Du musst gebrüllt haben wie am Spieß. Wir wussten, dass du verletzt bist, aber nicht wie schwer.«

»Ich denke, Richard kann die Zukunft vorhersehen?«

Ich spüre, wie Jared zusammenzuckt.

»Er ... er hat das nicht beauftragt, Emma. Dafür hat er deine Mutter viel zu sehr geliebt. Er wollte dir helfen.«

»Das war nicht meine Frage.«

Jared schweigt. Ich löse mich aus seiner Umarmung und nehme sein Gesicht in meine Hände. Er schluckt.

»Emma, nicht.«

»Doch! Wie ist es möglich, dass mich ein Falke überfällt und Richard davon nichts weiß? Und wieso hat er keine Ahnung, wie schwer ich verletzt bin? Ist er jetzt ein Mantiker oder nicht?«

Sein Atem geht schwer. Er greift in meine Haare und zieht mich näher an sein Gesicht. Augenblicklich versteife ich mich, aber seine Lippen berühren nur sanft meine Stirn und wandern hinunter zu meinem Ohr. »Du bedeutest mir so viel mehr, als du dir vorstellen kannst. Aber ich kann und werde dir darauf jetzt nicht antworten.«

Ich spüre seine Qual. Und verstehe. Langsam schiebe ich ihn von mir.

»Hey, dann sehe ich das jetzt einfach mal als einen Teil der verbotenen Kammer.«

Er atmet erleichtert aus.

»Darfst du mir wenigstens von Nicholas Sheen erzählen?«

»Ja. Aber es wird dir nicht gefallen. Vielleicht willst du es lieber nicht wissen.«

»Ich will. Egal was es ist.«

Aber Jareds Tonfall verunsichert mich und in meinem Bauch macht sich ein mulmiges Gefühl breit.

»Sheen war schon lange beim Horusring. Er war ein Televisionär. Aber kein besonders guter.«

»Inwiefern?«

»Er konnte nur Orte sehen, die sich in einem Radius von maximal fünfhundert Metern von ihm entfernt befanden. Kennst du Dean Owens?«

Ich nicke. Jareds Stimme klingt eigenartig. Ich denke, es ist besser, dass er nicht weiß, dass Dean nur dreißig Meter von uns entfernt im Auto sitzt.

»Owens ist der beste Televisionär, der mir je begegnet ist. Er kann sich an Orte versetzen, die fast fünf Kilometer weit entfernt sind.«

»Du magst ihn nicht besonders?«

Jared zieht die Mundwinkel nach unten. »Halt dich besser von ihm fern. Er ist krankhaft ehrgeizig. Um in Farrans Hierarchie nach oben zu gelangen, würde er alles tun. Den Platz deines Vaters einzunehmen wäre ganz nach seinem Geschmack.« Er kneift die Augen zusammen und sieht mich misstrauisch an.

»Was war jetzt mit Sheen?«, lenke ich ihn rasch auf unser ursprüngliches Thema zurück.

»Nicholas hatte einen Sohn. Ich war zwölf und gerade erst bei SENSUS CORVI eingetreten, Jim war in seinem letzten Jahr.«

»Du bist schon mit zwölf zu SENSUS CORVI gekommen? Wahnsinn!«

»Ich kenne jeden einzelnen Winkel in der Schule und jeden ihrer Lehrkräfte. Meine Eltern haben mich schon sehr früh aufgrund meiner Gabe testen lassen. Bei Instituten, die sich mit unseren Phänomenen beschäftigen, hat Farran seine Raben eingeschleust. Er ist eines Abends bei meinen Eltern aufgekreuzt und hat ihnen angeboten, mich kostenlos bei SENSUS CORVI aufzunehmen. Eine hervorragend ausgestattete Eliteschule, die keine Schulgebühren verlangt. Das war wie ein Lotteriegewinn für sie.«

»Welche Gabe hatte Sheens Sohn?«

»Er war ein Telekinet wie seine verstorbene Mutter. Überaus talentiert. Dein Vater hat ihn trainiert. Soweit ich es mitbekommen habe, war er Farran und deinem Vater so hörig, dass er seinen eigenen Vater immer mehr verachtete.«

»Warum? Er hat ihn doch zu SENSUS CORVI gebracht?«

»Ja. Aber Nicholas hatte eben keine besondere Gabe. Jim hätte lieber einen Vater wie deinen Dad gehabt.«

Sein Gesichtsausdruck ist ein wenig zu verständnisvoll. Unwillkürlich versteife ich mich. »Mir wäre es egal, ob mein Vater eine Gabe hat oder nicht, wenn er mich nur liebt.«

Jared lächelt zärtlich.

»Das ist es, was dich so besonders macht, Emma.« Er streicht mir über die Wange. Und dann, ganz unvermittelt, sagt er leise: »Dein Dad hat Jim getötet.«

Ich schreie auf. Er drückt mir die Hand auf den Mund und zieht mich fester an sich.

»Shsh, Mädchen. Sonst kreuzt Callahan wieder hier auf.«

Mit Gewalt reiße ich seine Hand von mir weg. Mein Puls geht so schnell, dass ich das Blut in den Ohren pumpen höre. Es kann nicht sein. Er muss sich täuschen. Jemand hat ihn belogen.

Wenn dich etwas verletzt, gibt es genau drei Dinge zu tun: Denk logisch. Sperr deine Gefühle weg. Atme!

Mamas Worte hämmern in meinem Kopf und ich blende jeden Gedanken an meinen Vater aus. Wir sprechen von Jacob. Einem mir nicht näher bekannten Mann.

»Warum sollte Jacob einen seiner begabtesten Schüler töten?«

»Dein Dad und er waren zu Farrans Bewachung abgestellt. Er hat seine Zweigschule in Chicago besucht und wollte dort eine Rede halten. Es hieß, Richard hätte einen Falken eingeschleust. Jacob und Jim sollten mögliche Angriffe auf Farran abwehren. Der Falke war aber nicht so dumm, Farran einfach so anzugreifen. Er war kein Telekinet, sondern ein Projektionator.«

»Er kann Projektionen von sich oder anderen Personen aufwerfen?« Ich frage mich, wie er damit Farran ernsthaft hätte bedrohen können.

»Richtig. Er ist ein Genie. Denn er kann nicht nur eine, sondern bis zu drei Projektionen aufbauen. Und das tat er auch an diesem Nachmittag. Er warf zwei Projektionen von sich selbst auf, während er mit einer Waffe in der Hand auf Farran zurannte, und eine Projektion von Farran. Es wäre im Nachhinein besser gewesen, Jacob und Farran hätten Jim nicht dabei gehabt. Sie wären locker mit ihm fertig geworden. Aber Jim verlor die Beherrschung. Statt sich darauf zu konzentrieren, etwaige Angriffe abzuwehren, wollte er selbst angreifen und den Falken erledigen.«

Vor meinen Augen sehe ich einen jungen Mann, der sich beweisen will, um Farrans Anerkennung zu bekommen. Ich ahne, was passiert ist, und will es gar nicht mehr hören.

»Ein irrsinniger Tumult brach aus. Die Schüler rannten schreiend davon. Farran lief zu Jacob und Jim. Ein anderer Farran stand am Platz. Drei Angreifer näherten sich. Keiner wusste mehr, was Projektion und was real war. Jim hatte einen Revolver eingesteckt. Davon wusste weder dein Vater noch Farran. Scheinbar hatte Nicholas ihm die Waffe aus

Angst heimlich zugesteckt, als sie in Chicago gelandet waren. Jim rastete jedenfalls aus und begann, wie von Sinnen auf die Angreifer zu schießen, nicht erkennend, dass die Kugeln durch die Projektionen durchgingen und andere treffen konnten. Dein Vater schlug ihm die Faust ins Gesicht und Jim fiel vom Podium.« Jared nimmt meine Hände. Im Gegensatz zu meinen sind sie ganz warm. »Er hat sich das Genick gebrochen und war auf der Stelle tot.«

Ich schließe die Augen. »Was geschah mit dem Falken?«

»Er konnte entkommen.«

Meine Finger verkrampfen sich. »Wollte Sheen mich töten, um sich an Jacob zu rächen?«

Jared nickt. »Ja. Nicholas sollte eigentlich nicht dabei sein. Aber er hat heimlich vor dem Schulgebäude gewartet und mit seiner Gabe alles beobachtet.«

»Aber dann musste er doch erkennen, dass mein Vater das nicht mit Absicht getan hat!«

»Dein Vater hat Nicholas vor seiner Abfahrt geschworen, dass er auf seinen Sohn aufpassen wird. Nicholas hatte nächtelang Albträume, bevor sie nach Chicago flogen. Deshalb ist er ihnen auch heimlich gefolgt. Farran und dein Vater haben das als Hysterie abgetan. Farran hat ihm sogar gedroht, er würde ihn von den Raben ausschließen, wenn er seinen Sohn nicht in Ruhe seine Arbeit machen ließe. Nicholas hat den Gesichtsausdruck deines Vaters gesehen, als er Jim niederschlug. Er meinte, da war nur blanke Wut und Hass. Wenn es um Farran geht, ist dein Vater kompromisslos. Er würde jeden opfern, um seinen besten Freund zu retten.«

Ich will es nicht mehr hören. Dennoch fühle ich, dass er recht hat. Und dann kommt mir ein schrecklicher Gedanke und ich ringe nach Luft.

»Was ist mit Mama? Jared, wollte er meine Mutter für Farran opfern? Ist sie deshalb nach Deutschland geflohen?«

Jared schaut zur Seite. Meine Nägel graben sich in seine Handflächen. »Verdammt noch mal, warum will mir niemand erzählen, was damals passiert ist?«

»Ich weiß es nicht. Frag deinen Vater, nicht mich.«

Ich springe auf und stelle mich vor ihn. »Dann gehe ich jetzt.«

»Warte!«

»Nein, Jared Brady. Ich mag dich gern, aber du vertraust mir nicht in dem Maße, wie ich es tue. Morgen kommt mein Vater zurück und wie ich ihn kenne, wird er an die Decke gehen, wenn er erfährt, was passiert ist. Aber Fion wird ihn schon wieder weichklopfen. Sag Richard, dass ich nicht weiß, wann ich mich wieder mit euch Falken treffen kann. Das hängt von meinem Dad ab.«

»Emma, bitte.« Er folgt mir zur Tür und berührt sanft meine Schulter.

Ich drehe mich um und berühre seine Wange. »Pass auf dich auf«, sage ich leise, »und hüte dich vor Richard.«

»Und du dich vor Farran.«

Kälte schlägt gegen mein erhitztes Gesicht, als ich auf die Straße trete.

Im Auto erzähle ich Dean und Aidan von Sheen.

»Dein Vater hat sich vollkommen richtig verhalten«, sagt Dean aufmunternd.

Ich schweige bedrückt.

Aidan wirft einen Blick in den Rückspiegel zu mir.

»Emz, dein Vater hat Jim nicht auf dem Gewissen.«

»Ach nein? Wer denn dann?«

»Nicholas Sheen.«

Ich starre Aidan an. Hat er den Verstand verloren?

»Wenn er seinem Sohn nicht die Waffe in die Hand gedrückt hätte, wäre das nicht passiert. Wenn du mich fragst, ist Sheen hinterher mit seinen eigenen Schuldgefühlen nicht klargekommen. Jacob musste als Sündenbock herhalten und du als Opferlamm.«

»Warum lässt du dich mit diesen Leuten ein? Nach alldem, was er für dich und deine Eltern getan hat!«

»Du bist so verbohrt! Komm mit. Bitte. Hör ihn dir doch nur ein einziges Mal an.«

»Den Teufel werd' ich tun. Verdammt, wenn es nicht um dich ginge ... Es verstößt gegen die Regeln, wenn ich dich nicht melde.«

»Dann tu es doch, du Schleimer!«

»WAS? Wag es nicht noch einmal ...«

»Siehst du denn nicht, was er aus dir macht? Eine Marionette, die nach seinem Willen tanzt. Seine Regeln, seine Befehle, seine Ziele, sein Leben.«

»Hör jetzt auf, sonst ...«

»Sonst was? Auch wenn alle vor dir zittern, ich hab keine Angst vor dir. Soll ich dir sagen, warum? Nein, besser ich zeige es dir.« Ich mache einen Schritt auf ihn zu, stelle mich auf Zehenspitzen und lege die Arme um seinen Hals. Seine Augen weiten sich erschrocken, aber bevor er noch reagieren kann, habe ich meine Lippen auf die seinen gedrückt. Zärtlich, sehnsüchtig streiche ich darüber. Dann löse ich mich von ihm und hauche seinen Namen. »Jacob.«

Teil 3

FALKEN

Der Rabe dem Raben die Antwort schreit:
»Ich weiß ein Mahl für uns bereit;
Unterm Unglücksbaum auf dem freien Feld
Liegt erschlagen ein guter Held.«
»Durch wen? Weshalb?« – »Das weiß allein,
Der's sah mit an, der Falke fein.«

(Adelbert von Chamisso: Die zwei Raben)

HALLOWEEN

Farran sitzt mit übereinandergeschlagenen Beinen auf der Couch, als Aidan und ich vormittags in sein Büro gerufen werden. Dad steht am Fenster mit dem Rücken zu uns. Er dreht sich langsam um. Ich höre, wie Aidan neben mir tief einatmet und die Luft anhält. Das Gesicht meines Vaters zeigt keinerlei Regung. Nicht gut. Gar nicht gut. Es wäre besser, er würde uns anschreien. Ich gehe los, werde schneller. Die letzten zwei Schritte renne ich, bevor ich an seiner Brust liege, die Arme fest um ihn geschlungen.

»Ich bin so froh, dass du wieder da bist«, flüstere ich. Und tatsächlich habe ich ihn mehr vermisst, als ich vor seiner Abfahrt gedacht hätte.

Ein Zittern läuft durch seinen Körper, dann drückt er mich kurz. »Wir werden das beenden«, verkündet er laut.

Ich weiß genau, was er meint. Aber ich stelle mich dumm.

»Ja. Wir werden den Horusring vernichten.«

Er schüttelt heftig den Kopf. »Nein. Du steigst auf der Stelle aus. Ich habe bereits alles mit Farran besprochen.«

Ein verärgertes Schnauben kommt von der Couch.

»Dein Vater streitet mit mir seit zwei Stunden. Wir sind aber noch zu keiner Einigung gekommen.«

»Habe ich DICH aufgehalten, als du weggegangen bist?«, werfe ich ein, bevor Dad aufbrausen kann.

Verdutzt sieht er mich an.

»Warum solltest du? Ich hatte nur einen Geschäftstermin.«

Ein unruhiges Flackern in dem Blau seiner Augen: Unsicherheit.

»Klar. Ein langweiliger, risikoloser Geschäftstermin. Du hast deinen Gehaltsnachweis dem Vormundschaftsgericht in Deutschland schließlich gezeigt. Erstaunlich, dass ein einfacher Callcenter-Mitarbeiter bei *Apple* sich so eine Wohnung leisten kann und zudem noch so häufig in der Welt herumkommt.«

Die Augen meines Vaters verengen sich und er presst die Lippen aufeinander.

Ich spüre Fions Lächeln in meinem Rücken.

»Du kannst ihr nicht ewig etwas vormachen, Jacob. Dazu ist deine Tochter viel zu klug.«

»Nicht nur du hast Angst, jemanden zu verlieren.« Ich lege meine Hand auf seine und sehe, wie sein Widerstand bröckelt.

Er streicht mir über den Kopf. »Emma, du bist erst sechzehn!«

»Eben deshalb!« Langsam bewegt er sich in die Richtung, in die ich ihn lenken will.

»Was soll das heißen?«

»Ich bin noch kein erwachsener, voll ausgebildeter Rabe. Ich habe noch den Küken-Bonus.«

»Küken-Bonus? Sie wollten dich erschießen!«

»Nein. Das war die Tat eines Einzelnen.«

Farran kommt mir zu Hilfe. »Eines musst du Montgomry lassen. Er weiß, was Emma wert ist. Es war lebensgefährlich für ihn, sich persönlich auf Rabengelände zu begeben.«

»Fion!«, knurrt mein Vater bedrohlich. Einen Moment lang herrscht angespannte Stille. Schließlich stößt er zornig hervor: »Keine Treffen mehr ohne meine oder Fions ausdrückliche Erlaubnis! Und du ...«, er dreht sich um und drückt seinen Zeigefinger fest in Aidans Brust, »... wirst besser auf sie aufpassen. Es interessiert mich nicht im Geringsten, welche Streitereien ihr untereinander habt. Emmas Leben geht vor.«

»Glaubst du, das weiß ich nicht?«, ruft Aidan aufgebracht. »Ich hab einen schrecklichen Fehler gemacht. Das wird nicht noch mal passieren. Ich schwöre es.«

In meinem Bauch kribbelt es warm.

Ohne sich von Farran oder uns zu verabschieden, verlässt mein Vater den Raum. Laut schlägt die Tür hinter ihm zu.

Mein Blick trifft den des Schulleiters. Ein triumphierendes Lächeln kräuselt seine schmalen Lippen.

»Gut gemacht!«, raunt er leise.

Just an Halloween werden mir die Fäden gezogen. Die Narbe ist knubbelig, gerötet und etwas größer als mein halber Daumen. Ich hatte mir Schlimmeres vorgestellt.

Am Nachmittag sitze ich in einem langen schwarzen Spitzenkleid vor dem Spiegel im Bad und drehe mir Lockenwickler ins Haar.

»Mach dir keine Sorgen um das Kostüm«, hat Faye gesagt. »Ich habe noch ein Hexenoutfit von meiner Cousine. Das müsste dir wie angegossen passen.«

Angegossen. Das ist das richtige Wort. Enger kann es nicht anliegen. Missmutig betrachte ich den Ausschnitt. Dann krame ich in meiner Kosmetiktasche nach einer Sicherheitsnadel, mit der ich ihn notdürftig verkleinere. Nächstes Jahr kaufe ich mir ein Kürbiskostüm. Möglichst weit und unauffällig.

Es klingelt. Ich zucke zusammen und schaue auf die Uhr. Aidan wird doch nicht etwa schon eineinhalb Stunden früher auftauchen? Nein, er hat einen Schlüssel. Mit dem Kamm in der Hand eile ich die Treppe nach unten und öffne die Tür. Es scheppert, als er zu Boden fällt.

Das Mädchen vor mir trägt einen dunklen Hut, unter dem hellblonde Haare hervorquellen und über die taillenkurze schwarze Lederjacke fließen. Ein langes weißes T-Shirt lugt darunter hervor und bedeckt ihre Hüften. Die schwarze Röhrenjeans endet in Lederstiefeletten mit dutzenden Nieten und hohem Absatz.

»Hi, Emz. Du hast mir einen Halloween-Ball versprochen.«

Liz schenkt mir ein schiefes Lächeln und greift nach ihrem dunkelblauen Trolley.

Ich schließe die Augen.

Du musst dein altes Leben von dir reißen, um ein Rabe zu werden.

Mechanisch trete ich zur Seite und lasse sie ins Haus.

Meine Hand zittert, als ich die Tür zufallen lasse.

Sie presst ihre Fäuste in die Hüften und sieht mich herausfordernd an.

»Also? Raus mit der Sprache! Was soll der ganze Mist von wegen auseinandergelebt und neue Freunde? Mach mir nichts vor! Irgendetwas ist hier oberfaul.«

Ihre Augen sprühen vor Wut.

»Lass uns einen Tee trinken«, murmele ich und gehe in die Küche.

Liz gießt sich Milch in die dritte Tasse Schwarztee und kippt zwei Löffel Zucker hinterher. Der kleine Löffel schabt hektisch am Boden der Tasse.

Ich beobachte, wie die hellbraune Flüssigkeit wilde Kringel wirft und jeden Moment überzuschwappen droht.

»Und du bist sicher, dass dieser Farran kein Sektenführer ist?«

»Ja. Er will nur, dass seine Schüler sich aufs Lernen konzentrieren. Deshalb sollen sie unter sich bleiben.«

Dads Idee von der Schule für Hochbegabte ist mir gerade noch rechtzeitig in den Sinn gekommen, als ich den Tee aufbrühte.

»Aber auf den Ball will ich trotzdem. Danach verschwinde ich aus deinem elitären Leben.« Sie wirft trotzig ihre Haare in den Nacken und schiebt das Kinn vor.

»Mensch, ich hab die Regeln doch nicht aufgestellt!«, stöhne ich. »Wenn es rauskommt, dass ich dich auf den Ball schmuggle, bekomm' ich so was von Ärger ...«

»Du hast versprochen, dass du mir deinen Aidan und den Blaubart vorstellst.« Sie hebt drohend ihren Zeigefinger.

Ihre Nägel sind lang und schwarz lackiert. Ich muss plötzlich lachen und merke, wie sehr ich sie vermisst habe. Liz ist ganz anders als ich. Unkompliziert, fröhlich, naiv und spontan. Ich will gar nicht wissen, was sie ihren Eltern diesmal erzählt hat, als sie hierhergeflogen ist.

»Aidan wird alles andere als erfreut sein, wenn ich die Regeln breche, und der Blaubart ist gar nicht mehr an der Schule. Er hat seinen Abschluss schon gemacht.«

Liz grinst frech. »Macht ihn umso interessanter.«

Kichernd setze ich meine Tasse ab und stelle mir vor, wie sie die Jungs bei Sensus Corvi um ihren Finger wickelt. Was kann schon passieren, wenn sie an ein paar Tänzen teilnimmt? Schließlich hat Faye mir erzählt, dass auch normale Familienmitglieder der Rabenschüler den Ball besuchen dürfen, sofern sie die Geheimnisse von Sensus Corvi kennen und nicht ausplaudern. Das Benutzen unserer Gaben auf dem

Ball wurde uns strikt verboten, also kann Liz gar nichts Ungewöhnliches bemerken, und wer sagt, dass sie nicht meine Cousine aus Deutschland ist?

»Okay.«

Sie springt auf und fällt mir um den Hals. »Ich dachte, ich muss dich länger bearbeiten.«

»Heb dir das für Aidan auf. Der kommt ...«, ich schaue auf die Uhr und schnappe nach Luft, »... in einer halben Stunde.«

Die Tür fällt im Erdgeschoss ins Schloss, als Liz gerade meine hochtoupierten Haare mit Haarspray fixiert. Ich schaue in den Spiegel und sehe knallrote Lippen in einem weiß geschminkten Gesicht, Smokey Eyes und wild über meine Schultern fallende Haare. Zugegeben, ohne Liz hätte ich diesen Look nicht so gut hinbekommen. Schon gar nicht in einer halben Stunde. Sie selbst trägt ein schulterfreies Vampirinnenkostüm mit einer roten Korsage. Dazu ellenbogenlange Handschuhe. An den rechten Mundwinkel ihrer vollen Lippen hat sie einen Blutklecks geschminkt.

Mir fällt ein, dass Lynn ebenfalls als Vampirin geht, und ich stelle mir zufrieden ihr entsetztes Gesicht vor, wenn sie Liz sieht.

»Emz?« Aidans Stimme dringt ungeduldig nach oben.

Ich drehe mich zur Tür, aber Liz hält mich auf, wirft einen skeptischen Blick über mein Kostüm und greift dann plötzlich nach meinem Oberteil.

»Warte mal! Das ist doch wohl nicht dein Ernst?«

Mit geschickten Fingern löst sie die Sicherheitsnadel und wirft sie auf den Waschbeckenrand.

»Wir müssen noch Lynn abholen. Beeil dich bitte!«, ruft Aidan.

Liz schiebt mich nach draußen, bevor ich erneut nach der Nadel greifen kann. »Showtime!«

Aidan hat mir nicht verraten, welches Kostüm er tragen wird, aber ich habe auf Vampir getippt, passend zu Lynn, und mich nicht getäuscht. Sein langer, schwarzer Umhang fliegt schwungvoll zur Seite, als er sich zu uns umdreht. Meine Beine werden auf einmal ganz weich und ich bleibe auf der letzten Treppenstufe stehen und klammere mich an das Geländer.

Noch nie war Dracula so verführerisch.

Und noch nie war sein Gesicht so entgeistert.

Liz' Kichern bringt mich wieder in die Wirklichkeit zurück. Mit ein paar schwungvollen Schritten schiebt sie sich an mir vorbei und baut sich unmittelbar vor Aidan auf.

»Du bist also der Junge mit den unglaublich schönen Wasserelbenaugen.«

Oh nein! Auf Aidans weiß gepudertem Gesicht breitet sich ein Lächeln aus und er blickt an ihr vorbei zu mir.

»Bin ich das, Emz?«

Ich nehme mir vor, ein volles Glas Erdbeerbowle über Liz' Kleid zu schütten. Hoffentlich hält die weiße Schminke der Hitze in meinen Wangen stand.

»Darf ich vorstellen: Liz Waldner, Aidan Callahan«, beeile ich mich zu sagen.

Aidan vollführt eine elegante Verbeugung und küsst Liz' behandschuhte Hand. »Es ist mir eine Ehre, Mylady. Darf ich fragen, bei welcher Festivität wir Sie absetzen dürfen?«

Der Unterton seiner Stimme ist lauernd. Sein Blick zu mir auch.

»Ich werde Sie heute mit Freuden begleiten, Mylord«, säuselt Liz.

»Emma, kann ich dich bitte einen Moment sprechen? ALLEINE.«

Den Primus-Ton hat er noch nie so scharf klingen lassen. Liz kommt mir zu Hilfe. »Ich weiß schon, geschlossene Gesellschaft der Hochintelligenz. Aber mal ehrlich, Dracula. Auf einem Ball nützt euch euer Intellekt wenig. Gib einer geistig Minderbemittelten wenigstens die Chance, auf dem Parkett zu brillieren. Oder hast du Angst, ich könnte einen von euch um den Verstand tanzen?«

»Durchaus im Bereich des Möglichen.« Aidan begutachtet anzüglich grinsend ihr Kostüm.

Rasch gehe ich auf ihn zu. »Bitte, Aidan. Nur dieses eine Mal.« Vorsichtig berühre ich seinen Arm. Hitze gleitet durch meine Fingerspitzen, doch als ich sie wegziehen will, greift er nach mir und zieht mich an sich. Jeder Muskel in meinem Körper spannt sich an und mein Blut fließt schneller.

»Unter einer Bedingung«, raunt Aidan ganz nahe bei meinem Ohr. Ich halte den Atem an. »Du wirst Dean heute Abend nicht küssen.« Er lässt mich ruckartig los und geht zur Tür, die er mit einer Verbeugung zu uns aufhält. »Nach Ihnen, Ladys.«

»Schande!«, flüstert Liz mir zu, als das Schulgebäude vor uns auftaucht. Gelborange leuchtende Kürbisse mit grusligen Fratzen säumen die Einfahrt. Über dem wuchtigen Eingangstor sind Spinnweben gespannt, in denen Fledermäuse hängen. Mehrere Nebelmaschinen sind im Einsatz und lassen die ankommenden Gäste wie Gespensterschemen aussehen. Aus Lautsprechern schallt *Ghost Riders in the Sky.*

»Ich hoffe, du weißt, was du tust, Aidan«, sagt Lynn schnippisch. Seit wir sie abgeholt haben, ist die Stimmung im

Auto frostiger als in einem Kühlschrank. Natürlich sieht sie fantastisch aus in ihrem feuerroten Kleid mit tiefem Rüschenausschnitt. Die perfekte Kopie von Draculas Mina. Wäre da nicht der wütende, verkniffene Zug um ihren Mund, könnte sie tatsächlich hübscher sein als Liz.

Als wir aussteigen, beugt sich Aidan zu ihr. Die Autofahrt über hat er sich schweigend ihre Vorwürfe angehört. Jetzt sieht er so grimmig aus, dass man wirklich meinen könnte, er würde gleich seine Zähne in ihren zarten Hals schlagen.

»Wenn du Emz verpfeifst, ist es mit uns aus.« Ohne Liz und mich eines Blickes zu würdigen, packt er sie am Arm und zerrt sie an ein paar lachenden Skeletten vorbei zum Tor.

Der Nebel hat sie bereits verschluckt, da höre ich Liz spotten: »Mach den Mund wieder zu, Emz.«

Ich schüttele ungläubig den Kopf. »Na dann, auf in den Kampf.«

»Den hast du doch schon gewonnen«, lacht sie.

Verwirrt schaue ich sie an. Liz rollt mit den Augen, während wir über den Kies zum Tor gehen. Ein Junge mit einer Axt im Kopf und blutüberströmtem Gesicht kreuzt röchelnd unseren Weg und ich zucke zusammen. Bilder von Nicholas Sheen geistern durch meine Gedanken.

»Jetzt guck nicht so! Er droht ihr, um dich zu schützen, und will nicht, dass du einen gewissen Dean küsst. Was meinst du wohl, was das zu bedeuten hat? Wer ist dieser Dean überhaupt?«

»Das bin ich.«

Ich fahre heftig zusammen. Keiner von uns hat bemerkt, wie er sich von der Seite herangeschlichen hat.

»Willkommen bei Sensus Corvi. Aidan hat mir gerade von dir erzählt, Liz.«

»Wow! Tolles Kostüm!«, entfährt es ihr, während sie Dean einen interessierten Blick zuwirft.

Er sieht wirklich beeindruckend aus in seiner schwarzen Zaubererkluft mit langem Umhang und hohen Lederstiefeln. Bestimmt hat Faye ihm verraten, dass ich als Hexe gehe. An seinem rechten Ringfinger glänzt ein silberner Ring mit Totenkopf. Als er sich vorbeugt und Liz die Hand küsst, fällt sein aufgeknöpftes schwarzes Hemd zur Seite und gibt den Blick auf eine trainierte Brust mit dunkler Tätowierung frei. Mein Magen zieht sich zusammen, als ich erkenne, was sie darstellt: einen Horusfalken, der mit einem Dolch durchbohrt wird. Die Brust kommt näher und ich kann meinen Blick nicht davon abwenden. Erst als sich zwei Hände besitzergreifend um meine Taille legen, schaue ich auf. »Gefällt sie dir?«

Nein. Sie ist scheußlich. Aber ich nicke stumm und seine Zähne blitzen weiß im Mondlicht.

»Dachte ich mir«, sagt er selbstgefällig. Mit seinen zurückgegelten Haaren erinnert er mich irgendwie an eine dunkle Ausgabe von Lucius Malfoy. Ich beginne zu frösteln.

»Du siehst absolut heiß aus, Emma.« Schmunzelnd zieht er sich den Umhang herunter und legt ihn um meine Schultern. Er fühlt sich so kalt an, als wäre der Stoff aus Eiskristallen gewebt. Am liebsten würde ich ihn von mir reißen. »Auch wenn du eher zu frieren scheinst. Lasst uns reingehen, bevor die Show losgeht.«

Alles an diesem Abend ist vollkommen.

Farran hat sich Halloween einiges kosten lassen. Der aufwendig mit Kürbissen, Spinnennetzen, dunklen Stoffen und Leuchtgirlanden geschmückte Saal entlockt Liz einen verzückten Aufschrei. Ich lächle schwach.

Unter vielfachem Beifall treten bei der Show Tänzer, Akrobaten und Zauberkünstler auf, aber meine Blicke wandern gelangweilt durch den Raum. In Eichenholzsärgen wird ein Buffet serviert, das nichts zu wünschen übrig lässt, doch ich habe keinen Appetit.

Liz taucht im Gewühl der Tänzer unter und wird von einigen Zuschauern umringt, die ihren verrückten Liz-Girl-Style nachahmen wollen. Ich sehe ihr nach und wünschte, ich könnte ebenso ausgelassen mit ihr tanzen. Aber ich schaffe es nicht. Schon allein deswegen nicht, weil Dean unterdessen mit mir über das Parkett schwebt, als wäre er in einer argentinischen Tanzschule aufgewachsen. Ich fühle seine Hand auf meiner Taille, passe mich mechanisch den geschmeidigen Bewegungen seines warmen Körpers an und wünsche mir sehnlichst, er würde mir endlich auf die Füße treten, damit ich das hier beenden kann.

Schließlich bitte ich ihn, mir ein Glas Bowle zu holen und nutze die Gelegenheit, um zu entwischen.

Die Tür zum Park fällt hinter mir zu und ich glaube, in einen kalten See zu tauchen. Gott, ist das eisig! Weg ist die dumpfe, trübe Wolke, die mich im Saal eingehüllt hat. Die Kälte lässt mich wieder klarer denken.

Zwischen den Hecken und auf Parkbänken nehme ich die Gestalten händchenhaltender oder küssender Pärchen wahr.

Liz ist da. Und ich fühle mich schuldig. So verdammt schuldig, weil ich glücklich darüber bin, dass meine beste Freundin wieder bei mir ist – dass ich es nicht schaffe, ein guter Rabe zu sein und Aidan wieder einmal Schwierigkeiten gemacht habe. Er hat sie nicht verraten, sondern sogar mit ihr getanzt. Mit ihr und Lynn und vielleicht sechs weiteren Mädchen.

Nur nicht mit mir. Verdammt!

Mittlerweile habe ich das Gebäude umrundet und den Parkplatz erreicht. Ich blinzele gegen die Tränen. Etwas drückt schmerzhaft gegen meinen Hals und ich versuche es hinunterzuschlucken, aber es kommt wieder und ich setze mich auf eine Steinmauer zwischen zwei beleuchtete Tonkürbisse. Ihre Fratzen lachen mir höhnisch entgegen. *Five Little Pumpkins Sitting on a Gate* ... Jetzt muss ich auch noch an Mama denken. Daran, wie sie mir als kleines Kind englische Halloween-Lieder vorgesungen hat. Und an Hannah, die für mich ein Kürbiskostüm mit orangefarbenen Pailletten auf ihrer alten, ratternden Nähmaschine zauberte. Meine Zähne schlagen vor Kälte aneinander und geben ein klackerndes Geräusch von sich. Die Tränen lassen sich einfach nicht mehr aufhalten. Ich schlinge die Arme um mich und ziehe die Knie an. Sehr viel wärmer wird mir dadurch nicht.

Wenn doch die Feier schon vorbei wäre! Ich knabbere an meiner Unterlippe und beiße viel zu fest zu, als ich plötzlich eine dunkle Stimme nah an meinem Ohr raunen höre: »Hat Dean dich endlich aus seinen Fängen gelassen?«

»Jared!«

Hastig wische ich über mein Gesicht. Jetzt klebt auch noch die Wimperntusche an meinen Händen!

Aus den künstlichen Nebelschwaden taucht eine schwarze Gestalt mit Teufelsmaske auf. Ich erinnere mich daran, sie auf der Party ein paarmal ganz in meiner Nähe gesehen zu haben.

Schwungvoll zieht Jared die Maske hinunter. »Buh!«

Mit einem Satz springe ich von der Mauer und stoße einen tönernen Kürbis um. Es klirrt und meine Schuhe knirschen, als ich über die Scherben auf ihn zugehe.

»Bist du wahnsinnig? Wenn Farran oder die Sicherheitsleute ...«

»Denkst du, ich lasse mir den Anblick der hinreißendsten
Hexe des Abends einfach so entgehen?«

Er streicht mir mit dem Daumen sanft über die Wange.
»Sag mal, hast du geweint?«

Ich schlage mit den Handflächen auf seine Brust. »Verschwinde! Sofort!«

Er lacht. »Hey, du bist eine richtige Romantikerin, weißt
du das?«

»Die Vorstellung, wie dein Blut sich demnächst auf dem
Asphalt hier verteilt, ist nicht romantisch.«

Jared wird ernst. Er breitet die Arme aus und zieht mich
an seine Brust. Sie ist warm und ich fühle seinen Herzschlag.
Es ist schön. Meine Zähne hören auf zu klappern. Ich lege
meinen Kopf an seine Schulter und schließe die Augen.

»Ich wollte dich nicht erschrecken. Soll dir nur ausrichten,
dass Richard dich in drei Tagen treffen will. Wir ...«

»Nick?«

Ich schreie auf und wir fahren auseinander.

Liz' Mund steht offen und ihre Augen bohren sich in
Jared.

»Was machst du denn hier? Ich meine ... wow, so ein
Zufall, das ist ja kaum zu glauben!«

»Ähm ... hi, Liz!«

Ich schaue von einem zum anderen. Mein Herz hört
einen Moment lang auf zu schlagen, springt dann bis zu
meinem Hals und nimmt seine Tätigkeit in dreifacher Geschwindigkeit wieder auf. Das kann nicht sein. Still! Ich will
das nicht hören! Aber Liz redet weiter. Ich sehe, wie sich
ihr Mund bewegt, aber ihre Stimme kommt irgendwie zeit-

versetzt in meinem Gehirn an. So als würden Bild und Ton nicht mehr zusammenpassen.

»... damals nicht zu dem Musical gekommen?«

Der Tag, an dem Mama starb. Allein im Auto, weil ich auf dem blöden Musical war. Die Karten! Nein! Sofort aufhören! Aber meine Gedanken rasen weiter, wägen Möglichkeiten ab und ziehen Schlüsse, die ich nicht wahrhaben will.

Ein klirrendes Geräusch und ein hoher Schrei zerreißen den dunklen Schleier, der sich auf mich herabsenkt und mich zu ersticken droht. Dann höre ich Jareds Stimme in meinem Kopf.

»Ruhig, Emma! Ich kann das erklären.«

Ich schüttele den Kopf. Erst langsam, dann schneller. Da ist ein Schmerz an meinem rechten Arm.

»... gesehen? Er ist einfach zersplittert. Ganz von selbst!«, ruft Liz erschrocken.

Bitte lass das nicht wahr sein!

Zwischen uns darf es keine Lügen geben. Es ist zu gefährlich. Für dich, für uns beide. Versprich es mir.

Warum habe ich Mama nicht erzählt, von wem Liz die Karten hat? Wie konnte ich nur mein Versprechen brechen?

»Emz? Hörst du mir zu? Oh mein Gott, du blutest ja! Eine Scherbe hat dich getroffen.«

Aber ich sehe nur Jared. Nick. Blaubart.

»Mörder!«, flüstere ich und balle die Hände zu Fäusten.

Sein Gesicht wird so gespenstisch weiß wie der Nebel, der es umfließt. Er schüttelt den Kopf. »Nein! Du hast gesagt, du vertraust mir!« Liz kann ihn nicht hören. Er spricht nur in Gedanken zu mir.

»EMZ! WO BIST DU?« Aidans aufgebrachte Stimme hallt laut über den Parkplatz. Und dann brüllt auch Dean nach mir. Aber ich kann meine Augen nicht von Jared lösen, kann einfach nicht glauben, dass ausgerechnet ich mich so in ihm täuschen konnte.

»Wir sind hier!«, antwortet Liz, dreht sich zur Schule um und fuchtelt mit den Armen über ihrem Kopf. Jared springt vor und packt sie an den Schultern.

»Liz, erzähl ihnen nicht von mir. Bitte. Emma wird dir ...«

Die Stimmen kommen näher. Er dreht sich zu mir um und seine Augen brennen in einer Intensität, wie ich sie noch nie zuvor gesehen habe. Dann zieht er die Teufelsmaske wieder vor sein Gesicht und verschwindet im Nebel.

BLAUBART

Der Junge mit der Axt im Kopf dient mir als Ausrede. Und alle nehmen mir ab, dass ich durch seine Maske an Nicholas Sheen erinnert wurde und deshalb ausflippte. Schließlich ist bekannt, dass Emotionentaucher überreagieren. An die Heimfahrt kann ich mich nur undeutlich erinnern. Außer Liz hat Jared niemand gesehen, aber sie hält den Mund und auf meine Bitte hin erlaubt mein Vater zähneknirschend, dass sie noch ein paar Tage bei uns bleiben darf.

Sie liegt neben mir auf dem Bett und erzählt mir von daheim. Dass Peter jetzt mit Sarah geht, unsere überstrenge Mathelehrerin ihr eine Vier in der Schulaufgabe verpasst hat und Latein ohne mich als Banknachbarin noch mehr zum Einschlafen ist. Es tut gut, nicht gleich über ihn reden zu müssen. Aber nach einer Weile siegt ihre Neugier.

»Erzählst du mir jetzt von Nick?«, flüstert sie mit einem Blick auf die geschlossene Tür.

»Es ist ... kompliziert.«

»Warum hast du ihn einen Mörder genannt?«

Ich wünschte, sie hätte das nicht gehört. Mit einem Ruck setze ich mich auf, verschränke die Füße im Schneidersitz und drücke ihre Hand. »Nick ist Jared, der Blaubart.«

Ihre Augen weiten sich und ich sehe, wie sie schluckt.

»Oh Scheiße!«

Ich überlege, wie viel ich ihr anvertrauen kann.

»Du denkst, er hat sich nur an mich rangemacht, damit ich dich zum Musical mitnehme?«, kombiniert Liz schneller, als ich dachte.

»Ja. Deshalb hat er dir zwei Karten geschenkt. Überleg mal. Wenn er wirklich an dir interessiert gewesen wäre, hätte er ...«

»... mich mit Sicherheit nicht gefragt, ob ich eine Freundin mitbringen will. Dieser Mistkerl! Und ich dachte, er wäre nur schüchtern. Aber warum hast du ihn Mörder genannt? Ich meine ...« Und plötzlich versteht sie es. Sie richtet sich senkrecht im Bett auf. »Deine Mutter! Es war geplant, dass du nicht mit ihr im Auto bist?«

»Ist nur eine Vermutung. Aber alles spricht dafür.«

»Nein! Verdammt! Du hast Jared doch gerne, also bisher zumindest, nicht wahr?«

Ich drehe den Kopf weg und weiß nicht, was ich fühlen soll. Da, wo vorher Jared war, ist nur noch Leere. Plötzlich verstehe ich Mamas Angst, sich Fremden gegenüber zu öffnen. Ihr ständiges Misstrauen. Und ich habe sie für paranoid gehalten.

Liz legt den Arm um meine Schulter. »Deshalb bist du so ausgetickt! Es war total gruslig! Aber warum willst du es deinem Vater nicht sagen? Oder Aidan? Ich fress 'nen Besen, wenn der nicht bis über beide Ohren in dich verliebt ist. Allein, wie er dich angeschaut hat, als er und Dean uns gefunden haben. Lynn war ihm vollkommen egal.« Sie kichert plötzlich. »Ehrlich, Emz. Dean musste ihn erst daran erinnern, dass er Lynn nach Hause bringen muss. Er wäre glatt ohne sie losgefahren.«

Falsches Thema. Ganz falsch. Damit kann ich mich jetzt nicht auch noch beschäftigen. Ich brauche einen klaren Kopf.

Sperr deine Gefühle weg und atme.

Oh ja, Mama, dabei wusstest du genau, wie schwer das mit unserer Gabe ist. Wir schweigen und ich genieße es, dass Liz mich nicht drängt. Sie ist einfach nur da, lehnt ihren Kopf an meinen und wartet.

Endlich sage ich:»Liz, ich kann dir nicht alles erklären. Ich muss vorsichtig sein. Du solltest besser von hier verschwinden. Ich will nicht, dass du ebenfalls in Gefahr gerätst.«

»Sicher. Ich flieg morgen einfach heim und vergesse, dass ein Irrer meine beste Freundin umlegen wollte und ich indirekt dazu beigetragen habe, dass der Unfall deiner Mutter kein Zufall war.«

»Du hättest das von Sheen nicht mitbekommen dürfen«, murmele ich matt.

Sie greift nach meinem linken Arm und zieht mein T-Shirt zur Schulter hoch.»Ich bin weder blind noch doof, Emz. Ich wollte dich nur nicht auf dem Ball darauf ansprechen.«

Mist! Ich hätte ein Langarmshirt anziehen müssen.»Und außerdem hab ich genug Krimis gesehen, um eine Schussverletzung zu erkennen! Also, was zur Hölle ist passiert?«

»Das hat nichts mit Mama zu tun. Es war nur jemand, der sich an meinem Vater rächen wollte.«

Sie lacht bitter auf.»Nur? Okay. Deine Mutter ist also höchstwahrscheinlich ermordet worden und dich will man aus Rache für etwas, das dein Vater getan hat, umbringen. Kannst du eigentlich noch gut schlafen?«

Nein. Aber das macht nichts. Denn ich weiß plötzlich, was ich tun werde.»Willst du mir wirklich helfen, Liz? Ich meine, auch wenn es gefährlich ist?«

»Klar.« Sie grinst schelmisch.»Hast du eine Ahnung, wie langweilig mir ist, seit du nach Irland abgehauen bist?«

Die Schule wirkt wie ausgestorben, als ich tags darauf die Treppen zu Farrans Büro hochlaufe. Die Internatsschüler, die den Feiertag nicht nutzen, um ihre Familien zu besuchen, sind damit beschäftigt, die Halloween-Dekoration im Saal abzuhängen. Zu meiner Erleichterung ist Farran nicht verreist. Aber die Stimme seiner Sekretärin klingt über die Sprechanlage so eisig wie die der Königin, die den Jäger beauftragt, Schneewittchen zu ermorden. Farran habe keine Zeit. Ich soll morgen wiederkommen oder einen Termin ausmachen. Nach langem Betteln platzt mir schließlich der Kragen.

»In Ordnung. Ich brauche keinen Termin, Neve. Sollte ich ab morgen nicht mehr zur Schule kommen, sagen Sie Fion, dass es nicht an mir gelegen hat.«

Sie befiehlt mir zu warten. Zwei Minuten später stehe ich vor Farrans Schreibtisch in seinem Büro. Er überfliegt einige Unterlagen und unterschreibt sie. Endlich hebt er den Blick und ich fröstele wegen der ungewohnten Kälte, die ich darin sehe. »Setz dich. Ich nehme an, du hast einen guten Grund für diesen Überfall.«

»Ja, Sir.« Ich beschließe, es kurz zu machen. »Ich möchte heute Abend Jared Brady gefangen nehmen und verhören.«

Ein Zucken huscht über sein linkes Augenlid. »Emma MacAengus. Immer wieder für eine Überraschung gut.«

Er deutet auf den Stuhl vor seinem Tisch und ich setze mich, erleichtert, dass er mich nicht gleich hochkant rauswirft. Seine Lippen verziehen sich belustigt, als er sich zurücklehnt und die Beine übereinanderschlägt.

»Da ich von Jacob noch nichts dergleichen gehört habe, gehe ich davon aus, du hast deinen Vater mal wieder nicht über deine Pläne informiert.«

»Nein, Sir.«

»Fion«, verbessert er schmunzelnd, wird dann aber ernst. »Brady ist dein Kontaktmann zum Horusring. Er ist wichtig.

Mit dieser Aktion könntest du Montgomrys Vertrauen verlieren, das ist dir doch bewusst?«

Ich nicke stumm.

Er seufzt. »Womit hat der Blaubart dich denn derart verärgert?«

»Ich vermute, dass er meine Mutter ermordet hat oder zumindest an ihrer Ermordung beteiligt war.«

Sein Gesicht wird schlagartig ernst und er lehnt sich wieder vor. »Das sind schwere Anschuldigungen. Hast du Beweise?«

»Er hat eine Freundin aus Deutschland dazu gebracht, mich an dem Abend, als sie verunglückte, von Mama fernzuhalten.«

»Dieselbe Freundin, die du gestern unerlaubt auf das Rabengelände geschmuggelt hast?«

Meine Wangen werden heiß und ich nicke verlegen. Metallisch kalte Augen durchbohren mich. »Glaubst du, mir entgeht auch nur eine Bewegung von dir? Du bringst uns alle durch dein Verhalten in Gefahr. Ich habe dir an dem Tag deiner Initiation gesagt, dass du dein altes Leben von dir reißen musst, wenn du ein Rabe sein willst. Du hast dich freiwillig dafür entschieden. Meine Zeit ist knapp bemessen. Ich verschwende sie nicht an Schwächlinge.«

Er hat recht. Natürlich hat er recht. Wie konnte ich mich nur von Liz dazu breitschlagen lassen, meine ganze Zukunft wegen eines Ballbesuchs zu riskieren? Mein Magen zieht sich schmerzhaft zusammen. »Es tut mir leid. Wenn Sie mich nicht mehr als Rabe haben möchten, kann ich das verstehen.«

Er haut so fest mit der Faust auf den Schreibtisch, dass ich heftig zusammenfahre. Die Augen zu schmalen Schlitzen zusammengekniffen starrt er mich zornentbrannt an. Und ich verstehe. Mit diesem Satz habe ich ihn schon wieder enttäuscht. Gerade eben verhalte ich mich wie das Schaf, das aufgibt.

Ich hole tief Luft. »Also gut, ich habe einen Fehler gemacht.« Die Wut auf mich selbst lässt meine Stimme entschlossener klingen, als ich mich fühle. »Aber in diesem Fall hat es etwas Positives. Durch Liz kenne ich jetzt die Wahrheit über Jared. Ich habe ihm viel zu sehr vertraut und das wäre langfristig gefährlicher gewesen als die Tatsache, dass Liz glaubt, ich bin an der Hochbegabtenschule eines durchgeknallten Sektenführers gelandet.«

Seine Mundwinkel zucken, als er hört, was für einen Bären ich Liz aufgebunden habe. Er hebt die Augenbrauen.

»Und wie sieht dein Plan aus?«

Die Fassade des *Cork Coffee Roasters* ist grellrot und daher nicht zu übersehen. Ebenso wenig der nervöse Blick, den Aidan aus dem Fenster wirft. Oh Himmel, seit wann ist er schon da? Ich habe Liz im Café abgesetzt, bevor ich zu Farran ging. Aidan sollte eigentlich erst in einer halben Stunde zu uns stoßen. Das Taxi hält direkt vor der Scheibe. Als ich aussteige, sehe ich, wie sie neben ihm verzweifelt mit den Augen rollt.

»Von wegen ihr schaut euch zusammen die Stadt an! Wo warst du?« Aidans Stimme ist kühl. Vor ihm steht ein halbvoller Pappbecher mit Kaffee. Genau das, was ich nach dem anstrengenden Gespräch mit Farran brauche. Ich greife danach und trinke den Becher in einem Zug leer. Das Gebräu ist kaum noch lauwarm.

»Emma!«, knurrt Aidan.

Liz seufzt erleichtert auf. »Bin ich froh, dass du da bist. Er ist eine Stunde zu früh zufällig hier vorbeigelaufen und hat mich durch die Scheibe gesehen. Seitdem nervt er mich unablässig mit Fragen. Wollte sogar schon deinen Vater anrufen.«

Er hat sich Sorgen um mich gemacht?

Aidan dreht den Kopf zu ihr und öffnet den Mund, aber ich ersticke seine Erwiderung, indem ich mich hinunterbeuge, meine linke Hand in sein Haar gleiten lasse und ihn auf die Wange küsse. Ganz kurz nur. Aber trotzdem glühen meine Lippen. Und erst da wird mir bewusst, was ich gerade eben getan habe.

Aidan fährt herum, schlingt blitzschnell den Arm um meine Taille und zieht mich an sich heran. In meinem Bauch vibriert es und mein Herz schlägt mir bis zum Hals. Das muss das Koffein sein und die Erleichterung, dass Farran meinem Plan zugestimmt hat.

»Was hast du jetzt schon wieder ausgefressen?«

Mein Kuss hat ihn leider nicht besänftigt. Er hat ihn nur noch wütender gemacht.

»Gar nichts.«

»Erzähl keinen Scheiß. Du bist nur dann nett zu mir, wenn du Mist gebaut hast oder meine Hilfe brauchst – oder beides.«

Oje! Sieht das wirklich so für ihn aus? »Ich ... ich brauche tatsächlich deine Hilfe.« Meine Stimme klingt dünn.

Er lässt mich los und wendet sich ab, als hätte ich eine ansteckende Krankheit.

Liz lacht leise und schüttelt ihre blonden Haare in den Nacken. »Also ihr zwei seid schon eine Show.«

»Halt die Klappe und verschwinde wieder nach Deutschland!«, zischt Aidan unfreundlich. »Du hast überhaupt keine Ahnung, was hier läuft. Sei froh!«

»Hey, lass es nicht an mir aus! Solange du Schwachkopf immer noch mit dieser Zicke abhängst, obwohl Emz ...«

»LIZ!«, rufe ich verzweifelt.

Aidans Blick schweift von ihr zu mir und wieder zurück. Er verschränkt die Arme über der Brust. »Sprich dich nur aus.«

»Nein. Untersteh dich!« Ich weiß ganz genau, was dabei rauskommt, wenn Liz so richtig in Fahrt ist.

»Möchten Sie einen Kaffee, Miss?«

Der Junge, der meine Bestellung aufnehmen will, hat rote Haare und auf seinem pausbäckigen Gesicht liefern sich hellbraune Sommersprossen und Pickel einen Wettstreit. Er beginnt, sämtliche Kaffeesorten, die *Coffee Roasters* führt, aufzuzählen, und ich höre nicht mehr, was Liz Aidan zuflüstert.

»... wofür du sie hältst ... Ich kenne sie schon seit ...«

»... der Erste, den ... küsst ... Angst, dass ... Lynn ...«

»Milchkaffee!«, unterbreche ich den Rothaarigen harsch.

Er schüttelt den Kopf über so viel Unfreundlichkeit, während er zur Theke zurückschlurft.

Ich drehe mich um.

Und Aidan sieht mich an.

Und ich kann meinen Blick nicht von diesen Augen wenden. Die flaschengrünen Strahlen ziehen mich durch das Türkisblau in die Pupille und ich falle tief in ihre Schwärze und kann mich nicht mehr bewegen.

»Wenn deine übereifrige Freundin nicht mehr an uns klebt wie eine Klette, müssen wir dringend miteinander reden«, sagt er und seine Stimme rieselt wie kühler Sommerregen über meine erhitzte Haut.

»Okay«, krächze ich.

»Wie lief's mit Farran?«, fragt Liz und ich bin ihr unendlich dankbar, dass sie das Thema wechselt.

»Er ist einverstanden.«

»Womit?«, fragt Aidan scharf.

»Hm, es wird dir gefallen – vorausgesetzt, du hilfst uns.«
Der Rothaarige erscheint und stellt den Becher Milchkaffee
vor mir auf den Tisch.

Aidan zieht den Geldbeutel aus seiner schwarzen Lederjacke und bezahlt.

»Danke«, sage ich.

Er beugt sich vor. Ich möchte mich vor seinem intensiven
Blick verstecken oder besser weglaufen.

»Du weißt ganz genau, dass ich dir noch nie einen Wunsch
abschlagen konnte. Also, was hast du mit Farran wieder einmal hinter dem Rücken deines Vaters ausgeheckt?«

»Wir drei überfallen heute Nacht Jared Brady und nehmen
ihn gefangen.«

Ich hatte gedacht, er würde sich darüber freuen. Dean
hätte wahrscheinlich gejubelt und vor Freude auf den Tisch
getrommelt. Aber Aidans Lächeln erlischt.

Er sieht besorgt aus und legt seine Hand auf die meine.

»Sicher, dass du das wirklich willst, Emz?«

Ich denke daran, dass Mama noch leben könnte, wenn ich
mit ihr im Auto gesessen hätte, anstatt auf das bescheuerte
Musical zu gehen. »Todsicher.«

Verdutzt schaut er mich an. Dann grinst er breit.

»Das ist ja wie Geburtstag und Weihnachten zusammen.«

Im Pub brennt noch Licht.

Obwohl es bereits ein Uhr ist. Er wartet also tatsächlich
auf mich. Liz und ich steigen aus dem Taxi.

Aber Aidan sitzt nur eine Straße weiter im Auto. Als das
Taxi wieder losfährt und ich mich umdrehe, sehe ich Jared
hinter der Glasscheibe. Er sieht bleich aus und unter seinen
Augen sind dunkle Ringe.

»Danke, dass ihr gekommen seid«, sagt er, als er die Tür öffnet. Seine Stimme klingt eigenartig. Emotionslos und zurückhaltend. Sie passt nicht zu den Worten. Und erst recht nicht zu ihm. Etwas ist anders. Wahrscheinlich ist es wegen Liz.

Wir setzen uns und Jared verschwindet hinter der Bar und kommt mit einer Bier- und zwei Colaflaschen zurück. Er öffnet sie und stellt sie auf den Tisch.

Liz greift in ihre Handtasche. Ich weiß, dass sie jetzt das Pfefferspray in die Hand nimmt.

»Tut mir leid, dass ich dich angelogen habe, Liz«, sagt er leise.

Sie wirft ihm einen verächtlichen Blick zu. »Meine verletzte Eitelkeit ist in diesem Fall wirklich zweitrangig.«

Jared nickt und starrt nach unten auf seine Beine. Warum meidet er meinen Blick?

»Du hast versprochen, dass du die Kammer nicht öffnest.« Seine Stimme ist tonlos. Sie hüllt mich ein wie feiner Nebel und hinterlässt ein kaltes, prickelndes Gefühl auf meiner Haut.

»Erwartest du jetzt etwa, dass ICH mich entschuldige, weil ich dein Geheimnis herausgefunden habe?«

»Du hast gesagt, dass du mir vertraust.«

»Wie denn? Ohne dich würde meine Mutter noch leben.«

»Vermutlich.«

Er gibt es zu. Einfach so. Und ich verliere die Kontrolle über meinen Körper.

Erst als ich das klatschende Geräusch höre, bemerke ich das Brennen auf meiner Handfläche.

Endlich hebt er den Kopf und berührt abwesend seine gerötete Wange. Sein Blick ist so verstört, so verzweifelt.

Ich sehe in die Augen eines Wahnsinnigen.

»Es tut mir leid. Ich will dir nicht wehtun, Emma.«

Mein Herz zieht sich zusammen und ich spüre, wie die Angst wie eine Welle auf mich zurast und mich mit sich reißt. Und dann geht alles ganz schnell.

Liz hält das Pfefferspray in den Händen und drückt ab. Doch da ist bereits Jareds Hand. Er schlägt gegen ihren Handrücken und der Strahl geht daneben. Die Spraydose rollt irgendwo auf den Boden.

Jared springt auf und Liz schreit, weicht zurück und ich greife nach der Colaflasche, aber er ist so verdammt schnell. Sein Arm schlingt sich von hinten um meine Kehle und ich fühle, wie seine Muskeln zudrücken. Die Flasche rutscht aus meiner Hand und fällt auf meinen rechten Fuß, doch die Schmerzen sind nichts im Vergleich zu dem Druck an meinem Kehlkopf. Meine Beine zappeln und ich schlage mit den Ellenbogen in seinen Bauch. Aber sein Körper ist so angespannt wie der einer Raubkatze auf der Jagd. Er scheint meine Stöße gar nicht zu fühlen.

Und Liz schreit. Und schreit. Ein anderes Geräusch dringt an mein Ohr. Zersplitterndes Glas.

»LASS SIE SOFORT LOS, BRADY!«

Aidan! Hilf mir! Oh bitte, bitte hilf mir. Vor meinen Augen tanzen schwarze Punkte. Das Blut in meinem Kopf pocht hektisch. Atmen. Ich muss atmen.

»Keine Tricks, Callahan, sonst ist sie tot. Ihr habt nicht wirklich geglaubt, dass ihr mich einfach so überrumpeln könnt?«

Meine Beine hängen irgendwo in der Luft und sein Arm drückt unbarmherzig immer stärker gegen meinen Hals. Der andere Arm umfasst meine Taille und ich fühle, wie er mich wegträgt, aber ich kann nicht erkennen wohin. Kann nur noch verschwommen sehen.

Lass ihn mich nicht mitnehmen. Bitte. Aidans Stimme geht in ein Murmeln über. Mein Kopf dröhnt. Da ist so ein hohes Geräusch. Und ich will atmen. Nur noch atmen.

ENTFÜHRT

Es ist kalt.
Und dunkel. Ich fühle einen Schmerz in meinem Hals und schlucke. Aber er geht nicht weg. Ich schlucke noch einmal. Dann will ich danach tasten, doch etwas stimmt mit meinen Händen nicht. Die Handgelenke brennen und liegen unter meinem Körper auf dem Rücken. Ich bekomme sie nicht auseinander. Also öffne ich die Augen. Besser gesagt, ich versuche, sie zu öffnen. Aber etwas hält sie zu. Ich drehe den Kopf. Aber nichts verändert sich. Langsam atme ich ein. Und wieder aus. Wo zum Teufel bin ich?

Meine Finger berühren meine Handgelenke. Ich fühle etwas Raues, ein Seil. Und endlich verstehe ich. Aber wer und warum?

»Bleib ruhig, Emma. Wir sind gleich da.«

»Jared«, flüstere ich. »Was ...« Dann fällt mir alles wieder ein und die Angst fühlt sich an wie eine schwarze Tätowierung auf meiner Haut. Hässlich und dauerhaft.

Jetzt spüre ich auch die Bewegung. Wir sind in einem Auto. Er fährt mich irgendwohin. Wahrscheinlich in sein Schloss, um mich in der Kammer zu erschlagen. Nein. Ein moderner Blaubart würde mich eher im Wald verscharren.

Nicht denken. Nicht daran denken. Etwas Schönes, erinnere dich, schnell.

Und ich überlege mir, wie gerne ich meine Hände in Aidans Haar vergraben und ihn einmal, nur ein einziges Mal auf diesen schönen Mund küssen würde. Ich versuche, mich daran zu erinnern, wie er seine Lippen kurz und heftig auf meine gepresst hat. Damals beim Frühstück, aus Wut über Jared. Strom, der heiß durch meinen Körper jagte. Dann sehe ich ihn vor mir, eng umschlungen mit Lynn vor der Mensa. Aber es ist mir auf einmal egal. Denn ich spüre, dass sie ihm nichts bedeutet, weiß, dass er es beenden wird, wenn ich nur seinen Kuss erwidere. Ich weiß es plötzlich so sicher, dass mein Herz sich in meinem Brustkorb schmerzhaft zusammenzieht. Alle Unsicherheit und Angst vor Aidans Zuneigung fallen von mir ab.

Oh Gott, bitte gib mir noch eine Chance!

Wir fahren noch immer.

Und ich muss ihn daran hindern, mich dahin zu bringen, wohin auch immer er will. Es muss etwas mit dem Auto geschehen. Aber es muss unauffällig sein. Doch meine Augen sind verbunden und ich kenne mich nicht besonders gut mit Autos aus. Ehrlich gesagt überhaupt nicht. Also durchforste ich meine Erinnerungen.

»Wir müssen noch Wasser nachfüllen.«

Mama schraubt den Deckel des Kühlbehälters auf, während ich meinen kleinen blauen Reisekoffer in den Kofferraum hebe.

»Warum braucht das Auto Wasser?«

»Der Motor muss gekühlt werden.«

Sie drückt mir die leere Plastikflasche in die Hand, als ich neben sie trete. Vor mir sehe ich Schläuche und Plastik, Metall und Gummi. Mama nimmt einen Deckel und schraubt ihn auf ein Plastikgefäß.

»Und was passiert, wenn das Wasser alle ist?«

»Dann überhitzt sich der Motor und es fängt zu rauchen an.« Sie lacht, als sie meinen Gesichtsausdruck sieht. *»Keine*

Sorge, die Wasserstandsanzeige im Auto würde uns warnen.
Aber weiterfahren könnten wir dann erst mal nicht mehr.«

Weiterfahren könnten wir dann nicht mehr ...

Okay. Der Wasserbehälter ist aus Plastik. Er kann Risse bekommen. Dann sickert das Wasser heraus. Aber ich sehe den Behälter nicht. Vielleicht hilft es, wenn ich mich auf das Motorgeräusch konzentriere. Ich denke an die Plastikflasche, die mir im Sommer im Freibad aufgeplatzt ist, als sie auf den Betonboden fiel. Der Motor des Autos summt in meinen Ohren und ich stelle mir vor, wie das Wasser heraussickert und auf den Asphalt rinnt.

Tropf. Tropf. Tropf.

Aber es geschieht nichts. Es muss doch klappen, muss ...

Ein Piepsen dringt an mein Ohr.

»Shit. Callahan fährt wahrscheinlich die teuerste Kiste der Schule und ist zu doof, den Kühlbehälter nachzufüllen. Aber von mir aus. Geht eben sein Motor kaputt.«

Er fährt einfach weiter.

»Jared, bitte halt an.« Ich hasse es, ihn zu bitten.

Er lacht. »Keine Sorge, Kleines. Solange es nicht raucht, kann nichts passieren.«

Nein. Ganz schlecht. Das Wasser muss schneller laufen, der Riss größer werden. Schweißtropfen rinnen über meine Stirn.

»Scheiße!« Ein klopfendes Geräusch. Haut Jared irgendwo dagegen? »Verdammte Scheiße!«

Die Bewegung stoppt so ruckartig, dass ich gegen die Vordersitze knalle und im Fußraum lande. Das Motorgeräusch verstummt. Ich höre etwas Rascheln, dann schlägt mir kühle Luft entgegen. Es riecht feucht und nach verbranntem Gummi. Rauschen dringt an mein Ohr. Regnet es? Dann fällt die Autotür zu. Ja, es muss regnen, ziemlich stark sogar. Ich höre deutlich das stete Prasseln auf dem Autodach. Was macht er jetzt? Lässt er mich einfach hier drin liegen?

Ich beginne zu zählen.

Als ich bei 56 angelangt bin, höre ich einen Knall und ein Rütteln geht durch das Auto. Was zur Hölle treibt er? Dann wird die Hintertür aufgerissen und ich spüre Kälte an meinen Beinen. Er packt mich an den Hüften und hebt mich hoch, zurück auf den Sitz. Sein Arm schlingt sich um meinen Körper und drückt mich an seine Brust. Er ist vollkommen durchnässt.

Ich versuche, mich wegzuschieben, aber er lässt es nicht zu.

»Emma«, flüstert seine Stimme an meinem Ohr und ich beginne am ganzen Leib zu zittern. Es ist so weit. Aber ich werde es ihm nicht so leicht machen. Vielleicht ist ein Haus hier in der Nähe, jemand könnte mich hören. Und ich schreie, so laut ich kann, und schlage mit meinem Kopf dorthin, wo ich sein Gesicht vermute. Verdammt, tut das weh! Aber ich muss ihn getroffen haben, denn er keucht schmerzerfüllt auf. Eine Hand presst sich an meinen Mund und ich versuche, ihn zu beißen, aber er liegt jetzt mit seinem ganzen Körper auf mir und drückt gegen meine Kehle. Tränen stürzen mir in die Augen und durchnässen den Stoff, mit dem er sie verbunden hat.

»HÖR AUF! Verdammt, ich will dir nicht wehtun. Zwing mich nicht dazu«, knurrt er wütend.

Ich gebe nach. Vorerst. Als er keinen Widerstand mehr spürt, zieht er die Hand von meinem Mund und lässt meine Kehle frei.

Ich ringe nach Luft, was nicht einfach ist, denn er liegt

immer noch halb auf mir und hält mich mit seinem Gewicht gefangen. Wenn ich ihn mit meiner Telekinese wegschleudere, könnte ich mich selbst verletzen. Hier im Auto ist es zu eng. Es muss eine andere Möglichkeit geben.

»Du bist eine ganz schöne Wildkatze. Hätte ich dir gar nicht zugetraut.« Ich kann das Grinsen auf seinem Gesicht fühlen und hasse ihn dafür.

»Wo bringst du mich hin?«, frage ich.

Er seufzt. Sein Atem ist ganz nah an meinem Mund.

»Nirgendwohin. Der Kühlbehälter hat einen Riss.«

»Dann war's das also? Wie willst du es tun? Erwürgst du mich oder überfährst du mich mit dem Auto?«

Regen klopft auf das Dach und an die Scheiben. So laut wie ein Trommelwirbel. Endlich löst sich das Gewicht von mir und er setzt sich wieder neben mich. Seine Hände gleiten in mein Haar und ich spanne meinen Körper an. Plötzlich verschwindet der Druck auf meinen Augen und ich kann wieder sehen.

Sein Gesicht schimmert bleich in der Dunkelheit.

»Du hättest es nicht so erfahren sollen«, flüstert er.

»Denkst du, es macht einen Unterschied, ob du es mir anders gesagt hättest? Mörder!«

Seine Hände greifen so fest nach meinen Schultern, dass es schmerzt.

»Sei still! Du verstehst nichts. Absolut nichts! Ich habe deine Mutter nicht umgebracht. Niemals hätte ich das gekonnt. Nicht, nachdem ich dich die ganze Zeit beobachtet hatte und wusste, was sie dir bedeutet.«

Er lässt mich los, legt seinen Kopf in den Nacken und schließt die Augen.

Erschöpfung zeichnet sich auf seiner Miene ab.

»Aber du hast mich von ihr ferngehalten an diesem Abend. Du wusstest, dass sie sterben wird.«

Plötzlich ist dieses drängende Gefühl in mir: Sag, dass es nicht stimmt, dass du nichts davon wusstest. Bitte, Jared. Sag Nein.

»Ja, Emma.«

Sein Gesicht wird unscharf. Tränen tropfen von meinem Kinn auf den Hals. »Wer war es?«

»Zwei.«

»WER, JARED?«

»Du kennst nur einen von ihnen.«

»Richard?«

Er lacht bitter auf. »Einer ist auf alle Fälle ein Mitglied des Horusringes. Mehr darf ich dir nicht sagen.«

»Aber warum? Sie hat ihnen doch nichts getan!«

Jared beugt sich nach unten und beginnt, meine Fußfesseln zu lösen. Als er fertig ist, streicht er mir über die Wange. Ich erschauere und drehe den Kopf von ihm weg. Er beugt sich hinter mich, befreit meine Hände und legt mir etwas um die Schultern. Aidans Lederjacke. Er muss sie im Auto gelassen haben, als er uns zu Hilfe kam.

»Du musst jetzt aussteigen, Emma. Tut mir leid, dass es regnet.« Seine Stimme ist so sanft.

Tief in meiner Brust regt sich etwas, bricht aus mir heraus, wird lauter und schriller. Lachen.

Er hilft mir aus dem Wagen, der Regen klatscht hart in mein Gesicht. Und ich lache. Kann gar nicht mehr aufhören, bis nur noch ein heiseres Schluchzen aus meiner Kehle dringt. Wir stehen auf einer Landstraße und er hat die Hände in die Hosentaschen gesteckt und die Schultern eingezogen. Seine Augen sind groß und ernst.

Ich breite die Arme aus, strecke die Handflächen nach oben und lege meinen Kopf in den Nacken. Der Regen prallt an meine Wangen und läuft über meinen Hals bis zu meiner Brust.

»Es tut dir leid, dass es regnet? DAS tut dir leid?«

Ich muss atmen. Muss wieder Kontrolle über meine Gefühle bekommen. Das Geräusch eines Reißverschlusses lässt mich aufschrecken. Jared zieht seine Jacke aus und klemmt sie zwischen seine Beine. Dann schlüpft er aus seinem T-Shirt. Einen kurzen Moment lang sehe ich, wie der Regen über die Rabentätowierung auf seiner Brust perlt, bevor er seine Jacke wieder anzieht. Er geht in die Hocke und hält das T-Shirt in eine Pfütze. Als er die Motorhaube öffnet, trete ich näher.

»Es läuft bestimmt gleich wieder raus. Das ist zu gefährlich.« Er brummt etwas Unverständliches, wringt sein T-Shirt in den Kühlwasserbehälter aus und legt es erneut in die Pfütze.

»Hörst du? Wenn der Motor sich überhitzt ...«

»Genau deshalb solltest du aussteigen.« Mit einem Knall lässt er die Motorhaube einrasten und geht zur Fahrertür. Er will mich schützen?

»Jared!« Meine Füße rutschen durch den Schlamm, als ich ihm nachlaufe. Er hält inne und dreht sich um. Ich packe ihn am Arm. »Bitte, bitte sag mir wenigstens, wie es passiert ist. Warum ist das Auto von der Fahrbahn abgekommen?«

Er schüttelt unwillig den Kopf, reißt sich los, öffnet die Tür und steigt ein. Bevor er sie zuschlagen kann, schiebe ich mich dazwischen. »Hat sie Schmerzen gehabt? Hat ...«

»Ich war nicht dabei, Emma. Aber nein. Es ist wohl ganz schnell gegangen. Jemand warf eine Projektion auf und der ist sie ausgewichen. Ihr Auto hat sich überschlagen. Sie war sofort tot.«

Eine Projektion? Niemals! Meine Gedanken rasen. Sie hat mir selbst einmal erzählt, wie gefährlich es sei, Wildtieren auszuweichen. Sie kann unmöglich ...

»Geh von der Tür weg!«

»WAS FÜR EINE PROJEKTION WAR ES?«

Jared startet den Motor. »Zum letzten Mal, Emma. Geh von der ...«

»JARED, BITTE!«

Er gibt mir einen Stoß gegen die Brust. Ich taumle zurück und falle in den Straßenrand. Schlamm spritzt mir auf die Wangen und in die Haare.

Sein Gesicht ist vollkommen verzerrt, als er brüllt: »DU WARST DIE PROJEKTION!«

Vor mir liegt das Feld und ich laufe. Einfach geradeaus. Ich laufe, weil ich nicht weiß, was ich sonst tun soll, um nicht wahnsinnig zu werden, um nicht unterzugehen in diesem zerreißenden, alles beherrschenden Gefühl des Schmerzes. Doch dann stolpere ich über ein Gestrüpp und falle auf die Knie. Und da bleibe ich. Mitten in dem schmutzigen Nass und fühle nichts als Kälte. Meine Hände liegen auf meinen Oberschenkeln und bewegen sich nicht. Nichts bewegt sich außer dem Regen.

Du musst den Schmerz wegatmen, Emma. Deine Gabe wird dich umbringen, wenn du dich ihm hingibst. Du kannst dich darin verlieren.

Aber ich schaffe es nicht. Die Trauer ist mächtiger. Sie zieht mich in ihre verführerische Schwärze, in der alles still ist, wie in dem Auge eines Tornados. Ich kann die Augen schließen und muss endlich nicht mehr kämpfen. Loslassen. Wegtreiben.

Doch gerade, als meine Augen nur noch einen Spaltbreit offen stehen, sehe ich das Licht. Es strahlt über meinen Rücken auf das dunkle Feld vor mir und mein Körper wirft einen langen Schatten ins Gras. Ich höre Stimmen, mehrere Stimmen, aber vor allem seine.

»EMZ! WO BIST DU?«

Meine Lippen bewegen sich, flüstern mechanisch seinen Namen. Erst so leise, dass ich es selbst kaum hören kann, dann lauter und der Klang seines Namens brennt auf meiner Zunge und zieht mich aus der Dunkelheit.

»Aidan. Aidan. AIDAN!«

Meine Hände berühren den Boden und ich stemme mich hoch. Jemand kommt auf mich zugelaufen. Ich sehe den Lichtstrahl einer Taschenlampe. Zitternd stolpere ich ihm entgegen. Und dann drückt er mich an sich, so fest, dass es schon schmerzt. Durch die klatschnasse Kleidung hindurch spüre ich das Feuer, dass seine Berührung in mir entfacht.

»Du lebst!«, seufzt er und senkt seine Stirn auf meine.

Regen.

Splitter, hart wie Eis.

Wasser, das auf meiner Haut zerplatzt.

Ich fühle alles um mich herum intensiver als sonst. Die Luft duftet nach Erde und feuchtem Gras und nach ihm. Ich atme tief ein und diesmal zögere ich nicht, sondern führe meine kalten, bebenden Finger in sein nasses Haar, ziehe ihn näher an mich heran und lege meine Lippen auf seinen Mund. Ganz zart. Ich fühle, wie er überrascht zusammenzuckt, aber ich höre nicht auf, umkreise erst seine Oberlippe, taste mich dann zu seiner Unterlippe, versuche, jeden Millimeter seiner

Haut zu erkunden, wie ein Blinder, der endlich sehen möchte, und tippe dann mit meiner Zungenspitze sanft auf die Mitte. Er erwacht aus seiner Starre und flüstert meinen Namen gegen meinen Mund. Und dann küsst er mich zurück, fest, wild und besitzergreifend, aber ich habe sowieso das Gefühl, nie wieder meine Lippen von seinen lösen zu wollen.

Ein Räuspern dringt an mein Ohr.

Aidans Lippen sind sanft, als er ein letztes Mal über meine streicht. Wassertropfen hängen in seinen Wimpern und seine Pupillen sind so groß, dass seine Augen fast schwarz wirken. Ich drehe mich in seinen Armen um. Mein Vater steht mit versteinerter Miene neben Liz, aber auf ihrem Mund liegt ein strahlendes Lächeln, als sie den Daumen ihrer rechten Hand nach oben hält.

Wenig später sitze ich auf der Rückbank von Vaters Auto und schmiege mich an Aidans Brust. Ganz selbstverständlich. Als wären wir schon seit Monaten ein Paar. Unaufgefordert legt er seinen Arm um mich.

»Wie habt ihr mich so schnell gefunden?«

Aidan klopft auf seine Lederjacke, die ich immer noch anhabe und lacht leise. »Mein Handy ist in der Tasche geblieben, als ich in den Pub gelaufen bin. Aber zum Glück hatte Liz ihres dabei. So konnten wir Jacob anrufen und dich über mein Handy orten.«

Ich schaue nach vorne und durch den Rückspiegel trifft mich Dads eisiger Blick.

»Ich hab Farran Bescheid gesagt«, sage ich kleinlaut. Eine lahme Entschuldigung, dessen bin ich mir bewusst.

»Warum nicht mir?«

»Es ging um Mama.«

»So? Falls es deinem Gehirn entfallen sein sollte: Diese Frau war mir nicht unbekannt.«

»Dad!«

»Du hast kein Recht, mir etwas, das du über ihren Tod erfährst, zu verschweigen!«

»Du erzählst mir schließlich auch nichts.«

Sein Gesicht verfinstert sich noch mehr und ich nage schuldbewusst an meiner Unterlippe.

»Außerdem dachte ich, du würdest ihn ... na ja ... erledigen, bevor ich etwas aus ihm herausquetschen kann.«

Er schüttelt den Kopf. »Ich bin kein hormongesteuerter Teenager. Für gewöhnlich habe ich mich durchaus besser unter Kontrolle als du.«

Meine Wangen werden heiß. Ich weiß genau, dass er auf den Kuss von eben anspielt.

»Warum hat dich Jared eigentlich mitten in der Pampa rausgeschmissen?«, fragt Liz und lenkt Dad von seinem Thema ab.

»Weil das Auto ...« Ich stocke. Plötzlich wird mir bewusst, dass es Aidans Auto ist, dessen Kühlbehälter ich beschädigt habe, und wenn Jared jetzt den Motor überhitzt ...

»Was ist mit meinem Auto?«, knurrt Aidan. »Ist Brady zu doof zum Autofahren?«

Vorsichtig richte ich mich auf. Aidans Augen verengen sich.

»Spuck es aus. Was hat er angestellt?«

Wie soll ich ihnen vor Liz erklären, dass ich meine Gabe eingesetzt habe?

»Wisst ihr, ich dachte, er wollte mich umbringen.«

»Das dachten wir alle«, seufzt Dad. »Dich als Tochter zu haben, ist der reinste Albtraum!«

Diese Bemerkung ignorierend richte ich meinen Blick fest auf Aidan. »Ich hatte solche Angst, und auf einmal hat Jared gerufen, dass etwas mit der Kühlwasseranzeige nicht stimmt.«

Aidans Mund klappt auf und seine Augen weiten sich.

»Was bin ich froh, dass du immer so ein Glückspilz bist!« Der Spott in der Stimme meines Vaters ist kaum zu überhören, aber als ich in den Rückspiegel schaue, treffen seine Augen kurz die meinen und ich sehe, wie sie stolz aufleuchten.

»Moment mal. Er ist aber doch weitergefahren. Hat er das Kühlwasser nachgefüllt?«, fragt Aidan entrüstet.

»Ähm, ja schon, aber der Kühlwasserbehälter hatte wohl einen ziemlich großen Riss und er wollte mich lieber nicht mitnehmen, falls der Motor ...«

»Er ist weitergefahren, obwohl der Behälter einen großen Riss hat?«, seine Stimme ist jetzt unangenehm laut.

»Umso besser. Weit wird er nicht gekommen sein«, sagt mein Vater und drückt auf die Tasten seines Bordcomputers. Er aktiviert die Freisprechanlage seines Handys.

Bei der Polizeidienststelle von Cork meldet sich eine Frauenstimme und mein Vater verlangt einen Mann namens Adrian Smith.

»Jacob?«

»Ja. Wer sonst sollte dich wohl um diese Uhrzeit von deinem Kartenspiel weglocken.«

Ein Lachen ertönt am anderen Ende der Leitung. »Was kann ich für dich tun?«

»Aidans Auto ist vor Kurzem geklaut worden.«

»Verständlich.«

Neben mir schnaubt Aidan ungehalten auf.

»Gib mir das Kennzeichen und wir kümmern uns darum.«
Aidans Mund wandert langsam an mein Ohr. »Wenn Jared
den Motor schrottet, musst du mir das in Küssen zurück-
zahlen. Und glaub mir, so ein Motor kostet eine Menge ...«,
wispert er.

Liz beugt sich nach hinten. »Was hast du von Jared erfahren?«

Um keine Rabengeheimnisse preiszugeben, erzähle ich,
dass Mama ein aktives Mitglied der PIRA, des militanten Flü-
gels der IRA kennengelernt hat, der Richard heißt. »Er hat sie
all die Jahre gesucht. Jared hat mich und Mama wohl schon
eine Zeitlang beobachtet, als schließlich der Befehl erging,
sie umzubringen.«

»NEIN!«, ruft Liz entsetzt.

»Ich wusste es! Dieses Schwein!«, empört sich Aidan, aber
ich gebe ihm einen sanften Stoß in die Rippen.

»Er konnte es aber nicht tun. Denn während er uns über-
wachen sollte, hat er ... ähm ...«

»Sich in dich verliebt! Wie romantisch!« Liz wirft mir einen
schmachtenden Blick zu.

»WIE BITTE? Romantisch?«, brüllt Aidan aufgebracht.

Ich unterdrücke ein Lächeln. Woher soll er auch wissen,
welche Anziehungskraft düstere Typen auf Liz ausüben.

»Haltet die Klappe, ihr zwei, und lasst Emma endlich aus-
reden!« Dads Tonfall ist so eisig, dass keiner von ihnen mehr
wagt, mich zu unterbrechen.

»Er bekam den Auftrag, mich für diesen Abend von Mama
abzusondern, und zwei andere Mitglieder wurden beauftragt,
dafür zu sorgen, dass sie die Kontrolle über das Auto verlor.
Aber er wusste, was sie vorhatten.« Meine Stimme beginnt
zu zittern. »Und er hat es nicht verhindert.«

Daheim angekommen, bitte ich Liz, mich mit Dad und Aidan kurz alleine zu lassen.

In den Augen meines Vaters glüht ein blaues Feuer und seine Brust hebt und senkt sich in einem schnellen Rhythmus, als er nur ein einziges Wort zischt. »Wie?«

»Sie haben eine Projektion aufgeworfen, der sie ausgewichen ist. Ihr Auto hat sich überschlagen und sie war sofort tot.« Sein Gesicht verzieht sich schmerzhaft.

Ich schaffe es nicht, ihn bei dem Folgenden anzusehen. Mit geschlossenen Augen und brüchiger Stimme füge ich hinzu: »Es war eine Projektion von mir.«

Aidans Jaguar wurde in den frühen Morgenstunden in einem Waldstück gefunden. Jared war bereits über alle Berge. Der Motor ließ sich tatsächlich nicht mehr starten.

»Jammerschade«, sagt Aidan, als er mich nach dem Abendessen alleine in der Küche erwischt. Er schiebt meine Haare beiseite und küsst mich in den Nacken.

»Was kostet eigentlich so eine defekte Zylinderkopfdichtung?«, flüstere ich.

»Unsummen«, raunt er und knabbert sanft an der Spitze meines Ohres.

»Du bist eine schlechte Lügnerin«, sagt er kalt. »Ich könnte deine Gedanken lesen, aber es wäre mir lieber, du würdest offen mit mir reden. Sind wir nicht Freunde? Habe ich dir und deinen Eltern nicht geholfen, wo ich nur konnte?«

Mein Herz zieht sich schmerzhaft in meiner Brust zusammen. »Vielleicht. Ich weiß es nicht. Sie sind sehr geschickt darin, Dinge zu Ihrem Gunsten zu wenden.«

Seufzend beugt er sich vor. Seine schönen, feingliedrigen Hände greifen nach meinen und Gänsehaut bildet sich auf meinen Armen. »Katharina! Was hat er dir erzählt?«

Er wird es so oder so herausbekommen, jetzt, da er von Richards Treffen mit mir weiß.

»Miller. Sie haben dafür gesorgt, dass keine Spenderniere für seine Frau rechtzeitig gefunden werden konnte, nicht wahr? Aus Rache, weil er keinen Ihrer Spione in seinem Unternehmen haben wollte. War wenigstens der Selbstmord echt oder hat das auch einer Ihrer Raben erledigt?«

Lächelnd drückt er meine Hände, aber seine Augen werden eine Spur metallischer.

»Du sprichst von ihnen, als würdest du bereits nicht mehr dazugehören. Tut dir dieser Mann wirklich so leid? Wenn Jacob nicht so ein ausgezeichneter Kämpfer wäre, hätte Miller dich damals umgebracht.«

Jacob. Sein Name brennt wie eine offene Wunde auf meiner Haut. Ich habe ihn nicht überzeugen können ...

»Sie weichen mir aus.«

»Du mir ebenfalls. Miller interessiert dich nicht im Geringsten. Worum geht es dir wirklich, Katharina?«

Ich schlucke, ziehe meine Hände aus den Seinen und sehe ihm fest in die Augen. »Meine Eltern hatten vor vier Jahren abgelehnt, mich bei Ihnen in die Schule zu geben. Ein paar Wochen später wurde mein Vater entlassen, bekam keinen neuen Job, sosehr er sich auch bemühte, und fing schließlich an zu trinken.« Nichts in seinem ruhigen Gesicht deutet darauf hin, ob ihm diese Geschichte bekannt ist. Meine Stimme zittert, als ich fortfahre: »Irgendwann wurde auch Mama gekündigt. Dann kamen wir erneut zu Ihnen und Sie hatten sofort für alle Probleme eine Lösung parat. Als hätten Sie nur darauf gewartet. Ich habe in letzter Zeit viel darüber nachgedacht. Und ich frage mich, ob es wirklich Zufall war.«

»Ist das denn noch wichtig, jetzt, wo alles gut ist?«, fragt er und lächelt amüsiert.

Fassungslos starre ich ihn an. Das kann er unmöglich ernst meinen. Langsam stehe ich auf und gehe zur Tür.

»Katharina«, sagt er sanft. »Wenn du diesen Raum jetzt verlässt, wirst du es bereuen.«

»Nein!« Ich schüttele fest den Kopf. »Ganz sicher nicht.«

WINTER

Seit Tagen ist es nass und kalt, mit Windstärken bis zu achtzig Stundenkilometern. Manchmal denke ich, man kann sich einfach rückwärts gegen den Wind fallen lassen und er fängt einen auf. Aber dann stehe ich im Garten und traue mich doch nicht, es zu tun.

Ich vermisse Aidan. So sehr, dass es wehtut.

Nur in der Mittagspause sehe ich ihn und in SPSE. Aber man würde von Glück sprechen, wenn jemand den Versuch, in Macmillans Unterricht nicht aufzupassen oder miteinander zu quatschen, überlebte ... Die zusätzliche Zeit, die er mit mir als Primus verbringen soll, hat sein Vater auf das Notwendigste begrenzt und angeordnet, dass er bei Jacob auszieht. Alles nur, weil Aidan mit Lynn Schluss gemacht und sich der Tochter *dieser Verräterin* zugewandt hat. Wenn wenigstens Liz noch hier wäre. Drei Wochen sind seit ihrem Abflug vergangen, aber es kommt mir vor wie drei Monate.

»Hungerstreik wird Callahans Wut auch nicht mindern«, sagt Dad und tupft sich mit der Serviette den Mund ab.

Ich lege die Gabel, mit der ich bislang lustlos in meinem Rindereintopf herumgestochert habe, beiseite und hebe den Kopf. »Es ist so unfair! Selbst wenn Mama Farran tatsächlich verraten hat, was Jared bezweifelt, dann hat das doch nichts mit mir zu tun, verdammt!«

»Liebes, wie oft müssen wir das jetzt noch durchkauen? James ist eben stur. Glaub mir, der Verrat deiner Mutter ist nur ein Vorwand. Er weiß ganz genau, wie sehr Fion eine Beziehung zwischen dir und Aidan befürwortet. James hat aber mit Murphy monatelang Verträge über Lynns künftige Mitgift ausgehandelt, die sehr zu seinem und Aidans Vorteil waren. Mich kann er nicht so leicht über den Tisch ziehen. Das weiß er ganz genau. Oder möchtest du ...«

»Spinnst du? Ich bin doch keine Kuh, die am Viehmarkt verkauft wird! Wenn du Callahan auch nur einen Cent anbietest, werde ich nie wieder ein Wort mit dir sprechen. Überhaupt! Sind wir hier im Mittelalter? Ich werde nächsten Monat erst siebzehn! Wieso muss es denn gleich auf eine Hochzeit hinauslaufen?«

»Wir Raben sind diesbezüglich äußerst konservativ. Du weißt, Fion ist streng katholisch. Wenn ihr von den Gaben her zusammenpasst, und das tut ihr, solltet ihr mit etwa neunzehn oder zwanzig heiraten. Die Verträge werden üblicherweise vorneweg zwischen den Vätern ausgehandelt.«

Er greift nach seinem Glas und trinkt einen Schluck *Guinness*. Auf seinem Gesicht liegt ein selbstzufriedenes Lächeln. In meinem Kopf zähle ich bis zwanzig und atme tief durch.

»Aber ich weiß doch noch gar nicht, ob das zwischen mir und Aidan dauerhaft funktionieren wird!«

Dad verzieht spöttisch die Mundwinkel und ich spüre die Röte in meinem Gesicht aufsteigen. »Mach mir nichts vor. Ich kenne dich mittlerweile besser, als du denkst. Und über Aidan weiß ich mehr als sein eigener Vater. In der Nacht, als Jared dich entführt hat, war etwas in seinem Blick, das ich noch nie zuvor entdeckt habe: pure Mordlust.«

Ein kalter Schauer rieselt über meinen Rücken. »Du übertreibst maßlos.«

»Denk, was du willst, Emma. Aber eines ist mir damals klar geworden: James mag starrköpfig sein und bei jedem anderen

Mädchen hätte er sicherlich auch Erfolg mit seiner Strategie. Aber was dich anbelangt, wird Aidan sturer sein. Selbst wenn James jeden Tag Lynn Murphy bei sich daheim antanzen lässt und Aidan nicht mehr hierherkommen darf. Oder er ihm den Geldhahn zudreht. Er wird dich nicht sitzen lassen. Es sei denn ...«, er nimmt sein Besteck wieder in die Hände und schwenkt die Gabel drohend,»... du hungerst aufgrund deiner Nahrungsverweigerung zu einem unattraktiven Skelett ab.«

»Netter Versuch, Dad.«

Zimt, Orange und Tanne.

Der Duft in Farrans Büro erinnert an Plätzchen, Punsch und Weihnachten. Mein erstes Weihnachten ohne Mama. Und ohne Hannah und Elias. Ich versuche, nicht daran zu denken, wie es sich anfühlen wird.

Aidan und ich sitzen auf der schwarz-ledernen Couch und warten auf unseren Unterricht. Ein riesiger Adventskranz mit roten Kerzen schmückt den Tisch vor uns. Nur das Licht der Schreibtischlampe und die brennende erste Kerze erhellen den Raum.

Fion steht am Fenster und blickt auf das Schneetreiben über den Sportanlagen. Es schneit nicht oft in Cork.

Ich denke daran, wie die kleinen Kinder in unserer Nachbarschaft sich heute Morgen kreischend mit Schneebällen beworfen haben. Einer ist auf unserem Küchenfenster gelandet und langsam nach unten geglitten.

Vorsichtig streift Aidan die Finger meiner Hand und lächelt mich an.

Farran dreht sich zu uns um und schmunzelt.»So kann das nicht weitergehen. Ich möchte, dass ihr in zwei Wochen einen Auftrag für mich in Dublin übernehmt.«

Mein Herz klopft augenblicklich schneller, aber ich fühle, wie sich Aidan neben mir anspannt.

Der Schulleiter setzt sich uns gegenüber und schlägt die Beine übereinander.

»Sagt dir der Name *Mitchell Ltd.* etwas?«

»Der Halbleiterhersteller?«, fragt Aidan und Farran nickt.

»Mein Vater hat erzählt, dass er nächste Woche nach Dublin zu einigen Meetings mit Mitchell fährt.«

»Richtig. Mitchell ist ein Rabe. James wird nächste Woche als NOMAD für ihn mit *Haddington Consulting* verhandeln. Die Unternehmensberatung führt derzeit eine Due-Diligence-Prüfung bei Mitchell durch, um die Zulassungsdokumente für deren Börsengang an den *AIM* zu überprüfen. Mitchell braucht dringend Kapital, wenn er weiter expandieren will. Und das muss er, sonst wird er von der Konkurrenz verdrängt. Das Halbleitergeschäft ist schließlich hart umkämpft. Der Börsengang ist für ihn also von enormer Wichtigkeit.«

Farran macht eine Pause und lächelt mich an.

Mit Sicherheit habe ich gerade genauso intelligent dreingeschaut wie Mr Bean bei der Bedienung eines Getränkeautomats. Due Diligence? *AIM*? Und seit wann ist Callahan ein Nomade?

»Aidan wird dir das Fachkauderwelsch später erklären.«

Wie schön. Ich spüre deutlich die Röte in meinem Gesicht. Vielleicht hätte ich doch den Economics-Kurs belegen sollen.

»Der Prüfer von *Haddington Consulting* befürchtet eine, sagen wir, kreative Bilanzerstellung bei Mitchell. Er untersucht daher über das erforderliche Maß hinaus, um einen – wie er es nennt – irischen *Enron*-Skandal zu vermeiden.«

Aidan lacht schallend auf und ich verstehe nur Bahnhof.

»Da vergleicht er ja wohl die Mücke mit dem Elefanten!«

»Ganz recht.« Farran lächelt süffisant. »Glücklicherweise haben wir es geschafft, einen unserer Raben in die Position eines Senior Manager bei *Haddington Consulting* zu platzieren. Um keinen Verdacht zu erregen ist er zwar nicht an der Prüfung beteiligt, aber er wird euch beide für eine Woche als Praktikanten in das Prüfungsteam einschleusen.«

Endlich verstehe ich. Spionage. Kein Mensch wird harmlose, junge Praktikanten verdächtigen.

»Ihr werdet unter fremden Namen als Studenten der Wirtschaftsfakultät der Corker Universität auftreten. Damit ihr euch die Namen leichter merken könnt, habe ich die Vornamen eurer Eltern gewählt. Demzufolge heißt du ...«, er deutet auf Aidan, »... James Dunn, bist 19 Jahre alt und, aufgrund deiner Fachkenntnisse, in deinem zweiten Jahr am College, und Emma ist Katharina Frost, 18 Jahre alt und Austauschstudentin aus Deutschland. Offiziell bist du in München an der Ludwig-Maximilians-Universität eingeschrieben und studierst erst seit Oktober.«

»Werden sie nicht trotzdem erwarten, dass ich mich besser auskenne?«

»Du wirst nächste Woche Einzeltraining von Sarah Parker, unserer Economics- und Accounting-Lehrerin, bekommen und ab jetzt auch ihre Senior-Kurse belegen.«

Zusatzunterricht! Als ob ich nicht bereits jetzt kaum mein Lernpensum schaffe. Es hieß, wir könnten die Kurse wählen ...

Farran verschränkt die Hände ineinander und beugt sich vor.

»Ich weiß, ich erwarte viel von dir, aber dir ist nicht ganz bewusst, welche Chance ich dir, nein euch, damit gebe. Denk nach! Aidans Vater ist unser Finanzexperte und einer der größten an der *London Stock Exchange* zugelassenen Broker.«

Okay. Jetzt weiß ich, warum Aidan Luxusautos zum Geburtstag bekommt.

»Seit seinem zwölften Lebensjahr wird Aidan von James darauf vorbereitet, einmal in das Unternehmen einzusteigen und es nach seinem Tode fortzuführen. Murphy war schlau genug, seine Tochter zu instruieren, welche Kurse sie belegen muss, um als ideale Partnerin für Aidan bei Einsätzen wie diesen zu fungieren.«

Ich spüre ein schmerzhaftes Ziehen in meiner Brust und mein Blick wandert zu Aidan, auf dessen Stirn sich eine tiefe Falte gebildet hat.

»Fion, Sie meinen das sicher gut, aber gerade das ist es, was ich an Lynn immer gehasst habe. Sie tut nichts ohne Berechnung.« Er wirft mir einen schuldbewussten Blick zu.

»Sie hätte sich keinen Schimmer für mich interessiert, wenn ich aus armen Verhältnissen stammen würde. Schließlich gibt es noch andere Jungs, die Optivus sind. Emma ist das genaue Gegenteil! Ich möchte nicht, dass sie gezwungen werden soll ...«

»Dein Vater wird eure Beziehung niemals gutheißen, wenn sie nicht bereit ist, ein Wirtschaftsstudium zu absolvieren.«

»Das ist mir egal!«

Farran runzelt ungehalten die Stirn.

»Fion hat recht«, sage ich leise.

»NEIN. Ich will nicht, dass du Zusatzunterricht nimmst. Du kannst nicht jeden Tag bis Mitternacht büffeln! Das ist Wahnsinn!«

»Und ich will, dass dein Vater mich endlich akzeptiert. Lernen macht mir nichts aus.«

Aidan lacht bitter auf und seine Augen verdüstern sich.

»Du kennst James nicht. Er akzeptiert Menschen nicht. Er

benutzt sie. Du bist dann für ihn interessant, wenn er aus dir Kapital schlagen kann. Wenn du jetzt plötzlich die Zusatzkurse belegst, wird er nur das Schlimmste von dir denken, nämlich, dass du über mich auf sein Geld aus bist.«

»Aidan!«, sagt Farran streng.

»Sie wissen, dass es stimmt!«

Er seufzt tief und nickt schließlich. Nachdenklich knetet er sein Kinn. »Siehst du eine andere Möglichkeit? Ich will dich nicht verlieren, Junge. Und Emma erst recht nicht. Murphy hat bereits den Bann von mir gefordert.«

Schlagartig verliert Aidans Gesicht jede Farbe. »WAS? Das kann er nicht tun! Emma ist zu gut, sie ist ...«

»Noch lange keine Optiva. Auch wenn ich persönlich davon überzeugt bin, dass sie einmal eine der Besten sein wird. Aber die Verträge zwischen euren Vätern wurden vor ihrer Ankunft ausgehandelt. Du und Lynn habt beide den Verhandlungen zugestimmt.«

Mir wird übel. Ich erinnere mich an Jareds Worte über Helen, die sich das Leben nahm. »Hast du etwa so eine Art Verlobungsvertrag mit Lynn unterschrieben?«

»Nein. Aber unter uns Raben gelten Abmachungen auch mündlich«, räumt Aidan kleinlaut ein. »Deswegen ist mein Vater so sauer. Er steht wie ein Vertragsbrecher vor Murphy da. Diese ganzen Verhandlungen ... wenn ich dich doch nur vorher gekannt hätte!« Aidan fährt sich stöhnend mit den Händen durch die Haare. Als er sie wieder rauszieht, sehen die dunkelblonden Strähnen geradezu betörend zerzaust aus. Mühsam wende ich meinen Blick von ihm ab. Ich sollte mich jetzt konzentrieren.

»Was muss ich tun?«, frage ich entschlossen.

»Sieh zu, dass dieser Auftrag ein Erfolg wird. Finde heraus, was sie planen und welche Bereiche von Mitchells Unternehmen besonders geprüft werden. Beeindrucke James. Bei einem anderen Mädchen hätte er Aidan schon längst das Messer auf die Brust gesetzt. Dass er überhaupt noch wartet, liegt an der Außergewöhnlichkeit deiner Gaben.«

»Die Sie ihm bestimmt im besten Licht präsentiert haben«, sage ich und lächle ihn warm an.

Einen kurzen Augenblick lang jagt ein buntes Wirbeln über seine Silhouette und er lacht hell auf. Eigenartig, dass er der einzige Mensch ist, bei dem ich eine Aura sehen kann, als wäre ich ein Empath. »Ich wünsche euch viel Glück!«

»Warum hast du mir nie davon erzählt?«, frage ich Aidan, als wir zwei Stunden später in der Philatelistischen Abteilung der Bibliothek sitzen.

»Ich war nicht bereit, dich aufzugeben.«

»Wie bitte? Ist dir vielleicht schon mal in den Sinn gekommen, dass ich dich zurückgewiesen habe, weil ich dachte, du machst dir nichts aus mir und liebst Lynn wirklich?«

Er seufzt und nimmt mein Gesicht in die Hände. »Du wärst mir also begeistert um den Hals gefallen, sobald ich dir eröffnet hätte, dass zwischen mir und Lynn eine Art mündlicher Verlobungsvertrag besteht, den beide Väter gutheißen, den ich jedoch, seit ich dich kennengelernt habe, zutiefst bereue?«

»Ähm ... ich ...« Er grinst und pflückt eine Haarsträhne von meinem Pullover und beginnt, sie nach oben zu zwirbeln.

»Außerdem dachte ich, du hättest kein Interesse an mir. Von Anfang an hast du sämtliche Annäherungsversuche stur abgeblockt. Lynn hab ich nur hingehalten, um uns mehr Zeit zu geben, bevor mein Vater misstrauisch wird und sich einmischt. Sag mir die Wahrheit. Warum bist du nie in mich getaucht? Du hättest so leicht entdecken können, was ich wirklich für dich empfinde.«

Ich schließe die Augen und versuche es selbst zu begreifen. »Ich weiß nicht. Es kam mir irgendwie nicht richtig vor.«

Sein Zeigefinger malt kleine Kreise auf meinen Handrücken. Verschlungene Muster, die auf meiner Haut nachglühen. Und dann ergibt alles plötzlich einen Sinn und ich keuche auf.

»Meine Gabe!«, flüstere ich und starre ihn an.

Er lässt von meiner Hand ab und fährt über meine Wange. »Ja?«

»Als ob ich mit dem Finger durch die Flamme einer Kerze streiche!«

»Wovon redest du?«

»Davon, wie ... wie es ist, wenn ich dich berühre.«

Seine Augen werden groß und ein Sprühregen von silbernen Funken fliegt über das Türkisblau. »Nicht erst jetzt, Aidan. Schon am ersten Tag. Als ich dich noch gar nicht kannte, noch gar nicht wusste, wer du bist. Wie du bist. Noch nicht ahnte, dass wir ... Verstehst du, es hat mir Angst gemacht, mich total verunsichert, aber meine Gabe hat mir von Anfang an gezeigt, dass ...«

Nein, er wird mich auslachen. Ich kann es nicht aussprechen. Aber seine Lippen flüstern meinen Namen und beginnen zu lächeln. »Dass ich der Junge sein werde, in den du dich verlieben wirst.«

Ich nicke stumm.

Ein summendes Geräusch bringt ihn einige Zeit später dazu, seine Lippen von den meinen zu lösen. Wie lange haben wir uns eigentlich geküsst? Minuten? Stunden?

»Shit! Mein Vater«, verkündet er mit einem Blick auf sein Handy.

»Was will der Nomade?«

»Was wohl? Ich soll nach Unterrichtsschluss auf der Stelle nach Hause kommen. Nomade?«

»Das soll er doch für Mitchell sein.«

Aidan lacht und schüttelt den Kopf. »NOMAD. Nominated Adviser. Er berät Mitchell bei der Erstellung der Zulassungsdokumente für den Börsengang an den *AIM*.«

»Welche Börse soll das sein?«

»Der *Alternative Investment Market* gehört zur *London Stock Exchange*. Er ist der weltweit führende Markt für kleine und wachsende Unternehmen.«

Ich denke einen Augenblick nach. »Wenn dein Vater bei der Erstellung der Zulassungsdokumente von Mitchell mitwirkt und dieser Prüfer ...«

»Haddington.«

»... stellt fest, dass etwas nicht stimmt, dann ist er rechtlich dran, oder?«

»Nicht alleine. Letztlich haftet Mitchell. Aber mein Vater ist dafür verantwortlich, dass das Unternehmen die Bestimmungen einhält und die Informationen in den Zulassungsdokumenten richtig sind. Falls nicht finanziell, so würde es zumindest seinem Ansehen schaden. Er könnte im schlimmsten Fall sogar seine Börsenzulassung verlieren.«

»Aha. Und da ich nicht davon ausgehe, dass die Begriffe Kreativität und Buchführung wirklich zusammenpassen, nehme ich an, dass Haddington Mitchell Bilanzfälschung unterstellt.«

Aidan grinst breit. »Und ich dachte, du hättest keinen blassen Schimmer, wovon Fion und ich sprechen ...«

»Stell dir vor, ab und zu schaue ich die Nachrichten! Auf welchen Skandal hat er angespielt?«

»*Enron.* Ein texanischer Erdgaskonzern, wahrscheinlich einer der größten US-Konzerne überhaupt. Er betrieb wiederholt Bilanzfälschungen. In den Büchern wurden Gewinne um 1,2 Milliarden Dollar zu hoch ausgewiesen und dreißig Milliarden Dollar Schulden verschleiert.«

»Ist nicht dein Ernst! Deshalb nanntest du Mitchell eine Mücke ...«

»Ja. Haddington scheint mir eher persönliche Gründe zu haben, warum er Mitchell den Börsengang erschweren will.« Nachdenklich fügt er hinzu: »Wahrscheinlich ist er ein Rabenhasser.«

»Ach, solche soll's tatsächlich geben?«

Aidan schmunzelt und steht auf. »Danke. Ich lach später drüber. Dann, wenn kein Falke mehr da ist, der dich bedroht.«

PRAKTIKUM

Du musst ihn beeindrucken.

Ich wiederhole diesen Satz immer wieder im Geiste, während Aidan und ich mit dem Taxi vom Flughafen in Dublin zu *Mitchell Ltd.* fahren.

Meine Hände sind kalt und ich denke, dass ich mein Herz schlagen höre. Aber es ist nur das Blut, das in meinen Ohren pocht.

Aidan beugt sich zu mir hinunter und küsst mich auf die Wange. Seine Haare sind schwarz. Ich habe mich noch immer nicht daran gewöhnt. Callahan hält es für sicherer, wenn sein Sohn ihm nicht allzu sehr ähnelt.

Vor einem breiten Gebäudekomplex aus roten Backsteinen windet sich in einem Halbkreis ein zweistöckiger Vorbau aus grauem Beton mit dunkel verspiegelten Glasfronten. Eine breite Treppe führt uns in den Eingangsbereich von Mitchells Unternehmen.

Mein Name ist Katharina Frost. Mein Name ist …

Die Absätze meiner Schuhe verstummen, als ich den dunkelbraunen Läufer betrete, der uns direkt zur Empfangstheke führt. Wir werden angewiesen, auf beigen ledernen Sitzgruppen zu warten.

Es dauert nicht lange und ein blasser junger Mann in hellblauem Hemd und dunkler Hose kommt uns entgegen.

»Hallo, seid ihr Dunn und Frost? Ich bin Chris Kendall. Wie war euer Flug?«

Er schüttelt erst mir, dann Aidan die Hand und greift in die Brusttasche seines Hemds, an der ein Namensschild geklippt ist. Unter seinem Namen steht in Kursivschrift *Junior Consultant* und darüber in fetten, blauen Lettern *Haddington Consulting*. Er fischt zwei weiße Magnetkarten heraus, die das Logo von *Mitchell Ltd.* und die Aufschrift *Besucher* tragen. »Damit könnt ihr den Aufzug bedienen und die Räume öffnen, die Mitchell uns zugewiesen hat. Ist das euer erstes Praktikum?«

Zwei Stunden später stehe ich vor einem riesigen Kopierer und jage Papierberge mit Zahlenkolonnen durch den Einzelblatteinzug. Was auch immer ich erwartet habe, geistige Höchstleistungen scheint man als Praktikantin bei *Haddington* nicht vollbringen zu müssen. Das junge Team wird von dem Senior Consultant Keith Leech geleitet. Ihn habe ich noch nicht kennengelernt, da er gerade irgendwo im Haus unterwegs ist. Der Geruch des Laserdruckers dringt mir unangenehm in die Nase, als ich mich hinunterbeuge, um die fertigen Kopien aus dem unteren Fach zu nehmen. Im Gang höre ich Stimmen.

Als ich aufschaue, steht Callahan mit einem untersetzten älteren Mann mit Halbglatze nur einen Meter von mir entfernt.

»Ich will Belege haben, Callahan. Und eine detaillierte Aufstellung sämtlicher Transaktionen, die *Farran Industries* betreffen.«

Noch nie habe ich Aidans Vater so blass gesehen. »Mr Leech, finden Sie nicht, dass Ihre Vorgehensweise in Anbetracht der kurzen Zeit, die uns bis Weihnachten noch bleibt, unverhältnismäßig ist?«

Das ist also Leech, der Rabenfeind! Ich achte nicht mehr auf ihr Gespräch, sondern tauche.

Wut und Hass fließen so zähflüssig wie Lava über mich und ersticken jedes andere Gefühl. Langsam treibe ich in ihrem Strom und versuche, mich in seiner Gefühlswelt zu orientieren. Es muss mehr geben. Bestimmt ist da mehr. Ich tauche tiefer. Die Geräusche ihrer Stimmen rauschen dumpf in meinen Ohren. Zu gefährlich. Ich sollte ihn wieder verlassen. Wenn er mich anspricht, während ich so tief tauche, kann ich nicht reagieren. Ich darf kein Aufsehen erregen. Doch dann empfinde ich etwas Neues: Neid. Erfolgreicher, brillanter, gut aussehend ...

Wie klebrige Spinnenfäden wickelt er mich ein, droht mich zu ersticken und macht mich zu einem Opfer von etwas Größerem, etwas, das ganz im Verborgenen lauert, versteckt hinter Spritzern von Gier: Angst.

Wovor?

Ich muss es wissen. Es könnte die Waffe sein, die wir brauchen.

Jemand berührt meine Schulter. Scheiße! Ich bin entdeckt. Aber ich bleibe in ihm und gerade, als der Schmerz durch mein Schlüsselbein sticht, schwappt es wie eine Welle über mich: Angst, entdeckt zu werden, zu versagen, mich zu blamieren, gerade vor ihm, vor ... Callahan.

»MISS! Geht es Ihnen nicht gut?«

Ich tauche auf und schaue geradewegs in Callahans besorgtes Gesicht. Doch etwas sagt mir, dass er alles andere als besorgt ist. Vielleicht die Tatsache, dass sich einer seiner Finger so schmerzhaft in meine Schulter bohrt. Ich bin mir sicher, davon einen blauen Fleck zu bekommen. Verdammt!

Leechs Angst, vor Callahan zu versagen, pulsiert noch durch meinen Körper, vermengt sich mit meiner eigenen und schwillt bedrohlich an.

»Möglicherweise der Gestank von dem Laserdrucker. Manche reagieren darauf empfindlich«, sagt Leech kühl.

Du musst stark sein, Emma.

Das ist nur ein Spiel. Und ich kann es spielen. Ich hatte eine gute Lehrerin.

Ich bin Katharina Frost, Praktikantin bei Leech, und ich muss ihn jetzt ablenken von Emma MacAengus. Und ich weiß, Leech will vor allem eines sein: bewundert.

Ohne Callahan eines Blickes zu würdigen, drehe ich mich zu Leech um. Aidans Vater lässt endlich meine Schulter los.

»Sie sind es wirklich! Oh mein Gott, ich kann es nicht glauben!« Meine Stimme klingt ein bisschen schrill, wie die von Liz, wenn sie mir von den Jungs auf ihrer letzten Party erzählt.

Callahans Augen brennen wie Feuer auf meinem Rücken, als ich einen Schritt nach vorne trete und Leech mein schönstes Lächeln schenke. Er starrt mich gänzlich verwirrt an und auf den Wangen über seinem Bart erscheinen rote Flecken.

Ich strecke ihm meine Hand entgegen. »Katharina Frost.«

Zögernd erwidert er den Gruß. Seine Hand ist warm und schwitzig.

Ich unterdrücke das Verlangen, mich an meinem Rock abzuwischen. Erwartungsvoll schaue ich ihn an und gebe dann meinem Gesicht eine enttäuschte Miene. »Ihre neue Praktikantin!«

Die Flecken auf seinem Gesicht werden größer. »Ja, natürlich. Miss Frost!«

»Als Mr Kendall gesagt hat, dass Sie hier als Senior Consultant prüfen, wollte ich es erst gar nicht glauben. Ich meine, wo ich doch erst vor ein paar Wochen Ihren Artikel im *Accountancy Magazine* gelesen habe!«

Seine Augen leuchten auf. »Welchen meinen Sie? Ich schreibe häufig Artikel für die Fachpresse.«

Aidan hat mir nur einen gezeigt, um mir ein Bild von Leech zu machen, und ich hoffe, er fragt mich nicht nach weiteren. »Der, in dem Sie fordern, dass die Consulting Branche nach *Enron* Zeichen setzen muss.«

Ein Hüsteln hinter mir. Plötzlich muss ich daran denken, dass ich gar nicht weiß, über welche Gabe Aidans Vater verfügt. Vielleicht ist er ein Neurokinetiker wie Macmillan. Ich schlucke.

Leech strafft sich und lächelt breit und gönnerhaft.

»Das ist in der Tat wichtig, Miss Frost. Sie werden hier viel dazulernen.« Er wirft einen boshaften Seitenblick auf Callahan und sein Tonfall wird eisig. »Besorgen Sie die notwendigen Unterlagen, dann kommen wir auch schneller voran.«

»Bei dem Personal ganz sicher«, antwortet Callahan mit einem Blick zu mir sarkastisch. Aber seine Stimme zittert. Nur ganz leicht.

Leech merkt es bestimmt nicht, aber meine Nackenhaare stellen sich auf. Er wird mich zerfetzen.

Iveagh Gardens, Labyrinth, 20:00 Uhr, beide!

Die SMS auf Aidans Handy ist kurz und er löscht sie sofort nach Erhalt. Wir haben gerade mal Zeit gehabt, im Hotel in Jeans und Pullover zu schlüpfen und bei einem Bäcker zwei belegte Brote zu kaufen, bevor wir die Straßenbahn zu dem Park nehmen.

Entlang der vierstöckigen Hausfronten aus roten Backsteinen laufen wir die Harcourt Street entlang und gelangen über die Hatch Upper in die Iveagh Gardens.

Dichte Wolken verdecken Mond und Sterne. Nur Aidans

Handy, das er zur Navigation benutzt, verbreitet ein wenig Licht. Ich muss niesen, als der Wind seinen eisigen Atem in den Kragen meines Wollmantels bläst. In der Eile habe ich meinen Schal vergessen.

Aidan legt seinen Arm um meine Schultern, aber ich schüttele den Kopf.

»Nicht. Ich hab deinen Vater heute schon genug verärgert. Wenn er uns so sieht, rastet er vollkommen aus.«

»Du hast recht. Shit. James und sein Verfolgungswahn! Wir könnten uns auch gemütlich in einem Pub treffen. Als ob Leech oder seine Mannen in ganz Dublin ausgerechnet bei uns reinstolpern würden!«

Er nennt ihn nie Dad. Nur James oder Vater.

Das Labyrinth ist winzig und besteht aus hüfthohen Hecken. In seiner Mitte thront eine steinerne Sonnenuhr. Kein Mensch ist zu sehen. Von den beleuchteten Scheiben eines Gebäudes gegenüber fällt fahles Licht auf das Grün. Wir setzen uns auf eine Parkbank und warten. Kälte kriecht über meine Finger die Arme hinauf und ich beginne zu zittern.

»Ab morgen bist du krank!«

Ich stoße einen Schrei aus und springe auf.

»Bist du verrückt, du kannst uns doch nicht so erschrecken!«, ruft Aidan aufgebracht.

Wo zum Teufel ist er hergekommen und wie hat er es geschafft, sich so leise anzuschleichen?

»Wie darf ich das verstehen, Mr Callahan?«, frage ich nun möglichst ruhig.

Er kommt näher und bleibt nur wenige Zentimeter vor mir stehen. Der weiße Hauch seines Atems umhüllt mich, als er mit mir spricht. Seine Stimme ist leise, aber bedrohlich.

»Was ist heute in dich gefahren, MacAengus? Wende deine

Gabe gefälligst unauffälliger an! Wenn ich nicht eingeschritten wäre, hätte er etwas gemerkt. Und dann das mit *Enron!* Willst du ihn noch zusätzlich aufhetzen?«

»Vater, Emma hat ...«

»Ich kann für mich alleine sprechen, Aidan!« Mein Ton klingt schärfer als beabsichtigt.

»Ja. Halt dich da raus. Geh spazieren«, befiehlt sein Vater.

»Ich bleibe!«, sagt Aidan entschlossen und reckt sein Kinn vor.

»Von mir aus, aber dann halt den Mund.«

Mann, ist der wütend!

»Ich wusste, dass es ein Fehler ist, dich mitzunehmen. Du hast von Wirtschaft nicht die geringste Ahnung, geschweige denn von Verhaltensregeln. Dein plumpes Auftreten wird das gesamte Projekt gefährden. Ab morgen liegt Katharina Frost mit 40 Grad Fieber im Bett ihres Hotelzimmers und muss ihr Praktikum leider abbrechen. Wir hätten Lynn mitnehmen sollen! Und jetzt geh mir aus den Augen.«

Mein Magen krampft sich bei der Erwähnung von Lynn zusammen. Ich atme tief ein und versuche, mich zu beruhigen. Unweit von Callahan wirbelt ein Blätterhaufen in die Luft. Er kneift die Augen zusammen.

»Nur zu. Wag es, mich anzugreifen!«

»Vater!«

Ich höre die Angst in Aidans Stimme und meine Wut bleibt in der Luft hängen, wie das gefrorene Weiß meines Atems.

»In Ordnung, Mr Callahan. Dann bin ich eben ab morgen krank«, sage ich gefasst. »Aber jetzt hören Sie mir bitte noch einen Moment zu. Leech ist nicht so hart und kalkuliert, wie er nach außen tut. In Wahrheit bewundert und beneidet er Sie um Ihren Verstand, Ihren Reichtum und Ihr gutes Aussehen. Es war ein Fehler, gerade Sie als NOMAD einzusetzen. Er wird alles tun, um Sie zu übertrumpfen. Ihm ist bekannt, dass Sie Anteile an *Farran Industries* halten. Er hat es mir heute Nachmittag selbst gesagt. Ich nehme an, dass er nur deshalb die Transaktionen zwischen Mitchell und Farran überprüfen will. Das hat überhaupt nichts mit den Raben oder Farran selbst zu tun. Es geht ihm ausschließlich um Sie.«

Ich mache eine Pause und genieße den entsetzten Ausdruck in Callahans Gesicht.

»Weiter!«, sagt er nach einer Weile herrisch und mein Herz klopft schneller. Gut. Ich habe ihn geködert.

»Können Sie Ihr Amt als NOMAD niederlegen?«

»NEIN.«

Meine Gedanken kreisen um Leechs Gefühle.

»Da gibt es eine Sache, die mir nicht ganz klar ist. Er hat unglaubliche Angst davor, dass Sie etwas entdecken könnten ... Arbeitet er noch nicht so lange im Accounting?«

Callahan schnaubt verächtlich auf. »Er ist seit der Uni in dem Bereich tätig. Wenn du die Economics-Kurse belegt hättest, wüsstest du das.«

Ich ignoriere seine Bemerkung.

»Dann waren Sie vielleicht an einer besseren Universität als er und deswegen ...«

»Nein. Ich hatte kein Geld für Eliteschulen und ein Stipendium war nicht möglich. Alles, was ich erreicht habe, musste ich mir Stück für Stück selbst erkämpfen. Soweit ich weiß, war Leech in Oxford. Es ist also genau umgekehrt.«

Warum war ein Stipendium nicht möglich? An seinem Verstand kann es bestimmt nicht gelegen haben.

»Vielleicht ist es gerade das«, wirft Aidan ein. »Ihm ist alles in den Schoß gefallen.«

Sein Vater schüttelt ungehalten den Kopf. »Das bringt uns doch nicht weiter.«

Ich beginne, vor den beiden auf- und abzugehen. Warum hat Leech solche Angst vor einer Entdeckung? Ich sehe sein Gesicht vor mir, die kleinen blauen Augen, die so unruhig hin- und herhuschen, wenn er mit Callahan spricht. Geradezu gehetzt. Die Halbglatze, die er durch ein paar darübergekämmte Haarsträhnen zu kaschieren versucht. Sein tadelloser Anzug. Das Namensschild. Stopp.

»Er hat einen Doktortitel, nicht wahr?«

»Ja«, sagt Callahan langsam.

»Finden Sie heraus, ob damit etwas nicht stimmt.«

Ein böses Lächeln breitet sich auf Callahans Gesicht aus.

»Wenn sich herausstellt, dass er ihn gekauft hat, dann hast du einen Wunsch bei mir frei, Mädchen. Und jetzt geht schlafen. Ihr braucht morgen einen klaren Kopf.«

»Wir?«, frage ich.

»Frost hat ein paar Aspirin geschluckt und ist morgen wieder fit.«

Gleiche Zeit, gleicher Ort.

Aidan ist nicht begeistert, als die SMS zwei Tage später sein Handy erreicht.

»Nicht schon wieder!«, stöhnt er.

Leech hat uns heute noch mehr Arbeit aufgebrummt als sonst. Und seine Laune ist dank Aidans Vater denkbar schlecht gewesen. Callahan hat ihm immer noch nicht alle geforderten Unterlagen über *Farran Industries* gegeben. Es ist, als ob die beiden Katz und Maus spielen. Ich hoffe nur, dass Callahan die Katze ist.

Da wir direkt von der Arbeit zum Park fahren, sind wir

eine halbe Stunde zu früh dran. An der Ecke zur Coffee Street gibt es einen *Starbucks*, in dem wir uns ein wenig aufwärmen, bevor wir von der anderen Seite den Park betreten. Iveagh Gardens ist so unbelebt wie in der Nacht vor zwei Tagen. Aber heute wirft der Mond sein bleiches Licht auf die laublosen Skelette der Bäume und ihre Schatten recken sich weit über den hellgrauen Kiesweg. Auf halber Strecke erhebt sich rechts von uns der im Winter stillgelegte Wasserfall, ein Halbrund aus unregelmäßigen Natursteinen, das Becken davor abgegrenzt durch schwarze schmiedeeiserne Pfähle, zwischen denen dicke Ketten gespannt sind. Und direkt davor, mit dem Rücken zu uns, steht Callahan. Er trägt einen schwarzen Trenchcoat mit hochgeklappten Kragen und sein blondes Haar leuchtet silbrig im Mondschein. Als wir noch etwa fünf Meter von ihm entfernt sind, ruft Aidan:»Ich dachte, wir treffen uns beim ...«

Rechts von uns ertönt ein Rascheln und hinter einem halbrunden Steinbogen jagt ein dunkler Schatten auf uns zu. Ich schreie auf und Aidan fährt herum. Etwas Weißes verdeckt plötzlich sein Gesicht, das einzig Helle an der schwarz vermummten Gestalt vor ihm. Und dann kann ich nichts mehr erkennen, denn ein Arm schlingt sich um meine Taille und reißt mich von Aidan und dem Unbekannten weg. Gleichzeitig drückt eine Hand auf meinen Mund. Ich greife nach ihr, versuche, sie von meinem Gesicht zu zerren, und spüre Trenchcoatstoff. Das muss Callahan sein! Aber warum? Ich lege meinen Kopf in den Nacken und sehe die blonden Haare, aber ein fremdes Gesicht mit einem Drei-Tage-Bart und einer in der Mitte gebrochenen und schief zusammengewachsenen Nase. Seine vollen Lippen sind zu einem Grinsen verzerrt.

»Halt still, Mädchen, sonst muss ich dir wehtun.«

Ich winde mich in seinem Griff und es gelingt mir, einen Blick auf Aidan zu erhaschen. Er hängt schlaff in den Armen des schwarz Vermummten und bewegt sich nicht.

Ist er bewusstlos? Oder ... tot?

Aidan. Tot.

Die Welt besteht plötzlich nur noch aus Feuer. In mir, auf mir, einfach überall. Es jagt durch meinen Körper und explodiert in meinen Schläfen. So heiß, so brennend. Ich versuche zu atmen und dann beiße ich, so fest ich kann, zu und versuche gleichzeitig, den Unbekannten von mir zu schleudern. Mit einem Ruck werde ich durch die Luft katapultiert und lande mitten in dem Sammelbecken des Wasserfalls, immer noch mit dem Rücken an der Brust des Mannes. Er muss an die Natursteinwand geprallt sein, denn er schreit schmerzerfüllt auf und seine Hände geben mich schlagartig frei. Ich falle auf die Knie, krieche unter der Metallkette hindurch und höre mich selbst brüllen.

»AIDAN!«

Der Vermummte starrt einen Augenblick zu mir rüber. Er hat Aidan über seine Schulter geworfen und hetzt jetzt los, genau in die Richtung, aus der wir gekommen sind. Ich springe auf und für einen Moment ist mir schwindlig und meine Beine scheinen unter mir wegzusacken, aber ich renne, stolpere und eile weiter hinter ihm her.

Und schreie. Und laufe.

Mein Atem geht unregelmäßig und ich spüre einen stechenden Schmerz in meiner Seite. Hart pocht mein Herz gegen meine Rippen. Der Weg vor mir windet sich und einen Augenblick lang kann ich den Mann und Aidan nicht mehr sehen. Als er wieder in meinem Blickfeld auftaucht, biegt er nach rechts in das Innere des Parks ab. Will er etwa doch zu einem anderen Ausgang? Ich folge ihm und beginne gleichzeitig, um Hilfe zu rufen. Plötzlich höre ich Schüsse und Stimmen. Doch es ist mir egal. Sollen sie doch schießen! Gleich habe ich ihn erreicht. Er ist langsamer geworden. Aidans Gewicht scheint ihn zu behindern. Seine Bewegungen werden abgehackter. Nur noch wenige Meter!

Ein Zittern geht durch den schwarz gekleideten Körper. Nein, falsch, eher ein Flackern. Ich strecke die Hand aus und plötzlich ist er weg. Wie vom Erdboden verschluckt. Aidan. Der Mann. Alles.

Und gerade als ich verstehe, als sich in meinem Gehirn das Wort »Projektion« formt, höre ich hinter mir ein Geräusch und jemand packt mich am Arm und reißt mich herum.

AUSGELIEFERT

Mein Magen krampft sich zusammen und bittere Galle schießt die Speiseröhre hoch. Ich sehe einen dunklen Mantel und blonde Haare.

»WEG!«, brülle ich und der Mann wird von seinen Füßen gerissen und landet ein paar Meter weiter im Gras.

»HÖR SOFORT AUF DAMIT!«

Die Stimme vibriert in meinen Ohren. So bekannt, so gefürchtet. Ich laufe auf ihn zu. Und er ist es tatsächlich.

Callahan.

Aber im Moment überwiegt meine Angst um Aidan die schreckliche Erkenntnis, dass ich gerade ausgerechnet seinen Vater angegriffen habe, und die Worte sprudeln nur so aus mir heraus: »Sie haben ... sie haben Aidan! Er hat sich nicht mehr bewegt. Ich hab sie verfolgt, aber sie haben eine Projektion aufgeworfen und ... und dann war sie weg! Ich hab es nicht erkannt! Ich konnte ihm nicht helfen! Ich ...«

Klatsch.

Meine rechte Wange brennt wie Feuer und Callahan packt mich an den Schultern und drückt fest zu.

»Reiß dich gefälligst zusammen und komm mit!«

Seine Stimme ist scharf wie ein Glassplitter. Er greift nach meinem Arm und zieht mich hinter sich her.

Dieser Mistkerl hat mich geohrfeigt!

Ich schüttele seine Hand ab. »Fassen Sie mich nicht an!«, zische ich atemlos.

Callahan wirft mir einen hasserfüllten Blick zu, dreht sich um und geht mit langen Schritten weiter. Ich folge ihm, halb rennend, da seine Beine viel länger sind als meine. Eigenartig. Die Ohrfeige und sein Zorn helfen mir, wieder klarer zu denken. Trunken von meinen Gefühlen, meiner Angst um Aidan, fühle ich mich durch Callahans Reaktion jetzt schlagartig wieder nüchtern.

Aidan kann nicht tot sein.

Wozu hätten sie seine Leiche mitnehmen sollen? Sie haben ihn niedergeschlagen oder betäubt. Natürlich! Das weiße Etwas auf seinem Gesicht muss ein mit Betäubungsmittel getränktes Tuch gewesen sein.

Callahan zieht sein Handy aus der Tasche und tippt in atemberaubender Geschwindigkeit auf das Display ein, ohne seinen Schritt zu verlangsamen.

»Wir haben einen Helena-Fall ... Gerade eben ... Nein, nicht sie, er ... Das wäre zu gefährlich. Wir müssen erst die Forderungen abwarten ... Ja, sie bleibt natürlich bei mir.«

Er steckt das Handy wieder weg. Seine Stimme ist vollkommen ruhig gewesen. Nichts hat darauf hingedeutet, dass eben sein einziger Sohn entführt worden ist. Ich weiß nicht, ob ich ihn dafür bewundern, verachten oder hassen soll.

Callahan dreht sich zu mir um und mustert mich kritisch. Schließlich verlangsamt er seinen Schritt, zieht ein Taschentuch aus seiner Manteltasche und reicht es mir.

»Wir sind gleich da. Wisch dir dein Gesicht ab und untersteh dich, im Foyer zu heulen!«

Die Präsidentensuite.

Natürlich. Welches Zimmer sonst sollte Callahan im *Conrad Dublin* bewohnen?

Außen ein Klotz aus roten Backsteinen, innen glänzender beiger Marmor. Jetzt ist klar, warum wir uns in Iveagh

Gardens treffen sollten. Der Park ist nur wenige Schritte von seinem Hotel entfernt.

Ich stehe vor dem in dunklen Marmor eingelassenen Waschbecken des Bades und starre in den gewaltigen beleuchteten Spiegel. Ein fremdes Mädchen mit zerzaustem Haar und verquollenem bleichem Gesicht blickt mir entgegen. Die dunklen Schatten unter meinen geröteten Augen, Resultat von Übermüdung und verlaufener Wimperntusche, vervollständigen das Bild. Ich würde problemlos auf jeder Dark-Wave-Party Einlass bekommen! Langsam verschwimmt das Spiegelbild vor mir und ich beuge mich über die weiße Keramik und beobachte, wie die Tränen über den gewölbten Rand in den Abfluss gleiten.

»Alles in Ordnung?« Callahans Stimme vor der Tür klingt nicht besorgt. Eher gereizt.

»Ich komme gleich!«

Hastig drehe ich den Wasserhahn auf, spritze mir eiskaltes Wasser auf Stirn und Wangen und wische mir mit einem Tuch die Wimperntusche ab. Dann gehe ich in die Lounge der Suite und setze mich auf die Couch. Mein Gesicht spiegelt sich in einem riesigen schwarzen Flachbildfernseher.

»Was ist passiert? Ich will jedes einzelne Detail hören. Auch, warum zum Teufel ihr heute von der anderen Seite in den Park gelaufen seid.«

Aidans Vater stellt ungefragt ein Glas Orangensaft vor mir auf den Tisch und setzt sich mir gegenüber.

Ich trinke einen Schluck. Dann erzähle ich es ihm.

Als ich geendet habe, steht er auf und wandert langsam durch den Raum. Am großen Panoramafenster bleibt er stehen und blickt hinaus.

»Warum sollten wir uns heute mit Ihnen treffen?«

»Du hattest mit deiner Vermutung recht. Der Doktortitel ist gekauft. Wir haben ihn in der Hand«, sagt er knapp.

Es klopft an der Tür.

Ich springe auf, aber Callahan kommt mir zuvor.

»Nicht!«, flüstert er eindringlich. »Schließ dich ins Bad ein. Wenn dir etwas verdächtig vorkommt, drück den Notrufknopf bei der Badewanne.«

Bevor ich mich umdrehe, sehe ich, wie er in die Tasche seines Jacketts greift und eine Waffe herauszieht.

Minuten vergehen, während ich an der Badtür stehe und lausche. Stille. Ich beiße mir auf die Lippe und wippe auf meinen Fußballen auf und ab.

Dann klopft jemand. »Du kannst wieder rauskommen.«

Callahan streckt mir einen Briefumschlag entgegen. Auf dem Weiß steht in geschwungenen großen Lettern *Emma*.

Mein Herz macht einen Satz. Ich klappe den Umschlag auf. Etwas Hartes, Rundes fällt in meine Hand. Eine Münze. Sie glänzt golden und trägt arabisch aussehende Zeichen. Das Wappentier auf der Kopfseite der Münze ist ein Falke mit einer runden Scheibe auf dem Kopf.

»Horus«, flüstere ich. »Verflucht!«

Callahan brummt ungehalten und nimmt mir den Umschlag aus der Hand. Er enthält kein Begleitschreiben.

»Vielleicht muss man den Umschlag bügeln?«, schlage ich vor. Als ich zehn war, habe ich Liz Briefe mit Zitronensaft geschrieben. Beim Bügeln färbten sich die transparenten Buchstaben braun.

»Das hier ist kein Kinderkrimi.« Aidans Vater zieht sein Handy aus der Hosentasche. »Ich rufe Jacob an, damit er dich mit der Frühmaschine abholt. Es wäre zu gefährlich, alleine zu reisen.«

Die Worte hallen eigenartig dumpf in meinem Kopf, während seine Hand über das Display gleitet. Das ist ein Fehler. Ich fühle es.

»STOPP!«

Er hält inne.

»Sie haben gesagt, dass ich einen Wunsch frei habe, wenn meine Vermutung mit dem Doktortitel stimmt.«

Er atmet tief ein und sagt mit so bedrohlicher Stimme, dass sich mir die Nackenhaare aufstellen:»Mein Sohn ist gerade entführt worden. Glaubst du, ich habe nichts Besseres zu tun, als ...«

»Mir zu helfen, Aidan zurückzubringen. DAS ist mein Wunsch. Ich will dabei sein. Im Übrigen ist der Brief mit der Münze an mich adressiert. Das wird seinen Grund haben.«

Eine Weile sehen wir uns an. Er beherrscht seine Gesichtszüge mindestens so gut wie Farran oder mein Vater. Wenn nicht noch besser.

Die Stille im Raum drückt auf meine Ohren. Als ich glaube, seinen Blick nicht länger ertragen zu können, hebt er die Augenbrauen und ein spöttisches Lächeln kräuselt seine Lippen.

»Ich habe dich unterschätzt, MacAengus. Die meisten Mädchen hätten sich mit einem Tag Shoppen mit meiner Kreditkarte als Belohnung zufriedengegeben. Du willst mehr. Du willst alles. Ihn.«

Das Gute an dem Hass ist, dass er meine Angst um Aidan verdrängt. Jetzt weiß ich, warum er lieber bei Jacob wohnt.

»Halten Sie Ihr Wort?« Meine Stimme zittert vor unterdrückter Wut.

»Ja.«

Er steckt sein Handy weg, geht zur Minibar und kippt den bernsteinfarbenen Inhalt eines kleinen Fläschchens in ein Glas. Ich beobachte, wie er es in einem Zug leert.

»Irgendwelche Vorschläge, Miss Neunmalklug?«

Ich schüttele den Kopf, stehe auf und gehe zum Fenster. Schräg gegenüber liegt die National Concert Hall. Ihre Fassade ist blau beleuchtet, was ihr ein wenig das Aussehen eines Spukschlosses gibt. Die Abendvorstellung muss zu Ende sein. Dunkle Schemen tauchen zwischen den breiten Säulen des Eingangs auf und gehen die Stufen hinunter. Einige eilen zu Taxis. Andere zu dem Parkplatz, wo sie in ihre Autos steigen.

Ich drücke meine Stirn an die kalte Scheibe und mein Blick wandert langsam nach unten. Direkt vor dem Hotel, in der halbrunden Einfahrt, wartet ein Taxi mit laufendem Motor.

Und mit einem Schlag wird mir klar, wozu die Münze da ist.

Ich muss Callahan ablenken. Schnell!

Ruckartig drehe ich mich um. Seine blauen Augen liegen nachdenklich auf mir und für einen Augenblick habe ich Angst, er könnte meine Gedanken lesen.

»Vielleicht dient die Münze als Erkennungszeichen. Wie bei einem Blind Date die Rose im Knopfloch des Anzugs.«

Aidans Vater schnaubt unwillig auf. »Na sicher. Weil die Falken nicht ganz genau wissen, wie wir aussehen.«

»Sie schon. Aber vielleicht weiß es der Bote nicht, der die Nachricht aushändigen soll? Sie haben im Park geschossen, nicht wahr?«

»Ja. Und ich wette, ich hab den Kerl, der dich verfolgt hat, erwischt.«

»Dann werden sie kein Risiko eingehen und einen Falken hierherschicken. Nehmen wir mal an, unten ins Foyer kommt jemand, der mich daran erkennt, dass ich mit der Münze in der Hand spiele. Jemand, der die Anweisung hat, nur mir alleine etwas zu sagen oder auszuhändigen.«

Callahan fährt sich mit der Hand durch das Haar und diese Bewegung sieht Aidan so verdammt ähnlich, dass ich schlucke.

»Möglich. Gehen wir.« Er eilt zur Tür.

»Ich sagte: alleine.«

»Ausgeschlossen. Schlimm genug, dass Montgomry jetzt auch vor Kindesentführung nicht mehr haltmacht. Ich werde dich nicht alleine ins Foyer lassen.« Sein Tonfall duldet keinen Widerspruch.

Ich versuche es trotzdem. »Dann können wir ebenso gut hierbleiben. Weshalb glauben Sie, ist der Brief an mich adressiert?« Ich stehe jetzt vor ihm und sehe, wie sich seine Brust hebt und senkt.

»Also gut. Du gehst vor und ich folge dir genau eine Minute später. Ich werde bei der Rezeption nach der Post fragen. Du bleibst auf der Sitzgruppe im Empfangsbereich.«

Eine Minute! Er drückt mir die Münze in die Hand.

Wir trennen uns vor dem Aufzug. Ich lächle ihm schwach zu, als sich die Fahrstuhltüren schließen, und lehne mich dann aufatmend an die Wand. Rasch ziehe ich das Handy aus der Tasche meines Blazers und nehme den Akku raus. Dann stecke ich es wieder ein und greife nach der Münze. Sie fühlt sich angenehm kühl an. Wie ein Talisman.

Drei, zwei, eins, Erdgeschoss. Die Türen öffnen sich. Ich stelle einen Fuß in die Lichtschranke und drücke hastig alle Knöpfe von eins bis fünf.

Dann laufe ich los.

Der Kopf des Fahrers fährt erschrocken herum, als ich die hintere Seitentür des Taxis aufreiße und mich auf den Sitz werfe. Ich halte ihm die Münze entgegen und ziehe die Tür zu. »Fahren Sie! Rasch!«

Er ist nur ein paar Jahre älter als ich. Seine Gesichtszüge, die bronzefarbene Haut und tiefschwarze Augen lassen auf eine indische Herkunft schließen. Ein breites Grinsen beherrscht seine Mimik.

»Oh Mann. Dein Dad muss ja der reinste Horror sein! Wollt ihr heute Nacht wirklich durchbrennen?«

Was für eine Geschichte hat Montgomry ihm denn da aufgetischt? Oder war es Jared?

»Wenn du nicht gleich Gas gibst, bestimmt nicht!«

Er lacht und kleine Grübchen bilden sich auf seinen Wangen, als er mit quietschenden Reifen losfährt.

»Ich heiße übrigens Avan.« Sein neugieriger Blick trifft meinen im Rückspiegel.

»Emma. Und wohin bringst du mich?«

»Streng geheim. Sonst krieg ich meine Kohle nicht.«

Dafür erzählt er mir, dass seine Mutter aus Indien und sein Vater aus Kanada kommen und er zurzeit hier bei irischen Verwandten seines Vaters lebe, um Informatik an der Dublin City University zu studieren. Abends jobbt er als Taxifahrer. Er redet noch schneller als Liz. Und mindestens doppelt so viel. Ich bekomme langsam Kopfschmerzen. Nach einer halben Stunde Fahrt und gefühlten zwei Stunden Unterhaltung erreichen wir das Meer. Herrschaftliche Villen säumen jetzt unseren Weg. Hier scheint eine der Nobelgegenden von Dublin zu sein. Und dann öffnet sich vor uns der Hafen.

»Endstation«, sagt Avan. »Jetzt geht es ab in die Karibik.«

Schön wär's. Er hält mir die Hand entgegen.

Ich krame nach meinem Geldbeutel, aber er schüttelt den Kopf. »Ich brauch die Münze. Sonst gibt er mir nicht den vereinbarten Preis.«

Es wäre so schön, einfach in dem warmen, gemütlichen Taxi zu bleiben. Ich habe nicht einmal einen Mantel mitgenommen, um Callahan nicht misstrauisch zu machen.

Ein schmaler Weg führt mich zwischen Grünstreifen zum Yachthafen. Die hohen gebogenen Straßenlaternen werfen gelbliche Lichtkegel auf zwei steinerne Bänke. Ich setze mich und verschränke bibbernd die Arme vor der Brust. Das schwarze Kostüm mit der weißen Bluse, das ich für die Arbeit angezogen habe, ist eindeutig viel zu dünn.

Ein dumpfes Plätschern und vereinzelt metallisches Klingen dringen an mein Ohr. Karabiner, die gegen Metallmasten schlagen, während die Segelboote im eisigen Wind schwanken. Der Geschmack von feuchtem Salz füllt meine Lungen und benetzt meine Lippen.

Plötzlich fällt ein Schatten von hinten über mich. Ich fahre herum, aber schon wird ein weicher Stoff auf mein Gesicht gepresst. Er riecht süßlich und stark chemisch. Meine Finger krallen sich in eine Hand, versuchen, sie von mir zu reißen, doch dann werden die Sterne über mir zu pulsierenden Punkten, die sich immer mehr zusammenziehen und übrig bleibt nichts als die Schwärze der Nacht.

MISSVERSTÄNDNISSE

Zum Glück ist da das Wasser.

Es spritzt in mein Gesicht, aber ich kann nichts sehen.

Denn sonst würde ich denken, ich wäre wieder im Auto mit Jared. Hände und Füße gefesselt. Gefangen in einer Zeitschleife und dazu verdammt, denselben Tag immer wieder neu zu erleben.

Aber es gibt Unterschiede.

In meinem Mund steckt ein Knebel, wie ein Gummiball, der meinen Kiefer schmerzhaft anspannt, und ich unterdrücke krampfhaft ein Würgen. Das Geräusch eines Motors dröhnt in meinen Ohren und es stinkt nach Benzin und Abgasen. Der Boden unter mir ist nass, kalt und bewegt sich. Außerdem riecht es modrig, nach Tang, Muscheln und Fisch.

Sie haben mich auf ein Boot verschleppt.

Natürlich. Deshalb hat Avan mich auch zum Hafen gebracht. Meine Wange schürft schmerzhaft über den rauen Bodenbelag, als eine weitere Welle über mich schwappt und ich mit dem Hinterkopf gegen etwas schlage, das ein dumpfes, hohles Geräusch von sich gibt.

Ist das kalt! Jede Muskelfaser in meinem frierenden Körper scheint zu zittern, in dem verzweifelten Versuch, ein wenig Wärme zu erzwingen.

»Sie ist wach.« Ich kenne diese Stimme. Sie gehört zu dem Mann im Park. Demjenigen, der mich festgehalten hat. Callahan hat ihn also nur verletzt und nicht getötet. Und ich habe ihn gebissen. Gar nicht gut.

»Pass auf, dass sie ihre Telekinese nicht einsetzt.«

Die Stimme eines jüngeren Mannes. Ein dumpfer Schlag trifft mich unerwartet rechts über der Taille und vor meinen geschlossenen Augen tanzen Punkte. Ich möchte schreien, aber der Ball in meinem Mund hindert mich daran und so krümme ich mich zusammen und versuche wegzurobben. Meine ganze Seite pulsiert vor Schmerz. Scheiße, hoffentlich hat er mir nicht die Rippen gebrochen.

»Wag es noch ein Mal, mich anzugreifen, und ich schlag dich grün und blau«, droht der Mann aus dem Park.

Nicht bewegen. Gib ihm keinen Anlass dazu.

»Hey, reg dich ab!«, sagt der Jüngere. Sein Englisch klingt irgendwie eigenartig. Ich glaube, er ist nicht von hier.

Ich weiß nicht, wie lange wir fahren. Die Kälte sticht in meinen Händen und Füßen wie hundert Nadeln.

Endlich hört das Motorengeräusch auf. Schmatzend plätschert Wasser gegen das Boot.

»Ich trag dich jetzt rüber. Keine dummen Tricks, Prinzessin, sonst landest du bei den Haien«, sagt der Jüngere und ich spüre, wie zwei Hände meine Arme packen und mich hochziehen. Ich frage mich, ob es vor Irland wirklich Haie gibt, als er mich auf die Füße stellt. Sie geben nach und ich falle gegen seine Brust. »Wow, nicht so stürmisch!«

Lachend packt er mich an der Taille und ich möchte aufschreien vor Schmerz, als er die Stelle berührt, auf die der andere Mann eingeschlagen hat. Als er mich über seine Schulter wirft, wird mir übel. Dann höre ich Schritte und eine vertraute Stimme.

»Gütiger Himmel, sie ist ja schon ganz blau im Gesicht! Schnell, schaff sie nach unten!« Phyllis klingt besorgt. Aber warum sollte sie das sein? Der junge Mann, der mich trägt, steigt eine Treppe hinunter und öffnet eine Tür. Wärme streicht über meine Haut und ich rieche Kaffee.

»Auftrag ausgeführt!«, verkündet er und seine Stimme klingt selbstsicher und stolz, als ob es eine große Sache gewesen wäre, mich zu fangen.

»Leg sie da auf die Couch und nimm ihr den Knebel ab.« Richard Montgomry. Bei dem Klang seiner Worte krampft sich mein Bauch vor Wut zusammen.

Muttermörder. Entführer.

Ein Nesteln an meinem Hinterkopf, dann wird der Ball aus meinem Mund gezogen.

Ich atme tief ein. Jemand legt eine warme Decke über mich. Einen kurzen Moment rieche ich den schwachen Duft eines Frauendeos. Bestimmt ist es Phyllis.

Mein Kiefer schmerzt und ich bewege ihn, um die Muskulatur zu lockern.

»Erkennst du mich?«

»Ja. Sie sind Montgomry.«

»Richtig. Du kannst jetzt gehen.« Letzteres war wohl an meinen Überbringer gerichtet.

»Hier ist ihr Handy.« Schritte entfernen sich, dann halten sie inne. »Ach, sie hatte den Akku übrigens schon selbst entfernt.«

Eine Tür knarzt und fällt ins Schloss, dann herrscht Stille.

»Lass mich ihr wenigstens die Augenbinde abnehmen, Rich.«

»Nein. Sie ist gefährlich.«

Ich lache. Es bricht einfach aus mir heraus. Als ich mich wieder beruhigt habe, fragt er kühl: »Bist du fertig, MacAengus?«

»Richard!«, seufzt Phyllis.

»Was denn? Das ist doch jetzt ihr offizieller Name.«

»Emma, wann hast du den Akku rausgenommen?«, fragt Phyllis ruhig. Ich spüre, wie sie sich neben mich setzt und meine Wange berührt. Ihre Hand ist warm.

Trotzdem zucke ich vor ihr weg. »Im Fahrstuhl vom Hotel.«

»Warum?«

»Weil ich nicht wollte, dass Callahan mich ortet.«

Stille tritt ein. Schließlich knurrt Montgomry: »Vollkommen unnötig. Der Junge hätte uns über seinen Taxifunk verständigt, wenn er dir gefolgt wäre.«

»Verdammt, Rich, gib ihr doch eine Chance!«

»Chance?« Ich entwinde mich Phyllis' Hand und versuche mich aufzurichten. Vor meinen verbundenen Augen pulsieren rote Punkte. Ich weiß, dass es ein Fehler ist. Weiß, dass ich besser abwarten und ihn reden lassen sollte, aber ich bin einfach zu erschöpft und zu wütend, um vernünftig zu handeln. Denn man muss wirklich kein Mantiker sein, um zu erkennen, dass es nicht besonders klug ist, das Oberhaupt der Falken zu beleidigen, wenn man sich in seiner Gewalt befindet. »Chance worauf? Ihre Männer haben versucht, mich umzubringen. Ich wurde angeschossen und geschlagen. Aber ICH bin gefährlich, nicht wahr? Dass ich Farran von dem Treffen mit Ihnen erzählen musste, wussten Sie. Aber ich habe ihm nur das Notwendigste verraten. Noch nicht einmal, wo ich das Landhaus vermute, in das Sie mich damals gebracht haben. Wollen Sie mir vorwerfen, dass ich mich gegen Ihre Männer verteidige, wenn sie Aidan und mich im Park angreifen? Warum haben Sie ihn entführt? Er hat Ihnen doch gar nichts getan. Sie sind ein verlogener, widerlicher Mistkerl. Und ein Mörder. Meine

Mutter muss es geahnt haben. Kein Wunder, dass sie nicht Sie, sondern meinen Vater ...«

Phyllis' warme Hand presst sich plötzlich auf meine Lippen und zeitgleich höre ich einen dunklen Zornesschrei und ein Poltern. Sie lässt meinen Mund los und ich fühle ihre Haare in meinem Gesicht als sie sich halb auf mich legt.

»AUS DEM WEG!«

»Nein, sie ist noch ein Kind, um Himmels willen, beruhige dich. Sie weiß doch gar nicht, was sie sagt!«

»Na los doch, bring es hinter dich, Montgomry!«, schreie ich hinter Phyllis. »Bei meiner Mutter waren deine Männer schließlich auch nicht zimperlich. Jared hat mir alles erzählt. Oder warst du es vielleicht sogar selbst?«

»WAAS?«, ruft Phyllis und ihr Gewicht löst sich von mir. Ich höre ihrer beider keuchenden Atem. Dann spüre ich zwei große Hände auf meinen Schultern.

»WAS hat Jared dir erzählt?«, fragt Richard in einem Tonfall, der mich zum ersten Mal erschauern lässt.

»Wie sie gestorben ist«, flüstere ich heiser. »Von dem Plan, mich abzusondern und ... und der Projektion.«

Seine Hände greifen hinter meinen Kopf. Er löst meine Augenbinde und ich blinzele in das helle Licht.

Phyllis kniet vor mir auf dem Boden und befreit mich von den Fußfesseln, während Montgomry den Strick von meinen Händen entfernt.

Ich verstehe nicht, warum sie es tun, aber meine Augen huschen sofort durch den Raum, auf der Suche nach einer Fluchtmöglichkeit. Das Zimmer ist niedrig. Helle Holzschränke sind in die schrägen Seitenwände unterhalb kleiner abgedunkelter Fenster angebracht und die Decke ist mit Holz verkleidet. Erst jetzt fällt mir das leichte Schwanken auf. Verflucht, ich bin auf einem Schiff! Der Kabine nach auf einem sehr großen Schiff. Wie soll ich hier bloß wieder wegkommen?

Montgomrys Gesicht taucht vor mir auf und ich zucke zusammen. Er ist kalkweiß und unter seinen wie im Fieber glänzenden Augen liegen dunkle Schatten. Ein ungepflegter Stoppelbart bedeckt seine eingefallenen Wangen. Er sieht aus, als wäre er seit unserem letzten Treffen um Jahre gealtert. Und plötzlich verschwindet die Wut in meinem Bauch und Angst nistet sich in mein Herz.

»Hat Callahan Jared manipuliert, weil er dir so einen Unfug erzählt? Oder ist er von Farran gefoltert worden? Sag mir auf der Stelle, wo ihr ihn gefangen haltet, oder er sieht seinen Sohn nie wieder!«

Ich starre ihn an. Er ist verrückt geworden.

»Niemand hat Jared manipuliert oder gefoltert. Das ist wohl eher eine Spezialität Ihrer Leute!«

Instinktiv streiche ich über meine rechte Seite. Schon die leichte Berührung schmerzt und ich verziehe den Mund. Montgomry funkelt mich zornig an, aber Phyllis greift plötzlich nach meiner Bluse und zieht sie samt Unterhemd hoch.

Ich schreie auf, als sie meine Rippen berührt.

Montgomrys Augen weiten sich. »Wer war das?«

Ich schaue an mir hinunter. Ein großer rotblauer Fleck ziert meine Rippen. »Ihr Mann auf dem Boot. Seine Art, mir zu sagen, dass ich meine Telekinese nicht einsetzen soll.«

»Ich habe das nicht angeordnet, Emma!«, sagt er und wechselt stirnrunzelnd einen Blick mit Phyllis. Was für ein Schauspieler!

»Mein Name ist MacAengus!« Meine Stimme bebt vor Zorn.

Phyllis springt auf und stemmt die Hände in die Hüften.

Ihre kurzen Haare glänzen in dem gedämpften Licht wie ein Kupferhelm. »Du lieber Himmel, so kommen wir nicht weiter. Einer von euch ist sturer als der andere und die Zeit drängt. Bitte sag uns einfach, wo ihr Jared hingebracht habt, damit wir den Austausch vornehmen können.«

Endlich begreife ich.

»Aber Jared ist nicht bei den Raben!«, rutscht es mir heraus und im nächsten Moment möchte ich mir auf die Zunge beißen. Wäre es nicht besser gewesen, ihn in diesem Glauben zu lassen, damit er Aidan freigibt? Ich Idiot!

»Lüg nicht! Ich weiß, dass du mit Callahans Sohn Jared gefangen nehmen wolltest. Du hast das zusammen mit Farran geplant.«

»Hat Aidan das behauptet?«, frage ich vorsichtig.

»Nein. Er ist durch und durch Farrans Rabe und würde sich lieber die Zunge abbeißen, als uns irgendwelche Informationen zukommen zu lassen. Deswegen bist du hier.«

»Ach, Sie meinen, weil meine Mutter auf Sie reingefallen ist, werde ich denselben Fehler begehen.«

Montgomry presst die Lippen aufeinander und starrt mich hasserfüllt an. »Lass deine Mutter aus dem Spiel, Mädchen, sonst vergesse ich mich!«

»Emma, wir haben einen Zeugen«, wirft Phyllis beschwichtigend ein. »Leugnen ist zwecklos.«

Verdutzt schaue ich sie an. Montgomry lächelt herablassend.

»Öffentliche Kaffees sind kein geeigneter Ort für konspirative Sitzungen«, erklärt er. »Ihr Kinder müsst noch einiges dazulernen.«

Meine Gedanken wandern zu dem Kellner, der die Kaffeesorten aufgezählt hat. Ich hätte es wissen müssen!

»Es war nicht Farrans Idee, sondern meine,« gebe ich kleinlaut zu. »Er hat mich davor gewarnt, dass Sie wütend werden.«

Montgomry verzieht verächtlich das Gesicht, aber Phyllis setzt sich neben mich und greift nach meiner Hand.

»Warum wolltest du das tun? Ich hatte den Eindruck, du magst Jared.«

Ich nicke und spüre, wie sich unter ihrem mütterlichen Blick Tränen in meinen Augen bilden. Oh nein, nicht gerade jetzt. Nicht vor ihnen. »Das war, bevor er zugegeben hat, dass er an Mamas Ermordung beteiligt war.«

Mit einem Satz springt Montgomry auf. »Unmöglich!«

Verwundert sehe ich ihn an. Seine Gefühle sind echt. Ich fühle es, auch ohne in ihn zu tauchen. Er weiß es wirklich nicht. Wie ist das nur möglich? Haben seine Leute etwa hinter seinem Rücken gehandelt?

Ich atme tief ein und dann erzähle ich ihnen alles, was seit dem Halloween-Abend geschehen ist.

Als ich geendet habe, ist Montgomrys Gesicht so farblos wie das einer Marmorstatue. Und ebenso versteinert.

»Rich ...«, flüstert Phyllis mit zitternder Stimme und steht auf. Sie geht auf ihn zu und für einen Augenblick sieht es aus, als ob sie ihn in die Arme nehmen möchte, aber er taumelt zurück und klammert sich an den Tisch, als befürchte er, den Halt zu verlieren. Sein Blick brennt wie Feuer auf mir. Ich wage es nicht, in ihn zu tauchen. Das letzte Mal hat er äußerlich ruhig gewirkt und ich wurde überwältigt von seinem Schmerz.

»Es ... tut mir leid. Ich dachte, Sie hätten es beauftragt. Eigentlich hätte ich es besser wissen müssen«, gebe ich kleinlaut zu.

Sein Blick wird klarer. Als er sich auf die Couch fallen lässt, bemerke ich, wie seine Hände zittern.

»Jared hat mir gesagt, dass ein hochrangiger Rabe deine Mutter töten wollte, um dich zu ihnen zu bringen«, sagt er tonlos. »Ich hatte sofort auf deinen Vater getippt.«

»Er hat gelogen. Ich kenne die Gefühle meines Vaters.«

»Und die Farrans?«

Ich schließe die Augen und denke nach. »Nein. Er kann seine Gefühle vor mir abschotten. Aber ich glaube es trotzdem nicht.«

»So? Meine Gefühle hast du aber gesehen und dennoch gedacht, ich hätte Rina getötet!«, sagt er vorwurfsvoll. Schuldbewusst starre ich auf meine ineinander verschlungenen Finger. »Ehrlich gesagt weiß ich nicht mehr, wem und woran ich glauben soll. Ich habe Jared vollkommen vertraut. Er war ... wie ein bester Freund für mich.«

»Und für mich fast wie ein Sohn«, sagt Richard leise. Er hebt den Kopf und sein Blick wird dunkel. »Er hat mich verraten. Deshalb ist er also nicht zu uns zurückgekommen! Das Risiko, dass du es mir erzählst, war zu groß. Ich werde ihn finden. Und wenn es stimmt, wenn er wirklich an dem Tod deiner Mutter beteiligt war, werde ich ihn umbringen.«

Phyllis stößt einen erschrockenen Laut aus und mein Magen zieht sich schmerzhaft zusammen. »Dann werden wir nie erfahren, wer ihren Tod letztendlich beauftragt hat! Zu mir hat Jared gesagt, dass zumindest einer der Mörder Mitglied des Horusringes ist. Wenn Sie es nicht beauftragt haben, wer dann?«

»Farran! Ist doch klar«, knurrt er stur zwischen seinen Zähnen. »Der Rest ist erlogen.«

»Ach, hören Sie endlich auf! Jared hat sich von Farran los-
gesagt, nachdem sich Helen umgebracht hat. Es muss jemand
anderen geben. Jemand in ihren eigenen Reihen, der wütend
war, weil sie den Falken den Rücken gekehrt hat.«

Richard fährt sich durch die Haare und schüttelt dann den
Kopf. »Diejenigen, die lange genug dabei sind, dass sie deine
Mutter kannten, sind so loyal, dass ich meine Hand für sie ins
Feuer legen würde. Und alle anderen würden keinen Nutzen
aus ihrem Tod ziehen.« Er runzelt plötzlich die Stirn. »Es sei
denn ...«

»... es befinden sich Verräter in Ihren Reihen, die für den
mysteriösen Raben arbeiten, von dem Jared sprach«, vollende
ich seinen Satz und plötzlich fühle ich eine Kälte in mir, die
wesentlich stärker ist als das, was ich draußen auf dem Boot
empfunden habe.

*Mir war damals bereits klar, dass sie, bei ihren Erbanlagen,
ein außergewöhnliches Kind bekommen würden.*

Farrans Worte geistern durch meine Gedanken wie dunkle
Nachtmähren. Könnte es wirklich er sein? Wie viel bin ich
ihm wert? Was wäre er bereit zu tun, um mich für sich zu
gewinnen? Mama hätte mich ganz sicher niemals freiwillig
zu den Raben gelassen, wenn er eines Tages vor unserer Tür
gestanden hätte.

»Wie viele Ihrer Mitglieder sind ehemalige Raben?«

Richard lacht bitter auf.

»Fast alle, Mädchen. Das bringt uns nicht weiter. Wenn
wir die Wahrheit herausbekommen wollen, müssen wir Jared
finden.« Traurig sieht er mich an. »Bitte glaub mir. Ich habe
nichts mit dem Tod deiner Mutter zu tun. Ich hätte mich
sogar Farran persönlich ausgeliefert, wenn ich sie dadurch
hätte retten können.«

Seine Worte erinnern mich an etwas und lächelnd sage ich: »Dann verstehen Sie jetzt sicher, warum ich hier vor Ihnen sitze.«

Sein Blick zeigt Unverständnis, aber Phyllis lacht leise auf. »Nein, wirklich, Emma. Ausgerechnet Callahans Sohn?« Richard klappt der Mund auf und seine Augen weiten sich in Entsetzen.

»Bitte, lassen Sie ihn frei.«

»Erwidert er deine Gefühle?«, fragt Phyllis. Verlegen schaue ich an ihr vorbei und nicke.

Richard steht wortlos auf und geht zur Tür. »Ein Callahan!« Er schüttelt den Kopf. »Du hast keine Ahnung, worauf du dich da einlässt. Dein Männergeschmack ist ja noch schlimmer als der deiner Mutter.«

Bevor ich noch etwas erwidern kann, fällt die Tür hinter ihm ins Schloss.

Etwa eine Stunde später stehe ich bibbernd vor Kälte auf dem gefrorenen Gras einer Insel, nur wenige Seemeilen von Dublin entfernt. Die Taschenlampe, die mein Begleiter mir in die Hand drückt, beleuchtet ein schmales, langes Fenster in einem steinernen Turm. Es liegt ungefähr fünf Meter über dem Boden und aus seinem Inneren hängt ein Strick. Ungläubig schaue ich den jungen Mann neben mir an.

»DAS ist der einzige Eingang?«

»Tut mir leid, MacAengus. Aber ich kann dir keinen roten Teppich ausrollen. War gar nicht so einfach, ihn huckepack in den Martello-Turm zu schaffen.«

Der Wind bläst mir die Haare ins Gesicht, als ich die Decke fester um mich schlinge. Montgomry hat wirklich einen ausgeprägten Sinn für dramatische Schauplätze.

Ich will gerade losgehen, da sagt der Blonde: »Dann bis zum nächsten Mal, Rabenmädchen.«

Langsam drehe ich mich um und leuchte ihm in seine grünen Augen. Er blinzelt und hebt die Hand vor das Gesicht.

»Hau lieber ab, bevor ich meine Telekinese an dir auslebe.«

»Hey, ich hab dich nicht in die Rippen gestoßen!«

Eine Bootshupe ertönt und er lächelt entschuldigend. »Normalerweise ist mein Partner nicht so ein Arsch. Aber du und Callahan habt ihm im Park ganz schön zugesetzt.« Zwischen seinen Schneidezähnen entdecke ich eine kleine Lücke.

»Ich hoffe, die Schusswunde entzündet sich«, erwidere ich.

Er lacht und tritt einen Schritt näher. »Du bist verdammt cool, MacAengus. Aber leider auf der falschen Seite.«

»Verzieh dich, Falke.«

»Ach, fast hätt ich's vergessen. Nur für den Fall, dass ihr nicht nach Dublin schwimmen wollt.«

Grinsend streckt er mir mein Handy entgegen.

Die Decke wie einen Umhang um meinen Hals gebunden, stemme ich meine Füße gegen die Natursteine und halte mich an dem starren, kalten Seil fest. Die Mauer des Turms ist glitschig. Ich rutsche ab und meine Handflächen brennen, als ich ein Stück an dem Seil nach unten gleite. Mühsam arbeite ich mich nach oben. Die Muskeln in meinen Armen sind zum Zerreißen gespannt, als ich endlich die Fensteröffnung erklimme. Mir ist schwindlig und kalter Schweiß klebt auf meiner Haut. Keuchend taste ich nach der Taschenlampe. Aus dem Inneren dringt ein feuchter, modriger Geruch.

»Aidan?«

Meine Stimme ist so dünn wie die eines kleinen Mädchens. Flatternd schlägt mein Herz gegen meine Rippen. Hat Richard mich belogen? Ist der Turm leer? Doch dann höre ich ein Scharren und ein Klopfen. Der Lichtkegel meiner Lampe gleitet über kahle, vermooste Wände und streift plötzlich ein zusammengekrümmtes, sich bewegendes Bündel. Rasch springe ich ins Innere des Turms und falle neben ihm auf die Knie. Zitternd öffne ich die Schnalle des Gummiknebels.

»Bist du okay?«, krächzt Aidan heiser.

Als Antwort löse ich seine Augenbinde, beuge mich hinunter und küsse ihn zärtlich auf den eiskalten Mund. Ganz dicht presse ich mich an ihn, um ihn zu wärmen, so nah, dass ich seinen Herzschlag spüren kann, und schließe die Augen. Langsam erwärmen sich seine Lippen und das ersehnte Feuer jagt durch meinen Körper. Sein leises Lachen unterbricht nach einer Weile den Kuss.

»Würde es dir viel ausmachen, meine Fesseln zu lösen oder stehst du darauf, hilflos vor dir liegende Männer zu verschlingen?«

Gut dass es so dunkel ist. Ich muss rot bis zu den Haarwurzeln sein. Hastig löse ich die Stricke von seinen Füßen und Händen und Aidan zieht mich zurück in seine Arme und küsst meine Stirn.

»Wo zur Hölle sind wir?«, murmelt er.

»Auf Ireland's Eye, einer Insel vor Dublin. Wir müssen deinen Vater anrufen. Richard hat mir mein Handy zurückgegeben.«

»Nicht wahr! Ist Brady doch noch bei Montgomry aufgetaucht?«

»Nein.«

»Und was sollte dann diese Aktion? Freizeitvergnügen für Falken?«

»Erzähl ich dir später. Lass uns erst telefonieren.«

Es beginnt bereits zu dämmern und Möwen fliegen in Scharen vom Boden auf, als das ohrenbetäubende Geräusch eines Hubschraubers die Stille zerreißt.

Ich klettere zuerst an der Strickleiter nach oben. Mit jeder Sprosse, die ich erklimme, scheinen Callahans Augen dunkler vor Zorn zu werden.

Der Luftstrom der rotierenden Flügel wühlt durch sein blondes Haar und gibt ihm ein wildes, unberechenbares Äußeres. Er streckt die Arme aus und zieht mich unsanft ins Innere. Nachdem Aidan ebenfalls an Bord ist, fliegt der Hubschrauber zu Dublins Flughafen.

Wenig später kuschle ich mich in Farrans privatem Learjet tiefer in die Wolldecke und wünsche mir, sie könnte mich vor Farrans, Callahans und Dads durchdringenden Blicken schützen.

Aidans Mimik verrät mir, dass es ihm genauso peinlich ist wie mir, vom Rabenchef persönlich abgeholt zu werden.

Die Sitze des Jets sind geräumig und bequem. Ich möchte einfach nur die Augen schließen und schlafen. Aber Callahan und Aidan haben gerade ihren Bericht beendet und die Augen aller sind jetzt erwartungsvoll auf mich gerichtet.

»Du hast James bewusst auflaufen lassen und ohne zu zögern dein Leben für Aidan riskiert.« Farran dreht lächelnd den Kopf zu Callahan, aber der mustert mich nur voller Verachtung.

»Das war gefährlich und dumm von ihr. Sie hätten beide sterben können.«

Ich ziehe es vor, ihn zu ignorieren, und frage stattdessen Farran: »Ist Jared wirklich nicht in der Gewalt der Raben?«

»Schön wär's. Leider haben wir keine Ahnung, wo er steckt.«

Zu meiner eigenen Überraschung erfüllt mich diese Aussage mit Erleichterung.

»Als Montgomry erfahren hat, was Jared von Mamas Tod erzählt hat, da ...«, ich sehe zu Dad und schlucke, als ich den Hass in seinen Augen aufblitzen sehe, »da ist er vollkommen ausgerastet. Ich glaube ihm, dass er niemanden beauftragt hat, sie zu töten.« Einen Moment lang zögere ich, dann hole ich tief Luft und sage: »Jared hat Montgomry erzählt, dass ein hochrangiger Rabe der Auftraggeber war, um mich zu einem Raben zu machen. Waren Sie es, Fion?«

»Emma!«, ruft mein Vater entrüstet.

»Glaubst du Brady immer noch, nach all seinen Lügengeschichten?«, fragt Farran erstaunt. Er lehnt sich gelassen in den dunklen Ledersessel zurück.

»Sie hält sich nicht an Instruktionen und vertraut dir nicht. Es war ein Fehler, sie überhaupt bei den Raben aufzunehmen«, bekräftigt Callahan kühl.

»Ohne sie hättest du Leech niemals so schnell ausbooten können und deinem Sohn hat sie gerade eben erst den Hintern gerettet. Worüber beschwerst du dich eigentlich?«

Verblüfft schaue ich meinen Vater an. Den Hintern gerettet? Er muss schon sehr aufgebracht sein, um so mit Callahan zu reden.

»Aidan wäre ohne sie gar nicht erst in diese Situation geraten und ihre sogenannte Rettung basiert auf einer Mischung aus emotionaler Unberechenbarkeit und purem Glück.«

»Das ist nicht wahr!«, ruft Aidan empört.

Ich sollte verletzt sein, aber ich spüre eigenartigerweise nichts mehr bei Callahans Provokationen. Vielleicht liegt es daran, dass ich weiß, dass es ihm nicht wirklich um seinen Sohn geht.

»Tut mir leid, dass meine Emotionen für Ihren Sohn stärker sind als die Ihren, Mr Callahan«, sage ich ruhig.

Dad verzieht belustigt den Mund und Callahan stellt so zornig seine Tasse ab, dass ein Teil des Tees auf den Wurzelholztisch schwappt.

»Reiz mich nicht, MacAengus, sonst ...«

»Sonst was?«, fährt Dad drohend dazwischen, aber Farran unterbricht die beiden.

»Hör auf, den beleidigten Montague zu spielen. Wenn dein Romeo sich nun mal in eine Capulet verliebt hat, wirst du damit leben müssen oder eine shakespearsche Tragödie heraufbeschwören.« Er hebt drohend den Zeigefinger. »Und das ist wahrhaftig das Letzte, was wir in der momentanen Situation brauchen können. Ob sie mir loyal ergeben ist oder nicht, ist einzig und allein eine Sache zwischen mir und ihr, nicht wahr, Emma?«

Seine Augen wirken wie Magnete in dem kühlen, emotionslosen Gesicht. Sie ziehen mich in ihren Bann und hinterlassen ein Gefühl von Ohnmacht und Wehrlosigkeit in mir. Ich entdecke wieder diese Unschärfe um seine Silhouette und registriere die Bewegung in seinen Haaren. Nein, ich sollte ihm wirklich nicht misstrauen. Er hat mich persönlich unterrichtet, an mich geglaubt und mich verteidigt. Auch eben wieder. Plötzlich fühle ich mich abscheulich. Nagende Schuldgefühle türmen sich zu riesigen Schreckgestalten auf und alles in mir drängt sehnsüchtig danach, mich bei ihm zu entschuldigen. Tränen treten in meine Augen, als das Gefühl von Scham seinen Höhepunkt erreicht, und ich öffne den Mund und will es hinausschreien, will seine erlösenden Worte hören: Ich verzeihe dir. Und dann, mitten in dem mächtigen Brausen meiner Gefühle, vernehme ich auf einmal Mamas Stimme.

Es braucht dir niemals leidzutun, wenn du zweifelst. Ein guter Freund hat mir einmal gesagt, dass ich auf die Kleinigkeiten achten und mich nicht von anderen einlullen lassen soll. Zweifel zeugen von einem klaren Verstand. Und nur der kann dich vor deinen starken Gefühlen retten.

Gewaltsam löse ich mich von Farrans Blick und wende mich an Callahan. »Ich denke, Fion hat mehr von einem Raben, der seinen Verstand benutzt, als von einem Haushuhn, das sich gedankenlos in die Hackordnung fügt und vor dem ranghöchsten Tier kuscht.«

Ich fühle, wie Aidan neben mir die Luft anhält.

Callahan schaut zu Farran. Dessen Blick liegt immer noch auf mir. Schließlich beginnen seine Mundwinkel zu zucken und plötzlich lacht er laut auf und zu meiner Überraschung stimmt Callahan kopfschüttelnd mit ein.

Aidan atmet hörbar aus.

»Julia Capulet? Du meintest wohl eher Kleopatra!«, spottet Callahan. Das Eis in seinen Augen ist geschmolzen.

»Der Punkt geht an dich, Mädchen«, verkündet Farran mit einem belustigten Seitenblick auf Callahan. »Lass uns hören, was dir dein Rabenverstand in Sachen Brady vorschlägt.«

Nachdenklich drehe ich die Tasse in meiner Hand. Sie ist weiß und trägt das Sensus-Corvi-Logo.

»Nehmen wir einmal an, Jared hat tatsächlich die Wahrheit gesagt. Dann gibt es einen Auftraggeber bei den Raben. Da dieser einen hohen Rang innehaben soll, wird er schon länger bei Ihnen sein und meine Mutter gekannt haben. Bei den ausführenden Tätern, von denen zumindest einer laut Jared im Horusring ist, schließt Richard das aus. Für diejenigen, die Mama kannten, würde er seine Hand ins Feuer legen.«

»Dasselbe tue ich selbstverständlich für meine Leute auch«, erwidert Farran. »Keiner meiner hochrangigen Raben hätte ohne meinen Befehl deine Mutter angegriffen.«

»Wieso laufen überhaupt Raben zu Montgomry über?«, wirft Aidan zornig ein. »Besticht er sie?«

»Ich denke nicht«, sage ich und mein Blick wandert automatisch zu Callahan in seinem maßgeschneiderten Anzug. »Falls er überhaupt reich ist, trägt er es zumindest nicht zur Schau. Er versucht es wohl eher mit Überzeugungsarbeit.«

»Gehirnwäsche«, knurrt Dad zustimmend.

»Einen der Mörder soll ich kennen ...«, überlege ich laut. Farran nickt verstehend.

»Ein Verräter bei SENSUS CORVI!«, ruft Aidan. »Schüler oder Lehrer.«

»Steht zu befürchten«, ergänzt mein Vater trocken.

»Ich werde eine Liste aller abtrünnigen Raben aufstellen, die deine Mutter gekannt haben«, erklärt Farran. »Du wirst mir dabei helfen, Jacob. Außerdem müssen wir Jared Brady suchen. Ich vermute, er ist ins Ausland geflohen.«

»Brady übernehme ich«, sagt Dad eisig.

Ich fröstele.

WEIHNACHTEN

Der erste Ferientag ist Heiligabend.

Als ich aufwache, ziehe ich mir die Bettdecke über den Kopf und wünsche mir, dass die Ferien bereits vorbei wären.

Dad hat einen Tannenbaum gekauft.

»Noch nie hat er einen Tannenbaum gehabt«, hat Aidan gesagt. »Das tut er nur für dich.«

Wir haben ihn vor ein paar Tagen zu dritt geschmückt und hinterher einen Punsch getrunken. Dann haben wir Kerzen ans Fenster gestellt. Drei Stück. Für jeden von uns eine, und Dad ist in die Küche gegangen und hat eine vierte geholt.

»Für Rina«, hat er gesagt.

Und da hat alles angefangen. Ich habe gelächelt und ihm einen Kuss auf die Wange gedrückt und dann bin ich ins Bad gegangen und habe geheult. Ganz leise, damit es niemand merkt.

Weihnachten ohne Mama.

Weihnachten ohne Aidan.

Ganze zwei Wochen Ferien, ohne ihn zu sehen.

Tok, tok, tok.

Nein, ich will noch nicht aufstehen.

»Schläfst du noch, Emz?«

Wie elektrisiert springe ich aus dem Bett und stürze zur Tür. Als ich sie aufreiße, tanzen Sterne vor meinen Augen. Mein Kreislauf ist an ein Morgenmuffel-Schlurfen ins Bad gewöhnt und nicht an einen Raketenstart. Er trägt diesen schwarzen Wollpullover, den ich so liebe, und meine Hände landen wie von selbst auf seiner Brust, streichen hoch zu

seinem Gesicht und von dort in seine Haare. Meine Fingerspitzen glühen.

Aidan lacht leise. »Ich sollte mich öfter rar machen.«

»Guten Morgen! Was verschafft uns das unerwartete Ver-
gnügen?« Mein Vater lehnt in Jeans und Pullover an der
Schlafzimmertür. Er sieht eigenartig aus ohne Anzug, viel
jünger. Vielleicht ist es aber auch nur das verschmitzte Lächeln auf seinem Gesicht.

»Du solltest dir ab und zu mehr Schlaf gönnen, Jacob«,
seufzt Aidan mit einem frustrierten Unterton.

»Zieh dich an, Emma. Und du«, er deutet mit dem Zeigefinger auf Aidan, »kommst sicherheitshalber mit mir runter
Frühstück machen.«

Eine Viertelstunde später nippe ich an meinem Kaffee
und werfe Aidan einen neugierigen Blick zu. Er sieht erschöpft aus. Seine Augen sind dunkel umschattet, so als
hätte er in den letzten Tagen nicht besonders viel Schlaf ab-
bekommen.

»Mein Vater hat mir erlaubt, dir dein Geschenk vorbei-
zubringen.«

Er legt ein dunkelrotes Lackschächtelchen vor mir auf den
Tisch, das die goldene Aufschrift *Keanes Jewellers* trägt. Liz
und ich sind bei unserer Stadtbesichtigung an der schwarzen
Fassade des Juweliergeschäftes vorbeigelaufen und ein Blick
in die hell illuminierten Schaufenster hat genügt, um uns
davon zu überzeugen, dass Keanes nichts führt, das wir uns
auch nur annähernd leisten könnten.

Ich schiebe die Schachtel ungeöffnet zurück.

»Wir hatten ausgemacht, uns nichts zu schenken; zumindest nichts Teures.«

»Kostet nur dich was.«

Neugierig klappe ich den Deckel auf. Eingebettet in roten Samt blitzt mir anstelle eines kostbaren Geschmeides eine cremefarbene Karte mit einem goldenen Ornament entgegen. Es stellt zwei ineinander verschlungene Cs dar. Eine geschwungene, selbstbewusste Frauenhandschrift ziert das Innere der Karte.

Sehr geehrte Miss MacAengus,
es ist mir eine Ehre, Sie zu unserer kleinen
Weihnachtsfeier am 25. Dezember um 19:00 Uhr
einzuladen.
Ich freue mich außerordentlich, Sie
kennenzulernen.
Hochachtungsvoll,
Caitlin Callahan

Etwas kleiner und abgesetzt steht unter dem Text:

Um Abendgarderobe wird gebeten.

Die Buchstaben scheinen mir entgegenzukommen.
»Deine Mutter?«, flüstere ich.
Aidan nickt ernst und greift nach meiner Hand.
»Das ist die Bedingung für mein Geschenk.«
Ich verstehe nicht.
Dad nimmt die Karte und schnaubt belustigt auf. »Das Postscriptum hätte sich Caitlin sparen können. Denkt sie, ich schicke meine Tochter im Kartoffelsack auf eine callahansche Abendveranstaltung?«
»Du kennst sie doch. Alles muss perfekt geplant werden«, stöhnt Aidan, lässt meine Hand los und zieht einen zerknit-

terten, cremefarbenen Briefumschlag aus seiner Hosentasche, den er Dad reicht.

»Hier ist deine Einladung. Bei dir konnte sie es sich gerade noch verkneifen, ein *Komm im Smoking!* dazuzuschreiben.«

»Reizend. Und die Besetzung des diesjährigen Theaterstücks?«

»Bis auf Emz, wie immer. Farran, die Macmillans, O'Connells und ... die Murphys.«

»Scheiße!«, rutscht es mir heraus und ich erröte, als Dad die Augenbrauen hochzieht.

»Diesen Ausdruck solltest du in Gegenwart von Aidans Mutter besser nicht verwenden. Ich bin mir nicht sicher, ob ich ...«

»Du kannst nicht jedes Jahr mit eitriger Mandelentzündung im Bett liegen. Sie haben es dir letztes Mal schon nicht abgekauft«, unterbricht ihn Aidan. »Und Emma braucht deine Hilfe.«

»Dieses Jahr wird Emma im Bett liegen und ich vertrete die MacAengus'.«

»Das geht nicht.« Aidan schaut mich flehentlich an.

»Warum?«, fragt Dad. »Sie kann deine Mutter auch zu einem anderen Zeitpunkt kennenlernen. Diese Veranstaltung ist eine Farce und dient nur dazu, sie auf einem silbernen Tablett zu servieren, damit deine Eltern und die Murphys sich auf sie stürzen können. Schönes Geschenk, Aidan, wirklich.«

Ich spüre ein eigentümliches Rumoren im Bauch. Vielleicht werde ich gerade tatsächlich krank.

»Verdammt, Jacob, denkst du, ich weiß das nicht?« Er beugt sich zu mir und streicht mir eine Haarsträhne hinter das Ohr. »Es wird das schrecklichste Weihnachtsessen werden, das du je erlebt hast. Sie werden über dich herfallen und versuchen, jede Schwäche hervorzukramen, die sie finden können. Aber wenn du das für mich tust, wenn du es überstehst und die Fassung bewahrst, dann erklärt sich mein Vater bereit, unsere Beziehung zu billigen. Dann darf ich am selben Abend noch wieder zu euch ziehen. Das ist mein Geschenk für dich. Für uns.«

Mein Herz jagt in hektischen, harten Schlägen in meiner Brust. Ich spüre das Klopfen bis in meine Kehle, die auf einmal ganz ausgetrocknet ist.

Wie durch einen Nebel höre ich Dads zynische Stimme. »Wer sagt denn, dass ich dich überhaupt hier haben will, Junge?«

Aidan wirbelt zu ihm herum. »Ich habe die letzten drei Tage ununterbrochen auf meine Eltern eingeredet«, sagt er drohend. »Ich war nahe dran, das callahansche Anwesen in Brand zu setzen. Zeitweise habe ich mir sogar einen auf unser Grundstück begrenzten Wirbelsturm überlegt.«

Dad lacht auf. »Bei den Ausmaßen? Das wäre wahrhaft beeindruckend.«

»Wenn du, ausgerechnet du, mir jetzt Steine in den Weg legen willst, hau ich mit Emma ab und tauche unter. Was Brady schafft, kann ich schon lange.«

Ich erwache aus meiner Erstarrung und räuspere mich.

»Das ist also ein Potenzielle-Schwiegertochter-Eignungstest?«

»Ja. Es tut mir leid, aber es ist die einzige Möglichkeit ...«

»Ich tu's.«

Aidans Augen beginnen zu funkeln. »Komm mal kurz vor die Tür.«

»Aidan!«, warnt Dad.

»Himmel, gib mir ein paar Minuten alleine mit deiner Tochter! Ich werde sie nicht auffressen.«

»Sie ist erst sechzehn.«

»Nächsten Monat werde ich siebzehn!«, werfe ich ein. Dad schüttelt den Kopf.

»Fünf Minuten, dann seid ihr beide wieder hier am Tisch.«

Wir stehen vor der Eingangstür und Aidan drückt mich an sich.

»Und?«, frage ich neugierig.

Er lächelt und deutet mit dem Finger nach oben. Über uns hängt ein grüner Ast mit kleinen, weißen Beeren. Ein Mistelzweig! »Den habe ich vorhin mitgebracht. Und jetzt werde ich dich so lange küssen, bis dein eifersüchtiger Vater herausstürmt und meinen Kuss beendet.«

Als Dad und ich am ersten Weihnachtsfeiertag die wuchtigen, dunklen Eingangstore passieren und auf den Parkplatz des callahanschen Herrensitzes einfahren, halte ich unwillkürlich den Atem an.

»Sch...Scheibenkleister«, krächze ich. Ich habe geahnt, dass es luxuriös sein wird. Aber das habe ich nicht erwartet. Vor mir erhebt sich ein hell erleuchtetes neubarockes Gebäude, mindestens halb so groß wie SENSUS CORVI, mit zahlreichen Säulen und mehreren livrierten Dienern vor dem Eingangsportal.

»Beeindruckt?«, spottet mein Vater.

Ich gebe ihm einen Knuff in die Seite. »Du hättest mich warnen können.«

Er hält den Wagen und lehnt sich zu mir. Sanft streicht er

mir über die Wange. »Du bist meine Tochter. Keiner da drin kann dir auch nur annähernd das Wasser reichen.«

Bevor ich noch etwas erwidern kann, wird meine Tür aufgerissen und die behandschuhten Finger eines grauhaarigen Dieners strecken sich mir entgegen.

Es kommt schlimmer, als ich dachte.

Ich starre auf das Kristallglas mit mythologischen Goldornamenten in meiner Hand und lausche Lynns Ergüssen über die neuesten Börsenentwicklungen, mit denen sie Callahan sichtlich gefangen nimmt. Jacqueline Murphy lobt derweil die geschmackvolle Weihnachtsdekoration von Aidans Mutter, während Lynns Vater Farran in Beschlag nimmt. Haben sie das einstudiert? Vermutlich. Thomas Murphy hat mir bei der Begrüßung einen Blick zugeworfen, aus dem deutlich sprach, dass er mich für ein dummes Spielzeug seines Wunschschwiegersohnes hält. Ein Zeitvertreib, der schleunigst beendet gehört. Das aufgesetzte Lächeln auf meinem Gesicht ist mittlerweile so versteinert, dass ich Kieferschmerzen habe. Sehnsüchtig werfe ich einen Blick auf das andere Tischende, wo sich die Macmillans und O'Connells prächtig zu unterhalten scheinen. Warum muss ich auch ausgerechnet gegenüber von den Murphys sitzen? Aber vermutlich ist das ein Teil von Callahans Plan, mich vor allen bloßzustellen. Ich werde langsam müde, die Stimmen murmeln wie ein ruhiger Fluss in meinen Ohren und ich warte. Darauf, dass sie angreifen. Wird es Lynn sein, die mir mein Unwissen im Wirtschaftsbereich unter die Nase reibt?

»Was war Ihre Mutter eigentlich von Beruf, Miss MacAengus?«

Endlich geht es los. Fast freue ich mich, denn nichts ist

schlimmer zu ertragen als die Ruhe vor dem Sturm. Murphys feistes Gesicht enthüllt weiße, leicht unregelmäßige Zähne. Nur ein Spiel, denke ich und spieße mechanisch ein Stück Kartoffel auf.

»Mama war Journalistin, Mr Murphy.« Ich schiebe die Kartoffel in den Mund und zwinge mich zu kauen, obwohl mir nach allem anderen als nach Essen zumute ist.

»Wirklich? Interessant. Hat sie bei den Interviews ihre Gabe eingesetzt?«

Gute Frage. Darüber haben wir eigentlich nie gesprochen. Über so vieles nicht. Ich spüre den Kloß in meinem Hals und sehe, wie die Mundwinkel von Murphy leicht zu zucken beginnen. Nicht daran denken. Nicht jetzt! Verdränge es! Atme! Mein Blick schweift zu Farran, der mich interessiert beobachtet. Ich beschließe, die Wahrheit zu sagen.

»Mama und ich haben selten über unsere Gaben geredet. Wenn, dann ging es darum, wie man sie vor der Umgebung verbirgt.«

»Eine weise Entscheidung«, pflichtet mein Vater bei.

»Weise? Ich bitte dich, Jacob! Katharina war eine der fähigsten Empathen, die mir je begegnet sind. Aus ihr hätte weitaus mehr werden können als eine Journalistin!«

Er spuckt das Wort aus, als wäre es eine Beleidigung.

Ich schneide ein Stück von dem Truthahn auf meinem Teller ab und versuche, das Zittern meiner Hände zu verbergen.

»Mama hat ihre Arbeit geliebt, Mr Murphy. Sie hatte nette Kollegen und konnte sich die Zeit einteilen, um sich um mich zu kümmern. Als ich noch klein war, hat sie auch als Englisch-Übersetzerin gearbeitet.«

»Und dennoch vergeudetes Talent«, wirft Mrs Murphy ein.

»Ich habe Ihre Mutter sehr gut gekannt, Miss MacAengus. Wir waren sozusagen ... Freundinnen.«

Dad verschluckt sich an seinem Rotwein und hustet.

Callahan lächelt zynisch. »Oh ja, Jackie. Ich erinnere mich gut. Katharina und du, ihr standet euch ebenso nahe wie Emma und Lynn.«

Meine und Lynns Blicke kreuzen sich wie zwei Degen über dem Tisch.

»Sicherlich war Katharina in ihrem Job auch finanziell erfolgreich, wenn sie ihn so liebte«, kommt Murphy seiner Frau zu Hilfe.

In meinem Bauch brodelt es. Ich würge das Truthahnstück gewaltsam hinunter. »Kommt ganz darauf an, ab welcher Größenordnung Sie von finanziellem Erfolg sprechen.«

Lynn lacht laut auf. »Ach, komm schon, Emma! Aidan hat erzählt, ihr habt in einer winzigen Wohnung gelebt und dass dir die Augen aus dem Kopf gefallen sind, als du bei deinem Vater eingezogen bist.«

Aidan. Verdammt! Wie eine Fessel schnürt sich der Verrat um meine Brust und drückt mir die Luft ab.

Auf Aidans Gesicht bilden sich rote Flecken und seine Pupillen weiten sich. Die Wut in ihnen ist so groß, dass das strahlende Blaugrün von der schwarzen Pupille fast verdrängt wird. Er hat Angst, dass ich versage. Und das macht mich noch zorniger als Lynns Bemerkung. Aidans Mutter beugt sich hinter ihm neugierig vor und ich sehe direkt in ihre Augen. Türkisblau mit flaschengrünen Strahlen. Aidans Augen. Und ganz tief in ihrem Inneren sehe ich ein silbernes Fünkchen von Mitgefühl aufglimmen. Es hilft.

»Der Truthahn schmeckt wirklich vorzüglich, Mrs Callahan.« Zähne zeigen, lächeln. »Nach all den Jahren der Entbehrung bin ich so froh, mich endlich einmal richtig sattessen zu können.«

Ihre Augen blitzen verstehend auf und James Callahan sagt belustigt: »Und wir sind doch immer wieder froh, arme Halbwaisen an unserer Tafel durchzufüttern.«

»James!«, tadelt seine Frau spielerisch und legt ihre Hand auf die seine. Ich sehe, wie er zusammenzuckt und ihr einen überraschten Blick zuwirft. Dann drückt er sie kurz und ich frage mich, wie lange es wohl her ist, dass sie sich gegenseitig so etwas wie Zuneigung gezeigt haben.

»Niemand sollte sich dafür schämen, arm zu sein, wenn die Umstände es nicht anders zulassen«, doziert Caitlin, als spräche sie zu einer naiven Kinderschar. »Aber man sollte versuchen, jederzeit privat und beruflich das Beste aus sich herauszuholen.«

Ich ahne, wie es für Aidan war, mit ihr als Mutter aufzuwachsen.

»... leider noch immer keine Spur von ihm«, höre ich im Hintergrund Dad zu Farran sagen. Wahrscheinlich unterhalten sie sich gerade über Jared. Vom anderen Tischende ertönt lautes Gelächter. Macmillans Gesicht ist gerötet und mit glasigem Blick nimmt er einen weiteren Schluck Wein. Na, wenigstens der amüsiert sich.

»... sozusagen ein Glück für Sie, dass Ihre Mutter so früh gestorben ist.«

WAS? Die Worte hängen in der Luft wie scharfe Eissplitter. Dann stürzen sie über mir zusammen und ich reiße meinen Kopf herum und starre Murphy an. Alle Gespräche sind verstummt.

»Wie meinst du das, Thomas?« Die Stimme meines Vaters klingt wie das Knurren eines Jagdhundes.

Murphy hebt beschwichtigend die Hände und entblößt seine Zähne. War mir sein Lächeln vorher schon unsympathisch, so habe ich jetzt das Gefühl, in eine Raubtierfratze zu blicken.

»Verzeih, Jacob, ihr dürft das nicht falsch verstehen. Ich meine nur, Emmas Gabe wäre in der Obhut ihrer Mutter verkümmert und auch ihre Ausbildung an einer normalen Schule ist kaum mit SENSUS CORVI vergleichbar. Sie stimmen mir doch sicher zu, Miss MacAengus?«

Die Stille nach seinen Worten rauscht in meinen Ohren wie ein Orkan. Alle Anwesenden starren mich an und ihre Blicke brennen auf meiner Haut wie Säure. Ich schaue auf meine Hände, die ich über der Serviette in meinem Schoß gefaltet habe. Meine Finger drücken gegen meine Handrücken, bis die Knöchel weiß hervortreten. Wie soll ich ihn nur ansehen, ohne ihm ins Gesicht zu spucken oder ihn zumindest anzuschreien?

... wenn du es überstehst und die Fassung bewahrst, dann erklärt sich mein Vater bereit, unsere Beziehung zu billigen.

Aber ich möchte aufspringen und davonlaufen. Weg von diesem Haus, von diesen grässlichen Leuten, nach Hause, zu ... ja zu wem? Das Bild ihres Sarges blitzt in mir auf und mein Herz zieht sich krampfhaft zusammen. Doch dann berührt jemand meinen Handrücken und streicht ganz sanft darüber. Mein Vater. Mein Zuhause.

Mit einem Ruck hebe ich den Kopf.

Du widerlicher Mistkerl! Mein Name ist Kate. Ich komme aus London und werde dir jetzt Angst machen und dann fresse ich sie auf.

Meine Lippen zittern, als ich sie zu einem Lächeln verziehe. »Sie haben vollkommen recht, Mr Murphy. So gesehen war meine Mutter die Beste, die man sich vorstellen kann. Sie hat mich nicht nur gelehrt, meinen Verstand zu benutzen und Fremden gegenüber äußerst vorsichtig zu sein, sie hat sich auch noch im richtigen Moment umbringen lassen, um es mir zu ermöglichen, an einer außergewöhnlichen Schule, von einem einzigartigen Lehrer persönlich unterrichtet zu werden.« Ich drehe mich um und werfe Farran einen aufrichtig bewundernden Blick zu. Das stählerne Graublau seiner Augen glitzert warm im Kerzenschein. »Schade, dass die Umstände bei Lynn nicht ebenso günstig waren. Aber wie Mrs Callahan richtig sagte, dafür sollte man sich nicht schämen und ich kenne Lynn mittlerweile gut genug, um zu wissen, dass sie trotz allem immer versucht, privat und in der Schule das Beste aus sich herauszuholen.«

Murphys Mund steht offen und auf seinem Gesicht bilden sich rote Flecken.

Es kribbelt und Farrans Stimme schallt so laut in meinem Kopf, dass ich größte Mühe habe, mir ein Lachen zu verkneifen. »Das ist das spannendste Weihnachtsfest, das ich je in diesem unterkühlten Haus verbracht habe.«

»DU WAGST ES, MICH ZU BELEIDIGEN?« Lynn ist aufgesprungen und ihre Mutter zieht mit panikerfülltem Gesicht an ihrem engen, schwarzen Etuikleid, aber Lynn beachtet sie nicht.

Aus dem Augenwinkel sehe ich, wie Callahan die Stirn runzelt.

»Ich sagte nur, dass du immer das Beste aus dir herausholst«, entgegne ich und lächle sie unschuldig an.

»ICH bin eine OPTIVA aus gutem Hause. DU bist ein NICHTS, die Tochter einer bettelarmen Verräterin. Ich lasse nicht zu, dass du dich an Aidan ranmachst, du Flittchen!«

Ein empörtes Gemurmel folgt ihrem Ausbruch, dann räuspert sich Callahan. »Thomas, in Anbetracht der Umstände ...«

Murphy steht langsam auf und legt seine Serviette auf den Tisch. Seine Brust hebt und senkt sich heftig. Erst jetzt scheint Lynn bewusst zu werden, was sie getan hat. Sie wird so weiß wie das Tischtuch und dreht sich flehend zu Callahan um.

»Mr Callahan, es ... es tut mir so leid. Ich wollte nicht ... Nur für Aidan, ich habe es doch nur für ihn ...«

Ihr Vater packt sie grob am Arm und zieht sie mit sich zur Tür, die von einem schwarz gekleideten Diener geöffnet wird. Seine Frau folgt ihm wie in Trance. Bevor sie den Raum verlassen, dreht sich Murphy noch einmal um. »Entschuldige vielmals, James. Ich wünsche dir und deinen Gästen noch einen schönen Abend.«

Als die Tür ins Schloss fällt, schließe ich für einen kurzen Moment die Augen.

»Ich möchte einen Toast aussprechen auf die begabteste Schülerin, die ich je hatte.«

Oh nein! Beifall ertönt und ich öffne die Augen. Farran steht mit erhobenem Glas am Tisch und alle anderen schließen sich an.

Scheiße! Was tut man in so einem Fall? Mit aufstehen? Sitzen bleiben? Dad legt seine Hand auf meine Schulter. Okay. Sitzen bleiben also. Meine Gesichtsfarbe gleicht bestimmt der des Rotweins in Farrans Glas.

Über seine Silhouette jagen bunte Lichtwirbel. »Emma MacAengus, du hast in den letzten vier Monaten für mehr Aufregung bei uns Raben gesorgt, als andere in ihrer gesamten Schulzeit.« Lachen von allen Seiten.

Ich wünschte, ich könnte unter dieses weiße Damasttuch krabbeln und warten, bis alle gegangen sind.

»Du hast mir die Treue gehalten, gegen unsere Feinde gekämpft und dabei dein Leben riskiert. Daher habe ich beschlossen, deinen Adeptinnenstatus aufzuheben und dich zur Mystin zu erheben. Auf Emma!«

»Auf Emma!«, antworten die anderen Raben im Chor.

»Bitte geh nicht, Rina!«

Die bunten Farben, die um seine Silhouette wirbeln, werden von immer größer werdenden schwarzen Flecken verdrängt.

Als würde ein dunkles Ungeheuer sie auffressen, denke ich.

Es ist die Angst, mich zu verlieren, die ihre Fangzähne in ihn verbeißt und nicht mehr loslässt. Seit mehr als zwei Stunden redet er schon auf mich ein. Dass es zu gefährlich ist und Farran mich auch in Deutschland finden wird.

Im Park ist es inzwischen dunkel geworden. Die schwarz metallene Laterne rechts von mir flackert auf, als die Straßenbeleuchtung angeht, und taucht uns in ihr kaltes Neonlicht. Fröstelnd ziehe ich die Strickjacke enger um mich. Fast Mitte Mai und immer noch so kühl!

Er tobt weiter und fleht und schimpft.

»Rich, bitte reg dich nicht so auf.« Ich greife spontan nach seiner Hand und augenblicklich schießen Regenbogenströme darüber und schlingen sich wie ein Band um unsere Finger. Einen Augenblick lang starre ich fasziniert auf die Muster, die sie bilden.

»Du siehst es«, sagt er rau. Erschrocken zucke ich zusammen und erröte. »Du weißt, was ich für dich empfinde, aber du analysierst es, wie bei jedem, den du mit deiner Gabe beobachtest. Es ... berührt dich nicht.«

»Nein, Gott, nein, so ist es nicht. Aber ich ... Okay, ich hätte es dir schon früher sagen sollen.«

»Jacob!«, knurrt er. Rote Lichtschlangen schießen jetzt über ihn hinweg und zerstäuben in der Luft. »Als ob ich es nicht wüsste! Dazu brauch ich noch nicht einmal meine Mantik! Dann verschwinde eben und werd mit ihm glücklich! Aber erwarte nicht von mir, dass *ich* euch Unterschlupf gewähre. Das kann ich nicht, Rina. Das kannst du nicht von mir verlangen. Ich hasse ihn abgrundtief. Es wäre reinster Masochismus, euch bei meinen Falken aufzunehmen und Tag für Tag eure Liebe vor Augen zu haben.«

Tränen laufen über meine Wangen und ich verstecke mein Gesicht hinter meinen Händen. Wann genau ist mein Leben eigentlich so aus den Fugen geraten?

»Es tut mir leid. Wirklich. Ich ... ich wollte dich nie verletzen«, murmele ich gedämpft. »Und ich hatte auch niemals vor, dich um Zuflucht zu bitten. Ohne dich wäre ich immer noch Farrans Marionette und ich wollte mich einfach nur von dem besten Freund, den ich je hatte, verabschieden. Aber vielleicht freut es dich wenigstens zu hören, dass Jacob mich nicht begleiten wird. Er glaubt mir nicht und wird sich von Farran niemals lossagen.«

Nur mein leises Schluchzen unterbricht die eingetretene Stille. Ich schäme mich und versuche vergeblich, meine Kontrolle wiederzuerlangen, als ich plötzlich seine warmen Hände auf den meinen fühle. Unendlich sanft zieht er sie von meinem Gesicht. Seine Augen sind noch dunkler als sonst und brennen in einer Intensität, wie ich sie noch nie zuvor gesehen habe. Ein zerrissenes Lächeln gleitet über seine Lippen, als er flüstert:

»Du täuschst dich in ihm, Rina. In ein paar Stunden wird er bei dir sein. Ich muss es wissen. Schließlich habe ich es vor unserem Treffen vorausgesehen.«

Und bevor ich noch antworten kann, springt er mit einem gequälten Lachen auf und läuft zum südlichen Ausgang des Parks.

UNERWARTETER BESUCH

In Aidans Augen tobt ein Sturm von Gefühlen, als er mir am Abend unter Jacobs wachsamen Blick einen scheuen Kuss gibt. Die Erinnerung daran klebt wie süßer Honig auf meinen Lippen, als ich am Morgen aufwache.

Beim Frühstück klingelt Dads Handy.

»Endlich!«, ruft er und schiebt es über den Tisch zu Aidan und mir.

Ich schaue auf das Foto eines blonden Mannes mit schwarzer Lederjacke und dunkler Sonnenbrille. Er hat einen Rucksack in der Hand und steht auf einem Bahnsteig. Mit dem Zeigefinger tippe ich auf das Display, um das Gesicht zu vergrößern.

»Wahnsinn! Ich hätte Jared bestimmt nicht erkannt.«

»Das Foto hat einer unserer Spione gestern Morgen gemacht. Ich werde den 15-Uhr-Flug nach München nehmen.«

»Was hast du vor?«

»Ihn verhören. Ich muss wissen, wer Rinas Mörder sind.«

»Und dann? Wirst du ... ich meine ... du wirst doch nicht ...« Meine Stimme klingt brüchig.

Das Gesicht meines Vaters ist ausdruckslos. Schwarze Haarsträhnen fallen in sein blasses Gesicht.

»Ja«, sagt er kalt.

Mein Magen krampft sich zusammen und ich atme hektisch ein. Es ist nicht richtig. Er sollte das nicht tun.

Aidan legt seinen Arm um mich. Aber ich muss an Jareds Gesichtsausdruck denken, als er mich im Regen stehen gelassen hat ... *Tut mir leid, dass es regnet.*

Etwas Hartes bildet sich in meinem Hals und ich versuche verzweifelt, es hinunterzuschlucken.

»Sie sind unsere Feinde. Als Rabe musst du härter werden. Dein Auftritt bei Callahan war überzeugend, aber um zu überleben, genügt es nicht zu flattern. Du musst flügge werden.«

Zart.

Wie ein Hauch. Kaum wahrnehmbar streicht etwas Kühles über meine Wangen, berührt diese kleine Grube zwischen meinem Kinn und meiner Unterlippe und bahnt sich dann unendlich langsam seinen Weg nach oben. Meine Augen sind noch geschlossen und mein Herz klopft seinen Namen: Aidan.

Er hat meinem Vater am Flughafen geschworen, dass er auf der Couch schlafen wird. »Wofür hältst du mich?«, hat er gesagt. »Emma und ich sind doch erst seit ein paar Wochen zusammen. Ich werde die Situation nicht ausnutzen.« Und jetzt ist er hier, in meinem Zimmer, mitten in der Nacht und ...

Plötzlich wird mir klar, dass ich kein Brennen auf meiner Haut spüre und ich reiße erschrocken die Augen auf.

Er erstickt meinen Schrei mit seiner Hand.

»Schscht, Emma. Du weckst sonst noch deinen Vater und diesen Feuerteufel auf«, flüstert Jared und löst vorsichtig seine Hand.

Meine bleierne Müdigkeit ist schlagartig verschwunden.

»Bist du wahnsinnig? Was tust du hier?«, flüstere ich.

Wie zur Hölle ist er an den zwei Wachmännern, die Dad im Garten postiert hat, den Sicherheitskameras, der Alarmanlage und Aidan vorbeigekommen?

»Ich brauche deine Hilfe.« Es ist so finster, dass ich außer seinen Umrissen kaum etwas erkennen kann.

»Du warst an der Ermordung meiner Mutter beteiligt!
Wieso kommst du ausgerechnet zu mir?«

»Ich vertraue dir. Und es gibt niemanden sonst, zu dem
ich gehen kann.«

Ich stöhne laut auf.

»Pst, dein Vater ...«

»Jagt dir seit heute Nachmittag in Deutschland hinterher.
Wenn er dich erwischt, bringt er dich um.«

Er schluckt hörbar. »Shit! Auch noch MacAengus!«

»Was hast du denn gedacht, wenn du die Frau, die er
liebte ...«

»Ich hab sie nicht umgebracht! Und ich wünschte, ich
hätte es verhindern können. Verflucht, ich hatte keine andere Wahl!«

»Wer hat dich beauftragt?«

Er schweigt.

»Jared Brady, du hast Richard und mich genug belogen.
Wenn ich dir helfen soll ...«

»Ich hab keinen von euch belogen!« Seine Stimme ist
aufgebracht und laut. »Jeder von euch kennt einen Teil der
Wahrheit ...«

Die Tür knallt mit einem lauten Krachen gegen die Wand
und ein gleißender Feuerstrahl rast auf uns zu. Ich schreie
auf und schmeiße mich nach rechts, neben das Bett. Jared
muss nach links ausgewichen sein.

Da ist Gepolter und ein Schmerzensschrei und Aidans
Stimme brüllt: »Lauf, Emz!«

»Aidan, nein! Tu ihm nichts! Bitte, lass uns erst mit ihm
reden!«

Ich taumle Richtung Tür. Wo ist nur der verdammte Licht-
schalter?

Hinter mir höre ich Knurren und Ächzen. Es klingt, als wären zwei Raubtiere in meinem Zimmer gefangen. Ich pralle an den Schrank und hangle mich nach links an der Wand entlang. Als ich endlich den Schalter ertaste und mich umdrehe, sehe ich Aidan auf dem Boden hinter Jared knien, einen Arm um seinen Oberkörper geschlungen, die zweite Hand an seinem Hals. Silbernes Metall blitzt auf: Dads Tranchiermesser. Die Spitze bohrt sich bereits in die Haut und Jared sieht mich flehend an.

»Eine Bewegung, du Bastard, und ich stech dich ab!«

Mein Vater hat recht gehabt. Mordlust glitzert in Aidans Augen.

»Bitte, Emma!« Jareds Stimme hallt laut in meinem Kopf.

»Lass ihn los, Aidan.«

»Nein!«, knurrt er.

»Wenn du ihm was antust, bevor ich erfahren habe, wer die Mörder meiner Mutter sind, rede ich nie wieder ein Wort mit dir.«

Er schaut verwundert zu mir auf. Das gierige Funkeln in dem Blaugrün weicht einem neuen Gefühl: Zorn. Mit einem Ruck steht Aidan auf und hinterlässt eine schmale, längliche Wunde auf Jareds Hals. Das Blut läuft wie ein roter Faden hinunter zu seinem Pullover und Jared legt seine Hand auf den Schnitt und richtet sich auf.

»Hast du trainiert? Du bist echt gut geworden!«, sagt er lächelnd, als wäre das hier ein sportlicher Wettkampf.

Aidan schnaubt abweisend und lässt ihn nicht aus den Augen. Jared setzt sich auf mein Bett und streicht sich eine Haarsträhne aus der vom Kampf verschwitzten Stirn. Er sieht eigenartig aus mit seinen blond gefärbten Haaren. Doch da ist etwas, was mich zu ihm zieht. Etwas anderes als bei Aidan.

Dieses eigenartige Gefühl von Vertrautheit, und ich spüre, dass er damals im Regen die Wahrheit gesagt hat. Er wollte Mama niemals töten. *Deine Mutter war keine Verräterin.* Auch wenn er nach der Geschichte mit Helen Farran hasst, so fühlt er sich immer noch wie ein Rabe. Ich muss es Aidan zeigen.

»Ich weiß, was du bist«, sage ich in die Stille und beide schauen mich überrascht an. Langsam gehe ich auf Jared zu. »Egal, wie blond du dein Haar färbst. Dein Bart wird immer schwarz sein. Du kannst eben nicht aus deiner Haut.« Ich habe ihn erreicht, beuge mich hinunter und berühre seine Brust.

Aidan stößt ein warnendes Zischen aus, aber Jared ist vollkommen erstarrt.

»Ich vertraue dir wie einem Bruder.« Mein Finger tippt auf die Stelle, an der ich sein Herz vermute, und ich lächle ihn liebevoll an. »Mein dunkler, großer Rabenbruder.«

Noch bevor er reagieren kann, greife ich nach dem Saum des Pullis und reiße ihn hoch, bis die schwarze Tätowierung sichtbar wird.

Aidan schreit laut auf, Jared packt mich an den Armen und schmeißt mich von sich weg auf das Bett. Sein Pullover ist durch die Bewegung wieder nach unten gerutscht.

Aidan schnellt mit dem Messer in der Hand direkt vor Jared. »Schieb den Pullover hoch, Brady!«

Jared seufzt und wirft mir einen traurigen, anklagenden Blick zu. »Warum hast du das getan, Emma?«

»Damit er es versteht.«

Er lacht bitter auf. »Oh, Mädchen, du musst noch einiges lernen. Callahan versteht das hier viel besser als du.«

Aidan tritt näher und hält ihm den silbrig glänzenden Stahl unter das Kinn.

»Schon gut! Steck endlich das Messer weg!«

Mit einer fließenden Bewegung zieht er sich den Pullover über den Kopf. Er ist ein wenig breiter und muskulöser als Aidan.

Ich rutsche auf dem Bett neben ihn, um das Zeichen besser sehen zu können. Auf seiner linken Brust breitet der Rabe seine Schwingen aus. Sekundenlang ist es totenstill im Raum. Deshalb trifft es mich vollkommen unerwartet.

Aidans unmenschliches Brüllen lässt mich nach Luft schnappen und von Jared zurückweichen. Er wirft das Messer quer durch den Raum und es landet in meiner Schranktür. Im nächsten Moment wirft er sich auf mich und drückt mich mit seinem gesamten Gewicht in die Kissen.

»Seit wann weißt du davon?« Seine Stimme ist ein einziges, wütendes Fauchen. Das letzte Mal habe ich ihn so aufgebracht erlebt, als ich von Jared geküsst wurde.

»Seit meinem ersten Treffen mit Richard«, keuche ich.

Aidans Gesicht verzerrt sich noch mehr und er krallt seine Finger geradezu in meine Schultern. »Warum hast du es mir nie gesagt?«

Jared räuspert sich und lehnt sich zu uns hinüber.

»Ähm, ich unterbreche euer Schäferstündchen wirklich ungern, aber ...«

»Halt bloß deine verdammte Fresse, Brady«, brüllt Aidan.

Er macht mir Angst. Sein Körper zittert vor Anspannung und ich stöhne schmerzhaft auf, als der Druck seiner Finger noch stärker wird.

Jared legt Aidan beschwichtigend die Hand auf den Rücken und er lässt mich endlich los, um zu ihm herumzufahren.

Ich wage nicht, mich zu bewegen, während ihre Blicke ein stummes Duell über mir ausfechten.

Es dauert eine ganze Weile.

Aidans Miene verzieht sich und er schüttelt heftig den Kopf. »NEIN! Scheiße! Nein!«, stößt er unendlich gequält hervor, setzt sich an den Bettrand und vergräbt sein Gesicht in den Händen.

Jetzt reicht es. Ich springe auf und stelle mich vor sie. »Was hast du ihm gerade gesagt, Jared?«

Er zuckt mit den Schultern. »Männersache.«

»Von wegen! Was ist hier los? Aidan!«

Als ich die Hände von seinem Gesicht ziehe, zucke ich zurück. Schmerz, Wut und Verzweiflung beherrschen sein Mienenspiel.

Ich sinke vor ihm auf die Knie. »Bitte, sag es mir!«

Aber er presst die Lippen so fest aufeinander, dass sie einen schmalen Strich bilden. Einen Augenblick lang schließt er die Augen. Als er sie wieder öffnet, wirken sie fast indigofarben, dunkel, voller Trauer.

»Pack deinen Rucksack, Emz. So wie ... damals, als ... als du vor deinem Vater in Deutschland fliehen wolltest, weißt du noch? Wir müssen hier auf der Stelle weg.«

Das Boot ist so alt wie der mit Blümchenvorhängen ausgestattete VW-Bus, mit dem Jared uns nach Monkstown, einem kleinen Dorf am Meer, gefahren hat. Wenn nicht noch älter. Gelb-Beige ist vermutlich in den Siebzigerjahren der absolute Hit gewesen. Jetzt sieht die Farbe aus wie Gummistiefel nach einem Marsch durch eine Sumpflandschaft. Der Kiel ist mehrfach geflickt worden und die verkratzten Fender haben weniger Luft als ein Heliumballon nach zwei Wochen Jahrmarkt.

Aidan zieht angewidert die Augenbrauen hoch, als Jared die schmutzige Persenning öffnet.

»Du kannst mir ruhig helfen, oder ist das unter deiner Würde, Ricky Rich?«

»Pflegen wir wieder mal das Armer-guter-Junge-Image?« Mit einem beherzten Schritt steigt Aidan an Bord und öffnet ein paar Druckknöpfe des Stoffs. »Der Kahn sieht aus, als ob er jeden Moment untergeht. Um dich ist es ja nicht schade, aber bist du sicher, dass Emz mitfahren soll?«

Jared schmeißt Aidan einen zusammengelegten Ballen des Stoffes entgegen und grinst. »Wenn du Schiss hast, kann sie gerne mit mir alleine lossegeln.«

»Nur über meine Leiche.«

Sie funkeln sich über die Pinne hinweg an.

Ich verdrehe die Augen und gehe zurück zum VW, um schon mal das Gepäck zu holen. Unsere Rucksäcke, ein Vier-Mann-Zelt, eine Tasche mit Verpflegung und ... Aidans große Hurling-Tasche.

Denkt er etwa, das hier wird ein Freizeittrip? Sie ist enorm schwer und ein metallisches Geräusch erklingt, als ich sie hochhebe. Langsam ziehe ich den Reißverschluss auf und setze mich dann neben das Gepäck auf den Fahrzeugboden. Meine Knie fühlen sich weich an.

Liz hat unrecht gehabt, als sie die Raben für eine durchgeknallte Sekte hielt. Das hier sieht eher nach Mafia aus. Oder IRA. Oder beides zusammen. Nicht genug, dass die zwei Wachmänner meines Vaters von Jared k.o. geschlagen, gefesselt und geknebelt im rückwärtigen Garten unseres Hauses lagen und Aidan ihm wie selbstverständlich dabei geholfen hat, sie ins Wohnzimmer zu schleifen. In seiner Sporttasche befinden sich Gewehre mit Zielfernrohr, Maschinenpistolen, Messer, Pfefferspray und ein Haufen Magazine und Patronen. Ich könnte schwören, dass vor ein paar Tagen noch

Hurling-Schläger und Bälle darin lagen. Und dann wird mir schlagartig klar, dass mein Vater das alles im Haus gehortet haben muss. Sekundenlang starre ich auf die Waffen. Neben mir, an der Rückseite des Fahrersitzes, klebt neben einem alten Kaugummi ein verblichener Aufkleber mit dem Peace-Zeichen. Ich lache bitter auf und ziehe den Reißverschluss der Tasche wieder zu.

Es ist so kalt, dass meine Zähne aufeinanderschlagen, während ich mit angewinkelten Beinen in der Kabine des Bootes sitze und mich fester in die nach Salz und Moder riechende, rot karierte Wolldecke wickle.

»Schlaf, Emz«, hat Aidan gesagt, als er sich einen Troyer und eine regenfeste Jacke übergezogen hat, um mit Jared draußen in Wind und Regen zu sitzen, als ob nicht einer von ihnen allein das verdammte Boot steuern könnte.

»Stell bloß keine Fragen!« hätte es besser getroffen.

Sie wollen nicht mit mir reden und erst recht nicht mit mir allein sein, und je länger sie meinen Fragen ausweichen, umso wütender werde ich.

Was könnte so schlimm sein, dass Aidan sich ausgerechnet mit Jared verbrüdert und einträchtig dem Morgengrauen auf der rauen keltischen See entgegenschippert? Und wohin zum Teufel fahren wir überhaupt? Ich grabe die Nägel meiner Finger in die Handinnenflächen, um mich besser zu konzentrieren. *Du musst auf die Kleinigkeiten achten ...*

Mein Name ist Kate. Und Kate kennt ihn nicht.

Also macht es ihr nichts aus. Sie zieht ihr Handy aus der Hosentasche und sucht die Fotos. Diejenigen, auf denen er abgebildet ist.

Wollen Sie die Datei wirklich löschen?

Ihr Zeigefinger wandert auf das *Ja* und sein Gesicht verschwindet von dem Speicher und macht Platz für das nächste Bild. Weihnachten, beide zusammen vor den Kerzen. Sie drückt auf *Löschen* und stellt sich vor, dass sie zusammen mit dem Bild auch die Erinnerung aus Emmas Kopf entfernt. Ihre Finger bewegen sich mechanisch und mit jedem gelöschten Foto wächst die Kälte in ihr, bis sie glaubt, dass ihr viel zu schnell klopfendes Herz davon Risse bekommen wird. Erst als das letzte Foto beseitigt ist, schaltet Kate das Handy aus.

Auf dem schwarzen Display spiegelt sich ein Gesicht. Das Mädchen hat lange, schwarze Haare und sieht mich mit großen verheulten Augen an.

»Dein Name ist Meyer«, flüstere ich und fahre mit dem Zeigefinger über das Bild. »Emma Meyer.«

Dann stehe ich auf und gehe an Deck. Ich sehe Jared an. Am liebsten würde ich ihn über Bord schmeißen.

»Wie konntest du mir nur verschweigen, dass mein eigener Vater der Auftraggeber war!«, schreie ich gegen den Wind.

WAHRHEITEN

Die ganze Nacht über hat es geregnet.

Und immer noch wollen sie mir nichts Genaueres erzählen. Jetzt scheint die Sonne. Ihre Strahlen brennen Löcher in die graue Wolkendecke, doch sie schaffen es nicht, die dunklen Schatten der Angst von Jareds Gesicht zu wischen. Ebenso wenig seine krampfhaften Bemühungen, sich lässig zu geben.

Er hält mir ein klobiges Telefon mit einer riesigen Antenne entgegen. »Ein Satellitenhandy«, erklärt er. Seine Haare kleben klatschnass am Kopf und kleine Tropfen lösen sich aus den Spitzen und laufen über sein Kinn, während er sich nach unten beugt und eine Nummer eintippt. »Ich erkläre dir alles, wenn wir bei den Falken sind. Aber du musst Richard davon überzeugen, mir nichts anzutun, bevor er mich angehört hat. Und frag nach Owens. Er darf auf keinen Fall an Bord sein.«

»Owens?« Aidan zieht die Kapuze seiner Jacke herunter und der Wind wirbelt durch die blonden Strähnen. Erst vor ein paar Tagen sind die letzten Reste der schwarzen Tönung aus seinen Haaren verschwunden. Er sieht nicht so erschöpft aus wie Jared, aber auch an ihm ist diese Nacht nicht spurlos vorübergegangen. »Erzähl mir jetzt nicht, dass Dean ...«

»Sein Vater«, seufzt Jared.

»Deans Vater ist ein Falke?«, rufe ich überrascht. Ich sehe noch das Tattoo auf seiner Brust vor mir.

»Ich erklär's dir später. Wir haben nicht mehr viel Zeit. Dein Vater wird die zwei Wachmänner anrufen und wenn sie nicht ans Handy gehen, Farran verständigen. Sobald er von ihnen erfahren hat, was passiert ist, wird er ganze Suchtrupps von Raben auf die Beine stellen.« Jared legt die Stirn in Falten. »Vielleicht hätten wir sie doch lieber erledigen und mitnehmen sollen.«

»Jared!«

»Er hat recht«, sagt Aidan. »Wir hätten mehr Zeit gewonnen.«

»Hast du deshalb die Waffen mitgenommen? Damit wir irgendwelche Menschen *erledigen*?«, frage ich schockiert.

Aidan nickt ernst. »Glaubst du, ich mache das hier zum Spaß? Kaum jemand ist mehr Rabe als ich!«

»Oh doch«, wirft Jared ein.

Aidan winkt verächtlich ab. »Du bist erst seit ein paar Monaten bei SENSUS CORVI, dir ist nicht klar, was das hier für unsere Väter bedeutet«, sagt er resigniert zu mir.

»Jacob hat Mama umgebracht! Er kann nicht ernsthaft erwarten, dass ich weiter bei ihm wohnen werde und so tue, als ob alles in Ordnung sei!«

Jacob. Ich will nicht mehr daran denken, wie es sich angefühlt hat, ihn Dad zu nennen.

»Du und Aidan seid die einzigen Kinder der Socien, der Verbündeten«, kommt Jared Aidan zu Hilfe.

»Und? Ist das jetzt wieder so ein Titel wie Myste oder Optivus?«

»Ja. Nur sie beide haben je diesen Rang erreicht. Die rechte und die linke Hand Farrans: Callahan und MacAengus, bewundert, gefürchtet und verehrt. Sie werden euch beide eher umbringen, bevor sie zulassen, dass ihr die Seiten wechselt und sie damit zum Lachschlager für alle Raben macht.«

Mir wird auf einmal eiskalt. Er hat veranlasst, meine Mutter zu töten. Was sollte ihn daran hindern, mit seiner Tochter genauso zu verfahren? Und wenn nicht er, dann Callahan.

Ich sehe schon die Mordlust in seinen Augen, weil ich einen schlechten Einfluss auf seinen Sohn ausgeübt habe. Und gerade da wird mir bewusst, was diese Flucht für Aidan bedeutet. Er liebt Jacob wie einen Vater. Ihn zu verlassen und die Raben zu verraten muss ihn innerlich zerreißen. Er tut das nur aus Liebe zu mir. Ich schlucke gegen den Kloß in meinem Hals.

»Wenn wir das hier durchziehen, gibt es offenen Krieg«, erklärt Aidan düster. »Ich hoffe nur, Montgomry ist dafür gerüstet. Falls er uns aufnimmt, werden wir kämpfen müssen. Mit unseren Gaben und mit Waffen. Sieh mich nicht so an, Emz. Ich bin nicht Jacob. Egal, wie sehr ich ihn bewundere – ich werde dich niemals Farran opfern.«

Mein Herz schlägt so schnell, als wolle es im nächsten Moment zerspringen. Ich nehme das Handy und drücke die Wähltaste. Jetzt gibt es kein Zurück mehr.

Die weiße Yacht, auf der wir zwei Stunden später mit Richards Hubschrauber landen, passt so wenig zu ihm, dass ich immer noch befürchte, Farran oder mein Vater würden gleich an Deck auftauchen, oder noch schlimmer, Callahan. Mindestens siebzig Meter lang mit Hubschrauberlandeplatz und abgedecktem Pool. Offenbar ist er doch nicht so mittellos, wie ich bislang dachte. An der Reling warten kräftige Männer mit schwarzen Lederjacken und dunklen Rollkragenpullovern. Trotz der Kälte sind ihre Jacken zur Hälfte geöffnet und geben den Blick auf Schulterhalfter frei, in denen Maschinenpistolen stecken. Gebückt laufe ich unter dem Rotor des Hubschraubers auf sie zu. Sie tasten mich nach Waffen ab und beäugen mich misstrauisch.

Erst als Aidan und Jared hinter mir auftauchen und sie die beiden am Kragen packen und mit dem Gesicht nach vorne an die Reling stoßen, wird mir klar, dass ich noch glimpflich behandelt wurde.

»Sie sind sauber. Die Waffen sind alle hier drin«, sagt eine Stimme neben mir. Der Grünäugige, der uns im Hubschrauber in Empfang genommen hat, schmeißt Aidans Hurling-Tasche vor die Füße der Männer. Einer von ihnen beugt sich hinunter und öffnet den Reißverschluss. Er stößt einen anerkennenden Pfiff aus.

Der junge Mann starrt mich derweil unverhohlen von der Seite an. »So schnell hatte ich gar nicht mit einem Wiedersehen gerechnet, Rabenmädchen.«

»Lasst sie los!« Die Stimme klingt wie die eines Mannes, der es leid ist zu befehlen. Müde, erschöpft und ein wenig ungeduldig.

Ich erschrecke, als ich die knochige, hagere Gestalt erkenne. Richard sieht noch kränker aus als bei unserem letzten Treffen. Er hat sich einen Vollbart wachsen lassen, und lange fettige Haarsträhnen fallen ihm ins Gesicht. Über deutlich hervorstehenden Wangenknochen glänzen seine dunklen Augen wie im Fieber. Ich frage mich, wann er wohl das letzte Mal etwas gegessen hat. Sein Gesicht ist angespannt, aber der grimmige Zug um seine Lippen wird weich, als er sich von Jared und Aidan ab- und mir zuwendet.

»Emma«, sagt er und dann lächelt er.

»Mein Vater hat den Mordauftrag gegeben«, erkläre ich leise.

»Also doch! Woher weißt du es?«

»Jared hat Aidan etwas in Gedanken mitgeteilt, und plötzlich war er bereit, die Raben zu verlassen und zu Ihnen zu gehen.« Verwundert zieht Richard die Augenbrauen hoch.

»Aidan weiß, dass ich nicht an der Seite eines Vaters leben

kann, der meine Mutter ermordet hat. Und MacAengus wäre nicht bereit, seine Tochter aufzugeben.«

Richard nickt und dreht sich zu Aidan um. Der strafft sich unmerklich.

»Liebst du sie?« Aidans Augen zucken zu mir hinüber und ich halte den Atem an.

Er schenkt mir ein zaghaftes Lächeln. »Ja.«

Mein Herzschlag flackert und meine Beine werden weich. Keiner von uns beiden hat es bisher ausgesprochen.

»Ich bin nicht die Wohlfahrt, Callahan. Emma werde ich kompromisslos aufnehmen. Das bin ich ihrer Mutter schuldig. Aber von dir erwarte ich, dass du für mich kämpfst. Gegen die Raben. Gegen deinen eigenen Vater, MacAengus und Farran. Du wirst mir einen Eid schwören und notfalls dein Leben riskieren, um unserer Sache zu dienen. Bist du wirklich bereit, das zu tun? Wenn nicht, wenn ich auch nur den geringsten Zweifel daran habe, dass du mich hintergehst, werde ich nicht zögern, dich umzubringen. Auch dann nicht«, er wirft mir einen strengen Blick zu, »wenn Emma um dein Leben flehen sollte. Entscheide dich! Wenn du kein Falke werden willst, lasse ich dich jetzt gehen. Das ist deine letzte Chance.«

Aidan tritt drei Schritte vor und bleibt unmittelbar vor Richard stehen. Er mustert die hagere Gestalt voller Abscheu, und ich beiße mir so fest auf die Unterlippe, dass es schmerzt.

»So läuft das nicht, Montgomry. Wenn ich Ihnen jetzt schwöre, dass ich ein Falke sein will, glauben Sie mir doch sowieso kein Wort. Also was soll die Farce? Ich bin ein Rabe. Mit Leib und Seele. Sie wissen ganz genau, wie ich aufgewachsen und erzogen worden bin und was man mir bislang über Sie erzählt hat. Der einzige Grund, warum ich hier vor

Ihnen stehe, ist Emma. Leider sind Sie der Einzige, der sie zuverlässig vor unseren Vätern schützen kann. Solange Sie bereit sind, das zu tun, bin ich bereit, meinen Kopf für Sie hinzuhalten und Ihre Befehle entgegenzunehmen. DAS kann ich Ihnen schwören. Sollten Sie Emma den Schutz versagen, dann bringe ich Sie um.«

Oh verdammt! Meine Beine fühlen sich an wie Wachs, das in der Sonne schmilzt.

Richards Unterkiefer mahlen aufeinander.

Die Kerle in den schwarzen Jacken kommen näher und einer von ihnen legt seine Hand auf die Waffe in dem Schulterhalfter.

Nein, bitte nicht! Ich will einen Schritt auf Richard zumachen, da höre ich plötzlich Jareds Stimme in meinem Kopf.

»Bloß nicht, Emma. Ein Wort von dir und du versaust es.«

Meine Augen wandern zu ihm. Er lächelt mir aufmunternd zu. »Ich hab deinen Feuerteufel unterschätzt. Starke Ansprache. Scheiße noch mal, den Mut hätte ich nicht gehabt.«

»Bei Rina habe ich versagt, Callahan«, entgegnet Richard mit einem bedrohlichen Unterton. »Bei Emma wird mir das nicht passieren. Glaub mir, mich haben schon ganz andere als du zu töten versucht, Junge. Aber ich weiß deine Ehrlichkeit zu schätzen. Womit wir beim Thema wären ...«

Jared stößt ein heiseres Krächzen aus, als einer der Schwarzjacken auf Richards Wink seine Pistole zieht und an seine Schläfe legt.

Mit einem Satz bin ich bei Richard und greife nach seiner Hand. »NEIN! Bitte, er ...«

»Nenn mir einen einzigen Grund, warum dieses Stück Dreck noch leben sollte. Wenn er mir damals Bescheid gesagt hätte, wäre deine Mutter noch am Leben!«

»Ich hab es versucht!«, ruft Jared. Seine Augäpfel treten deutlich weiß hervor. »Bitte, glaub mir! Owens ist schuld. Er hat ...«

»LÜGNER! Owens ist einer meiner treuesten, langjährigen Falken!«

»Richard!« Ich drücke seine Hand fester. »Nur Jared weiß, was damals geschehen ist. Bitte, lassen Sie es ihn erzählen!«

Minuten später sitze ich zwischen Jared und Aidan in demselben Raum, in den ich in der Nacht von Aidans Entführung gebracht worden bin.

Richard steht uns gegenüber. In seiner Hand hält er eine Maschinenpistole, die er auf Jared richtet. »Also?«, fragt er.

»Raste jetzt bitte nicht aus«, beginnt Jared leise und öffnet den Reißverschluss seiner Jacke.

»Ich bin die Ruhe selbst, Brady.«

Das Grinsen, das sich bei diesen Worten auf Aidans Gesicht schleicht, gefällt mir nicht. Er lehnt sich genüsslich zurück und schlägt die Beine übereinander. Ich ahne Schreckliches.

Jared legt seine Jacke auf meinen Schoß und wirft mir einen verzweifelten Blick zu. Dann zieht er sich mit einem Ruck Pullover und T-Shirt vom Oberkörper.

Richard und Phyllis schreien zeitgleich auf.

Ich schnelle hoch und stelle mich schützend vor Jared.

»Emz!«, ruft Aidan, aber Richard ist mit einem Satz bei mir, packt mich an den Schultern und schmeißt mich wie eine Puppe in Aidans Arme, der mich mit stählernem Griff festhält und ein Stück von Jared wegrückt. Ein dumpfes Geräusch ertönt und etwas Rotes spritzt mir entgegen. Nein!

»Shshsh, er hat ihn nur geschlagen«, flüstert mir Aidan beruhigend ins Ohr.

»Nur? Sagt mir endlich mal einer, was diese dämliche Tätowierung bedeutet?«

Aidan lockert seinen Griff, sodass ich mich wieder aufrichten kann.

Jareds Nase und Lippen bluten. Phyllis wirft ihm eine Taschentuchpackung zu. Zum ersten Mal sehe ich Hass in ihren Augen funkeln.

»Dieses Schwein ist ein Pictus«, erklärt Richard schwer atmend, während er Jared nicht aus den Augen lässt, aber der sitzt mit hängenden Schultern vor ihm und macht keine Anstalten, sich zur Wehr zu setzen.

Ich stöhne auf. »Verdammt, Aidan! Erst Socius, jetzt Pictus, gibt's vielleicht noch ein paar Ränge bei den Raben, die du mir verschwiegen hast? Als mein Primus hättest du mich vielleicht etwas besser aufklären können!«

Aidan zuckt die Achseln. »Erstens hatte ich strikte Anweisungen. Zweitens hatte ich kaum Zeit, dich zu unterrichten, weil du uns alle«, er grinst breit, »mit deinen außerschulischen Aktivitäten viel zu sehr auf Trab gehalten hast. Und als Mystin hat man sowieso keinen Primus mehr.«

Richard fährt herum. »Farran hat dich nach nur vier Monaten zur Mystin erklärt?«

»Steile Karriere, hm?«, erwidert Aidan spöttisch.

»Wenn er das getan hat, müssen deine Gaben außergewöhnlich sein. Was verschweigst du mir, Emma?«

Misstrauisch beäugt Richard mich. Wenigstens hat er dadurch das Interesse verloren, Jared zusammenzuschlagen.

»Erst will ich wissen, was ein Pictus ist und was das mit der Ermordung meiner Mutter zu tun hat.«

Phyllis geht vor mir in die Hocke und nimmt meine Hände in die ihren. »Ein Pictus, ein Gezeichneter, ist so eine Art

Undercoveragent bei den Raben. Sein Job ist es, Verräter in den eigenen Reihen aufzuspüren und gegebenenfalls zu eliminieren. Und der Chef aller Picten ...«

»NEIN!«

Ich entziehe ihr hastig meine Hände und kämpfe den Drang nieder, sie an meine Ohren zu legen. Ich will es nicht hören! Das Blut pocht in meinen Schläfen, als der verschwommene Nebel in meinem Kopf sich lichtet und ich die Zusammenhänge so klar und scharf vor meinen Augen erkenne, dass es schmerzt. Die Ehrfurcht und Angst der anderen vor meinem Vater, die vielen Flüge und Einsätze außerhalb Irlands, der Alibi-Job bei *Apple* und das Waffenarsenal, das Aidan aus seinem Haus geschafft hat. Mama umzubringen war ... sein Job.

Jared räuspert sich. »Ich hab das nur für Helen getan. Damals, als sie den Bann über uns verhängt haben. Dein Dad ...«

»NENN IHN NICHT SO!«, brülle ich.

»Jacob wollte mir helfen. Er hat sich bei Farran dafür eingesetzt, dass meine Beziehung zu Helen geduldet wird, wenn ich mich bereit erkläre, ein Pictus zu werden. Ist ja nicht so, dass alle auf den Job scharf sind.« Richard schnaubt verächtlich auf. »Doch als ich am Abend nach dem Pictus-Schwur bei ihrem Elternhaus auftauchte, stand der Krankenwagen davor und sie brachten sie mit einer Überdosis Schlaftabletten in die Klinik. Ich hätte es ihr vorher sagen sollen, trotz Farrans Verbot! Aber ich Idiot wollte sie damit überraschen!«

Richard steckt die Waffe in den Halfter und setzt sich uns gegenüber.

»Danach«, Jareds Stimme wird brüchig, »haben alle mich den Blaubart genannt und gemieden. Und wieder war es Jacob, der mir half. Um Abstand zu gewinnen, schickte er mich im letzten Jahr in den Sommerferien nach Deutschland.

Dort sollte ich«, er schaut zu Richard auf, »Christian Stein suchen.«

Ein Lächeln gleitet über die Lippen des Falken. »Den haben wir gut versteckt. MacAengus wird ihn nicht in die Finger bekommen.«

Jared nickt. Sein Gesicht sieht ziemlich übel aus, aber die Nase hat aufgehört zu bluten. »Ich hatte eine Liste aller bekannten, abtrünnigen Raben, geordnet nach Dringlichkeitsstufen. Emmas Mutter stand aber nicht darauf.«

Wie? Ich schaue verdutzt auf.

Jared erwidert meinen Blick gequält. »Damals wusste ich nicht, dass sie einmal mit deinem Vater zusammen war. Ich will ihn weiß Gott nicht verteidigen, aber er hat scheinbar dafür gesorgt, dass sie nicht auf der Liste auftauchte. Leider hab ich ihr Foto trotzdem in einem der Jahrbücher gesehen und Macmillan hat mal im SPSE-Unterricht erwähnt, dass sie eine außergewöhnliche Empathin war, die leider die Seiten gewechselt habe. Ich war enttäuscht, weil ich Stein nirgends finden konnte, die Ferien neigten sich dem Ende zu und ich musste bald zurück nach Cork, weil meine Abschlussprüfungen anstanden. Meine letzte Station war München.«

»Verflucht sei Macmillan!«, schimpft Phyllis. »Hättest du ohne ihn von Katharina gewusst?«

Jared schüttelt traurig den Kopf. »Es war am 21. August«, seine Stimme ist jetzt so leise, dass Richard sich nach vorne beugt, um ihn besser zu verstehen. »Rekordtemperaturen von über 30 Grad im Schatten und ich lungerte am Marienplatz herum und fragte mich, ob ich nicht besser ins Freibad gehen sollte, statt nach Stein zu suchen, als ich auf einmal das *Amnesty-International*-Mobil sah, einen gelben Bus mit schwarzen Lettern.«

»Und da dachtest du, Weltverbesserer wie wir Falken nun einmal sind, bist du da genau an der richtigen Adresse.«

Richards Stimme war geeignet, dampfendes Wasser in der Luft einzufrieren.

Jared schaut beschämt auf seine Schuhe. »Du ahnst nicht, wie oft ich diesen Tag hinterher verflucht habe. Wenn ich nur nicht so verdammt ehrgeizig gewesen wäre! Aber ich wollte Jacob unbedingt einen Erfolg präsentieren!«

Plötzlich erinnere ich mich. Mama war kein Mitglied der Menschenrechtsorganisation gewesen. Obwohl sie viel von ihr hielt. Aber sie durfte nicht auffallen. Sie unterschrieb keine Petitionen und nahm niemals an Demos teil.

»Mama war nie bei *Amnesty*. Sie ist an diesem einen Tag für eine Kollegin eingesprungen, deren achtjähriger Sohn vom Fahrrad gefallen und mit gebrochenem Bein im Krankenhaus gelandet ist«, flüstere ich mit tränenerstickter Stimme.

Bestürzte Blicke treffen mich. Mein Atem geht schneller und etwas Nasses tropft auf meine Hand.

»In meinen Tränen halt ich dich gefangen, als wie in einem Spiegel, der zu Perlen zerrann«, murmelt Richard. Ich schaue auf. Er lächelt gequält. »Ist nicht von mir. Christian Morgenstern konnte Gefühle besser ausdrücken als ich.«

Jareds Gesicht wirkt mittlerweile wächsern, Schweißtropfen liegen auf seiner Stirn.

Ich räuspere mich. »Du bist ihr also gefolgt und hast ... Jacob verständigt, als du ihre Adresse herausgefunden hast?«

Es tut so weh, seinen Namen auszusprechen.

»Ja. Er sagte, er müsse den Fall erst mit Farran besprechen und ich solle sie weiter beobachten. Am nächsten Tag rief er mich wieder an und meinte, er käme persönlich nach München.«

Ich denke an die Hitzewelle vor einem Jahr. Wie ich mit Liz zum Langwieder See geradelt bin. Ob er uns beobachtet hat?

»Als ... als er dich das erste Mal beobachtet hat, war er minutenlang nicht ansprechbar. Und ich hab sofort kapiert, dass er dein Vater sein muss. Du siehst ihm schließlich auch ...« Mein Blick lässt ihn verstummen. »Ich sollte niemandem von euch erzählen. Er gab mir den Befehl, zu den Falken zu gehen, sobald ich wieder in Irland bin.«

»Wie bitte?« Richards Miene verzerrt sich. »Das wird ja immer besser! Du bist damals überhaupt nicht freiwillig zu mir gekommen?«

»Nein. Ich war so stolz, als ich Phyllis fand und sie von meinem angeblichen Gesinnungswechsel überzeugen konnte.«

»Du bist wirklich zum Kotzen, Jared«, ruft Phyllis aufgebracht.

»Ich verstehe nicht, warum wollte er ...«, frage ich verwirrt, aber Aidan unterbricht mich.

»Schätze, Jacob wollte testen, ob deine Mutter immer noch Kontakt zu den Falken hat oder ihn wieder aufnimmt, sobald Montgomry sich ihr nähert.«

Jared nickt zustimmend.

»Jared hat mir von ihr erzählt und gesagt, ich müsse sie vor Farran retten«, ruft Richard und fährt sich nervös durch die Haare.

Ich springe auf und stemme meine Fäuste in die Hüften.

»Zum Teufel, warum haben Sie es dann nicht getan?«

Er wird blass und weicht meinem Blick aus. »Weil ... ich dumm war und ... verletzt«, gibt er offen zu. »Ich redete mir ein, dass es eine Falle sein könnte oder ich ihr schaden würde, wenn ich mich ihr näherte, da sie dann als Verräterin gelten würde. Wir sind vor siebzehn Jahren auseinandergegangen, weil sie sich für deinen Vater entschieden hatte. Als Jared mir von dir erzählte, sagte ich mir, dass es besser wäre, deinen Vater handeln zu lassen. Ich dachte, er würde euch beide zu sich holen. Also gab ich Jared den Auftrag, MacAengus von dir zu berichten. Ich hatte ja keine Ahnung, dass er es bereits wusste und umgekehrt Jared zu mir geschickt hatte.«

Mein Herz rast in meiner Brust. So viele Zufälle! So viele versäumte Möglichkeiten der Rettung!

»Was geschah dann?«, fahre ich Jared an.

»Nachdem ich im Frühjahr meine Abschlussprüfungen geschrieben hatte, wurde ich von Jacob erneut nach Deutschland geschickt. Er wartete immer noch auf Richards Reaktion. Aber nichts geschah und da verlor er wohl die Geduld. Er gab mir den Auftrag, dafür zu sorgen, dass du an einem Wochenende von deiner Mutter getrennt wirst. Ich besorgte die Konzertkarten und machte mich an Liz ran. Aber ich hatte euch schon zu lange beobachtet. Es ist nicht einfach, jemanden zu ermorden, den man kennt und mag.«

Phyllis lacht höhnisch auf. »Was du nicht sagst, Brady! Du hast mein volles Mitgefühl.«

»Jacob hat es nie explizit gesagt«, fährt Jared kleinlaut fort, »aber es war mir klar, dass deine Mutter getötet werden sollte. Warum sonst sollte ich dich absondern? Ich bekam ein schlechtes Gewissen und versuchte Jacob klarzumachen, wie viel dir deine Mutter bedeutet. Doch er meinte nur: Du bist weich, Brady. Aber mach dir keine Sorgen. Was zu tun ist, werden andere erledigen.«

Während seiner Worte bin ich zwischen den Sitzen auf- und abgelaufen. Jetzt haue ich mit der Faust gegen die Wand, bis der Schmerz in meinen Knöcheln zur Schulter hochzieht. Dann ist Aidan bei mir, zieht mich in die Arme und hält mich fest.

»Das wäre der Zeitpunkt gewesen, mir reinen Wein einzuschenken!«, ruft Richard außer sich.

»Ja. Aber ich hatte so verdammt viel Schiss vor ihm. Ich meine, er hatte offenbar keine Skrupel, die Frau, die er einst liebte, zu töten, nur um an sein Kind zu kommen. Warum hätte er mich verschonen sollen, wenn er von meinem Verrat erfuhr? Du weißt selbst, welchen Ruf MacAengus hat!«

Richard umklammert seine Waffe so fest, dass die Knöchel weiß hervortreten und macht ein paar Schritte auf ihn zu. Mit panikerfülltem Gesicht hebt Jared abwehrend die Hände.

»Warte! Ich hab es trotzdem versucht. Ehrlich! Du hast damals Owens mit einem Auftrag nach München geschickt, erinnere dich! Er hat mich getroffen und ich hab ihm gesagt, dass Katharina am Wochenende alleine unterwegs ist. Solltest du Interesse haben, sie zu treffen, wäre das kein schlechter Zeitpunkt. Owens meinte, er würde es dir ausrichten.«

Richard lässt die Hand mit der Waffe nicht sinken.

»Er hat es dir nie gesagt, nicht wahr?«, flüstert Jared.

»Ich habe Owens überhaupt nicht nach München geschickt.«

Jared schaut Hilfe suchend zu mir. Ich kann seinen Blick kaum ertragen, aber ich fühle, dass er die Wahrheit sagt.

»Owens war also der Mann, den Jacob beauftragt hat. Wer war der zweite?«, frage ich eisig. »Du sagtest, ich würde einen von ihnen kennen.«

»Sein Sohn.«

»DEAN?«, ruft Aidan fassungslos.

Ich wusste es. Irgendwie habe ich es immer gefühlt. Die Kälte, die ihn umgab, die mich von ihm abstieß, obwohl er mir das Leben gerettet hatte, als Sheen mich erschießen wollte.

»Hast du Beweise?«, fragt Richard drohend.

»Nachdem Emmas Mutter tot war, habe ich Owens zur Rede gestellt. Er hat behauptet, er habe vergessen, dir meine Botschaft auszurichten, und dass ich dich lieber nicht darauf ansprechen soll, da du offensichtlich mehr Gefühle für sie gehegt hättest, als wir alle vermuteten. Du hast dich damals vollkommen abgeschottet. Und ich hatte Angst, dir alles zu erzählen.«

»Elender Feigling!«, knurrt Aidan.

Jared fährt herum und wirft ihm einen bösen Blick zu.

»Halt die Klappe, Callahan! Du hast keine Ahnung, wie es ist, ständig von allen Seiten unter Beschuss zu stehen. Während sich dein Leben darum gedreht hat, wann und welchen Luxusschlitten du demnächst von Daddy geschenkt bekommst, hat das Mädchen, das ich liebte, Selbstmord begangen und ich musste ums blanke Überleben kämpfen. Ich konnte es kaum erwarten, meine Abschlusszeugnisse zu erhalten und mich ganz von Farran zu lösen. Nun ja, wie die aussahen, weißt du inzwischen. Und da kamen mir zum ersten Mal Zweifel an Owens. Ich hatte alles getan, was MacAengus gefordert hat. Nach außen hin war ich ein überzeugter Rabe. Niemand außer Owens wusste, dass ich versucht hatte, Richard zu warnen. Warum also sollte Farran mir das antun? Dean lebt seit dem Tod seiner Mutter im Internatsbereich von Sensus Corvi und Farran unterstützt ihn, wo er nur kann. Er hat nie ein Hehl daraus gemacht, dass er seinen verräterischen Vater und die Falken abgrundtief hasst. Aber ich begann trotzdem, ihn zu beobachten. Und an Halloween hatte ich endlich Glück.«

Er greift in seine Jeans und zieht sein Smartphone raus.

»Du warst so entsetzt, als Liz mich an diesem Abend erkannt hat, und ich machte mir Sorgen um dich, Emma. Ich hab mich in der Nähe des Eingangstors versteckt, um zu sehen, ob es dir gut geht. Als Aidan dich heimfuhr, wollte ich gerade gehen, da sah ich, wie Dean zu Fuß das Gelände verließ. Ich bin ihm nachgeschlichen. Er hat sich nur ein paar Hundert Meter weiter mit seinem Vater getroffen. Teile ihres Gesprächs hab ich aufgenommen.«

Richard steckt die Waffe weg und kommt näher, als Jared das Display seines Handys bedient. Und dann höre ich plötzlich Deans Stimme und Kälte überzieht wie Raureif meine Haut.

»... *wenn du schon wusstest, dass er hierher unterwegs ist, warum hast du mir keine SMS geschickt? Ich hätte ihn auffliegen lassen können. Dann wären wir ihn ein für alle Mal los. Nach Sheens Anschlag hätte mir niemand Vorwürfe gemacht, wenn ich ihn umgelegt hätte, um sie zu beschützen. Man hätte mich als Held gefeiert.«*

»*Montgomry hat mir eben erst gesagt, dass Brady sie wegen eines neuen Treffens kontaktieren soll. Reg dich ab! Von dir weiß er doch gar nichts. Und gegen mich hat er keine Beweise. Der Falke vertraut mir. Wenn er ihm davon erzählt, werde ich es einfach abstreiten.«*

»*Ich will ihn trotzdem aus dem Weg haben!«*

Owens spöttisches Lachen schallt blechern aus dem Lautsprecher. »Immer noch keine Fortschritte bei der Kleinen?«

»*Ich arbeite daran, verdammt! Wenigstens ist Aidan aus dem Rennen. Aber Jared hat ihr heute irgendwas gesagt, sonst* wäre sie nicht vollkommen neben der Spur gewesen. Was, wenn er mich damals in München doch gesehen hat? Du hättest ihre Mutter besser alleine erledigt.«

»Und wie? Indem ich vor jedem zufällig vorbeifahrenden Auto eine Projektion von deinem Schneewittchen aufwerfe? Du weißt ganz genau, dass ich dich gebraucht habe, um sie zu orten!«

»Schaff ihn aus dem Weg, Dad! Ich will dieses Mädchen haben!«

»Ich versuch's. Aber versprechen kann ich dir nichts. Wegen einer Liebschaft werde ich ganz bestimmt nicht meine Tarnung auffliegen lassen.«

»Keine Liebschaft. Du kapierst es immer noch nicht. Sie wird mein Sprungbrett nach ganz oben sein. Farran frisst ihr jetzt schon aus der Hand. Wenn er sie erst voll ausgebildet hat, wird sie seine Kronprinzessin sein. Ihre Gaben ...«

»Verschon mich und heb dir das Gesülze für sie auf! Ich muss los, sonst schöpft Montgomry Verdacht.«

»Pass auf dich auf, Dad.«

DER ANRUF

Es riecht nach Tang, totem Fisch und Altöl.

Und dennoch atme ich tief durch, als ich die stickige Kabine verlasse und an Deck gehe. Seit drei Tagen liegt die *Isis*, Montgomrys Schiff, im Hafen von Douglas, der Hauptstadt der Isle of Man, vor Anker. Noch vor Sonnenaufgang sind heute einige von Richards hochrangigen Falken an Bord gekommen, darunter Dennis, Phyllis' Ehemann, und Connor. Kriegsrat.

»Farran ist die verdammte Insel schon lange ein Dorn im Auge«, flüstert Aidan, als wir an der Reling stehen und durch die grauen Regenfäden auf die kleine Burg schauen, die auf einem Riff vor dem Hafen emporragt. »Soweit ich von meinem Vater und Jacob weiß, hat der halbe Falkenclan Wohnsitze und Offshore-Unternehmen hier. Sie ist rechtlich autonom und er ärgert sich grün und blau, dass es ihm nicht gelingt, Raben in einflussreiche Positionen in Wirtschaft, Justiz oder Politik einzuschleusen. Schätze, hier ist so gut wie alles fest in Falken-Hand.«

»Und?«, frage ich und wische mit dem Zeigefinger einen Regentropfen von Aidans Wange. Das farblose Grau des Himmels lässt sein Gesicht noch fahler aussehen. Er schläft seit unserer Ankunft hier genauso wenig wie ich. Und es ist sicher nicht der Verrat an seinem Vater, der ihm zu schaffen macht. Jacob und Farran sind die Geister, die uns beide jagen.

»Schon gut! Shit! Ich weiß nicht, wann und ob ich mich je daran gewöhnen kann, ab jetzt ein Falke zu sein.«

»Es soll auch schwarz gefiederte Falken geben.« Ich hake mich bei ihm unter und ziehe ihn mit zur Gangway. »Komm, lass uns eine Runde im Hafen spazieren. Bis Richard den Falken da unten alles erklärt hat, vergehen sicher Stunden.«

Aidan drückt mir einen Kuss auf die Stirn. Obwohl seine Lippen kalt sind, hinterlassen sie einen willkommenen Hauch von Wärme auf meiner Haut.

»Ihr solltet besser nicht von Bord gehen!«, ertönt plötzlich eine herablassende Stimme hinter uns. Ich drehe mich um und schaue direkt in Davids grüne Augen. Gestern hat er sich uns vorgestellt. David Stein, Sohn des meistgesuchten Falken nach Richard. Sein Vater ist Jared zufolge ein Neurokinet wie Macmillan, ein aktiver Kämpfer, auf dessen Konto mindestens so viele Raben wie Falken auf das meines Vaters gehen. Seit Jahren lässt Farran ihn in Deutschland suchen, wo er den Gerüchten nach untergetaucht sein soll. Ich frage mich, warum er sich einmischt. Sucht er Streit?

»Sagt wer?«, fragt Aidan lauernd.

»Richard.« Das gelassene Lächeln auf Davids Gesicht macht mich misstrauisch. Was, wenn er die Gabe seines Vaters geerbt hat?

»Komm schon«, lenke ich ein und ziehe Aidan an seiner Lederjacke, »wir können auch später ...«

»Ich bin kein Gefangener der Falken!«

»Nicht?«, fragt David gedehnt.

Langsam dreht Aidan den Kopf zur Seite, doch bevor ein Wort meine Lippen verlassen kann, bäumt sich das Meer auf und eine meterhohe Welle rast über die Bordwand, erfasst mit verblüffender Zielgenauigkeit den jungen Mann vor uns und spült ihn fünf Meter weit über das Deck. Er stößt einen Zornesschrei aus und versucht, sich aus den Wassermassen zu befreien. Jemand packt mich von hinten und ich spüre kaltes Metall an meiner Schläfe.

»Aufhören!«

Aidan wirft dem Sicherheitsmann, der mich gefangen hält, nur einen kurzen Blick zu. »Richard würde Sie genüsslich zu Tode foltern, wenn Sie abdrücken.«

Mir bleibt keine Zeit, mich über seine Ungerührtheit aufzuregen. Fluchend lässt der Mann mich los und richtet die Waffe jetzt gegen Aidan selbst, der bereits auf David zueilt, aber ich schlage sie ihm mit dem Fuß aus der Hand. Ein Schuss löst sich und Rufe schallen über das Deck, gefolgt von schweren Schritten, aber meine Augen suchen Aidan. Gerade rammt er David seine Faust in den Bauch. Und dann höre ich den Schrei. Aidans Stimme hallt so gellend und schmerzerfüllt in meinen Ohren, dass sich mir die Haare im Nacken aufstellen. David richtet sich schwankend vom Boden auf. Wasser fließt in Rinnsalen aus den Ärmeln seiner vollgesogenen Daunenjacke und die Haare kleben ihm im Gesicht. Aber alles, worauf ich achte, sind seine Augen. Noch nie zuvor haben sie so grün ausgesehen. Leuchtend, fast gelb, wie die einer Schlange, und genauso starr fixieren sie Aidan, der sich unter ihm krümmt und windet.

»DAVID!«, rufe ich im Laufen und er taumelt rückwärts, als hätte ihn ein Schlag getroffen. Verwirrt schaut er mich an. Seine Augen werden wieder dunkel und verlieren ihren Reptilienblick. »Bitte nicht!«

»Er sollte sich besser nicht mit mir anlegen! Und du auch nicht, Rabenmädchen!«

»Du hast ihn provoziert!« Aidan rappelt sich stöhnend auf und wirft ihm einen hasserfüllten Blick zu.

»Seid ihr endlich fertig, Kinder?«, fragt ein älterer Mann mit grauem Vollbart. Erst jetzt merke ich, dass wir von Schwarzjacken umringt sind.

»Nein, alles unter Kontrolle.« Der Rotblonde, der mich bedroht hat, spricht in sein Headset. »Die haben nur zu viel Energie. Besser, du überlegst dir einen Auftrag für sie, Boss ... Geht klar. Aber David muss sich noch umziehen.« Er schaut uns grimmig an. »Ihr drei sollt zu Richard. Sofort.«

Ein paar Minuten später kennen wir den Grund für den uns verwehrten Landgang. Auf der Titelseite des *Mirror*, der größten Boulevardzeitung Englands, prangt ein Foto von Aidan und mir vor dem Weihnachtsbaum. Daneben, aber etwas kleiner und abgesetzt, ist Jared mit seinen blond gefärbten Haaren abgedruckt. Ich erkenne das Bild von dem Handy wieder. In fetten Lettern steht darüber:

Eifersüchtiger Ex entführt Sechzehnjährige und ihren Freund

»Reißerischer ging's wohl nicht mehr!«, sage ich und lasse mich auf einen Stuhl fallen. Die Luft in der überfüllten Kabine dampft. Der Geruch von feuchter Kleidung und Schweiß mischt sich mit dem von Kaffee, Tee und Gebäck. Aidan spannt sich beim Anblick der vielen Falken merklich an.

»Hast du etwas anderes erwartet?«, fragt Phyllis. »Immerhin seid ihr noch minderjährig.«

Ich ignoriere die neugierigen Blicke der mir unbekannten Männer und Frauen und angle zwei Tassen von der Mitte des Tisches. Connor schiebt mir lächelnd die Thermoskanne mit Kaffee zu. Während ich einschenke, überfliegt Aidan den Zeitungsartikel und setzt sich dann mit düsterer Miene zu mir. Mich interessiert die Zeitung nicht. Egal, was drinsteht, es ist sowieso erlogen.

»Hast du für mich auch einen Kaffee, Rabenmädchen?«

David muss sich in Rekordgeschwindigkeit umgezogen haben. Seine Haare glänzen nass und sehen aus, als hätte er sie nur kurz mit dem Handtuch abgerieben. Mit einem entschuldigenden Lächeln auf den Lippen setzt er sich auf den freien Platz links von mir. Bevor ich nach der Kanne greifen kann, hat Aidan sie schon in der Hand.

»Hier«, sagt er kühl und stellt sie vor ihm ab. »Sie heißt übrigens Emma.«

»Reg dich ab, Callahan.« Er deutet auf die Zeitung. »Jetzt weißt du ja, warum ihr hier an Bord bleiben sollt.«

»Und es wäre dir kein Zacken aus der Krone gefallen, wenn du es ihm erzählt hättest«, wirft Richard tadelnd ein. Verwundert schaut Aidan auf. Bestimmt hat er nicht damit gerechnet, dass Richard für ihn Partei ergreifen würde.

»Haben Sie jetzt beschlossen, was Sie gegen Owens und meinen Vater unternehmen werden?«, frage ich, bevor David noch etwas erwidern und den Streit neu entfachen kann. Augenblicklich verstummen die übrigen Gespräche. Richard legt die Hände aneinander und beugt sich vor.

»Was würdest du denn vorschlagen?«

Verflucht. Er ist Farran ähnlicher, als er denkt.

»Wenn Fion«, ich räuspere mich schnell, als ich die schockierten Blicke um mich herum wahrnehme, »ähm, ich meine, Farran, die Geschichte von der Entführung in die Zeitung gesetzt hat, denkt er vielleicht wirklich, dass wir nicht aus freien Stücken hier sind. Sie könnten ihm anbieten, einen Austausch vorzunehmen. Aidan und mich gegen Owens, Dean und meinen Vater.«

»Darauf wird er sich nicht ernsthaft einlassen«, wirft Dennis ein. Phyllis nickt zustimmend.

»Was Owens und seinen Sohn anbelangt, vielleicht doch«, sagt Richard und mustert nachdenklich Aidan.

»Vergessen Sie's. Entweder wir beide oder keiner. Ich werde

Emma nicht alleine bei Ihnen lassen und zu meinem Vater zurückgehen. Von dort komme ich nie wieder weg, das wissen Sie ganz genau. Zur Not würde er mein Gedächtnis manipulieren.« Ich lege meine Hand auf seine und starre ihn an. Er seufzt. »Du hast mich nie nach seinen Fähigkeiten gefragt. Schon komisch. Das war immer das Erste, was die anderen Mädchen wissen wollten. Welche Gabe er hat und wie viel er verdient.« Gelächter folgt seinen Worten.

»Wie schön!«, sage ich. »Dein charmanter Vater kann also in das Gedächtnis anderer Menschen eingreifen?«

»Nicht ohne Hilfe.« Aidan macht eine Pause und wirft einen zögernden Blick in die Runde. »Er braucht dazu Farran.«

Das aufgeregte Gemurmel der Horusring-Mitglieder offenbart mir, dass Aidan gerade ein Geheimnis preisgegeben hat, das bisher streng gehütet wurde.

»Bist du dir sicher?«, hakt Richard atemlos nach.

»Ja. Aber ich weiß nicht, wie es funktioniert. Mein Vater und Farran kennen sich schon eine halbe Ewigkeit. Als Studenten haben sie ziemlich viel mit Drogen experimentiert und irgendwann zufällig entdeckt, dass sie zusammenarbeiten und ihre Gaben ergänzen können, um etwas völlig Neues zu schaffen: die Befähigung, Erinnerungen in den Gehirnen von Menschen zu verändern. Daran haben sie jahrelang gearbeitet, um es zu perfektionieren.«

Vor meinen Augen flackert das unwirkliche Bild eines langhaarigen, zugekifften Farran auf. Okay, vielleicht war auch der Papst in jungen Jahren ein ganz anderer Mensch ... Und dann fällt es mir wie Schuppen von den Augen.

»Deshalb war er so interessiert daran, unsere Verbindung zu fördern! Er wollte mit uns wieder etwas Neues kreieren!«, rutscht es mir heraus.

Aidan wirft mir einen warnenden Blick zu und ich presse die Lippen aufeinander. Die gespenstische Stille, die meinen Worten folgt, fühlt sich an wie ein Strick, der sich um meinen Hals legt.

»Sicher, dass du den beiden Raben da trauen kannst?«, fragt ein braunhaariger, bärtiger Hüne Richard.

»Oh, ich traue ihnen in gleichem Maße wie sie mir.«

»Soll heißen, überhaupt nicht«, wirft ein Mann zu seiner Linken ein. Er ist jünger als Richard, stiernackig und breit. Die Ärmel seines hellblauen Hemds bis zu den Ellenbogen hochgekrempelt, gibt er den Blick auf muskulöse, blond behaarte Unterarme frei. Argwöhnisch beäugt er mich.

»Genau das ist das Problem!«, rufe ich. »Misstrauen! Weil Sie meiner Mutter nicht vertrauten, haben Sie nichts zu ihrer Rettung unternommen! Farran ist mit Sicherheit selbst jetzt überzeugt davon, dass ich auf seiner Seite stehe oder er mich zurückgewinnen kann. Die meisten Raben himmeln ihn an wie einen Gott, seine Sekretärin würde sogar die Schuhe für ihn sauber lecken! Er hat eine Ausstrahlung, die einen einlullt und alles andere vergessen lässt. Weil er selbst am meisten davon überzeugt ist, dass ihm keiner widerstehen kann. Und was ist mit Ihnen? Sie sehen krank aus, erschöpft und müde. Wer soll Ihnen abnehmen, dass Sie jemals gegen ihn antreten können?«

Richards Gesicht wird so weiß wie die Kaffeetasse, die er mit seiner rechten Hand umklammert. Aidan räuspert sich unbehaglich, doch ich kann die Worte einfach nicht mehr stoppen.

»Sie haben aufgehört, an sich zu glauben! Ich weiß das. Ich war in Ihren Gefühlen. Und das meine ich wortwörtlich. Ich bin nämlich keine Empathin. Meine Gabe ist das Tauchen.«

Ich ignoriere das einsetzende Gemurmel und konzentriere mich auf Richards versteinertes Gesicht. Nur ein kleines Zucken unter dem rechten Auge verrät seine Überraschung. »Wenn Sie Mama wirklich geliebt haben, dann hören Sie endlich auf zu trauern und fangen Sie an zu kämpfen! Helfen Sie mir, Ihre Mörder zu finden und zu bestrafen! Vertrauen Sie mir!«

In diesem Augenblick ertönt ein dumpfes Vibrieren, und Richard greift nach seinem Handy.

»Ja?« Sein Gesicht verfinstert sich. »Lässt du die Maske also endlich fallen, Owens?«

Mein Brustkorb zieht sich zusammen. Richard lauscht mit angespannter Miene, schaltet das Handy schließlich auf laut und schiebt es vor mich. »Dein Vater will dich sprechen.«

Ich verschlucke mich fast vor Schreck. Der Bildschirmschoner taucht das Display in einen schwarz glänzenden Abgrund, auf dessen Boden sich mein Gesicht spiegelt. Mein Herz schlägt so laut, dass es seine Stimme zu übertönen scheint.

»Emma?«

Ich öffne den Mund, aber es gelingt mir nicht zu sprechen. Mein Gesicht auf dem Handy verschwimmt, nimmt neue Formen an und als er weiterredet, habe ich das Gefühl, in seine eisblauen Augen zu schauen.

»Emma, geht es dir gut?« Die Besorgnis in seiner Stimme entzündet etwas in mir, Feuerzungen rasen durch meine Venen und explodieren schmerzhaft in meinem Kopf.

»Warum interessiert dich das?«

Einen Augenblick lang ist es still.

»Ich bin ... dein Vater.« Noch nie hat seine Stimme so unsicher geklungen. Der Schmerz in meinem Kopf ist mittlerweile so stark, dass mein Sichtfeld zu pulsieren beginnt.

»Ich habe keinen Vater mehr«, sage ich leise.

»Dann hat Montgomry also erneut gewonnen«, antwortet er tonlos. »Genau wie bei Rina. Aber diesmal war ich darauf vorbereitet und ich werde kämpfen.«

Wovon spricht er eigentlich?

»Du hast Mama ...«

Eine verängstigte Mädchenstimme unterbricht mich. »Emz, die sind total irre. Ich hab dir gleich gesagt, der Kerl ist ein Sektenchef. Die bringen mich um, wenn du nicht zurückkommst. Dieser Macmillan hat ...«

»LIZ!«, keuche ich und greife nach dem Handy, aber mein Vater antwortet an ihrer Stelle.

»Heute ist Silvester, Kleines. Bis Mitternacht bist du wieder bei mir oder deine Freundin ist tot. Ich beginne das neue Jahr nur mit dir an meiner Seite.«

Seine Worte dringen in mein Herz wie Eissplitter. Ich beginne zu zittern und der Tisch unter meinen Armen vibriert plötzlich.

»MÖRDER!«, brülle ich aus unmittelbarer Nähe in das Gerät.

»Und Aidan bringst du natürlich auch mit«, fährt er ruhig fort. »Wir erwarten euch auf dem Schulgelände.«

»NEIN, bitte nicht schon wieder ... Mr Macmillan, nicht ... aahh!«, schallt Liz' Stimme blechern, aber die Verbindung bricht ab, der Tisch kippt auf einmal nach vorne gegen mich und ich spüre etwas Heißes, Feuchtes auf meinen Oberschenkeln. Mein Kopf droht vor Schmerz zu zerspringen. Wo ist bloß das verdammte Handy? Ich falle auf die Knie und fische es aus Porzellanscherben und dunkler Flüssigkeit vom Boden, aber meine Hand zittert so stark, dass es mir wieder aus den kalten Fingern rutscht. Und plötzlich fühle ich wärmende

Arme um meinen Oberkörper und das Dröhnen in meinen Ohren wird leiser, bis ich Aidan endlich verstehe.

»Ruhig, Emz. Alles wird gut.«

»Gut?« Ich lache hysterisch auf. »Das hier ist kein beschissenes Märchen!«

»Ich versprech' dir, wir ...«

»Mann, war das geil, Rabenmädchen«, unterbricht ihn David. »Hättest du das auch geschafft, Phyllis? Ich meine, drei Tischbeine mit je sechs Zehn-Zentimeter-Schrauben in der Bodenplatte, wow!«

Vorsichtig löse ich mich aus Aidans Armen und schaue mich um. Richard und Phyllis stehen mit besorgter Miene rechts von mir. Links, in der Hocke, sammelt David Scherben auf. Er hebt den Kopf und grinst mich an. Jared erscheint mit einem Handfeger und hilft ihm.

Fassungslos starre ich auf die Verwüstung, die ich offenbar angerichtet habe. Der massive, mit drei Edelstahlrohren im Schiffsboden verankerte Tisch liegt auf seiner Kante und begräbt zerschlagene Tassen, Kaffee, Tee und Gebäck unter sich. Ich fühle mich plötzlich nur noch müde.

»Du kannst sie nicht zurückgehen lassen, nur um dieses Mädchen zu retten, sonst hast du es bald mit einem schlimmeren Feind als MacAengus zu tun«, sagt Patrick stirnrunzelnd und wirft mir einen düsteren Blick zu.

Bevor ich auf ihn losgehen kann, nickt Richard ihm zu.

»Ganz recht. Und deswegen werde ich dir jetzt einen Wunsch erfüllen, mit dem du Hitzkopf mir seit Langem in den Ohren liegst.« Er schenkt ihm ein süffisantes Lächeln. »Wir sammeln unsere Leute und starten eine Großoffensive. Mal sehen, wie gut Farran sich wehren kann, wenn wir Falken Ernst machen.«

VORBEREITUNGEN

Wenig später läuft die *Isis* aus dem Hafen.

Ihr schlanker Bug teilt geschmeidig die Wogen der irischen See, die sich grau und ungestüm wie eine Herde ausgelassener Wildpferde vor ihr aufbäumt. Regen fegt über die Männer an Deck hinweg, wäscht die Müdigkeit von ihren Gesichtern und macht Platz für angespannte Betriebsamkeit. Nachdem sie die weiße Poolabdeckung entfernt haben, zerren sie längliche Holzkisten ans Tageslicht und bringen sie im Schiffsinneren vor dem kalten Nass in Sicherheit. Bei den Temperaturen hier hätte ich mir denken können, dass Richard den Pool als Lager zweckentfremdet hat. Ich beobachte das Treiben vom regengeschützten Mitteldeck aus und das Gefühl, überall nutzlos im Weg zu stehen, zwickt wie verdorbenes Essen in meinem Bauch.

Aidan marschiert vor mir auf und ab wie ein zorniger Panther hinter dem Sicherheitsglas im Zoo. Er macht mich nervös. Am liebsten würde ich ihn an die nächstgelegene Reling binden. Als David mit einem Pilotenhelm unter dem Arm an uns vorbeigeht, halte ich ihn auf.

»Was ist da drin?«

Er folgt meinem Blick zu den Kisten.

»Waffen und Sprengstoff.«

Aidan bleibt wie angewurzelt stehen. »Verdammt, will Richard etwa die Schule in die Luft sprengen?«

»Frag ihn doch.«

David zuckt mit den Schultern und eilt weiter zum Hubschrauberlandeplatz. Ich laufe ihm nach. Der Wind reißt die

Kapuze meiner Jacke vom Kopf. Als ich ihn endlich eingeholt habe, sind meine Haare klatschnass.

»Wohin fliegst du?«

»Vergiss es, Emz, du hast ihn doch gehört«, sagt Aidan hinter mir. Er schiebt die Kapuze wieder zurück in meine Stirn und streicht sanft eine widerspenstige Haarsträhne hinter mein Ohr. »Erst wenn er seine Leute zusammengetrommelt hat, will Richard uns über seine genauen Pläne informieren. Falls er es sich nicht noch mal anders überlegt. Vertrauen liegt den Falken nun mal nicht im Blut«, fügt er sarkastisch hinzu.

David flucht laut auf Deutsch und setzt den Helm auf. Ich ignoriere Aidans fragenden Blick und übersetze es ihm lieber nicht.

»Hör endlich auf, im Selbstmitleid zu baden, Callahan!«, knurrt David schließlich. »Mach dich lieber nützlich!«

Über Aidans Augen zieht ein bedrohliches Funkeln.

»Wie denn, wenn dein Boss uns nichts zu tun gibt?«

Während der Grünäugige seinen Helm unter dem Kinn festzurrt, wirft er ihm einen langen Blick zu.

»Kannst du einen Heli fliegen?«

»Den Pilotenschein krieg ich erst mit achtzehn.«

»Und abgesehen von dem Formalitätenkram?«

Aidans Gesicht hellt sich auf und ein Lächeln umspielt seine Mundwinkel. »Klar kann ich das Ding steuern. Die Ausbildung hab ich schon vor einem halben Jahr beendet und mit der Thermik kenn ich mich wahrscheinlich besser aus als du.«

»Bist ein dämlicher Angeber, Callahan.«

»Kannst mich ja testen, Stein.«

Die beiden zusammen in einem Hubschrauber?

»Ich komm' mit«, sage ich schnell.

»Nein!«, verkünden sie unisono.

»Zu gefährlich«, ergänzt David.

Ach wirklich? Ich stemme die Hände in die Hüften und gehe einen Schritt auf ihn zu.

»Vorsicht«, warnt Aidan belustigt, »den Blick kenn ich!«

»Halt den Mund! Weiß Richard hiervon Bescheid?«

»Willst du jetzt echt deinen Freund verpfeifen, Rabenmädchen?« David zieht spöttisch eine Augenbraue hoch. Idiot! Aus den Augenwinkeln nehme ich Aidans verärgerten Gesichtsausdruck wahr. Wahrscheinlich ist es falsch, ihn aufzuhalten, wenn David schon mal nachgibt. Vermutlich soll das hier so eine Art Friedensangebot unter Männern sein. Aber meine Sorge um ihn ist stärker.

»Warum Aidan? Du bist doch schon mit einem Piloten hierhergeflogen.«

»Den braucht Richard für einen anderen Job. Ich könnte einen Copiloten wirklich gut brauchen.« Bevor ich fragen kann, wozu, steigt David ins Cockpit.

Aidan nimmt mich in die Arme und drückt mir einen kurzen, heftigen Kuss auf die Lippen. Als er sich von mir löst, brennt mein Mund wie Feuer.

»Ihr zwei allein da oben, das ist wie Dynamit und TNT zusammen!«, stöhne ich in Erinnerung an ihren Kampf am Morgen. David springt noch einmal aus dem Cockpit und drückt schmunzelnd einen Helm an Aidans Brust.

Ich berühre seinen Arm. »Sag mir wenigstens, wohin ihr fliegt.«

Er zögert einen Moment und sein Gesicht wird ernst.

»Wir holen meinen Vater und ein paar andere Falken aus ihren Verstecken.«

»Das hast du jetzt gerade nicht gesagt!«, murmelt Aidan und starrt ihn an. »Und dahin nimmst du mich mit?«

»Hm. Mein Vater wird mich wahrscheinlich hinterher vierteilen. Aber ich denke, es wird langsam Zeit, euch zu beweisen, dass wir Falken unser Misstrauen sehr wohl überwinden
können.«

Zwei von Richards Sicherheitsleuten schleppen eine Holz-
kiste heran und wuchten sie in den Passagierraum des Hubschraubers. Als sie uns den Rücken zudrehen, klettert Aidan
blitzschnell ins Cockpit. David folgt ihm. Ich trete ein paar
Schritte zurück, während er die Maschine startet. Die Rotor-
blätter beginnen sich zu drehen. Als ich an die Kiste mit den
Waffen denke, fröstele ich. Schlagartig wird mir klar, warum
David einen Copiloten brauchen kann und ich sie nicht begleiten soll. Sie erwarten einen Luftangriff der Raben.

Die Zeit bis Mitternacht ist mir an Silvester schon immer unerträglich lang vorgekommen. Doch jetzt scheint der Zeiger
meiner Armbanduhr festgeschraubt zu sein. Wie eine Marionette lasse ich mich durch den immer hektischer werdenden Tumult an Deck schubsen. Aufgeregte Gesichter ziehen
fratzenhaft an mir vorbei und ich drehe die Lautstärke meines iPods in den roten Bereich, bis die wummernden Bässe
meinen ebenso schnell hämmernden Herzschlag übertönen.
Kurz bin ich unten in der Kabine gewesen. Aber als ich Aidans
schwarzen Wollpullover auf dem Bett entdeckte, dauerte es
fast eine halbe Stunde, bis ich mich so weit wieder im Griff
hatte, um zurück an Deck zu gehen. Meine Augen brennen
und die Angst frisst mich langsam auf. Stunden sind seit dem
Abflug vergangen und immer noch kann ich keinen Helikopter am Horizont erkennen. Nach dem dreißigsten Versuch
habe ich es aufgegeben, Aidan auf seinem Handy anzurufen.
Vermutlich hat er es abgestellt. Denke ich. Hoffe ich.

Jemand greift plötzlich nach meiner Hand. »Wie lange bist du denn schon hier draußen? Deine Finger sind ja eiskalt!« Jared.

Ich verfluche seine Gabe, zu mir in Gedanken sprechen zu können. Als ich mich von ihm losreißen will, zieht er mit einem kurzen Ruck an dem Audiokabel meiner In-Ears.

Verdammt! Die Geräusche aufgeregter Stimmen und lauter Befehle schnüren mir den Atem ab.

»Was soll das, Jared?«

»Wo ist Aidan?«

»Geht dich nichts an.«

Seine Mimik wechselt von Überraschung zu Zorn. »Emma!«

»Hau ab! Du hast genug angerichtet.«

Er lässt mich schlagartig los. In seinen Augen lese ich, wie sehr ihn mein Tonfall und die Worte verletzen. Ich weiß, ich sollte nicht wieder damit anfangen. Immerhin hat er versucht, seinen Fehler wiedergutzumachen. Richard hat ihm vergeben und ich habe ihn bislang ignoriert. Aber im Augenblick tut es einfach gut, einen Schuldigen für all diesen Mist um mich herum gefunden zu haben.

Nichts ist leichter, als einem anderen die Schuld zu geben! Viel angenehmer, als das eigene Versagen einzugestehen.

Scheiße! Jetzt geistern mir auch noch Farrans Worte durch den Kopf. Hätte ich mich in Jareds Situation anders verhalten? Hätte ich den Mut aufgebracht, mich gegen den gefürchteten MacAengus zu stellen? Jacob. Vater.

In meinem Bauch beginnt es zu brodeln. Unter meinem eisigen Blick werden Jareds blaue Augen schattig. Er seufzt tief. Einen Moment lang sieht es so aus, als würde er gehen. Dann wird er blass und packt mich plötzlich an den Schultern.

»Sag mir jetzt nicht, dass er mit David geflogen ist!«

Als ich nicht antworte, wird sein Griff so fest, dass ich die Hände hebe und gegen seine Brust haue. »Lass mich los!«

Meine Schläge scheinen ihn nicht zu kümmern. Bevor ich mich wehren kann, zieht er mich fest in seine Arme und ich höre seine Stimme in meinem Kopf.

»Ich darf dir das eigentlich nicht sagen, also lass dir jetzt nichts anmerken. Vor einer Stunde haben wir den letzten Funkspruch von David empfangen. Er stand unter Beschuss von Farrans Leuten. Seitdem versucht Richard vergeblich, Kontakt mit ihm aufzunehmen. Wir wissen nicht, ob ...«

Meine Beine geben nach und ich klammere mich instinktiv an ihn, um nicht zu fallen. Ich will schreien, aber Jared presst mein Gesicht gegen den kühlen Stoff seiner Jacke und erstickt jeden Laut. Erst nach einer Weile fühle ich, wie er sanft über mein Haar streicht. Langsam löse ich mich von ihm.

»Richard«, flüstere ich heiser. »Bring mich sofort zu ihm.«

Er zögert nur einen Moment. Dann nimmt er meine Hand und zieht mich hinter sich her unter Deck.

Ich habe erwartet, dass Richard mit den anderen Falken in einer Besprechung ist. Aber nachdem mich Jared durch mehrere Gänge an bewaffneten Sicherheitsmännern vorbeigeschleust hat, klopft er an eine unscheinbare Einzelkabinentür.

»WAS?« Unwillkürlich zucke ich zurück. Richards Stimme bebt vor Zorn. Jared wirft mir einen aufmunternden Blick zu und drückt kurz meine Hand. Als er sie loslassen will, erwidere ich den Druck.

»Danke, Jared«, flüstere ich.

Mit einem Lächeln dreht er sich um und verschwindet im Gang.

Ich klopfe erneut. Die Tür wird aufgerissen und Richard prallt förmlich gegen mich.

»Ich muss Sie sprechen!«

»Emma, bei aller Liebe, aber NICHT JETZT!«

»Seit wann«, wispere ich leise und trete einen Schritt näher, »beherrschen Sie Ihre Mantik nicht mehr?«

Er greift so schnell nach meiner Jacke, dass ich erst realisiere, was er tut, als er mich in seiner Kabine gegen die zugeschlagene Tür presst. Seine Augen fixieren mich wie glühende Kohlen. Aber der Schrecken von Jareds Botschaft sitzt zu tief, als dass ich vor ihm Angst haben könnte.

»Wer behauptet ...«, knurrt Richard.

»Niemand. Aber sie werden es sich alle denken. Spätestens jetzt, wo Sie Steins Sohn nicht durch Ihre Gabe retten konnten und keine Ahnung haben, was mit ihm geschieht. Das war der Grund, warum sie sich im Kampf gegen Farran bislang zurückhielten, nicht wahr? Niemand sollte etwas merken.«

Seine Brust hebt und senkt sich heftig. »Woher weißt du von dem Funkspruch? Warte, ich kann es mir denken. Es gibt nur einen, der etwas bei dir gutzumachen hat. Jared, nicht wahr?« Seine Augen werden schmal. »Aber seit wann interessierst du dich für David?«

»Aidan ist bei ihm.«

»NEIN!« Richard taumelt zurück. Als er gegen ein schmales, mit zerwühlter, weißer Bettwäsche bedecktes Bett stößt, setzt er sich und vergräbt den Kopf in den Händen. »Nicht auch noch Callahan!«

Seine Verzweiflung ist der Spiegel meiner Hoffnungslosigkeit. Mechanisch gehe ich auf ihn zu, setze mich neben ihn und lege meinen müden Kopf an seine Schulter. Ich spüre, wie er erstarrt. Mein Blick wandert durch den Raum. Er ist karg eingerichtet. Ein paar Bücher auf dem Regal, eine graue Funkuhr an der Wand. Und dann sehe ich ein bekanntes Gesicht. Das Bild einer jungen, blonden Frau lacht mir aus einem schlichten, silbernen Rahmen auf seinem Nachttisch entgegen und mein Herz verkrampft sich schmerzhaft.

»Sie haben Ihre Gabe nach Mamas Tod verloren.«

Er antwortet nicht. Ich will ihn trösten, aber ich weiß nicht, was ich sagen soll. Ein Hellseher, der erblindet. Werden seine Leute immer noch zu ihm halten, wenn sie es erfahren?

Schließlich sage ich leise: »Ich wünschte, Sie wären mein Vater.«

Ein heiseres Krächzen dringt aus seiner Kehle und er legt unsicher den Arm um mich. Sein Atem beruhigt sich und nach einer Weile gluckst er leise. »Sicher? Ich dachte, ich sehe verglichen mit deinem Idol Fion krank und erschöpft aus? Keiner hier will mir die Schuhe sauber lecken und über göttliche Voraussicht verfüge ich leider auch nicht mehr.«

Ich hebe schuldbewusst den Kopf. Er sieht mich an, als würde er mich zum ersten Mal richtig wahrnehmen.

»Mal ehrlich, wer will schon fremde Spucke auf seinen Schuhen?«, frage ich.

Er lacht hell auf und das Gesicht des freundlich lächelnden Jungen, das ich auf dem Whiteboard im SPSE-Unterricht gesehen habe, flackert plötzlich über seine verhärmten Züge.

»Sie dürfen das nicht falsch verstehen«, fahre ich ernst fort. »Fion ist einfach etwas Besonderes. Wenn er einem seine Zuneigung schenkt, fühlt man sich erst einmal wie im Himmel. Seine Ausstrahlung ist einschüchternd und anziehend zugleich, und seine Gaben grenzen an Zauberei. In seinem Unterricht gab er mir immer das Gefühl, etwas Einzigartiges zu sein. Er ist ein unglaublich geduldiger und guter Lehrmeister.« Richards Gesicht verdunkelt sich, aber er nickt und lässt mir Zeit, fortzufahren. »Wen er erst einmal geködert hat, überhäuft er dermaßen mit Arbeit, dass er gar keine Ruhe mehr hat, darüber nachzudenken, dass es noch ein Leben jenseits von SENSUS CORVI gibt. Früher hab ich nicht ein Drittel so viel für die Schule gelernt wie hier, und selbst außerhalb der Schule dreht sich alles um SENSUS CORVI. Die Raben bleiben schließlich unter sich. Aber man ist ja so stolz, dabei sein zu dürfen, von ihm anerkannt zu werden, dass man plötzlich alles bereitwillig aufgibt. Seine Freizeit, seine Freunde, sein Leben.« Ein trockenes Schluchzen entringt meiner Kehle, als ich an Liz denke.

»Sei froh, dass du noch in der Lage bist, das zu erkennen«, erwidert Richard. »Manche schaffen es ihr Leben lang nicht mehr, wenn er sie erst einmal in seinen Fängen hat. Farran ist ein Puppenspieler. Ein wahrer Meister der Manipulation.«

»Wenn es doch nur so wäre! Es ist viel schlimmer! Er ist selbst besessen von seiner Ideenwelt.« Ich denke an die Initiationsrede, an das Treffen danach in seinem Büro und bekomme eine Gänsehaut. »Menschen wie mich fördert er mit aufrichtiger Hingabe, geradezu väterlich. Aber Menschen ohne Gaben sind für ihn eine minderwertige Spezies. Und sogar innerhalb der Gaben unterscheidet er nach Rängen. Das ist einfach primitiv, menschenunwürdig!«

In Richards Augen flackert ein winziges Licht auf, wie der Schimmer eines Feuers in einer tiefen, dunklen Höhle. Zerbrechlich und unstet, als drohe es, jeden Moment wieder zu ersticken. »Deine Mutter hat fast wortwörtlich das Gleiche zu mir gesagt, Mädchen.«

Ein kurzes festes Klopfen an der Tür unterbricht ihn, dann wird sie ruckartig aufgerissen.

»Rich, du musst sofort ... Emma!« Phyllis' Gesicht ist fast so rot wie ihre Haare. Sie muss den ganzen Weg zu Richards Kabine gerannt sein. Oder sie hat sich aufgeregt.

Richard lässt mich sanft los und steht auf. Ein zynisches Lächeln gleitet über seine Züge. »Noch weitere Hiobsbotschaften, Phyl? Nur zu! Eben hat Emma mir verraten, dass Aidan ausgerechnet mit David weggeflogen ist. Klingt das nicht herrlich? Die Prinzen aus verfeindeten Sippen, in letzter Sekunde versöhnt, um vereint dem sicheren Tod entgegenzusteuern!«

Was den Humor anbelangt, müssten mein Vater und Richard eigentlich die besten Freunde sein.

Phyllis schließt einen Moment die Augen. Als sie sie wieder öffnet, erwidert sie tonlos: »Sie sagen, dass du deine Gabe verloren hast. Einige fordern, dass du zurücktreten sollst und der Angriff sofort abgeblasen wird.«

Es kann nicht sein.

Rich muss sich täuschen. Auch seine Mantik kann mal versagen. Immer wieder rede ich es mir ein, aber dennoch verschwindet dieses breite Grinsen nicht von meinem Gesicht, während ich im Bett liege und warte. In ein paar Stunden, hat er gesagt.

Und dann höre ich das Geräusch im Garten.

Das Rascheln von Blättern, bevor ein dunkler Schatten vor meinem nur angelehnten Fenster auftaucht und es vorsichtig nach innen drückt. Ich halte den Atem an. Wie ein Panther schwingt er sich in mein Zimmer, fast lautlos, und kommt so geschmeidig elegant auf dem Boden auf, wie nur Jacob sich bewegen kann. Mein Herz pocht so hart gegen meinen

Brustkorb, dass es schmerzt. Langsam gleitet er auf mein Bett zu. Sein Duft verirrt sich in meine Nase, frisch geduscht mit einer Mischung aus Männlichkeit und Gefährlichkeit, die mir seit Monaten die Sinne raubt, sobald ich ihm zu nahe bin, und meine Wangen brennen wie Feuer. Jetzt beugt er sich über mich, seine Stirn gerunzelt und der Blick lodernd, aber ich werde von seiner leuchtenden Aura abgelenkt. Eigenartig. Warum verbirgt er sie nicht vor mir? Farran hat es ihm doch beigebracht, wie er seine Gefühle unterdrücken und mich abwehren kann. Empfindet er so stark, dass es ihm nicht gelingt?

Er stützt seine Hände neben meinem Kopf ab und kommt noch ein Stück näher. Hellrote Feuerzungen seiner Aura lecken an meiner Stirn und ich erkenne bereits weiße Spitzen an ihren Enden. Meine Erfahrung sagt mir, dass er jeden Moment vor Wut explodieren wird. Und jeder, der Jacob auch nur ein bisschen kennt, würde bei dieser Aura die Beine in die Hand nehmen und um sein Leben laufen.

Aber ich bleibe liegen, atme flach und schaue ihn einfach nur an.

»Ich. Hasse. Dich«, presst er nach einer Ewigkeit mühsam hervor, jedes einzelne Wort betonend. Seine Stimme ist rau und wild, wie das tiefe, kehlige Knurren einer Raubkatze. »Ich hasse es, wie du mich ansiehst mit diesen unschuldigen Rehaugen, als wärst nicht du, sondern ich der Verräter. Ich hasse dieses goldene Funkeln in deinen Pupillen, wenn du fröhlich oder wütend bist. Ich hasse deinen verdammten zierlichen Körper, der jedes Mal *Beschütz mich!* schreit, wenn ich ihn nur ansehe. Ich hasse das Gefühl vollkommenen Kontrollverlustes, das deine weichen Lippen auf mir ausgelöst haben. Wer hat dir überhaupt erlaubt, mich zu küssen? Und am allermeisten hasse ich deine Intelligenz und Sturheit, die dich dazu gebracht haben, Farrans Taten zu hinterfragen und alles auf den Kopf zu stellen, woran ich bisher glaubte.« Sein Atem geht schwer. Langsam schiebt er seinen Körper über mich auf das Bett.

Ein sehnsüchtiges Stöhnen entweicht ungewollt meinem Mund, als ich die Hitze seines Körpers durch seine Kleidung hindurch spüre.

Er beugt seinen Kopf zu meinem Ohr und seine wispernden Lippen lösen eine Gänsehaut auf mir aus. »Seit ich gestern von deiner netten kleinen Unterhaltung mit Fion gehört habe, versuche ich, diesen Hass zu überwinden, um endlich wieder klar denken zu können. Aber weißt du was? Allein die Vorstellung, dass du in ein paar Tagen nicht mehr da sein wirst, ich deine Stimme nicht mehr hören kann, hat den Hass so fest in meinem Herzen verankert, dass ich ihn nur entfernen kann, wenn ich es gleich mit herausreiße und dann innerlich verblute.«

Ein Zittern läuft durch meinen Körper. Sein Mund berührt meinen Hals, streicht zärtlich zu meiner Kehle und verharrt in dieser kleinen Vertiefung zwischen meinen Schlüsselbeinen. Ich fühle, wie seine Zunge meine Haut kostet und meine Hände vergraben sich in seinem dichten, schwarzen Haar. Als er den Kopf hebt und mich ansieht, ist das rote Feuer erloschen. Als würde ich durch ein Prisma schauen, wirbeln alle Farben des Lichtspektrums um sein Gesicht, als er mit todernster Miene sagt: »Ich hab die halbe Nacht im Garten Holz gehackt.«

Meine Anspannung explodiert in einem lauten Lachen und er legt rasch seine Hand auf meinen Mund.

»Sssht, du weckst noch deine Eltern.«

»Und«, keuche ich atemlos, »hat es wenigstens was gebracht, außer Brennholz, meine ich?«

»Als ich endlich so ausgelaugt war, dass ich die Axt kaum mehr halten konnte, ist mir plötzlich klar geworden, dass es vielleicht gar kein Hass ist, den ich da empfinde, und das hat mich noch viel wütender gemacht.«

»Und?«, frage ich in schauriger Erwartung.

»Dann hab ich geduscht und bin zu dir gefahren, um herauszufinden, was es wirklich ist.«

Sag es, oh Gott, sag es endlich, Jacob! Aber seine Lippen bleiben stumm, während er mich eingehend mustert, bevor er sie plötzlich hart und besitzergreifend auf die meinen presst. Dieser Kuss ist vollkommen anders als der, den ich ihm vor ein paar Tagen gegeben habe. Nie hätte ich gedacht, wie es sich anfühlt, wenn er erwidert. Vielleicht hätte ich doch besser weglaufen sollen ...

Jede Faser in mir vibriert unter seinem fordernden Mund und seine Hände streichen über meine Seiten zu meiner Taille, wo sie mit einem festen Griff meine Hüften umfassen und gegen seinen Körper drücken. Das Gefühl, nie wieder etwas anderes tun zu wollen als das, kommt auf mich zugerast wie eine Welle, reißt mich mit sich und löscht jeden anderen Gedanken aus.

»Wach auf, Rina!«, flüstert eine Stimme in mein Ohr.

Was für ein schöner Traum. Seufzend schlage ich die Augen auf und erstarre. Jacob liegt im trüben Licht der Morgendämmerung mit nacktem Oberkörper neben mir. Jacob. Nackt. In meinem Bett. Meine Wangen erhitzen sich und ich setze mich schnell auf, nur um festzustellen, dass ich ebenfalls nackt bin. Hastig ziehe ich mir die Bettdecke bis zum Hals. Er hebt amüsiert eine Augenbraue und streicht mir eine Haarsträhne aus dem Gesicht hinter das Ohr. Als er sich vorbeugt und mich sanft küsst, erinnere ich mich wieder, was geschehen ist.

»Ich werde es Fion erklären«, sagt er ernst.

»Jacob, ich kann kein Rabe mehr sein. Auch nach dieser Nacht nicht. Bitte, versteh doch!«

»*Du* verstehst nicht, Rina!« Er lächelt zärtlich. »Ich werde dich begleiten. Wohin auch immer du gehst.«

MEUTEREI

Die zornigen Stimmen schallen uns bereits im Gang entgegen.

Eigenartigerweise scheint Richard mit jedem Schritt, den wir uns der Kabine nähern, selbstsicherer zu werden. Vielleicht braucht er den Nervenkitzel, um zu Höchstform aufzulaufen. Schwungvoll reißt er die Tür auf und durchtrennt mit ausladenden Schritten die wie ein Bienenstock im Aufruhr summenden Gesprächsfäden.

Zögernd folge ich Phyllis und setze mich zwischen sie und Jared.

Ein höhnisches Lächeln wandert über Richards Gesicht, als er in die Runde schaut. Einige seiner Leute erwidern seinen Blick, die meisten schauen jedoch verunsichert zu Boden oder zu Patrick, dem bulligen Blonden, der seinen Anführer so herablassend mustert wie ein Stier einen schmächtigen Matador in der Arena. Gelassen lehnt sich Richard in seinen Stuhl zurück. »Wie sagte doch Yoshida Kenko in seinen Aufzeichnungen der Muße: Auf Gefolgschaft verlasse dich nicht. Sie meutert und läuft weg.«

»Verschon uns bitte mit deiner Belesenheit und sag uns lieber die Wahrheit. Was ist mit deiner Mantik?«, faucht Patrick.

»Besitzt Farran einen Mantiker? Seid ihr Falken zu feige, um zu kämpfen, wenn ihr nicht wisst, was euch vorherbestimmt ist?«

»Weich nicht aus!«

Richard beugt sich über den Tisch und fixiert ihn kalt.

»Meine Mantik schläft.«

Aufgebrachte Rufe folgen seinen Worten und Patricks Mundwinkel verziehen sich zu einem siegessicheren Lächeln.

»Seit wann belügst du uns?«, fragt Connor entrüstet.

Bevor Richard antworten kann, ruft Jared laut: »Er hat euch nie belogen. Keiner von euch hat ihn je gefragt. Wenn ihr euer Hirn eingeschaltet hättet, wärt ihr schon früher draufgekommen. Ich weiß es seit einer ganzen Weile. Die Trauer um Emmas Mutter hat seine Mantik außer Kraft gesetzt.«

Ich wünschte, er hätte das nicht gesagt. Die Kälte, die mir im nächsten Augenblick entgegenschlägt, sticht wie tausend Nadeln auf meiner Haut. Aber sie macht mich aggressiv. Und stark. Ich erwidere Patricks Blick mit den Eisaugen meines Vaters, bis er die Stirn in Falten legt und sagt: »Wir sollten sie sicherheitshalber einsperren.«

Phyllis stößt einen zischenden Laut aus und legt ihren Arm um meine Schultern. »Nur zu. Mal sehen, ob du meiner Telekinese standhältst.«

Er lacht schallend auf und verschränkt die Arme vor der Brust. »Haben wir das nicht bereits in unseren Übungskämpfen abgeklärt?«

Also ist er auch ein Telekinet.

Dennis greift ein und fordert eine friedliche Auseinandersetzung, aber die Diskussion wird immer hitziger und schließlich verlangt Patrick von Richard, freiwillig als Anführer der Falken zurückzutreten.

»Vielleicht habe ich meine Gabe verloren, aber ganz sicher nicht meinen Verstand«, erklärt Richard scharf. »Seit zwei Jahrzehnten kämpfe ich jetzt schon gegen Farran. Diejenigen unter euch, die lange genug dabei sind, wissen, dass ich nicht das erste Blut vergossen habe. Aber dieser Kampf heute Nacht ist etwas Besonderes. Es geht darum, glaubwürdig unsere

Ziele zu vertreten, das zu verteidigen, wofür wir stehen: Humanität und Freiheit. Ein Mädchen ohne Gaben ist für Farran wertlos, ein dummer Bauer auf seinem Schachbrett, um seine Königin«, er wirft einen Blick zu mir, »zurückzugewinnen. Wenn ihr mit mir unzufrieden seid, trete ich freiwillig als Anführer zurück, aber opfert ihm nicht dieses Mädchen!«

Phyllis keucht erschrocken auf und mein Herz hämmert bis zu meinem Hals. Wenn Richard zurücktritt, bin ich Patrick ausgeliefert.

»Keiner von euch kann mir unterstellen, dass ich ein Feigling bin«, sagt Patrick triumphierend. »Immer habe ich am lautesten zum Kampf aufgerufen. Aber dieses Mädchen zu befreien ist selbstmörderisch. Es wird uns das Genick brechen. So wie die Dinge stehen, sitzen Stein, Smith, Jackson und die anderen in ihren Verstecken, während Steins Sohn aller Wahrscheinlichkeit nach als Fischfutter in der irischen See treibt.« Jedes seiner Worte ist ein Wespenstich auf meiner Haut. »Sicher, Samuel ist unterwegs, um sie an Davids statt abzuholen, aber wird er es vor Mitternacht schaffen? Wird er nicht auch unterwegs abgefangen werden? Richard kann uns das nicht garantieren. Das alles hier kommt zu schnell. Ich bin für eine Großoffensive gegen Farran, weiß Gott, aber nicht heute Nacht!«

»Morgen ist es für Liz zu spät!«, rufe ich zornig.

»Du hast hier nicht mitzureden, Kind. Sei froh, dass ich nicht vorhabe, dich deinem Vater zurückzugeben.«

»Patrick hat recht«, murmelt Dennis und wirft seiner Frau einen entschuldigenden Blick zu. »Farran wird bestens gerüstet sein. An ihn heranzukommen ist heute Nacht unmöglich. Unser Ziel kann nicht sein, ein einzelnes Kind zu retten. Das Leben so vieler Menschen zu riskieren wäre nur gerechtfertigt, wenn wir auch nur den Hauch einer Chance hätten, Farran selbst zu erwischen.«

»Dennis!« Phyllis schaut ihren Mann voller Abscheu an. Verlegen dreht er den Kopf weg.

Minuten später stimmen die Falken über ihren Anführer ab. Bis auf Jared, Phyllis und Connor entscheiden sich alle für Patrick. Ich komme mir plötzlich vor wie in einem schlecht gemachten Gangsterfilm. Fehlt nur noch, dass sie Richard in einen Sack stecken und ihn über Bord werfen. Er dreht sich zu mir und lächelt entschuldigend.

»Es tut mir leid, Emma.«

Während er aufsteht und zur Tür geht, gerinnen Hass und Wut in mir zu einer mächtigen, dunklen Gestalt. Sie richtet sich auf und reckt ihre Glieder, als hätte sie nur darauf gewartet, endlich aus mir herauskriechen zu dürfen. Und ich hebe die Hand und lasse sie frei.

ANGRIFF

Die Tür, die Richard gerade geöffnet hat, fällt krachend ins Schloss, verriegelt sich und der Schlüssel schießt wie ein Katapult durch den Raum in die entgegengesetzte Ecke. Nahezu zeitgleich beginnt das Wasser in Patricks Glas zu brodeln. Seine Verblüffung währt nur ein paar Sekunden, dann versteht er, wer der Urheber des Ganzen ist, und nimmt meine Herausforderung an. Ich fühle, wie seine Kraft auf das Wasser einwirkt und es abzukühlen versucht. Doch er versteht zu spät, dass ich nicht das Wasser, sondern das Glas selbst erhitze und kann nicht mehr verhindern, dass es schlagartig ineinanderfließt, rot wie Klatschmohn aufblüht und als glühender Feuerball in die Luft schwebt. Wie oft habe ich das mit Farran geübt! Ein Kinderspiel.

Patricks Kopf verschwindet hinter weißem Wasserdampf. Schweißperlen laufen über meine Stirn in die Augen. Ich kann nur noch undeutlich sehen und da ist auf einmal Watte in meinen Ohren, die alle Stimmen verzerrt. Das dumpfe, erschrockene Aufkeuchen des Mannes vor mir klingt wie das Fauchen einer Katze, als ich das glühende Gebilde zu seinem Gesicht lenke. Seine Kraft drückt gegen mich, aber ich werde ihn bezwingen. Ich weiß, ich kann das.

Ich atme Zorn und schwitze Hass.

Langsam. Millimeter für Millimeter drücke ich gegen ihn. Und auf einmal schmecke ich etwas, das ich bei all den Übungen mit Farran noch nie gekostet habe: Macht.

Süchtig lecken all meine Sinne danach und ich ignoriere das Rauschen in meinen Ohren, das zu dem Brausen eines

Sturmes anschwillt, bis mich plötzlich ein Druck auf meinen Oberarmen aus meiner Konzentration reißt.

»GENUG, EMMA!«, ruft Richard.

Mein Loslassen bewirkt, dass die glühende Kugel zur Mitte des Tisches schießt und auf der Platte zerfließt. Patrick ist so grün im Gesicht wie ein Seekranker. Aber ich weiß, er wird sich gleich wieder fangen. Also muss ich noch einen Schritt weitergehen. Mein Herz beginnt sich schmerzhaft dagegen zu wehren, während ich versuche, meiner Stimme einen festen Klang zu geben.

»Es gibt eine Chance, Farran selbst zu erwischen. Aus welchem Grund, denken Sie, setzen er und mein Vater alles daran, dass ich zu den Raben zurückkehre? Wenn ich in Farran tauche, kann er weder meine Gefühle noch meine Gedanken sehen. Somit bin ich die Einzige, die dazu in der Lage ist, sich ihm zu nähern, ohne dass er meine Pläne merken und mich im Vorfeld abwehren kann.«

Ein Zittern läuft durch meinen Körper.

Verraten.

Ich habe ihn tatsächlich verraten. Fionbarr Farran, meinen Lehrmeister, der mich gefördert und sich so vehement für mich und Aidan eingesetzt hat.

Der innere Schmerz lässt mich taumeln, aber Richard hält mich fest.

»Ruhig, ich weiß, wie du dich jetzt fühlst!«, raunt er leise in mein Ohr, während aufgeregte Stimmen durch den Raum schallen. »Auch ich habe Fion einst bewundert.«

»Unglaublich! Warum sagst du uns das erst jetzt?«, ruft Patrick lautstark, aber in seinen Augen lese ich mehr Begeisterung als Vorwurf.

»Ich kämpfe nur für einen Falken und das ist Richard.

Entweder er bleibt euer Anführer oder ich habe mit dem Horusring nichts mehr zu schaffen«, entgegne ich erschöpft.

Es dämmert, als der Helikopter auf dem gepflegten Rasen zur Landung ansetzt. Der Flug von Richards Yacht ans Festland hat nur etwa eine halbe Stunde gedauert. Durch die von meinem Atem weiß beschlagene Scheibe sehe ich einen Parkplatz voller Autos mit mindestens zwei bis drei Dutzend dunkel gekleideten Menschen davor. Die Luft, die mir entgegenschlägt, als Patrick die Seitentür aufzieht, ist genauso kühl wie sein Blick. Dennis folgt ihm nach draußen und streckt die Hand aus, um Phyllis beim Aussteigen zu helfen, aber sie schlägt sie zornig beiseite.

»Wo sind wir?«, brülle ich gegen den Lärm der Rotoren, als Richard und ich über den halb gefrorenen Rasen auf ein längliches Gebäude zulaufen.

»Auf einem Golfplatz in der Nähe von Midleton. Der Besitzer ist einer von uns.«

Ein Mann eilt uns entgegen, groß und breitschultrig, und das Erste, was mir in seinem ernsten, angespannten Gesicht auffällt, sind seine Augen. Grün wie die einer Schlange und dunkel vor Schmerz. Das muss Stein sein. Er umarmt Richard zur Begrüßung. »Irgendwelche Neuigkeiten?«

Der Falkenchef schüttelt traurig den Kopf.

»Wie konnte das geschehen, verdammt! Hat Callahans Sohn David gezwungen, ihn mitzunehmen? Warum hast du nicht ...«

»Der Vorschlag kam von David selbst«, unterbreche ich ihn und da die Rotoren des Hubschraubers gerade leiser werden, hallt meine Stimme unangenehm laut über den Parkplatz.

Stein dreht sich zu mir um. Seine Augen sind genauso

durchdringend und furchteinflößend wie die seines Sohnes, kurz bevor er seine Gabe anwendet. Scharfe Wangenknochen und ein ausgeprägtes Kinn geben seinem Gesicht ein markantes Aussehen. Ich erkenne Davids Gesichtszüge in seinen, nur dass diese weicher und ohne den bitteren Zug um den Mund sind.

»MacAengus!« Er spuckt den Namen aus wie ein Schimpfwort und spannt seinen Oberkörper an. »Du lügst wie dein Vater. David hätte niemals ...«

»David ist noch nicht so von Hass beherrscht wie Sie. Er hat erkannt, dass Aidan auf dem Schiff durchdrehen wird, wenn ihm keiner eine Aufgabe gibt, die ihn davon ablenkt, sich wie ein mieser Verräter zu fühlen. Auch wenn es Ihnen nicht passt: Aidan, den Raben, als Copiloten mitzunehmen war wahrscheinlich das Klügste, Waghalsigste und Großmütigste, was ihr Sohn je getan hat. Anstatt mich eine Lügnerin zu nennen, nur weil die Wahrheit Ihnen nicht passt, sollten Sie lieber auf Ihren Sohn stolz sein!«

Er starrt mich an, aber sein Blick ist nicht mehr finster, eher überrascht. Schließlich stiehlt sich ein zynisches Lächeln auf seine Lippen. »Auch wenn dir das nicht passt, Mädchen, aber die große Klappe hast du ganz sicher von Jacob.«

Es ist bereits halb elf, als ich meinen Kopf gegen die dunkel getönte Fensterscheibe des Vans lehne, der Richard, Phyllis, Dennis, Connor und mich von Midleton nach Cork bringt. Ich starre schläfrig auf die Kolonne von roten Rücklichtern vor mir und vermisse Aidan plötzlich so stark, dass jeder Atemzug schmerzt.

Anfangs habe ich im Vereinshaus des Golfclubs versucht zu verstehen, welche Aufgabe Richard den einzelnen Leu-

ten bei dem Angriff auf SENSUS CORVI zuteilte. Aber irgendwann war der riesige Grundrissplan des Schulgeländes, den
er auf dem Tisch ausgebreitet hatte, so vollgeschmiert, dass
ich den Überblick verloren habe. Wie ein Schachmeister hat
der Falken-Chef seine Züge auf mögliche Reaktionen seitens
Farran abgestimmt, und ich habe mich mehr als einmal an
Macmillans Worte erinnert, dass Richard ein hervorragender
Mathematiker und Stratege ist. Dennoch sind nicht nur Patrick und Stein skeptisch geblieben.

»Wir sind da«, verkündet Jared, als er den Van etwa acht
Kilometer von SENSUS CORVI entfernt auf einem Supermarkt-
parkplatz zum Stehen bringt. Weit genug, um von Owens
Televisionen nicht entdeckt zu werden und nah genug, um
rasch zum Schulgelände zu gelangen.

Richards Handy klingelt.

»Wie sieht's aus?«, fragt er und stellt das Mikrofon laut.
Atemlos lauschen wir Patricks Stimme. Er ist mit zwei anderen Falken auf Motorrädern vorgefahren, um sich ein Bild
von der Lage zu machen.

»Ach, gar nicht so übel.« Ich wundere mich immer noch,
wie schnell der Falken-Chef ihm vergeben hat. Aber er hat
auch Dennis verziehen, der ihm viel näher steht und dessen
Verrat ihn viel härter getroffen haben musste. Vermutlich ist
gerade das ein Zeichen seiner wahren Größe, dass er nicht
nachtragend ist. »Das Gelände ist taghell erleuchtet, alle dreißig Meter stehen Wachposten am Zaun und über uns kreist
ein Heli. Televisionäre sind bestimmt auch im Einsatz. Auf den
Zufahrtsstraßen haben wir noch mehrere Polizeistreifen am
Straßenrand entdeckt, alles bezahlte Raben, aber ansonsten
dürfte es ein reines Kinderspiel werden, hier einzudringen.«

Mein Magen krampft sich bei Patricks Worten schmerzhaft

zusammen, aber auf Richards Gesicht erscheint ein feines Lächeln. »Nur gut, dass ich dich als Gladiator habe.«

Ein raues Lachen tönt aus dem Handy.

»Du meinst, weil das hier ein Todeskommando wird und du mich auf diese Weise elegant loswirst?«

»Nein. Das würde mir und dem, wofür ich kämpfe, keinerlei Nutzen bringen. Ich hatte dabei eher an Senecas Worte gedacht.«

»Richard Montgomry, es gibt wohl kaum einen unpassenderen Zeitpunkt für deine philosophischen Ergüsse! Schnapp dir lieber ein Maschinengewehr, wenn du Farran ernsthaft angreifen willst.«

Das Lächeln auf dem Gesicht des Falken-Führers wird noch ein Stück breiter. »Seneca sagte einst, ein Gladiator fasst es als Schande auf, wenn man ihm einen schlechten Partner in der Arena zuteilt. Denn ein Sieg ohne Gefahr ist auch ein Sieg ohne Ruhm. Und mit dem Schicksal verhalte es sich ebenso. Es sucht sich nur die Tapfersten aus. Heute Nacht, Patrick, wird sich unser aller Schicksal erfüllen, und wenn ich eines ganz sicher weiß, dann dass du mein tapferster Gladiator bist. Es wäre doch äußerst demütigend, wenn wir einfach so durch offene Tore hineinspazieren könnten.«

Einen Moment lang ist die Leitung vollkommen still. Als Patrick antwortet, ist jeder Zynismus aus seiner Stimme verschwunden.

»Okay, Boss. Und was soll ich jetzt tun?«

Die Nacht ist sternenklar und so eiskalt, wie nur perfekte Silvesternächte sein können.

Unwillkürlich muss ich an meinen letzten Jahreswechsel mit Liz denken. Mama war bei Freunden eingeladen und wir saßen nach ein Uhr immer noch auf dem winzigen Balkon unserer Wohnung, den Bauch voller Ananasbowle, den Kopf schwer vor Müdigkeit und sie hat mich nach meinem Wunsch für das kommende Jahr gefragt. Ich hab gesagt, Mama sollte weniger paranoid sein, mir mehr Freiheiten lassen und öfter mal mit mir in Urlaub fahren. Genießerisch hat Liz ihren Kopf in den Nacken gelegt, verklärt in den Nachthimmel gestarrt und ich hab angefangen zu lachen, weil ich ahnte, was folgen würde.

»Nächstes Silvester werde ich auf einem Motorrad sitzen, die Arme um einen gefährlichen Jungen in Lederjacke geschlungen und durch London brausen.«

Das ist nicht London. Und ich bin nicht Liz. Aber während ich mich fester an Jared klammere, der hinter Patrick auf dem Motorrad durch die Straßen Corks rast, frage ich mich ernsthaft, ob das Schicksal nicht einen makabren Spaß mit uns treibt. Der kalte Fahrtwind wäscht die Müdigkeit aus meinen Gliedern und treibt mir Tränen in die Augen. Connor folgt uns mit wenig Abstand und ich kann kaum glauben, dass er sich bei seiner Leibesfülle so gut auf dem Motorrad halten kann. Noch dazu bei der Geschwindigkeit. Als ich einen besorgten Blick über die Schulter werfe, mischen sich meine Erinnerungen mit der Angst vor dem Kommenden und meine Sorge um Aidan zu einem grotesken Bild und ich drücke meinen Kopf in Jareds Lederjacke.

Als das Tor von SENSUS CORVI vor uns aufragt, schwarz und glänzend wie das Gefieder von Raben, halten wir an.

»Das Tor ist der schwächste Punkt seiner Festung. Farran wird seine Topleute nicht dort positionieren, weil er entweder mit einem Angriff aus dem Hinterhalt rechnet oder einer bereitwilligen Kapitulation durch Emmas Auslieferung. Nachdem ich die letzten Jahre offene Kämpfe so gut wie möglich vermieden habe und mein Hauptziel das friedliche Abwerben von Raben war, wird er Letzteres vermuten. Heute Nacht werden wir ihm aber etwas Neues servieren: ein unbewaffnetes Hineinspazieren meiner Spezialeinheit durch den Haupteingang, getarnt als Kapitulation.« Richards Ansprache klang wirklich gut. Geradezu genial.

Bis ich erfuhr, wen er damit meinte.

Jetzt stehen wir hier mit laufenden Motoren, und weder sieht das Tor wie eine Schwachstelle aus noch halte ich uns für eine »Spezialeinheit«.

Okay, Patrick scheint kampferprobt zu sein. Aber Jared? Oder gar Connor? Hätte er nicht lieber Stein oder Phyllis mitschicken sollen?

Ein schwarz gekleideter Mann tritt aus dem Wachhaus auf uns zu. Ich erkenne in ihm den jungen Sicherheitsmann wieder, der Nicholas Sheen erschossen hat. Er bleibt mit seinem Maschinengewehr in der Hand hinter dem Gitter stehen und starrt Patrick an, die Angst steht ihm deutlich ins Gesicht geschrieben. Zwei weitere Sicherheitsleute verharren nur ein paar Meter entfernt im Hintergrund. Auch sie tragen Waffen und auf dem rechten Pfeiler neben uns bewegt sich träge die Überwachungskamera.

Ich überlege einen Moment, dann fällt mir der Name des jungen Mannes wieder ein.

»Hi, Jamie!«, sage ich freundlich, als käme ich gerade mit ein paar Freunden von einer Abendveranstaltung nach Hause. Er murmelt etwas in sein Headset und öffnet dann kopfschüttelnd das Tor.

»Legt eure Waffen ab!«

»Wir sind unbewaffnet«, verkündet Patrick, hebt die Hände und lässt sich von ihm an den Seiten abtasten. »Insofern man bei Telekineten von unbewaffnet sprechen kann, nicht wahr, Namara«, spottet einer der Männer im Hintergrund.

Verflucht, sie haben ihn erkannt! Jamie untersucht auch Connor und Jared. Als er bei mir stehen bleibt, errötet er. Ich verkneife mir ein Grinsen und hebe brav die Arme hoch.

»Ist schon okay, Emma«, murmelt er, während er, ohne mich zu berühren, meine Gestalt entlangfährt.

Im Schatten des kleinen Wachhauses regt sich auf einmal etwas. Groß und dunkel. Meine Muskeln spannen sich an und ich klammere mich so fest an Jared, dass er ein leises Ächzen ausstößt.

Er heißt Jacob. Du empfindest nichts für ihn, Kate. Gar nichts. Aber es ist nicht mein Vater.

»Willkommen daheim, Emma«, sagt Dean ironisch. Seine Zähne glänzen unnatürlich im Schein der Neonlampe über ihm und ich kann an nichts anderes mehr denken, als dass ich sie ihm am liebsten auf der Stelle einzeln ausschlagen möchte. Zum ersten Mal in meinem Leben wird mir bewusst, was es bedeutet, einen Menschen von ganzem Herzen zu hassen. So abgrundtief zu hassen, dass das Gefühl wie ein alles verzehrendes Feuer von einem Besitz ergreift und man vor sich selbst Furcht empfindet. Schockiert über die Intensität meiner Gefühle, schaue ich ihn wie gelähmt an.

Sein Lächeln verblasst. »Jared und du könnt rein. Ihr anderen verschwindet«, befiehlt er heiser.

»Tun wir nicht«, erklärt Patrick schlicht. Unter dem hochgeklappten Visier seines Helms mustert er Dean so herablassend, als spräche er mit einem unverschämten Lakaien.

»Du hast hier gar nichts zu melden, Namara«, braust Dean auf. »Hau ab, solange du noch kannst!«

Ich erwache aus meiner Erstarrung. Dean vollkommen ignorierend wende ich mich an den Wachmann.

»Jamie, würdest du Fion bitte ausrichten, dass ich nur mit Patrick und Connor zusammen vorfahre? Die beiden sollen Liz als Begleitschutz dienen, für den Fall, dass ihr euren Handel mit Richard nicht mehr ernst nehmt, sobald ihr mich wieder in eurer Gewalt habt. Er kann Liz aber auch gerne ans Tor bringen und den Austausch hier vornehmen.«

Dean schnappt zornig nach Luft, aber Farran hat scheinbar bereits über die Überwachungskamera mitbekommen, was ich gesagt habe.

Jamie lauscht einen Moment und nimmt dann sein Headset ab. Wortlos setzt er es mir auf. Die Mündung seiner Waffe deutet zu Boden, als er neben dem Motorrad stehen bleibt und in seinen Augen lese ich, wie unangenehm ihm die ganze Situation ist.

Während ich das Headset auf meinem Kopf zurechtrücke, schenke ich ihm ein Lächeln und er errötet noch mehr.

»Wirst du mich zur Begrüßung auf die linke Wange küssen, Emma MacAengus?«

Ich zucke zusammen.

Farrans Stimme ist so gelassen wie immer und ich schließe die Augen, um die Sicherheitsleute und Dean auszublenden.

»Würden Sie mich wirklich so nahe an sich heranlassen, Fion?«

Er lacht amüsiert auf. »Du spielst ausgezeichnet. Das habe ich von Anfang an bewundert. Aber ich kenne deine Gefühle besser, als dir lieb ist.«

»Dann wissen Sie sicherlich auch, dass mir meine Mutter

alles bedeutet hat. Sie beschützen ihre Mörder und erwarten von mir ernsthaft Loyalität?«

»Du solltest nicht alles glauben, was man dir erzählt. Denselben Fehler hat Katharina einst begangen.«

Ich beuge mich vor zu Jared. »Reichst du mir mal dein Handy?«

Er greift in seine Jackentasche und gibt es mir. Als ich die Sprachaufnahme gefunden habe, lasse ich sie in voller Lautstärke vor dem Headset ablaufen.

»*Immer noch keine Fortschritte bei der Kleinen?*«

Deans Augen weiten sich in Entsetzen. Er jagt nach vorne, aber bevor er mich erreichen kann, wird er von seinen Füßen gerissen und kracht rückwärts gegen den rechten Pfeiler des Eingangstores, an dessen Sockel er vor Schmerz wimmernd liegen bleibt.

Die Sicherheitsleute richten die Mündungen ihrer Waffen auf Patrick, drücken jedoch nicht ab. Sie scheinen auf Farrans weitere Befehle zu warten.

Aus den Augenwinkeln sehe ich, dass Jamie neben mir seine Waffe gesenkt hält. Sein Gesicht verzerrt sich vor Abscheu, während er sich voll und ganz auf das ablaufende Gespräch von Owens und Dean zu konzentrieren scheint.

»*... Und wie? Indem ich vor jedem zufällig vorbeifahrendem Auto eine Projektion von deinem Schneewittchen aufwerfe? Du weißt ganz genau, dass ich dich gebraucht habe, um sie zu orten!*«

Ein unmenschlicher Schrei in dem Headset sticht wie eine glühende Nadel durch mein Trommelfell, gefolgt von dem aufgebrachten Ruf Farrans: »NEIN! BLEIB DA! James, halt ihn auf, um Himmels willen!«

Wen meint er? Einen Moment lang klang die Stimme wie

die meines Vaters. Aber es muss Owens gewesen sein. Bestimmt ist er abgehauen, als Farran die Wahrheit erfuhr.

Die Sicherheitsleute haben sich überrascht Richtung Schulgebäude gedreht, als der Schrei gellend durch ihr Headset schallte und Patrick ruft laut: »JETZT!«

Jared kippt mit seinem Oberkörper zur Seite und schlägt Jamie mit einem gezielten Fausthieb ins Gesicht zu Boden, wodurch plötzlich der Blick auf die zwei Männer vor mir frei wird. Sie fahren alarmiert herum und ich sehe, wie sie die Pistolen heben, spüre die Bedrohung, die von ihnen ausgeht, wie einen körperlichen Schmerz, der auf mich zurast. Mein Puls pocht wie Trommelschläge in meinen Ohren und ich reagiere blitzschnell, ohne darüber nachzudenken. Der mir am nächsten stehende Wachmann wird hochgerissen und zur Seite geschleudert, wo er mitten in der Luft gegen seinen Kollegen prallt. Ihre blindlings abgefeuerten Schüsse verstummen ebenso wie ihre Schreie, als sie zusammenstoßen. Der dumpfe Aufprall ihrer reglosen Körper ist in dem Dröhnen des sich nähernden Helikopters kaum zu hören.

»Wow!«, keucht Connor links von mir.

»DAS nenn ich mal perfektes Teamwork«, pflichtet Jared bewundernd bei.

Ich reiße den Kopf herum und sehe Patrick an. Seine Mimik spiegelt eine Mischung aus Ungläubigkeit und Triumph wider. Gerade da sehe ich im Hintergrund etwas aufblitzen.

»Runter!«, schreie ich und Patrick wirft sich mitsamt Motorrad zur Seite.

Fast zeitgleich mit dem knallenden Geräusch spüre ich den Luftzug eines Projektils ganz nah an meiner rechten Schläfe. Jared packt mich um die Taille und stürzt sich vom Motorrad. Wir landen neben dem stöhnenden, halb bewusstlosen

Jamie. Während er sich schützend über mich beugt, zieht er dem jungen Wachmann die Waffe aus der Hand und zielt auf den Torpfosten. Aber wir können nur noch Deans dunklen Schemen sehen, der zwischen den Bäumen des Parkgeländes verschwindet.

»FEIGLING!«, brülle ich ihm hinterher, als an seiner statt ein neuer Sicherheitsmann über den Weg auf uns zuläuft.

Dann explodiert unmittelbar neben meinem Kopf ein Schuss. Zunächst glaube ich, auf dem linken Ohr taub zu sein. Wie eine Marionette dreht sich der eben erschienene, bärtige Mann vor meinen Augen um die eigene Achse und sinkt zu Boden.

Ich fahre herum und schaue in Jareds blasses Gesicht. Seine Augen leuchten unter den langen, schwarzen Wimpern hell und klar wie ein gefrorener Bergsee im Winter. Und genauso kalt ist der Ausdruck in ihnen.

Jacobs Worte drängen plötzlich wieder an die Oberfläche.

In dir steckt mehr von Rina, als du zugeben willst. Du bist nicht die Richtige für diesen Job.

Jared offenbar schon.

Langsam lässt das Taubheitsgefühl im Ohr nach. Als ich mich aufrichten will, stoße ich mit der Hand an etwas Metallenes. Ein Handy. Es muss Jamie aus der Jacke gefallen sein. Instinktiv stecke ich es ein. Eine Hand greift nach meinem Arm und hebt mich hoch.

»Lasst die Motorräder stehen«, ordnet Patrick an. Er muss schreien, um das Rauschen des Helikopters zu übertönen. »Zu Fuß haben wir bessere Chancen. Beeilt euch.«

Als wir durch das Tor laufen, nimmt er den Sicherheitsleuten die Waffen ab, während Connor nach seinem Smartphone greift und eine vorgespeicherte Nachricht an Richard schickt.

»Wir sind drin«, sagt er triumphierend und winkt mir und Jared zu.

Farrans Befehle tönen durch das Headset, während ich Connor in den Schatten der Bäume folge. Gerade noch rechtzeitig, denn der Scheinwerferstrahl des Helikopters über uns streift mich, und Schüsse schlagen von oben mit solcher Wucht in den Weg, dass der Kies einen halben Meter weit zur Seite spritzt.

Ich drehe das Headset lauter, um Farrans aufgebrachte Rufe besser verstehen zu können.

»Sofort aufhören! Ihr dürft das Mädchen nicht verletzen!«

Ein ohrenbetäubendes Krachen, das von dem rückwärtigen Gelände der Schule zu kommen scheint, bringt den Helikopter endgültig dazu, zur Seite zu schwenken und im selben Augenblick jagen drei goldene Streifen über den schwarzen Nachthimmel und explodieren in riesigen Palmenblättern, die regengleich zur Erde stürzen. Richards Feuerwerk! Es ist das Signal, dass Steins Team eine der Mauern überwunden hat und von der anderen Seite die Schule angreift. Ein optisches und akustisches Ablenkungsmanöver, damit wir Zeit gewinnen, um Liz zu suchen.

»Ryan, was ist dahinten bei euch los?«, ruft Farran in meinem Headset. Er scheint in der Aufregung völlig vergessen zu haben, dass ich es noch aufhaben könnte.

Macmillans Stimme klingt außer Atem, als würde er laufen.

»Die Hölle! Sie greifen von allen Seiten an. Von wegen Montgomry ist zu feige für eine Offensive! Wo zum Teufel steckt eigentlich Jacob? Wir könnten hier alle Hilfe brauchen, wenn du ihre Topleute gefangen nehmen willst.«

»Wenn ich das wüsste! James hast du ...?«

»Nein, aber dort vorne sehe ich Owens.«

Bei der Erwähnung des Namens stolpere ich über eine Wurzel und falle auf die Knie. Verflucht! Jared bleibt stehen und hilft mir auf. Hastig lege ich die Hand an den Mund und deute auf das Headset.

»Du kannst Farran immer noch hören?«, fragt er mich in Gedanken und seine Augen leuchten begeistert auf. Nickend deute ich auf Connor und Patrick, die zu uns zurückeilen.

»Alles klar, ich warne sie.«

Als Connor uns erreicht, greift er schmunzelnd nach dem Bügel des Headsets und drückt auf einen kleinen Schalter, den ich bislang noch gar nicht entdeckt habe.

»Jetzt ist das Mikro stumm. Du kannst Farran verstehen, er dich nicht. Übrigens ein genialer Einfall, Jamies Handy mitzunehmen. Daran hatte ich in der Eile gar nicht gedacht.«

»Ähm, danke, Connor«, stottere ich und mir wird erst jetzt klar, dass ich ohne das Handy Farran gar nicht mehr verstehen könnte, weil die Bluetooth-Verbindung abgebrochen wäre. Wer hätte gedacht, dass Connor so ein Technikexperte ist?

»Was hast du erfahren?«, fragt Patrick nervös.

Ich schildere es ihnen in kurzen Worten. »Gut! Sollen sie Macmillan nur einheizen. Du trägst besser auch eine Waffe.«

Er hält mir eine der erbeuteten Pistolen entgegen.

Entsetzt schüttele ich den Kopf. »Ich weiß doch nicht mal, wie man so was bedient.«

»Erklär ich dir unterwegs. Nimm sie und komm endlich.«

Widerstrebend greife ich danach. Das Metall fühlt sich unangenehm kalt an, und bei dem Gedanken, einen Menschen damit zu töten, läuft ein Schauer über meinen Rücken.

Während wir uns abseits der Wege durch den Park dem Schulgebäude nähern, wird das Lärmen des Hubschraubers über uns immer lauter. Ich hebe den Kopf und starre in den Himmel. Zwischen den roten und gelben Lichtkaskaden des Feuerwerks schneidet sein grellweißer Suchscheinwerfer Schneisen in den beißenden Rauch. Wir müssen der Stelle, von der das Feuerwerk gezündet wurde, schon ganz nahe sein. Langsam senkt sich der schwarze Schatten über uns, wie ein bedrohliches, metallenes Insekt. Schüsse peitschen durch die Nacht, gefolgt von lauten Schreien.

»Er greift sie an!«, rufe ich Patrick entsetzt zu.

»Natürlich. Sie sind der Köder, damit er von uns abgelenkt ist und wir über den Rasen zum Gebäude laufen können.«

»Aber ...«

»Wir können ihnen nicht helfen!«, sagt er grimmig.

»Irrtum. Ich kann ihnen helfen. Gib mir fünf Minuten!«, fordert Connor und reißt sich seinen Rucksack vom Rücken.

»Du hast Richard gehört! Wir müssen so schnell wie möglich an die Hauptleitungen ran und den Strom abschalten. Halt dich nicht mit dem Heli auf, sie werden schon damit fertig werden!«

Ich denke an Phyllis, die mit Stein zusammen den Maschinengewehrsalven von oben ausgeliefert ist, und greife nach Patricks Arm.

»Bitte!«

Er schaut wütend auf seine Armbanduhr. »Okay! Fünf Minuten! Richard wird mich zerlegen, wenn deswegen der Plan scheitert!«

Zu meiner Überraschung zieht Connor einen silbernen Laptop aus dem Rucksack und setzt sich im Schneidersitz auf den Boden. Ich habe eigentlich erwartet, er würde irgendeine Waffe benutzen oder auf den Hubschrauber mit seiner Gabe, welche auch immer das sein soll, einwirken.

Jared lacht leise, als er meine Gedanken errät.

»Mit Telekinese kommst du bei einem Hubschrauber nicht weit. Es sei denn, man würde ein ganzes Heer von synchron arbeitenden Telekineten aufstellen«, sagt er spöttisch. »Außerdem verfügt Connor über keine Gaben in unserem Sinne. Aber man kann trotzdem sagen, dass er außerordentlich begabt ist.«

»Schwall nicht so viel! Schau dich lieber um, ob sich uns nicht jemand nähert«, sagt Patrick verärgert.

Ich gehe neben Connor in die Hocke und beobachte, wie er ein Programm öffnet, dessen Benutzeroberfläche aus dutzenden Schaltern und Hebeln zu bestehen scheint. Er deutet auf den Bildschirm und erklärt: »Das ist ein künstlicher Bordcomputer.« Dann zieht er sein Smartphone aus der Tasche und fährt hektisch über das Display. »Und jetzt werde ich einen Virus in das reale System des Bordcomputers im Hubschrauber über uns einschleusen und ihn hacken. Danach kann ich das Ding steuern, wohin ich will. Die Piloten haben keinen Einfluss mehr auf ihre Maschine.«

»Unmöglich!«

Auf Connors Smartphone erscheint ein Satellitenbild, ähnlich dem von *Google Earth*, nur genauer. Ich kann einzelne Gebäudeteile von Sensus Corvi ausmachen. Rechts davon leuchten Zahlen und darüber das Wort *Telemetrie*. Auf einem roten Tastenfeld in der Fußleiste steht *Connect*.

»Drück drauf, Emma.« Zögernd berühre ich das Feld auf dem Handy und auf dem Display erscheint ein lachender Totenkopf, unter dem das Wort *Hijack* blinkt.

»Cool!«, murmele ich.

Connor tippt etwas auf seinem Laptop. Der Hubschrauber über uns steigt höher.

»Was passiert jetzt?«, frage ich atemlos.

»Ich habe die Hacker-Software so programmiert, dass die Jungs da oben nach Midleton fliegen und auf dem Golfplatz von Liam landen werden.«

»Na, der wird sich freuen!«, wirft Patrick zynisch ein. Er steht mit dem Rücken zu uns und beobachtet angespannt die Umgebung.

Connor zieht eine Augenbraue hoch. »Ich kann ihn auch auf dem Boden zerschellen lassen, wenn das deinem Blutdurst eher entspricht.« Er klappt den Laptop zu und steckt ihn zurück in den Rucksack.

»Aber, wie ist das möglich?«, frage ich immer noch ungläubig.

Mit einem verlegenen Lächeln zieht mir Connor das Smartphone aus der Hand und aktiviert die Tastensperre, bevor er es in seine Jackentasche zurücksteckt.

»Ist eigentlich ganz einfach. Ich hab das Kommunikationsnetz der Firma gehackt, die per Ferndialog für Farran die Hubschrauber wartet, die Software aktualisiert und ...«

»Wir müssen los, Cyberspezialist!«, sagt Patrick ungehalten und reißt Connor am Arm herum.

Da schreit Connor lautstark auf.

Das kann ihm doch nicht so wehgetan haben, denke ich, als Patrick zur Seite hechtet und sich über den Boden abrollt. Es knallt und unweit der Stelle, an der er gestanden hat, schlägt etwas in die Erde. Gras und Moos spritzen auf und klatschen gegen den Saum meiner Jeans. Connor hält die Hände an die Schläfen und brüllt wie ein Wahnsinniger, während er in die Knie sackt.

»Neurokinese«, flüstere ich entsetzt, und dann: »Macmillan.«

Wie zur Bestätigung höre ich plötzlich seine heisere Stimme im Headset: »Ich seh die Kleine, Fion! Links von den Sportanlagen. Schick mir Verstärkung.«

»Emma, runter!«, ruft Jared, während er blindlings in die Büsche um uns herum schießt.

Ich schmeiße mich neben Connors Rucksack zu Boden, packe meine daneben abgelegte Waffe und rolle mich ein Stück weiter zu einem hohen Baum. Das Headset löst sich von meinem Kopf und bleibt einen Meter von mir entfernt im Gras liegen. Ich wage nicht, es zurückzuholen. Mit dem Rücken an den rauen Stamm gelehnt, versuche ich vergeblich, etwas zwischen dem Gestrüpp und den Baumstämmen zu erkennen.

Wo ist Macmillan? Die flackernden Lichter des Feuerwerks tauchen die angespannten Gesichter der Männer vor mir einen Augenblick lang in grelles Rot.

Connor wälzt sich wimmernd auf dem Boden.

Da! Etwas Dunkles bewegt sich ein paar Sträucher weiter, klein und flink.

»Hinter dir, Jared!«, rufe ich und er wirbelt auf dem Boden herum und schießt.

Ich höre einen Schrei, dann erkenne ich den Umriss einer schmalen Gestalt, die von uns wegläuft.

»MACMILLAN!«

Einem brüllenden Löwen gleich, bereit, sein Opfer unter seinen Pranken zu begraben, jagt Patrick ihm hinterher.

Dann ist es plötzlich still. Der Hubschrauber ist fort und das Feuerwerk verstummt, und nur der beißende Rauch zieht geisterhaft weiß zwischen den kahlen Stämmen der Bäume hindurch.

Jared kriecht zu Connor hinüber und ich will gerade ebenfalls nach ihm sehen, als ich hinter mir ein leises Rascheln höre.

Und da steht er.

Als hätten meine Verzweiflung und Sehnsucht ihn geboren. Aidan.

Etwa zwanzig Meter entfernt unter einem riesigen Ahornbaum, die Ärmel seines schwarzen Pullovers hochgekrempelt und winkt mir zu. Mein Herz schreit seinen Namen, aber meine Lippen bleiben stumm, als ich auf ihn zustolpere. Im schwachen Licht des Mondes sind seine Augen dunkel schimmernde Perlen in dem bleichen Gesicht. Darunter liegende Schatten zeugen von seiner Erschöpfung. Als ich näher komme, verziehen sich seine Lippen zu einem zärtlichen Lächeln. Er breitet seine Arme aus und jede Faser in mir schreit danach, sich hineinfallen zu lassen. Irgendwo weit weg ruft Jared meinen Namen, aber jetzt kann mich nichts mehr aufhalten. Nur noch ein paar Schritte.

Und ich reiße die Pistole hoch und schieße ihm mitten ins Herz.

TOTENTANZ

Sein Blick. Festgefroren in meinem.

Dann verblasst die dünne Patina seiner Gestalt und ich sehe durch ihn hindurch wie durch buntes Glas. Hinter den letzten transparenten Splittern von Aidans Gesicht graben sich braune Haare und Augen wie dunkler Bernstein aus dem Nichts, und Dean Owens stirbt, die Überraschung noch deutlich ins Gesicht geschrieben.

Dean! Die Waffe in meiner Hand ist auf einmal so schwer, dass ich sie nicht mehr halten kann. Aber das dumpfe Geräusch ihres Aufpralls verhallt in einem durchdringenden Aufschrei.

Ich wirble herum und blicke in das schmerzverzerrte Gesicht von Deans Vater. Er muss die Projektion von Aidan aufgeworfen haben, damit ich in Deans Arme laufe. Aber er hat einen Fehler gemacht. Aidans schwarzer Wollpullover, den ich so sehr an ihm liebe, hat niemals das Schiff verlassen.

Schneller als ich mich bewegen, nach meiner Waffe greifen oder meine Telekinese aufbauen kann, reißt Owens seine Pistole hoch und drückt ab.

Der Schuss peitscht lautstark durch die Stille, aber seltsamerweise fühle ich keinen Schmerz. Owens Augen weiten sich und er sackt vor mir zusammen, die Stirn voller Blut.

Wie betäubt bücke ich mich nach unten und hebe meine Waffe auf, bevor ich zu dem reglosen Körper trete. Sein Gesicht ist selbst im Tod von Hass gezeichnet. Schaudernd wende ich den Blick ab. Laub raschelt und Äste knacken leise, als sich jemand von hinten nähert.

»Danke, Jared«, murmele ich müde, ohne mich umzu-
drehen.

»Emma!«, antwortet eine leise Stimme.

Mein Atem stockt und mein Herz ist auf einmal so kalt
und schwer wie ein Stein. Ich könnte diese Stimme unter
Tausenden sofort wiedererkennen. Die Stimme des Mannes,
der Mamas Ermordung beauftragt hat. Die Stimme meines
Vaters.

Langsam drehe ich mich um und richte die Mündung meiner Pistole auf ihn.

Jacob MacAengus steht so dicht vor mir, dass ich den Kopf
in den Nacken legen muss, um ihm direkt in die Augen zu
sehen. Er trägt keinen Anzug, sondern eine schwarze Jeans
und einen dunklen Pullover, über dem sich ein Schulterhalfter spannt. Die Waffe, mit der er Owens erschossen hat, liegt
immer noch in seiner Hand, aber er macht keine Anstalten,
damit auf mich zu zielen. Mit hängenden Schultern steht er
da und sieht mich einfach nur an.

Etwas ist anders.

Seine Backenknochen scheinen schärfer hervorzutreten als
sonst und auf seinen Wangen sprießt ein ungepflegter Bart.
Die Haare, speckige Strähnen, fallen ungekämmt in seine
Stirn. Müdigkeit hat tiefe Furchen in sein Gesicht gegraben.
Aber das Schrecklichste in diesem, wie ein Zerrbild meines
Vaters wirkenden Gesichtes, sind seine Augen. Sie liegen tief
in ihren Höhlen, ohne Glanz, wie stumpf gescheuertes Metall.
Er öffnet den Mund und schließt ihn wieder. Und öffnet ihn
erneut. »Ich liebe dich.«

Meine Hand beginnt zu zittern und ich möchte schreien,
dass ich ihn hasse, dass ich keinen Wert auf seine Liebe lege,
dass sich meine Gefühle nicht ändern werden, nur weil er

Owens erschossen und mir dadurch das Leben gerettet hat. Aber das Zittern wird immer stärker und jetzt laufen mir auch noch Tränen über die Wangen.

»Emma, ich habe niemals ...«

Bevor er seinen Satz vollenden kann, taucht geschmeidig wie ein Panther der Umriss einer Gestalt hinter ihm auf und eine Faust kracht gegen seine Schläfe und lässt ihn zu Boden sinken.

»Jared!«, schluchze ich erleichtert und schmeiße mich in seine Arme.

»Sshh! Es ist vorbei«, sagt er beruhigend und streicht mir über die Haare, und einen winzigen Moment lang glaube ich ihm und schließe erleichtert die Augen.

»Ist es nicht!«, knurrt eine Stimme, schärfer als jede Klinge, und Angst senkt sich bleischwer in meinen Magen hinab. »Lass das Mädchen los, Brady!«

Jareds Körper spannt sich bei James Callahans Worten an. Jetzt schnellt er herum und stellt sich mit dem Rücken schützend vor mich.

»Du rührst sie nicht an!«, droht er dunkel.

Aidans Vater lacht kalt auf. In seinem maßgeschneiderten schwarzen Anzug sieht er aus, als käme er geradewegs vom Börsenparkett. Allerdings haben Broker für gewöhnlich ein Handy und keine Maschinenpistole in der Hand.

Über Jareds Schulter sehe ich, dass er nicht alleine ist. Fünf bewaffnete Sicherheitsleute bilden langsam einen Kreis um uns, und direkt an seiner Seite steht zu allem Übel Ryan Macmillan.

»Keine Sorge, Farrans Juwel passiert nichts. Ich bin schließlich nicht lebensmüde. Und du hast keine Chance gegen uns. Wenn du gegen uns kämpfst, gefährdest du sie nur unnötig.

Also tritt beiseite, damit wir sie zu ihrem Mentor bringen können.«

Jared zögert einen Moment, dann geht er ein paar Schritte nach rechts.

»Ich gehe nur mit euch mit, wenn ihr Jared laufen lasst!«, sage ich und dafür, dass ich vor Angst kaum atmen kann, klingt meine Stimme erstaunlich selbstsicher.

Callahan schaut mich an. In dem Halbdunkel sieht er seinem Sohn unglaublich ähnlich. Er hebt eine Augenbraue und verzieht die Mundwinkel zu einem verächtlichen Lächeln.

»Denkst du ernsthaft, mir nach alldem, was du angerichtet hast, Bedingungen stellen zu können? Du magst ihn, nicht wahr?« Seine Zähne blitzen raubtiergleich im silbernen Mondlicht, als sich sein Lächeln vertieft. »Und du magst deine Freundin Liz. Nun, ich gebe dir die Chance, einen von ihnen zu retten. Entscheide dich.«

Ich starre ihn an. Mein Herz klopft so laut, dass ich glaube, mich einfach verhört zu haben. »Wie bitte?«

Er lacht. »Du bist doch sonst so ungemein stolz auf deine schnelle Auffassungsgabe, MacAengus. Ich erklär es dir. Du hast uns Raben schwer enttäuscht. Damit das nicht noch einmal geschieht und du deinen Platz in unseren Reihen wieder einnehmen kannst, musst du Buße tun.«

Nein, das kann er unmöglich ernst meinen.

»Sie erwarten von mir, einen meiner Freunde zu ... opfern, um wieder bei den Raben aufgenommen zu werden? Sind Sie wahnsinnig?«

Er ist es. Seine Augen verengen sich zu bösartigen Schlitzen und er sagt, immer noch lächelnd: »Genau das.«

»James!«, wirft Macmillan stirnrunzelnd ein.

Jared stößt einen krächzenden Laut aus.

Ich balle die Hände zu Fäusten und grabe meine Fingernägel so fest in die Handinnenflächen, dass es schmerzt. »Das ist unmenschlich, das ... das kann ich nicht. Fion würde das niemals von mir verlangen!«

»Du hast kein Recht mehr, ihn so zu nennen!«, donnert er. Dann fährt er leise, aber umso bedrohlicher fort: »Ich sehe schon, du bist zu schwach. Deine Ausbildung ist eben noch nicht abgeschlossen. Mach dir nichts draus, ich werde dir helfen.« Und mit diesen letzten Worten reißt er die Hand mit der Waffe hoch und schießt Jared in den Bauch.

RABENLIEBE

Jared brüllt infernalisch.

Vollkommen hilflos den grausamen Schmerzen ausgeliefert, liegt er zusammengekrümmt auf dem Boden und hält die Hände auf seinen Bauch gepresst, aber das Blut spritzt ungehindert zwischen seinen schlanken, weißen Fingern hervor.

Ich stürze zu ihm, falle auf die Knie und berühre sein Haar.

»TUN SIE WAS!«, schreie ich Macmillan an.

Unsicher stolpert er auf mich zu, die Augen eine Mischung aus Mitleid und Furcht. Sein Schnurrbart zittert in dem faltigen Gesicht. Nein, er wird es nicht wagen, sich gegen Callahan zu wenden.

Denk nach! Ein Krankenwagen. Fieberhaft greife ich in meine Jackentasche, aber einer der Sicherheitsleute schlägt mir mein Handy aus der Hand, bevor ich auch nur eine Ziffer eingeben kann.

»Er braucht einen Arzt! Um Himmels willen!«

»Es ist zu spät, Emma«, sagt Macmillan mit brüchiger Stimme, während er eine Hand auf meine Schulter legt.

Nein, ist es nicht. Es darf nicht zu spät sein. Ich werde das nicht zulassen. Er wird ... Plötzlich fällt mir auf, wie still es ist. Jared hat aufgehört zu schreien. Sein Gesicht ist so weiß wie Porzellan, als hätte gerade der letzte Tropfen Blut seinen Körper verlassen. Die Augen auf mich gerichtet, bewegt er die blassen, bläulichen Lippen. Die Lippen, die mich einst geküsst haben. Zwei karmesinfarbene Bläschen sprudeln aus seinem Mund, aber ich verstehe ihn trotzdem: »Emma.«

Wie kann in einem so leise gehauchten Namen nur so viel

Sehnsucht stecken? Sein Gesicht verliert seine Konturen, als die Tränen über meine Wangen laufen, und ich beuge mich tiefer hinab und streiche ihm die Haare aus der schweißbedeckten eiskalten Stirn. »Ich bin bei dir, Jared«, flüstere ich. »Ich werde immer bei dir sein.«

Meine Lippen berühren sanft die seinen. Sie sind weich, aber kühl wie Marmor. Ganz kurz spüre ich den Druck, als er meinen Kuss erwidert. Seine Augenlider flattern und schließen sich. Ein Zucken geht durch seinen Körper. Dann liegt er still.

»Das hättest du nicht tun dürfen, James.« Macmillans Stimme rauscht weit entfernt, obwohl ich immer noch seine Hand auf meiner Schulter spüre. Es ist so entsetzlich kalt. Und so dunkel.

»Sie muss endlich lernen, was es bedeutet, die Raben zu verraten.«

Macmillan lacht bitter auf. »Erzähl mir nicht, dass es dir um *ihren* Verrat ging!«

»Sie hat ihn dazu gebracht!«, zischt Callahan mit so viel Hass in der Stimme, dass ich vor Angst ersticken müsste, aber ich fühle immer noch nichts, sondern gleite immer tiefer in diesen bizarren Wirbel, der dort entstanden ist, wo ich bislang Gefühle hatte.

Jemand zieht mich hoch und stellt mich auf die Beine, die so stark zittern, dass sie mich nicht tragen können. Ein Arm legt sich um meine Taille, um mich zu stützen.

»Sie ist eine Taucherin, James! Verdammt, sieh dir an, was du angerichtet hast! Bist du jetzt endlich zufrieden?«

»Nein. Ich bin erst dann zufrieden, wenn Fion und ich ihr Gedächtnis so bearbeitet haben, dass sie kein Interesse mehr an meinem Sohn hat.«

Aidan, flüstert eine Stimme sehnsüchtig in meinem Kopf.

»Na klar, und er wird sich nicht darum bemühen, sie erneut zu erobern. Du kennst deinen Sohn reichlich schlecht.«

»Sein Gedächtnis werde ich natürlich zuerst umformen. Und Emma darf dabei zusehen, wie seine Liebe zu ihr ausradiert wird. Das Bild, das sie eben bot, als sie diesen elenden Verräter geküsst hat, lässt sich wunderbar in seine neuen Erinnerungen integrieren.«

»Du willst deinen eigenen Sohn manipulieren?«, flüstert Macmillan mit einer Mischung aus Abscheu und Fassungslosigkeit. »Großer Gott, schreckst du denn vor gar nichts mehr zurück?«

»Nicht wenn es um unsere Sache geht! Glaub mir, Aidan und David werden hervorragende Raben abgeben, wenn Fion und ich mit ihnen fertig sind. Anfangs gab es Fehlschläge, aber wir haben das in den letzten Jahren in den Griff bekommen. Es ist für Aidan vollkommen ungefährlich.«

Aidan. David. Die Namen reißen Löcher in den dichten Nebel in meinem Kopf, und plötzlich geht ein Beben durch mich und mein Verstand kämpft sich frei. Dass Callahan von David weiß, kann nur eines bedeuten: Sie haben sie gefunden.

Aidan lebt.

Meine Gedanken überschlagen sich, als mir bewusst wird, warum Callahan vollkommen irrsinnig vor Wut ist. Aidan muss sich nach ihrer Gefangennahme nicht wieder den Raben zugewandt, sondern zu David, dem Falken, gehalten haben.

»Ruhig, Mädchen. Wir bringen dich jetzt zu Fion«, murmelt Macmillan. »Mike, hilf mir mal, ich glaub, sie kann nicht laufen.«

Unter meinen halb geschlossenen Lidern erkenne ich die riesige Tür von Farrans Büro und mich beschleicht das unangenehme Gefühl, auf das aufgerissene, schwarze Maul eines Ungeheuers zuzusteuern. Die vier Männer davor habe ich noch nie gesehen. Sie wirken wie eine moderne Variante der mythologischen Krieger, die in ihrem Rücken in das Ebenholz der Tür geschnitzt sind. Zwei Meter groß, kahlgeschoren und schwarz gekleidet, mit hohen Stiefeln und bewaffnet bis an die Zähne. Dagegen sieht der Wachmann, der mich gerade trägt, wie ein Balletttänzer aus: athletisch muskulös, aber dennoch grazil.

Als sie mich in den Vorraum bringen, höre ich einen schrillen Schrei. »Ihr Drecksäcke! Was habt ihr mit Emma gemacht? Warum ist ihr Mund voller Blut?«

Liz ist schon immer direkt gewesen, wenn man sie reizte. Ich lasse meinen Kopf an der Brust des Wachmanns liegen und reagiere nicht auf sie.

»Sei still oder ich kneble dich!«, zischt eine Frauenstimme bösartig. Wie schön! Neve, Farrans Sekretärin, lässt ihren geliebten Meister in der Stunde der Wahrheit nicht allein.

»Nur zu, lieber gefesselt und geknebelt, als den Boden küssen, auf dem dein Chef wandelt. Oder bietest du ihm auch noch andere Dienste an?«

Das laute Klatschen einer Ohrfeige wird von dem Aufschlagen einer Tür unterbrochen. Und dann fühle ich plötzlich seine Anwesenheit, so deutlich wie damals, als er mich im Krankenhaus besucht hat.

»Was geht hier vor?«, fragt Farran mit einem so bedrohlichen Tonfall in seiner sanften Stimme, dass augenblicklich Stille herrscht.

Vom Teppich gedämpfte Schritte nähern sich mir und

ich konzentriere all meine Gedanken auf den Moment, als Callahan auf Jared geschossen hat. Seine Finger über dem Bauch. Blut überall. Das Kribbeln jagt wie ein Windstoß über meine Kopfhaut. Mörder! Immer wieder lasse ich die Szene in meinen Gedanken abspulen, bis mein Atem schwer geht und der Schmerz mir fast das Herz zerreißt.

Gerade als ich glaube, es nicht mehr ertragen zu können, löst Farran sich aus meinen Gedanken. Er weist den Sicherheitsmann an, mich auf die Couch neben Liz zu legen.

»Oh mein Gott!«, flüstert sie.

Ich würde ihr so gerne ein Zeichen geben, aber ich bin sicher, Neve beobachtet uns mit den Augen eines Raubvogels.

»JAMES!«, donnert Farran. Noch nie habe ich ihn so unbeherrscht erlebt. »Waren meine Anweisungen so schwer zu begreifen oder ist der Verrat deines Sohnes dir derart in die Knochen gefahren, dass du zu einem emotionalen Weichling mutierst?«

Ich öffne vorsichtig zur Hälfte die Augenlider. Wie erwartet hat Neve nach diesem Ausbruch ihr Gesicht von uns ab- und Farran zugewandt. Hastig stupse ich Liz mit meinem Kopf am Oberschenkel. Sie schaut mich mit angstgeweiteten Augen an und ein Lächeln huscht sekundenlang über ihre angespannten Züge. Dann beugt sie rasch ihren Kopf zu meinem hinunter.

»Bist du okay?«, raunt sie.

Ich nicke unmerklich und schließe meine Augen, bevor Neve sich uns wieder zuwendet.

»Seit wann interessierst du dich für einen lausigen Verräter?«, zischt Callahan wutentbrannt.

Zu gerne würde ich jetzt sein Gesicht sehen. Farrans Worte fühlen sich an wie eine warme schützende Decke,

aber seine nächsten werfen mich in das Eisloch eines Ge-
birgssees.

»Er interessiert mich nicht im Geringsten, sondern sie. Du
weißt, dass Emotionentaucher besonders gefährdet sind, ihre
Gabe zu verlieren, wenn sie einem emotionalen Schock ausgeliefert werden. Ihre Aura sprüht über vor Wut und Hass und
in ihren Gedanken ist sie in einer Schleife gefangen, in der sie
immer wieder sieht, wie du ihm in den Bauch schießt und er
stirbt. Sieh sie dir an! Wenn du ihrer Gabe einen dauerhaften
Schaden zugefügt hast, dann ...«

»... ist sie es eben nicht wert! Wie soll dann aus ihr der
Rabe werden, der dir vorschwebt, wenn sie das nicht durch-
hält?«

Laute Geräusche vor der Tür unterbrechen ihn.

Ich sehe noch, wie Callahan und Macmillan nach ihren
Waffen greifen, aber ein ohrenbetäubendes Krachen und
Splittern lenkt mich von ihnen ab. Dunkle Holzstücke fliegen
von der Öffnung, wo einst die Tür war, wie Konfetti durch
den Raum, gefolgt von einem gleißend hellen Feuersturm.

Aidan, denke ich, packe Liz unter den Armen und hechte
mit ihr über die Rückenlehne der Couch. Keine Sekunde zu
früh, denn ein langes schmales Holzstück streift im Fallen
Liz' Arm und sie schreit schmerzerfüllt auf.

»Meine Fesseln!«, ruft sie und dreht mir ihren Rücken zu.
Es ist so laut, dass ich sie kaum verstehen kann.

Fieberhaft ziehe ich an dem Strick, aber er ist so fest gespannt, dass Liz bereits dunkelrote Striemen auf ihren Hand-
gelenken hat. Innerhalb von Sekunden steht der ganze Raum
in Flammen und der Rauch treibt mir Tränen in die Augen.
Schüsse knallen und über uns jagen Vasen, Bilder und Stühle
wie Kampfgeschosse durch die Luft.

Gerade als ich mich frage, ob Farran das bewirkt oder Phyllis auch unter den Kämpfenden ist, gleitet eine dunkle Gestalt auf uns zu und zieht ein Messer aus dem Gürtel.

Ich öffne den Mund, um zu schreien, aber als ich erkenne, wer neben uns auf dem Boden kniet, bringe ich nur ein ängstliches Röcheln heraus. Das Blut rauscht wie ein Wasserfall in meinen Ohren und ich starre vollkommen gelähmt auf die Klinge in seiner Hand, die sich blitzschnell Liz' Rücken nähert. Mit einem einzigen Schnitt durchtrennt sie den Strick.

»Robb mit Liz am Boden zur Tür«, schreit mein Vater, das Gesicht schweißgebadet und die rechte Schläfe voller Blut. »David bringt euch in Sicherheit!«

Aber ich schaue ihn nur an. In den dichten Rauchschwaden leuchtet sein Gesicht wie ein heller Fleck zwischen düsteren Gewitterwolken und seine Augen schimmern darin wie ein Stück blauer Himmel. Er will uns wirklich zu Richard gehen lassen? Jemand zieht mich am linken Ärmel meiner Jacke.

»Komm schon!«, ruft Liz.

»Geh vor! Ich muss mit ... mit meinem Vater reden.«

Er runzelt die Stirn und greift nach meinen Schultern. »Nicht jetzt, Emma!« Aus den Augenwinkeln sehe ich, wie Liz sich davonschlängelt. »Du musst sofort hier raus!«

»Doch! Jetzt! Und ich werde in dich tauchen, um endlich die Wahrheit zu erfahren, ob es dir nun passt oder nicht. Hast du Mamas Tod beauftragt?«

Im Eisblau seiner Augen fühle ich nichts als Wärme und Liebe. Kein Raum mit Türen, wie beim ersten Mal, als ich in ihm war, nur helles Licht. Ich schwebe in seinen sprühenden Funken, während Jacob MacAengus mich fest in seine Arme zieht und über den Kampflärm hinweg in mein Ohr ruft: »Nein! Niemals! Ich habe deine Mutter und dich immer geliebt. Und jetzt nimmst du Sturkopf gefälligst deine Beine in die Hand und läufst hier raus, bevor alles umsonst war!«

Ein unsicheres Lächeln liegt auf seinem Gesicht, als ich mich von ihm löse, und ich drücke ihm einen Kuss auf die Wange und krabble los.

Ich höre, wie Aidan nach meinem Vater ruft und dieser ihm Anweisungen gibt. Ich stocke und sehe mich um. Sie kämpfen Seite an Seite! Ein Windstoß jagt über mich hinweg, so stark, dass er mich ein Stück zur Seite rollt.

Macmillan schreit erschrocken auf und kracht unweit von mir auf den Boden, wo er liegen bleibt und sich nicht mehr rührt.

»EMZ!«, brüllt Liz und ich denke, sie will mich durch den Rauch zur Tür lotsen. Mein Herz flattert in einer Mischung aus Anspannung und Erleichterung wie ein Schwarm Schmetterlinge und deshalb übersehe ich den Schatten, der sich mir entgegenwirft, und bemerke die Waffe erst, als sie fest an meiner Schläfe liegt. Ein starker Arm umfasst mich und reißt mich hoch.

»Aufhören oder ich jage Emma eine Kugel durch den Kopf! Glaubt mir, nichts würde ich jetzt lieber tun!«

Der Lärm erstirbt, kaum dass Callahans Worte verhallt sind.

»Lass es nicht darauf ankommen, Mädchen«, knurrt er mir bedrohlich ins Ohr. »Ich bin schneller im Abdrücken als du mit deiner Telekinese.«

Der Gestank von verbranntem Essen ist so stark, dass ich mir die Hand vor den Mund halte, als ich mit den Flugtickets in der Manteltasche das Haus betrete.

»Mama?«, rufe ich und haste Richtung Küche. Dichter Qualm schlägt mir hinter der Tür entgegen. Hustend bahne ich mir einen Weg durch den beißenden Rauch und reiße das Fenster auf. Auf dem Herd steht ein Topf mit einem schwarzen, undefinierbaren Inhalt, aber die halbvolle Packung Milchreis auf der Küchentheke verrät mir, was es ursprünglich werden sollte. Mit einem Küchenlappen ziehe ich den Topf von der glühend heißen Platte und drehe den Strom ab.

Ich kann mich nicht erinnern, dass meine Mutter jemals ein Essen derart hat anbrennen lassen. Die Augen tränen noch von dem Rauch und Angst schnürt mir die Kehle zu, während ich ins Wohnzimmer laufe. Aber auch dort sind sie nicht. Meine Füße fliegen geradezu die Treppe hinauf und ich reiße die Schlafzimmertür auf.

»Oh, entschuldigt bitte, ich wusste nicht ...«

Meine Stimme bricht ab, als mir bewusst wird, dass etwas an dem Bild meiner schlafenden Eltern nicht stimmt. Vorsichtig trete ich näher.

Mama trägt ihren dunkelblauen Faltenrock und die weiße Rüschenbluse und Papa eine graue Stoffhose, ein hellblaues Hemd und eine Krawatte. Sie sind gekleidet, als würden sie Besuch erwarten. Oder als hätten sie welchen gehabt ... Einander an den Händen haltend liegen sie dicht beieinander und der Kopf meiner Mutter lehnt an Papas Schulter.

Mein Blick fällt auf das leere Wasserglas auf dem Nachttisch neben dutzenden aufgerissenen Medikamentenpackungen.

Nein! Ich taumle nach hinten und stoße an das Sideboard. Etwas Helles segelt an mir vorbei zu Boden. Wie in Trance bücke ich mich und hebe das mit Mamas feiner, kleiner Schrift beschriebene Blatt Papier auf. Ihre Hand muss gezittert haben und an einigen Stellen ist die Tinte blassblau verlaufen, als wären Tränen darauf getropft.

Katharina,
heute Nachmittag war Fion zum Tee bei uns, um uns mitzuteilen, dass sich für uns nichts ändern würde. Dass wir unbesorgt weiter in seinen Diensten bleiben können.
Wir wussten anfangs überhaupt nicht, wovon er sprach, und als er uns von deinen Treffen mit den Falken erzählte, wollten wir es nicht glauben. Aber dann zeigte er uns sein Entlassungsschreiben, das er dir mit auf den Weg geben will. Nur gute Noten stellt dir der Mann, den du hintergangen hast, aus! Ich musste weinen, als ich es in dein Zimmer auf den Schreibtisch legte. Dann sah ich den gepackten Koffer in deinem Schrank.
Wie konntest du nur Montgomrys Lügengeschichten glauben? Nach alldem, was wir Fion verdanken, was dieser Mensch vollkommen selbstlos für uns getan hat!
Nicht ein Wort hast du uns davon erzählt! Heimlich willst du dich aus diesem Haus stehlen. Und dann mussten wir auch noch erfahren, dass du Jacob verführt hast, dich zu begleiten! Den Mann, dem Fion in seinem Leben am meisten vertraut hat, der wie ein Bruder für ihn ist. Ich kann Fion nie wieder in die Augen sehen!
Mit dieser Schande können wir nicht weiterleben.
Du hast uns bitter enttäuscht.
Möge Gott dir, die du im Dunkeln sitzt, Einsicht geben und mögest du Buße tun, ihm und diesem großartigen Mann gegenüber.

Der Boden unter mir wölbt sich auf einmal und kommt mir entgegen. Meine Knie schlagen hart auf dem Parkett auf, ich lasse mich zur Seite fallen und krümme mich zusammen. Die Arme fest um die Knie geschlungen, kämpfe ich wimmernd gegen den Würgereiz an. Mein Körper bebt und meine Wange schabt schmerzhaft über das Holz, während ich weine, als könnte diese Flut von Tränen in irgendeiner Weise das Feuer löschen, das in mir tobt.

Als der Gestank der verbrannten Milch seinen Weg durch das Treppenhaus in das Schlafzimmer findet, würge ich stärker, spüre, wie die Galle meine Kehle verätzt. Doch dann höre ich auf einmal Richards Stimme, so klar, als stünde er tatsächlich neben mir, als hätte der Geruch sie ins Zimmer geweht: »*Achte auf die Kleinigkeiten. Lass dich nicht einlullen.*«

Warum sollte jemand Milchreis kochen, der plant, sich umzubringen?

Keuchend öffne ich meine Faust und betrachte den zerknüllten Brief. Mamas Schrift. Und auch ihr Stil, denke ich bitter. Wie haben wir uns in den letzten Jahren entfremdet! Diese Mischung aus quälenden Vorwürfen, abgöttischer Bewunderung für Farran und religiösen Sentimentalitäten: ohne Zweifel ihr Werk. Aber Selbstmord? Daran hatten früher weder sie noch Papa gedacht, selbst dann nicht, als sie ganz unten waren. Und woher zum Teufel hatten sie all die Tabletten? Meine Beine zittern, als ich langsam aufstehe und zum Bett hinüberschwanke. Ich ertrage es nicht, sie anzusehen, betrachte nur die Schachteln. Papas Schlafmittel. Aber kein Arzt würde ihm so viele Packungen auf einmal verschreiben, und aufgespart hat er sie sicher auch nicht. Wie oft habe ich mit ihm gestritten, weil er sie regelmäßig einnahm, und ihn davor gewarnt, abhängig zu werden! Es passt einfach nicht zusammen. Farrans Entlassungsschreiben fällt mir ein. Ich drehe mich um und gehe in mein Zimmer.

Auf dem kleinen Schreibtisch herrscht für gewöhnlich ein heilloses Durcheinander, aber jemand hat den Wust von Papieren und Büchern ordentlich zu beiden Seiten gestapelt und in die freie Mitte einen Umschlag gelegt. Ich schnappe nach Luft. Meine Eltern wissen, dass ich ausraste, wenn jemand etwas an meinem Schreibtisch verändert. Sie hätten das bestimmt nicht getan. Vorsichtig, als könnte ich mich vergiften, öffne ich den Umschlag.

Kein Entlassungsschreiben. Was auch immer Farran meinen Eltern gezeigt hat, es wurde ausgetauscht. Auf weißem Büttenpapier steht in einer geschwungenen, ausdrucksstarken Handschrift ein Zitat von Shakespeare.

»Auf euer Haupt wälzt er der Witwen und der Waisen Tränen,
der toten Männer Blut,
der Weiber Gram um Gatten, Väter
und um Anverlobte,
die dieser grimme Streit verschlingen wird.
Dies ist sein Ruf, sein Drohn und meine Botschaft.«

Ein Wasserzeichen scheint bläulich durch das Weiß des Papiers. Ich hebe das Blatt hoch und erstarre. Ein Vogel mit gebogenem Schnabel trägt über seinen weit gespreizten Flügelspitzen eine runde Scheibe.

»Horus«, flüstere ich. Meine Beine werden weich und ich falle auf den Stuhl vor meinem Schreibtisch. Wie zum Teufel ist Farran an dieses Briefpapier gekommen? Ich habe es nur ein einziges Mal gesehen, als ich mich mit Richard in einem kleinen Landhaus getroffen habe. Und jetzt erkenne ich auch

Richards Schrift wieder. Denkt er wirklich, ich würde ihm abnehmen, mein bester Freund hätte meine Eltern umgebracht? Wo auch immer Farran den Brief herhat, ich bin sicher, dass Richard nichts von alldem hier weiß. *Dies ist sein Ruf, sein Drohn und meine Botschaft ...*

Meine Schläfen pulsieren schmerzhaft, während ich verzweifelt versuche, die Puzzlestücke, die mir mein ehemaliger Lehrmeister hingeworfen hat, zu einem Bild zusammenzufügen. Er liebt derartige intellektuelle Spielchen. Ich sehe sein spöttisches Lächeln vor mir und ein Schauer läuft über meinen Rücken.

Sein Ruf, sein Drohn – natürlich: Er hat mir nachgerufen, dass ich es bereuen werde, ihn zu verlassen. Und jetzt wälzt er der Toten Blut auf mein Haupt. Der Waisen Tränen ... Ich schlucke. Es fehlt noch etwas. Die Botschaft fehlt. Als ich sie endlich finde, stoße ich einen lauten Schrei aus und lasse das Papier auf den Tisch fallen.

Der Weiber Gram um Anverlobte, die dieser grimme Streit verschlingen wird.

»Jacob«, flüstere ich und mein Herz hört für Sekunden auf zu schlagen. Er wird ihn umbringen, wenn er die Raben wegen mir verlässt! Und der Tod meiner Eltern war kein Selbstmord, sondern der Beweis, dass er seine Drohung ernst meint.

Wenn du diesen Raum jetzt verlässt, wirst du es bereuen ...

Nein. Nicht Jacob. Ihm darf nichts geschehen. Lieber gebe ich ihn auf!

Ich nehme den Füllfederhalter und mein Briefpapier aus der Schublade. Meine Hand bebt so stark, dass ich mehrere Ansätze brauche und es mir wie eine Ewigkeit vorkommt, bis ich mit dem Schreiben fertig bin.

Jacob,

meine Eltern haben sich wegen mir umgebracht.

Meine Gefühle kann und will ich dir gar nicht schildern. Aber ich bereue. Bereue so sehr. Ich hätte niemals Richards Reden glauben dürfen. Er wollte dich von Farran abwerben und ich sollte ihm bei diesem Plan behilflich sein. Glaub mir, ich habe dich niemals so geliebt, wie ich vorgegeben habe. Aber ich mag dich gern und möchte nicht, dass dir etwas geschieht. Bleib bei Farran. Bitte ihn um Verzeihung. Er weiß, dass ich die Schuld an allem trage. Sag ihm, dass ich schwöre, nichts, was ich über die Raben weiß, jemals irgendjemandem preiszugeben. Ich werde untertauchen und ein neues Leben fernab von Raben und Falken beginnen. Bitte versuch nicht, mich zu finden. Ich würde dich nur abweisen.

Es tut mir leid,

Rina

SCHERBEN

Sirenen und die Rotoren von Hubschraubern zerreißen die angespannte Stille. Als der Rauch sich endlich lichtet, sehe ich Aidan: Inmitten umgeworfener Stühle und zerbrochener, halb verbrannter Einrichtungsgegenstände, das Gesicht voll Schweiß und Ruß, die Haare zerzaust in alle Richtungen abstehend. Wie ein Phönix, der sich gerade aus der Asche erhebt.

Und mein Herz schlägt so schnell, als wollte es ihm entgegeneilen.

»Lass sie los, *Vater!*«, sagt er, als wäre das Wort allein eine Beleidigung.

»Ich denke gar nicht daran. Und jetzt gehen wir alle ganz artig rüber ins Büro. Bist du okay, Fion?«, ruft er und dreht den Kopf zur Seite.

»Mir geht's gut«, tönt seine beherrschte Stimme hinter der Empfangstheke hervor und Farran taucht mit Neve in den Armen auf. Sie sieht aus wie eine Marionette, deren Fäden man durchtrennt hat. »Neve hat es erwischt. Was ist mit Ryan?«

Keinerlei Emotionen sind in Farrans Gesicht zu lesen, als er seine Sekretärin auf dem Empfangstisch ablegt.

Ein Schauer läuft mir über den Rücken. Dad hat vermutlich eine der großen Vasen zersplittert und die Scherben auf Farran geschleudert. Sie muss sich schützend vor ihn gestellt haben, denn sein Gesicht ist zwar blutbespritzt, aber unverletzt. Neve dagegen sieht aus, als hätte jemand ihren Kopf und den Oberkörper in rote Tinte getunkt.

»Sieh dir ruhig an, was dein Vater angerichtet hat«, sagt Callahan.

»Erwarten ausgerechnet Sie Bedauern von mir, nachdem Sie Jared wie einen tollwütigen Hund erschossen haben?«

»Vielmehr war er auch nicht.«

Aidan stürmt nach vorne. »Du hast Brady umgebracht?«

»Bleib, wo du bist, oder ich drück ab!«, herrscht Callahan ihn an und Aidan versteinert. Ich suche ängstlich den Raum ab. Wo ist mein Vater? Das Vorzimmer sieht aus, als hätte ein Orkan darin gewütet. Zwischen umgeworfenen Möbelstücken, Scherben, halb verbrannten Vorhängen und losen Blättern aus aufgeplatzten Aktenordnern entdecke ich ihn. Gerade zieht er sich hinter einem Sessel hoch. Angespannt schaut er zu mir hinüber.

Ich lächle ihm zu und sein Gesicht hellt sich auf.

»Jacob, sieh nach, ob Ryan noch lebt!«, ordnet Farran an und gleitet auf Callahan und mich zu. Denkt er, mein Vater hält jetzt wieder zu ihm?

»DU wirst mir nie wieder etwas befehlen!« Dads Stimme ist heiser vor Zorn, und mein Herz beginnt zu jubeln.

Farran hat mich inzwischen erreicht und ich sehe, wie er zusammenzuckt. Er beachtet aber nicht ihn, sondern mich. Bunte Lichtreflexe wabern um seine Gestalt und seine wolkenartige, mächtige Aura umfließt ihn so stark, wie ich es noch nie zuvor wahrgenommen habe. Atemlos starre ich in das Graublau seiner Augen und in ihrem metallischen Funkeln fließen die Scherben meiner Vergangenheit zu einem dunklen Spiegel zusammen. Als ich hineinschaue, falle ich in den Abgrund seiner Seele.

»SIE haben Owens den Auftrag gegeben, meine Mutter umzubringen, nicht wahr?«, keuche ich auf, als ich die Wahrheit erkenne, und bittere Galle schießt mir in den Mund.

»Emma«, sagt er so liebevoll, dass ich würgen muss, »ich

hatte keine andere Wahl. Sie hätte dich niemals zu deinem Vater gehen lassen.«

»Als ob es dir je um mich gegangen wäre!«, entgegnet Dad aufgebracht und humpelt näher. Sein linkes Hosenbein ist aufgerissen und blutig, und sein Gesichtsausdruck würde wahrscheinlich einen Trupp Guerillakämpfer in die Flucht jagen. Doch Farran blickt ihm gelassen entgegen. »Du wolltest nur verhindern, dass ich die Raben verlasse und mit Rina und Emma fliehe! Und ich schwöre dir, ich hätte sie dazu überreden können, aber ich wusste, dass du alle Kräfte mobilisieren würdest, um uns zu finden, und ich wollte die beiden auf keinen Fall gefährden. Deshalb musste ich sicherheitshalber Montgomry involvieren. Du hast keine Ahnung, wie schwer mir dieser Schritt fiel! Das Problem war nur, dass er mich genauso hasst wie ich ihn, also habe ich erst einmal Jared vorgeschickt. Ich hoffte, Montgomry würde zu Rina Kontakt aufnehmen und uns später, wenn er erst Vertrauen gefasst hat, helfen. Viel zu lange hab ich auf seine Reaktion gewartet.«

Auf Farrans Gesicht erscheint ein feines Lächeln. »Dann hast du mich also damals schon verraten? Das wusste ich nicht. Ich dachte, Jared wäre aus freien Stücken zu den Falken gegangen.«

»Owens hat dir von Rina und Emma erzählt, nicht wahr?«, fragt Dad bitter.

»Allerdings.« Farran mustert ihn verächtlich. »Du kanntest mich lange genug, um zu wissen, dass mir das nicht auf Dauer verborgen bleiben würde.«

»Ja. Aber ich hatte keine Ahnung, dass du bereits einen Spion bei ihm eingeschleust hast. Als Montgomry sich nicht rührte, beschloss ich, Rina persönlich zu treffen. Mir war klar, dass sie heftig reagieren würde, deshalb hielt ich es für angebracht, diesen ersten Kontakt ohne Emma, im Haus der Lehmanns stattfinden zu lassen.« Mein Vater ist jetzt nur noch drei Schritte von uns entfernt.

»Bleib stehen!«, knurrt Callahan und drückt die Waffe fester an meine Schläfe.

»Ja, das gefällt dir, nicht wahr? Jetzt bist du endlich wieder die Nummer eins, James!«, höhnt mein Vater.

Meine Gedanken überschlagen sich, aber bevor ich noch den Mund öffnen kann, fragt Aidan schon: »Dann hast du Jared also angelogen, als du so getan hast, als wolltest du Emma absondern, um ihre Mutter zu töten?«

Er nickt, ohne den Blick von mir abzuwenden.

»Es tut mir so leid, dass du das Jared geglaubt hast. Ich konnte seine Loyalität nicht einschätzen und hatte Angst, er würde Farran von euch erzählen. Dieses Risiko durfte ich nicht eingehen. Aber dann kam alles ganz anders als geplant.« Er ballt die Fäuste und sein Kiefer zuckt angespannt. »Anstatt mich mit Rina allein bei den Lehmanns zu treffen, flog ich zu einem angeblich dringenden Auftrag in die USA. Ich dachte, Farran schöpft Verdacht, wenn ich seinen Befehl verweigere. Aber dieses gefühllose Monster, das sich mein Freund nannte, wollte mich nur aus dem Weg haben, um deine Mutter in der Zwischenzeit von Owens ermorden zu lassen, und hat mir hinterher die Todesanzeige zusammen mit deinem Bild geschickt und es so aussehen lassen, als würde Montgomry dahinterstecken. Und ich habe ihm geglaubt! Ich verdammter Idiot habe ihm geglaubt!«

Die letzten Worte schreit er geradezu hinaus. Sie zerstäuben wie feine Ölspritzer über dem schwelenden Feuer meiner Wut und setzen meine Telekinese schneller in Brand, als ich ihren Einsatz überhaupt in Gedanken planen kann.

Farran taumelt nach hinten, als hätte ich ihm einen Schlag versetzt, fängt sich aber noch in der Luft und blockt meinen Angriff ab.

»Wer ...«, setzt Callahan verblüfft an und schaut zu meinem Vater.

»Ausgezeichnet, Emma!«, unterbricht ihn Farran mit sanft schnurrender Stimme. Sein bewundernder Blick stößt wie eine eisige Klinge in mein Herz. »Du wirst von Tag zu Tag besser. Das ist bisher noch niemandem gelungen. Aber noch kannst du dich nicht mit mir messen. Und damit du gar nicht erst auf dumme Ideen kommst, werden James und ich jetzt ein paar Veränderungen in deinem Gedächtnis durchführen.«

»NEIN!«, brüllt Aidan. »Das lasse ich nicht zu! Wenn du das tust, bin ich nicht mehr dein Sohn, James Callahan!«

Oh, Aidan! Wenn du wüsstest, wie wenig das deinen Vater interessiert, angesichts seines Planes, dich selbst zu manipulieren.

Der schwarze Nachthimmel erblüht in bunt schillernden Farben, gerade als Callahan und ich die Couch vor dem Panoramafenster von Farrans Büro erreichen.

Mitternacht. Der Beginn des neuen Jahres und das Ende meines bisherigen Lebens. Wenn nicht ein Wunder geschieht.

Noch nie habe ich den Anblick eines Feuerwerks so schaurig empfunden.

Farran spricht über ein Funkgerät auf seinem Schreibtisch mit den Sicherheitsleuten und Murphy. Als er zu uns kommt, liegt ein Ausdruck tiefer Befriedigung auf seinem Gesicht.

»Wir haben wieder alles unter Kontrolle. Montgomry musste mit seinen Falken abziehen.«

»Was zu erwarten war«, spottet Callahan.

Meine Augen wandern zu Aidan, der mir gegenüber, neben meinem Vater, Platz genommen hat. Er sieht mich mit dem Blick eines Ertrinkenden an.

Wir schaffen das, erwidern meine Augen.

»Da du bisher in meinen Rängen an erster Stelle standest, beginnen wir mit dir, mein Freund«, sagt Farran und schenkt meinem Vater ein zynisches Lächeln, als er sich neben mich setzt. »Wenn du dich wehrst, hast du keine Tochter mehr. Dass James skrupellos ist, weißt du.«

Dads Gesicht ist wie in Stein gemeißelt. Nichts deutet darauf hin, dass er Farrans Worte überhaupt verstanden hat. Die Nähe des Mannes, den ich bisher so bewundert hatte, ist noch schwerer zu ertragen als die Umklammerung Callahans. Ich kralle meine Nägel in die Jeans und halte den Atem an.

»Pass gut auf, Emma. Das dürfte interessant für dich werden«, sagt er in dem gleichen sanft belehrenden Tonfall, in dem er so oft auf dieser Couch zu mir gesprochen hat, wenn es um meine oder Aidans Gaben ging.

Ich möchte schreien und um mich schlagen, den Hass, der wie ein Feuersturm in mir tobt, befreien. Aber dann denke ich daran, dass er sich darüber nur lustig machen würde. Daher versuche ich, meinen Atem zu beruhigen und überlege, was Kate jetzt antworten würde.

»Sie werden damit nicht durchkommen, Fion.« Ich spreche ebenso ruhig wie er und benutze bewusst seinen Vornamen, als stünden wir uns immer noch nahe. »Denn Sie haben keine Ahnung, wie Ihr kleines Experiment bei einem Emotionentaucher wirkt, nicht wahr? Vielleicht klappt es tatsächlich bei meinem Vater. Aber meine Gefühle sind stark. Tief in mir werde ich spüren, dass ich Sie mit jeder Faser meines Herzens hasse. Und das wird meine Erinnerung wieder zurückbringen.

Irgendwann. Und dann«, ich lächle ihn freundlich an, »wenn Sie am allerwenigsten damit rechnen, werde ich Sie töten.«

Er hebt die Hand und streicht mir sanft über die Wange. Meine Kopfhaut beginnt zu kribbeln und ich zwinge mich gewaltsam, nicht vor ihm zurückzuweichen, keine Angst zu zeigen.

»Gut so«, flüstert seine Stimme in meinem Kopf. »Hass ist nichts anderes als verloren gegangene Liebe. Solange du so stark für mich empfindest, solange ich dir nicht vollkommen gleichgültig bin, besteht Hoffnung. Und eines Tages wirst du entdecken, dass es keinen gibt, der sich mit dir auch nur annähernd messen kann als mich. Und dann wirst du lernen, mich wie einen Vater zu lieben.«

Lieben? Das Grauen springt mich an wie ein Tier, das seine spitzen Fangzähne in meine Kehle versenkt. Aber Farran wendet sich ab und gibt Callahan ein Zeichen. Als sie beginnen, zuckt mein Vater zusammen, als hätte er einen Schlag erhalten. Seine Augen weiten sich und er sucht meinen Blick. Halte durch! Kämpf dagegen an!

Ich beiße mir auf die Unterlippe, bis sie blutet. Meine Nackenhaare richten sich auf, als ich sehe, wie er den Kopf immer heftiger schüttelt und sein sonst so beherrschtes Gesicht den Ausdruck blanken Horrors annimmt.

Callahan hält mich fest an seine Seite gedrückt, die Waffe immer noch an meiner Schläfe. Ich fühle, wie sein Oberkörper sich anspannt und zu beben beginnt. Ein Stöhnen entweicht ihm. Was auch immer er tut, es scheint ihn sehr anzustrengen, aber sicherlich hat er noch Kraft genug, um abzudrücken, wenn ich es wagen würde, mich zu wehren.

»RINA, NEIN!«, brüllt Jacob plötzlich lauthals und beginnt, hemmungslos zu schluchzen. »Warum tust du mir das an?«

»Vater, bitte hör auf!«, ruft Aidan flehend.

Und ich lasse Dads Augen nicht los. Warum hilft uns denn keiner? Glaub es nicht, glaub es nicht, glaub ... Ein lautes Brummen dröhnt in meinen Ohren und aus den Augenwinkeln sehe ich einen riesigen schwarzen Schatten wie ein monströses Insekt vor der Panoramascheibe auftauchen. Gleißendes Licht ergießt sich über uns und ich reiße mich von dem Gesicht meines Vaters los und starre hinaus in die Nacht.

Unmittelbar vor der Scheibe schwebt ein Hubschrauber. In der geöffneten Schiebetür kauern zwei Männer und gestikulieren aufgeregt mit ihren Armen.

Richard und Patrick.

Farran und Callahan sind so auf meinen Vater fixiert, dass sie den Hubschrauber entweder nicht bemerkt haben oder ihn für einen der ihren halten und ihn deshalb nicht beachten. Die Augen meines Vaters treten blutunterlaufen aus den Höhlen. Schweiß läuft über seine Stirn.

Und dann wirst du lernen, mich wie einen Vater zu lieben, hämmert es in meinem Kopf. Plötzlich jagt Callahan mir keine Angst mehr ein.

»DAD«, schreie ich gegen den Lärm der Rotoren an. »Farran wird mir nichts antun! Lass nicht zu, dass sie Mama in dir töten! Lauf zum Fenster! Spring! RETTE RINA!«

Mein Vater zuckt heftig zusammen, reißt gewaltsam den Kopf herum und schnellt hoch.

»Stehen bleiben!«, brüllt Callahan, aber Jacob jagt wie eine Raubkatze auf das Glas zu und setzt zum Sprung an. Ich konzentriere mich auf die glatte, kühle Oberfläche, spüre, wie sich meine Kräfte mit denen meines Vaters vereinen und das Glas zersplittert in tausend Stücke. Ein Schlag trifft Callahans Hand und streift meine Wange, kurz bevor sich der Schuss aus der Waffe löst, und für einen winzigen Augenblick schwebt Farrans Gesicht über meinem, verzerrt vor Angst.

»NICHT SCHIESSEN!«, befiehlt er, bevor er zur Scheibe herumfährt.

Callahan springt fluchend auf und zieht mich mit sich.

Und dann explodiert die Welt.

Ich sehe noch, wie Farran die Glassplitter in tödlichen Geschossen Richtung Hubschrauber schleudert und Callahan die Hand mit der Waffe auf die Fensteröffnung richtet, höre aufgebrachte Rufe aus dem Sprechfunkgerät vom Tisch und peitschende Schüsse von draußen, bevor ein Windstoß mich von Callahan losreißt, quer durch den Raum fegt und unsanft gegen die Lehne des Chefsessels an Farrans Schreibtisch wirft. Der Stuhl kippt nach hinten und ich stürze zu Boden. Mein Kopf schmerzt und ich schmecke Blut in meinem Mund. Doch da sind auf einmal Hände, die mich hochziehen, Feuerzungen, die über meinen Körper streicheln, und ich atme seinen Duft ein, während er mich hochhebt und mit mir auf den Armen zur Tür rennt.

»Aidan«, murmele ich erleichtert, lege meinen Kopf an seinen Hals und starre nach hinten.

Farran und Callahan liegen auf dem Boden, angestrahlt von dem flackernden Licht des Hubschraubers, der wie ein nervöses Insekt auf und ab schwirrt, um den Schüssen von unten auszuweichen. Ich erkenne Richard und Patrick, die sich hinunterbeugen, aber keinen dritten Mann. Und dann senkt sich der Hubschrauber hinab, als wolle er landen. Was ...? Nein! Oh Gott, nein!

»Aidan, hat Dad ...«

»Nein, Emma. Der Hubschrauber war zu weit weg. Jacob

ist abgestürzt«, keucht er in mein Haar, während er durch das Vorzimmer zu der zersplitterten Ebenholztür hastet. Farrans Büro liegt im obersten Stock, gute fünfzehn Meter über dem Boden. Das kann er unmöglich überlebt haben! Ein Wimmern dringt aus meinem Mund.

»Ruhig, Emma. Denk jetzt nicht dran. Wir müssen erst hier raus. Nur das zählt. Farran wird ... aaaah!«

Die Worte und sein Schrei hallen noch in meinen Ohren, als er mit mir zu Boden stürzt und ein brennender Schmerz in mich fährt. Es dauert nur Sekunden, in denen Millionen von Nervenzellen sich aufbäumen und meinen Körper in ein verkrampftes, zuckendes Gebilde verwandeln, bevor mein Bewusstsein endgültig schwindet.

Wie betäubt starrt er auf den Zettel. Dann knüllt er ihn so fest in seiner Faust zusammen, dass die Knöchel seiner Hand weiß hervortreten. Er schließt die Augen.

»Sie kann nichts dafür. Du weißt, wer dafür verantwortlich ist«, sagt sein Freund und klopft ihm beschwichtigend auf die Schulter. »Sei froh, dass sie noch die Kraft fand, dir die Wahrheit zu sagen, bevor sie dich in seine Fänge getrieben hat. Ehrlich gesagt, bewundere ich sie für diesen Mut.«

»Mut?«, schreit er aufgebracht. »Sie hatte nicht einmal den Anstand, es mir ins Gesicht zu sagen! Wie kannst du sie noch verteidigen, nach alldem? Ich war so ein Idiot! Ich verdiene es nicht länger, einer deiner Raben zu sein!«

»So fühl ich Lieb und hasse, was ich fühl! Hör auf, dir Vorwürfe zu machen! Katharinas Jugend und Unerfahrenheit haben sie Montgomrys Rhetorik hilflos ausgeliefert. Aber sie hat rechtzeitig ihre Fehler erkannt und dich vor Schlimmeren bewahrt. Dazu gehört zweifelsohne eine große Portion Mut. Darüber hinaus will sie«, er nimmt ihm den zerknüllten Zettel aus der Hand und entfaltet ihn, »wenn ich das richtig lese, nicht zu den Falken zurückkehren. Montgomry wird toben vor Wut. Erst entgehst du ihm und dann wendet sie sich ebenfalls von ihm ab. Das sollte dir doch ein kleiner Trost sein.«

Er schüttelt unwillig den Kopf. »Ich will ihn töten. Ihn und jeden, der loyal zu ihm hält und sich nicht vom Gegenteil überzeugen lässt. DAS würde mir ein Trost sein.«

Nachdenklich reibt sich sein Freund das Kinn. »Ist es dir damit wirklich ernst?«

»Ich habe noch nie etwas ernster gemeint«, sagt er kalt.

»Nun, ich hege schon länger den Wunsch, das Übel an der Wurzel zu packen und die Zweifler in den eigenen Reihen zu entdecken, bevor es zu spät ist. Such dir ein paar Leute, von denen du überzeugt bist, dass nichts sie in ihrem Glauben an unsere Sache erschüttern kann. Auserwählte, die dich in deinem Kampf unterstützen. Sie sollen unser Symbol über dem Herzen tragen und treuer sein als der treueste Rabe. Sie sollen meine Streitmacht gegen Montgomry bilden, nach innen und nach außen, und du wirst sie als mein General führen.«

»Wann kann ich anfangen?«, fragt er entschlossen.

»Gleich nach der Zeremonie am Freitag, wenn ich dir deinen neuen Rabengrad verliehen habe.«

Er zuckt zusammen. »Verstehe«, sagt er und senkt den Blick. »Ich habe es verdient, wieder ein Myste zu werden.«

Sein Gegenüber lacht schallend auf und legt ihm beide Hände auf die Schultern. »Bist du wahnsinnig geworden? Wie soll denn ein Myste mein Streitheer gegen Montgomry leiten? Ich spreche davon, dich zu meinem Socius zu erheben.«

Sprachlos schaut er ihn an.

»Aber James ist dein Socius«, sagt er schließlich matt.

»Und wer sagt, dass es keine zwei Socien geben kann?«

ERINNERUNGEN

»*Emma*«, faucht seine Stimme in mir wie ein zorniger Löwe, »*Das hättest du nicht tun dürfen. Dein Vater war wie ein Bruder für mich.*«

Meine geschlossenen Augenlider beginnen zu zittern, als sich die Tränen ihre Freiheit erkämpfen. Ich fühle seine Trauer und hasse ihn dafür umso mehr. Er hat kein Recht darauf, betroffen zu sein!

Farrans bleiches Gesicht schwebt direkt über meinem, als ich meine Augen öffne. Die angetrockneten Spritzer von Neves Blut leuchten darauf wie die Spuren eines verletzten Tieres im Schnee. Auf seiner linken Stirn hat sich eine Platzwunde dazugesellt. Um die schmalen Schultern und die kurzen Haare tanzt seine Aura wie ein düsterer unscharfer Schatten.

Sie hätten das verhindern können. Es ist Ihre Schuld, das wissen Sie genau!, denke ich und sehe ihn zornig an. Er kniet neben mir auf dem Boden, der Anzug an der rechten Schulter eingerissen, die Hände im Schoß wie zum Gebet verschränkt, und in dem hellen Graublau seiner Augen toben finstere Sturmwolken. Zum ersten Mal kann ich keinen metallischen Glanz in ihnen erkennen. Und je länger ich ihn anschaue, desto elender fühle ich mich. War nicht ich diejenige, die meinen Vater aufgefordert hat, aus dem Fenster zu springen? Mein Brustkorb zieht sich schmerzhaft zusammen.

»*Ihr hättet zusammen glücklich sein können*«, wütet Farran in meinem Kopf. »*Ich hätte deinem Vater und dir andere Erinnerungen an deine Mutter geschenkt. Erinnerungen, die euch nicht so quälen, die ihren unvermeidlichen Tod erträglicher gemacht hätten. Ich wollte immer nur euer Bestes! Ihr hättet euch in Ruhe auf eure Gaben konzentriert. Denk nur, was für außergewöhnliche Dinge ihr zusammen hättet erreichen können. Dir ist nicht im Entferntesten bewusst, wie sehr Jacob dich liebte. Welcher andere Vater wäre aufgrund des vollkommen irrsinnigen Befehls seiner Tochter in den Tod gesprungen? Alles, alles hast du geopfert nur für ein paar lächerliche Gedanken an Katharina! Dafür hast du deinen Vater getötet!«*

»NEIN!«, schreie ich auf, ringe nach Atem und schreie noch lauter. *Getötet, getötet,* hallt es in meinem Kopf. Ich schlage um mich und suche nach Halt, falle immer tiefer in den Abgrund meiner Schuldgefühle, bis ich auf einmal Arme fühle, die mich an eine Brust drücken.

Seine Stimme streicht beruhigend über meinen Kopf. *»Shsht, Emma. Ich verzeihe dir. Ich werde auf dich achtgeben und dafür sorgen, dass weder andere noch du dich selbst je wieder so verletzen können. Vertrau dich mir an und es wird alles gut werden.«*

Ein warmes Gefühl durchströmt mich und ich spüre, wie die Last von mir fällt, vergesse, dass es Farran ist, der mich in seinen Armen hält, bis eine stotternde, bestürzte Stimme mich wieder zur Besinnung bringt: »Emmaaa, ninicht! Errr mamanipulierrrt didich!«

Aidan! Großer Gott, was ... Voller Abscheu stoße ich mich von Farran weg und schaue mich um.

Aidan sitzt etwa einen Meter von mir entfernt auf dem Boden. Etwas scheint mit ihm nicht zu stimmen. Er bebt am ganzen Körper und seine Zähne schlagen aufeinander.

»Bibbist du ookay?«, fragt er und ich nicke. Ein Rascheln sagt mir, dass Farran sich erhoben hat. Vor uns steht Macmillan mit über der Brust verschränkten Armen und an seiner Seite fixiert uns Callahan mit zusammengekniffenen Augen. »Dadanke ffffür die Lelektion, Macccmillaaan«, sagt Aidan. »Vievielleicht ein wewenig heheftig, finffinden Sie ninicht? Meine Mumuskeln zuzucken immer nonoch unkonkontrolliert.«

Der Alte zupft verlegen an seinem Schnurrbart. »Tut mir leid, Junge. Aber ich musste sichergehen, dass ich dich auf Anhieb schachmatt setze. Du hast bei Jacob in den letzten Jahren ganz schön was dazugelernt. Hätte nie gedacht, dass du es mit deiner Gabe schon so weit gebracht hast. Das Zittern hört gleich auf, warte es ab.«

Aidan stößt verächtlich die Luft aus.

»Schön«, sagt Callahan eisig zu ihm. »Dann werden wir jetzt weitermachen. Solltest du es wagen, erneut deine Gabe gegen uns einzusetzen, bereitet Macmillan Emma die Schmerzen, die du gerade selbst empfunden hast. Das möchtest du doch sicherlich nicht.«

Aidan ignoriert seine letzten Worte und lacht höhnisch auf. »Zizimmerst dddu ddir jetzt dden perffffekten Sssohn zureecht?«

»Das würde ich gerne. Aber Fion befürchtet, es könnte etwas an deiner Gabe bewirken, wenn ich zu viel in deinem Kopf verändere.«

»Exakt«, sagt Farran gefährlich ruhig und tritt zu Callahan. Sein Gesicht trägt wieder die undurchschaubare Maske. Gänsehaut macht sich auf meinen Armen breit. »Allerdings gibt es eine kleine Änderung. Wir werden mit Emma beginnen.«

Mein Magen krampft sich schmerzhaft zusammen und ich keuche erschrocken auf.

»Nein!«, ruft Aidan, aber keiner der drei beachtet ihn.

»Warum? Ich hatte vor, sie mitansehen zu lassen, wie Aidan ...«

»Sieh zu, dass du endlich an deinen Emotionen arbeitest, James!« Farrans Stimme ist messerscharf. »Deine persönlichen Rachegefühle interessieren mich nicht. Emma ist momentan in ihren Emotionen zu aufgewühlt und daher unberechenbar und gefährlich. Willst du riskieren, dass dein Sohn ein ähnlich erbärmliches Ende nimmt wie Jacob? Ich möchte sie lieber auf meiner Seite wissen, bevor wir uns Aidan zuwenden.«

Seine Worte brennen wie Säure auf meiner Haut. Callahan überlegt einen Moment, dann entspannen sich seine Gesichtszüge und er fährt sich durchs Haar.

»Du hast vollkommen recht. Beginnen wir. Ryan, du hältst Aidan in Schach. Sollten er oder Emma sich wehren, benutzt du deine Gabe, verstanden?«

Ich schließe die Augen und hoffe, dass ihnen so der Zugang zu meinem Geist erschwert wird, aber nach kurzer Zeit spüre ich, wie sie sich willenlos öffnen und den bleifarbenen Blick Farrans erwidern.

»Emma, an dem Abend, als du mit Liz im Theater warst, habe ich mit deiner Mutter gesprochen. Ich hab sie angefleht, zu mir zurückzukommen. Aber sie hat gesagt, dass sie mich und die Raben hasst und niemals zulassen wird, dass du von mir erfährst. Du bist mein einziges Kind! Ich konnte dich doch nicht einfach so aufgeben!« Die Augen meines Vaters leuchten in wilder Verzweiflung. *»Als ich sah, dass sie es ernst meinte, hab ich Dean und seinen Vater angerufen. Sie warteten bereits an der Landstraße, für den Fall, dass Rina nicht einlenken würde. Glaub mir, ich hatte so sehr gehofft, wir könnten eine glückliche Familie werden! Aber deine Mutter war zerfressen*

von Hass und Paranoia. Fion wusste von alldem nichts. Er wollte immer nur mein Bestes. Bitte verzeih mir, Kind! Lass uns jetzt ...«

Bevor mein Vater seinen Satz vollenden kann, taucht geschmeidig wie ein Panther der Umriss einer Gestalt hinter ihm auf und eine Faust kracht gegen seine Schläfe und lässt ihn zu Boden sinken.

»Jared!«, schluchze ich erleichtert und schmeiße mich in seine Arme.

»Sshh! Es ist vorbei«, sagt er beruhigend, streicht mir über die Haare und einen winzigen Moment lang glaube ich ihm und schließe erleichtert die Augen. Meine Hände gleiten über seine muskulösen Oberarme und ich atme tief seinen männlich herben Duft ein. Seine Hand greift nach meinem Kinn und er hebt es sanft an. »Ich werde niemals zulassen, dass dir jemand etwas antut. Auch wenn du entschlossen bist, dich Aidan hinzuwerfen. Ich werde auf dich warten. Und irgendwann wirst du erkennen, dass nur ich dich liebe und er mit dir spielt.«

»Das glaube ich nicht!«, murmele ich, aber die Bilder von Aidan und Lynn tauchen schneller in meinem Kopf auf, als mir lieb ist. Meine Hände klammern sich in Jareds Jacke, ziehen ihn instinktiv näher, und als hätte er nur darauf gewartet, überwindet er den letzten Abstand zwischen uns beiden und drückt seine Lippen fordernd auf die meinen. Sein Kuss schmeckt süß und wild zugleich.

»Lass Emma sofort los, Brady!«, knurrt eine Stimme, schärfer als jede Klinge, und Angst senkt sich bleischwer in meinen Magen hinab. Wir fahren auseinander.

»Aidan!«, flüstere ich. »Es ist nicht ...«

Sein Blick bringt mich zum Schweigen. Noch nie hat er James Callahan so ähnlich gesehen wie in diesem Augenblick.

Er beugt sich hinunter zu meinem bewusstlosen Vater und hebt dessen Waffe auf. Ein eigenartiges Funkeln liegt in seinen Augen, als er einen Schritt näher kommt, die Hand mit der Pistole nach unten gesenkt.

»Lass uns das hinterher klären«, sagt Jared und hebt beschwichtigend die Hände.

Aber Aidan beachtet ihn nicht, sondern fixiert mich mit diesem eigenartigen Blick.

»Ich sehe schon, du bist zu schwach. Du kannst dich einfach nicht zwischen uns beiden entscheiden. Mach dir nichts draus, ich werde dir helfen.«

Und mit seinen letzten Worten reißt er die Hand mit der Waffe hoch und schießt Jared in den Bauch.

Ich ringe nach Atem und habe das Gefühl, aus einem entsetzlichen Albtraum aufzuwachen. Mein Körper ist schweißgebadet. Vor mir stehen Farran und Callahan und schauen mich neugierig an.

»Geht es dir gut?«, fragt Farran sanft.

Schwindlig richte ich mich auf. Was ist geschehen? Mein Kopf schmerzt, als würde er jeden Moment zerspringen.

Ich drehe mich um, sehe Aidan und taumle zurück. Seine Augen sind groß und die Iris dunkel, fast nachtblau. Er lächelt unsicher und meine Wut entzündet sich so rasch und heftig, dass Aidan bereits in der Luft ist, als sich das Wort Mörder in meinem Kopf formt.

Sein Schrei hallt qualvoll in meinem Kopf wider, als er gegen die Wand schlägt.

»NEIN, EMZ! Was auch immer er dir eingetrichtert hat – es ist nicht wahr!«

Eingetrichtert? Ich höre ein leises Lachen und fahre herum.

Callahan strahlt mich an, als würde es nichts Schöneres geben als meinen Anblick.

»Unglaublich!«, entfährt es Macmillan.

Etwas stimmt nicht. Warum sollte Callahan sich freuen, wenn ich seinen Sohn angreife? Er hat bestimmt nichts dagegen gehabt, dass Aidan Jared erschossen hat. Er ...

»Komm schon!«, ruft Liz, bevor sie auf die Tür zurobbt.

»Ich bereue es so sehr, Kleines! Die Schuld, die ich auf mich geladen habe, kann ich nie mehr tilgen. Aber ich will wenigstens versuchen, dir ein guter Vater zu sein. Ich hab deinen Freund David befreit, er wartet draußen auf dich und Liz. Wenn du wirklich kein Rabe mehr sein willst, zwinge ich dich nicht dazu. Nimm deine Beine in die Hand und lauf! Ich werde versuchen, Aidan und Farran in Schach zu halten«, ruft Dad. Ein unsicheres Lächeln liegt auf seinem Gesicht, als ich mich von ihm löse. Ich drücke ihm einen Kuss auf die Wange und krabble los. Nie hätte ich gedacht, dass er für mich gegen Farran kämpfen würde.

»Emma!«, höre ich Aidan in Panik rufen. »Geh nicht! Bleib! Du gehörst zu mir!«

Aber ich sehe immer noch Jareds blutüberströmten Körper und fühle Aidans Arme, die mich zu Farran getragen haben, so quälend auf meiner Haut, als hätten sie Narben in mich gebrannt. Wie habe ich ihn geliebt! Verräter! Mörder! Hastig robbe ich weiter auf die Tür zu.

»Jacob, nimm doch Vernunft an!«, tönt Farrans Stimme heiser durch den Kampflärm. »Wir wollen Emma nichts tun. Lass uns mit ihr reden. Wenn sie kein Rabe mehr sein will, kann sie hinterher immer noch gehen.«

Ich zögere. Vielleicht sollte ich bleiben. Nicht wegen Aidan oder meinem Vater, sondern wegen Fion. Er hat mich als Ein-

ziger nie belogen. Schon im Krankenhaus habe ich gefühlt, wie sehr er sich um mich sorgt. Was könnte ich alles von ihm lernen ...

Ein ohrenbetäubendes Splittern lässt mich herumfahren. Aidan steht nur wenige Meter entfernt vor dem Panoramafenster, die Augen fest darauf fixiert. Seine Haare wehen im Wind und sein Gesicht ist so anbetungswürdig schön und furchterregend zugleich wie das einer zornigen griechischen Gottheit. Ich reiße mich mit pochendem Herzen von seinem Anblick los und sehe, dass die Scheibe in tausend Scherben zerschellt ist, die wie glänzende Staubpartikel in den Nachthimmel wirbeln, bunt bestrahlt von den Raketen des Feuerwerks. Und zwischen all diesen Bruchstücken schwebt eine dunkle Gestalt, die mit einem letzten, verzweifelten Aufschrei in die Tiefe stürzt.

Dad!

NEIN! NIEMALS! Diese Gedanken sind falsch! Das muss ein Irrtum sein! Ein grauenvoller Albtraum! Ich kenne Aidans Gefühle. Er mag keine Skrupel haben, Jared umzubringen, aber er würde doch niemals Jacob töten! Er war immer wie ein Vater für ihn. Ich muss aufwachen, aufwachen ...

»James, nicht loslassen! Sie hört gleich auf, sich dagegen zu wehren, halt durch!«

Ich höre Farrans Stimme wie in einem dichten Nebel, aber meine Augen suchen Aidan. Es gibt nur einen Weg, die Wahrheit zu erfahren. Sein Gesicht ist so weiß, dass es sich kaum von der Wand, vor der er kauert, abhebt. Die Arme um die angezogenen Knie geschlungen und am ganzen Körper zitternd, sieht er mich stumm an und Tränen laufen über seine Wangen. Nie hätte ich gedacht, ihn jemals weinen zu sehen.

Macmillan steht neben ihm und redet auf ihn ein. Ich konzentriere mich auf das flackernde Flaschengrün seiner Iris und tauche ...

Aidan dreht sich von dem Fenster weg und kommt in raschen Schritten auf mich zu.

»Jetzt kann uns nichts mehr trennen, Emz!«, sagt er ernst, als er vor mir in die Hocke geht. Ich schreie auf und schlage die Hand weg, die er nach mir ausstreckt. Weg, weg, weg ...

... und falle in seine Gefühle wie in den Krater eines brodelnden Vulkans. Glühend heiße Luft nimmt mir den Atem und brennt auf meiner Haut. Dämpfe verätzen meine Lunge und ich weiß, ich muss raus! Liebe, Verzweiflung, Trauer und Schmerz toben so intensiv in ihm, dass ich innerlich verbrenne, wenn ich länger in ihm verweile. Kein Wunder, dass bereits eine leichte Berührung durch ihn Hitze auf meiner Haut auslöst. Aber ich schaffe es nicht, mich von ihm zu lösen, falle immer tiefer und sehe, wie die pyroklastischen Ströme näher kommen.

»Hau ab, Aidan!«, schreie ich schrill. »Du hast Jared und jetzt auch noch meinen Vater umgebracht! Es ist aus! Ich will mit dir nichts mehr zu tun haben. Nie mehr!«

»NEIN!«, brüllt Aidan, springt auf und drückt die Hände an sein Gesicht. »Wie konnte ich das tun! Jacob! Das habe ich nicht gewollt! Ich bin ein Monster, ein Monster ...«

Das Innere des Vulkans bäumt sich zu einer dunklen Wolke auf, die explosionsartig nach oben schnellt und mich in einem Gemisch aus Horror, Schmerz und Abscheu aus seinen Emotionen schleudert.

»Verflucht noch mal, James, du sollst nicht ...«, ruft Farran, aber ich verstehe nicht mehr, was er Callahan sagen will, denn Aidan brüllt jetzt wie ein Mensch, der gerade grausam gefoltert wird.

»Ryan, hör auf! Du bringst ihn noch um!« Callahan stürmt
auf Macmillan und Aidan zu. Es ist das erste Mal, dass ich
Angst um seinen Sohn aus seiner Stimme höre.

Macmillan dreht sich um, das Gesicht rotfleckig vor Aufregung. Er ringt verzweifelt die Hände. »Das bin ich nicht!«

»Ja, aber ...« Mit einem Ruck fährt Callahan herum und
starrt mich an. Jemand greift nach meinem Arm.

»Emma! Was hast du getan?«, fragt Farran atemlos. »Bist
du etwa in ihn getaucht? Du hast es auf ihn übertragen! Er
glaubt jetzt selbst, dass er ...«

Was geht hier vor? Ich verstehe das alles nicht. Aidans
Gefühle stimmen nicht mit dem überein, was er getan hat. Ist
er wahnsinnig geworden? Noch nie war ich in den Emotionen
eines Geisteskranken. Ist es das, was ich fühle, ist ...

Eine ungeheure Druckwelle erfasst mich und reißt mich
von meinen Füßen. Während ich rückwärts durch das Büro
fliege, sehe ich, wie Aidan wie ein Wahnsinniger brüllend
durch die zersplitterte Ebenholztür ins Treppenhaus stürmt.
Feuer schießt hinter ihm in Fontänen rings an den Wänden
empor. Mit dem Hinterkopf und dem Rücken stoße ich gegen
etwas Hartes.

Und fühle Schmerz.

Und es wird Nacht.

FALKE UND RABE

Ein dumpfes Brummen vibriert in seinen Ohren und die Kälte nagt an ihm ebenso stark wie der Schmerz.

»Du schuldest mir 1000 Euro!«, ruft ein Mann. Er kennt diese Stimme und spannt sich instinktiv an. Das quälende Pochen in seinem Kopf verstärkt sich. Ein raues Lachen ertönt.

»Scheiße noch mal! Ich bin froh, dass ich nicht um mehr gewettet habe. Ich meine, du hast ja schon viel Mist prophezeit, aber das hier war wirklich hardcore!«

Ganz still bleibt er liegen und hofft, sie bemerken nicht so schnell, dass er wieder bei Bewusstsein ist.

»Ich hab dir gesagt, dass er es schafft.«

»Natürlich. War ja auch so offensichtlich«, antwortet der andere Mann zynisch. »Du hast mich reingelegt. Du hast nur gesagt, er würde aus Farrans Büro zum Hubschrauber springen.«

»Hat er doch auch gemacht.«

Farran. Der Name weckt seine Erinnerung wieder und ein bitterer Geschmack macht sich in seinem Mund breit.

»Ja. Aber es war logisch, dass wir mit dem Hubschrauber mindestens zehn Meter von dem Gebäude entfernt bleiben mussten, wenn wir mit unseren Rotoren nicht der Fassade eine Rasur verpassen wollten. Ebenso logisch war es, dass er es unmöglich schaffen konnte, so weit zu springen. Der derzeitige Weltrekord im Weitsprung liegt meines Wissens bei knapp neun Metern. Mal ganz abgesehen von der, für dich offenbar ganz unerheblichen Tatsache, dass wir von MacAengus sprechen. MACAENGUS! Warum in aller Welt sollte der überzeugteste Rabe aller Zeiten, der Mann, der den Tod der Mutter seines Kindes beauftragt hat, aus Farrans Büro in die offenen Arme seines Erzfeindes springen?«

»Ich weiß es nicht.« Die Stimme klingt nachdenklich.

»Ach? Jetzt bin ich aber enttäuscht. Es gibt wirklich etwas, das du nicht weißt? Sag mal, war das mit dem Verlust deiner Gabe eigentlich nur Show? Wolltest du uns prüfen?«

»Nein. Ich hab sie wirklich verloren, als ich von Rinas Tod erfuhr.«

Er zuckt zusammen und hält die Luft an.

»Und dann ist sie einfach so wieder zurückgekommen?«

Ein tiefer Seufzer, dann hört er ein Rascheln, als jemand neben ihn rückt. Warme Hände heben vorsichtig seinen Kopf und etwas Weiches wird daruntergeschoben. Es tut gut.

»Ja. Vor einer halben Stunde ist plötzlich Emmas Gesicht in mir aufgeflammt, so deutlich, wie ich noch nie eine Vision hatte«, sagt der Mann. »Fast als würde sie mit mir Kontakt aufnehmen. Sie stand in Farrans Büro und rief ihrem Vater zu, er solle sich nicht um sie sorgen, sondern Rina retten und aus dem Fenster springen.«

»Katharina ist tot.«

»Ich weiß, verdammt! Als ob ich nicht jede Sekunde daran denken und mir Vorwürfe machen würde!« Der Mann atmet tief durch. »Aber ich konnte das Bild einfach nicht verdrängen. Es war wie eine Botschaft, ein Hilferuf. Emma ist außergewöhnlich. Selbst wenn sie über keinerlei Gaben verfügen würde, wäre sie etwas ganz Besonderes. Ich habe mir geschworen, bei ihr nicht dieselben Fehler zu machen wie bei ihrer Mutter. Wenn Emma ihren bisher so verhassten Vater retten will, dann wird das seine Gründe haben. Ich vertraue ihr.«

»Neuigkeiten von Stein, Boss«, ruft plötzlich eine dritte, weiter entfernte Stimme. »David und Emmas Freundin sind in Sicherheit. Anscheinend haben sie sich irgendwie zum Haupteingang durchgeschlagen und eines der Motorräder geschnappt, die dort noch rumlagen. Sie sind gerade beim Treffpunkt angekommen. Übrigens behauptet er steif und fest, dass sie ihre Flucht nur MacAengus zu verdanken haben.«

Wenigstens eine gute Nachricht! Ein erleichtertes Lächeln zuckt über seine Lippen und er schlägt entschlossen die Augen auf. Dunkelbraune, fast schwarze Augen mustern ihn aus einem hageren, bleichen Gesicht mit offener Neugier. Dann verziehen sich die Lippen des Mannes ebenfalls zu einem Lächeln und er sagt: »Willkommen bei den Falken, Rabenzauberer.«

Ein heiseres Lachen ertönt von der Seite und ein blonder, stiernackiger Mann mit erdverschmiertem Gesicht und blutig aufgeschürfter Wange beugt sich grinsend über ihn.

»*Zauberer* trifft den Nagel auf den Kopf. Nicht genug, dass dein Töchterchen mich in einem Wutanfall mit links besiegt, als wäre sie und nicht ich der seit Jahren kampferfahrene Telekinet. Nein, Daddy muss natürlich noch eins draufsetzen und die Grenzen der Telekinese mal eben überwinden. Wie zur Hölle hast du es geschafft, den Fall deines eigenen Körpers in der Luft abzubremsen? Oder kannst du etwa bereits fliegen?«

»Nein«, erwidert er trocken. »Aber ich arbeite daran, Namara.«

WASSER

Regen.

Splitter, hart wie Eis. Wasser, das auf seiner Haut zerplatzt.
Und davor? Oder danach?
Nichts.
Gelöscht. Endgültig.
Sein Herz schlägt schneller. Durstig starrt er auf die grauschwarzen Wolken, die ihm die einzige Erinnerung bringen, die ihm verblieben ist.
Die Erinnerung an ein Gefühl: Glückseligkeit.
Vor Freude nicht mehr atmen zu können.
Jedes Mal, wenn das zarte Anklopfen des Regens zu einem dröhnenden Trommeln emporschwillt, fühlt er es.
So wie jetzt.
Fontänengleich wirbelt der Sturm das welke Laub in die Luft und stößt leuchtend gelbe Blätter zwischen Autos und Passanten. Schatten hasten an dem Schaufenster vorbei. Dann ist es so weit. Grollendem Donner folgen einzelne, dicke Tropfen. Sie zerspringen auf dem Asphalt und spritzen den Staub des Gehwegs an die Scheiben. Der Himmel verdunkelt sich. Gespenstisch flackern die Straßenlaternen auf. Als sie ihre normale Helligkeit erreichen, wird ihr neonfarbenes Licht von den herabstürzenden Wassermassen gesplittet. Wer nicht nass bis auf die Haut werden will, stellt sich irgendwo unter.
So wie sie.
Reglos steht sie ihm gegenüber vor der Scheibe, als hätte der Sturm sie zusammen mit den Blättern dagegengeschleudert. Das wohlige Glücksgefühl in ihm zerspringt in Scherben

aus Unruhe und Angst. Seine rechte Hand zittert, als er das Buch fester umklammert.

Sie ist vielleicht ein, zwei Jahre jünger als er und trägt eine hellgraue Strickjacke über ihrer blauen Jeans. Die Sneakers und der Hosensaum sind dunkel vor Nässe und Schmutz. Ihre Arme fest um den zierlichen Körper geschlungen, wippt sie auf den Fußballen auf und ab, während ihre Augen ziellos über die Buchauslage gleiten.

Ihr Haar. Schwarz und nass glänzend reicht es ihr bis zu den Hüften und löst in ihm den Drang aus, es zu berühren.

Als sie den Kopf hebt, treffen sich ihre Blicke. Irgendetwas regt sich in ihm. Schmerzhaft.

Der trübe Schleier von Müdigkeit über dem gefrorenen Blau ihrer Iris reißt und ihre Augen beginnen zu funkeln. Die Pupillen weiten sich in Unglauben und ihre Lippen formen ein Wort.

Sie schlägt beide Hände vor den Mund und taumelt rückwärts in den strömenden Regen. Es knallt, als das Buch aus seiner Hand rutscht und auf die Auslage fällt.

Sie hat ihn erkannt.

Sie kann ihm sagen, wer er ist. Er hastet zur Tür, reißt sie auf und stürzt hinaus auf die Straße.

Splitter, hart wie Eis.

Wasser, das auf seiner Haut zerplatzt.

Regen.

Doch der Gehsteig ist leer.

So wie er.

So geht es mit Emma, Aidan und Jacob weiter

*Der zweite und abschließende Band von »Chosen«
erscheint im Herbst 2017*

»Ihr Misstrauen brennt wie eine Warnung auf meiner Haut und ich ersticke in der Stille ihrer ungesagten Worte.

Ich denke zurück an die ersten Schultage als Anwärterin. Doch diesmal fühlt es sich anders an.

Ganz anders.«

Emma MacAengus wohnt nach ihrer Erinnerungsmanipulation und dem vermeintlichen Tod ihres Vaters streng bewacht im Internatsbereich von Sensus Corvi. Bis auf ihre Freundin Faye meiden Emmas Mitschüler sie und feinden sie an. Dagegen gibt sich ihr Schulleiter, Fionbarr Farran, ungewöhnlich väterlich. Er fördert Emma wie keinen anderen Schüler und erklärt, dass sie ihrem verstorbenen Vater verzeihen und Aidan vergessen muss, um wieder neu anfangen zu können.

»Dann wird es dunkel und ich fühle Regen. Hart wie Glassplitter peitscht er gegen meine Haut. Jemand ist bei mir. Und ich ertrinke in Glück.«

Die Erinnerung an dieses Gefühl ist alles, was Aidan seit der traumatischen Neujahrsnacht von seinem früheren Leben geblieben ist. Sie und das zwanghafte Bedürfnis, fliehen zu müssen. Unerkannt gelingt es ihm, in die USA zu entkommen, wo er unter falscher Identität ein neues Leben beginnt, ohne zu ahnen, wer er ist und welche Fähigkeiten in ihm schlummern.

»Mit deinem langjährigen Wissen über Farran und die Raben, deinen Kontakten, deinem Mut und deiner Entschlossenheit kannst du mir ganz neue Wege ebnen, wenn du einwilligst, dich meinem Befehl zu unterstellen.«
Vor einem Jahr hätte Jacob MacAengus den Falkenchef Richard Montgomry nach diesen Worten ausgelacht. Und dann vermutlich umgebracht. Jetzt ist er bereit, alles zu tun, um Emma aus den Fängen Farrans zu befreien. Doch werden sie es rechtzeitig schaffen?

Ein Wettlauf gegen die Zeit beginnt, denn Farran hat besondere Pläne mit Emma. In einem dramatischen Kampf um Leben und Tod muss sie beweisen, was in ihr steckt.
»Ich öffne die glänzenden Schwingen meines Rabengefieders und stürze mich über dem Abgrund meines alten Lebens in den gewitterschweren Himmel.«
Wird sie ihre Erinnerungen wiederfinden?
Und ihre große Liebe?

Mein Dank gilt euch allen:

Meiner Familie, die es gelassen hinnahm, dass ich oft morgens vor dem Konsum von drei Tassen Kaffee nur körperlich anwesend war, weil mir gerade nachts die besten Einfälle kamen und ich diese dann unbedingt zu Papier bringen musste. Zum Ausgleich wurdet ihr mit halbgaren Romanauszügen überfallen, die ich hinterher noch fünfmal abänderte, und musstet diverse Schriftstellerlaunen ertragen, die ich dem/der Leser(in) lieber ersparen möchte. Falls es dennoch interessiert, bietet mein Blog unter www.renafischer.com reichlich Stoff zur Belustigung.

Meinen Eltern, die mich in dem, wofür mein Herz schlägt, immer unterstützen.

Marina, die mir eine wunderschöne Website zum Preis einer Torte erstellte und innerhalb kürzester Zeit alles im Front- und Backend anpasste, was mir so in den Sinn kam.

Robert, dem technischen Magier im Hintergrund, der meinen Rechner nur anschauen muss, damit wie durch ein Wunder alles wieder reibungslos funktioniert.

Meiner großartigen Agentin Christine Härle von der Agentur Oliver Brauer, die mit Emz ebenso mitfieberte wie ich und fest davon überzeugt war, dass sie einen Verlag finden würde. Nebenbei liefert sie mir faszinierende Denkanstöße für neue Romane und hat immer ein offenes Ohr für all meine Fragen zum Buchmarkt.

Dem gesamten Team des Thienemann-Esslinger Verlags, insbesondere meiner wunderbaren Lektorin Franziska Bräuning, der wirklich keine Unstimmigkeit in meinem Manuskript entging. Dank auch dafür, dass sie meinem Romandebüt so viel Vertrauen entgegengebracht und mich stets geduldig über das ganze Prozedere der Bucherstellung hinter den geheimnisumwitterten Pforten eines Verlagshauses aufgeklärt hat.